李查德作品

LEE CHILD

李查德

千萬別惹我

LEE CHILD

MAKE ME

王瑞徽——譯

他們都愛浪人神探！

李奇系列是當今驚悚小說的黃金標竿……在《千萬別惹我》一書中，李查德將傑克・李奇顛倒眾生、呼風喚雨的魅力推向了另一個高峰！

——**戴頓每日新聞**

深沉的驚悚小說……李查德在他廣受喜愛的傑克・李奇系列的第二十部作品《千萬別惹我》中所呈現的，恰好符合讀者對這位長年穩坐暢銷排行榜作家的期待：有趣的人物、扣人心弦的情節和熱血的動作場景，肯定讓讀者拍案叫絕！

——**明星論壇報**

又一本推理傑作！……李查德被封為驚悚小說界的翹楚果然是有道理的，他總是有本事將一些怪異的元素和稀鬆平常的材料整合為迷人又具原創性的作品。

——**美聯社**

李查德的李奇系列在一陣歡欣鼓舞的巨大迴響中推出了第二十本。這本書的所有一切——從李奇靈敏的偵探嗅覺開始，還是一如往常般地犀利。看來這位大個子正聲勢大漲，寫他的人也一樣。

——**紐約時報**

李查德端上緊湊刺激的情節、洗練的對白、出色的背景敘述，以及構局巧妙的懸疑性。然而數以百萬計吸引我們一再回頭的原因之一，還是有機會能夠跟著這位大個子四處遊走，置身於各種驚險的故事情境中。

——**奧勒岡人日報**

李奇系列的二十部作品我全都讀了，我大概上癮了吧，真的等不及想看第二十一本！

——**《紐約客》雜誌**

傑克·李奇再出江湖……對新讀者而言，本書是絕佳的起點，而老書迷將會欣喜地迎接李奇再度出手。

——**《圖書館員》雜誌**

李查德掌控全局的技巧讓這本懸疑作品讀來暢快淋漓！

——**出版家週刊**

絕妙非凡的驚悚小說！

——**紐約每日新聞**

技壓群倫的英雄這回陷入了空前的險境！

——**《書單》雜誌**

獻給達利・安德森，
感謝你擔任我的經紀人二十載。

1

搬動像基佛這樣的大塊頭並不容易，就像拚命想把一張特大雙人床墊拖下水床一樣。因此他們將他埋在房子附近。這麼做也算合理，因為穀物收割還要再一個月才會開始，農地上的任何騷動從空中都可以清楚看見。而對於基佛這號人物，他們一定會動用飛機。他們將會派出搜查機、直升機，甚至空拍機。

他們從午夜開始行動，考慮到這樣比較安全。他們身在一萬英畝大的荒郊野地裡，地平線上唯一看得見的人造工程就是往東的鐵軌，可是午夜距離最後一班夜間火車是五小時，距離第一班晨間火車是七小時，因此不會有人在暗中窺探。他們的挖土機駕駛室頂端橫桿上裝有四具聚光燈，就像小孩拼裝的玩具小卡車那麼花稍，四道光束匯集成一大片白晃晃的鹵素亮光。因此，能見度也不成問題。他們從豬舍裡的坑洞開始挖掘，這裡頭原本就夠混亂的了，每隻豬重達兩百磅，而每隻豬都有四條腿，總是踩得滿地爛泥。從空中什麼都看不見，就算用熱感應攝影機也一樣，畫面會因為動物本身以及牠們排放的一堆堆糞尿的熱氣騰騰而整個發白。

安全得很。

豬是愛挖土的動物，因此他們特別把坑洞挖得深一些。這也不成問題，挖土機的手臂很長，用靈活的七呎長鉸接式挖斗臂很帶勁地劃著，油壓活塞桿在燈光下閃閃發亮，引擎賣力地忽而嘶吼忽而靜止，駕駛室隨著一鏟一鏟的土被倒在一旁，不斷升起又落下。當坑洞挖掘完成，他們讓挖土機倒退，迴轉，然後用挖斗把基佛推入他的墳墓，又刮又滾，讓他的遺體沾滿泥土，直到它翻過洞口，掉進燈光昏暗的坑穴中。

只是有件事出了差錯，而且剛巧就發生在這節骨眼。

晚班火車遲到了五小時。次晨他們會聽見調幅電台報導，有一節車廂故障導致火車在南方一百哩的地方被迫停駛。可是這時他們並不曉得，他們只聽見遠遠的交叉路口傳來悲傷的汽笛聲，而他們也只能轉身，茫然注視著不遠處一長列隆隆駛過的明亮車廂，一節接著一節，有如夢中的場景，彷彿沒有盡頭。但是火車終於遠離，鐵軌繼續吟唱了一分鐘，接著火車尾燈被午夜的黑暗吞沒，他們回頭繼續幹活。

列車在北方二十哩的地方減速，在一陣嘶嘶聲中緩緩停下，所有車廂門滑開，傑克・李奇下車，踏上位於足足有一棟公寓房子大小的穀物儲存塔前方的月台。在他左邊有另外四座儲糧塔，全都比第一座還要高大，在他右邊是一間飛機庫尺寸的巨大金屬棚屋。還有好幾盞以規律間隔排列、安裝在柱子頂端的蒸汽燈，在黑暗中投下一排圓錐形的黃光。深夜空氣中帶有薄霧，就像年曆上標記的，夏季已到了尾聲，秋天不遠了。

李奇立在那裡，在他後方，火車再度上路，奮力拖拉著進入鏗隆鏗隆的緩慢節奏，接著加速，激起的氣流拉扯著他的衣服。他是唯一下車的乘客。這也不奇怪，這裡算不上是通勤樞紐，放眼望去全都是與農業相關的東西，只在儲糧塔和大棚屋之間勉強擠出一點空間做為形式上的乘客設施，而且只局限在一棟似乎備有售票口和候車座椅的簡單建築。蓋成傳統鐵路建物的形式，看來像是暫時塞在兩座閃亮油桶之間的小孩玩具。

可是那上頭掛著的一塊和它等寬的站名牌上寫著李奇來到這裡的理由：母之安息。他在地圖上發現，覺得真是很棒的火車站名。他猜想也許是因為鐵路線在這地點穿過昔日的馬車隊路徑，而很久以前這裡發生過故事，也許有個年輕孕婦在這裡分娩，而顛簸的馬車讓情況更糟，也許馬車隊在這裡停留了幾週，或一個月。也許多年以後有人憶起這件事，也許是她的後代，一則家族傳說，也許這裡有一間小展覽館。

也可能是比較哀傷的版本，也許有個產婦在這裡下葬，年紀太大沒能順利生產，如果是這樣應該會有紀念碑石。

無論是哪一種，李奇心想不如把它找出來，畢竟花了那麼多時間來到這裡，多繞一些路也不算什麼，所以他才下了火車。一開始感到相當失望，他的期待偏離事實太遠了。他原本想像這裡只有幾棟髒舊的房子，一間只有一匹馬的落寞欄舍，還有小展覽館，開放時間不定，由一名志工看管，也許就是住在那些房子裡的一個老人。或者墓碑，也許是大理石碑，立在方形的鍛鐵圍籬內。

他沒料到那些巨大的農業基礎設施。其實他該想到的，穀物遇上鐵道，它總得運到別的地方去。每年總有數十億蒲式耳，數百萬噸吧。他走向左側，從建物之間的空隙望過去，視線一片昏暗，可是他依稀看見幾間約略成半圓形的房舍，顯然是給車站員工居住的房子。還有一些燈光，他希望那裡有汽車旅館，或者餐廳，或兩者都有。

他走向出口，習慣性地繞過地上的蒸汽燈亮光，可是他發現最後一盞是避不掉了，因為它就設在出口柵門的正上方。於是他決定省下繞圈子的麻煩，直接從第二盞到最後一盞燈的光線底下走過去。

就在這時，一個女人從暗處冒出來。

她帶著不凡的爆發力向他衝過來，兩個急切的箭步，像是很高興能看見他，肢體語言充滿了寬慰和安心。

接著卻突然變了。變成全然的失望。她突然煞住，嘆了聲。「啊。」

她是亞洲人，但並不嬌小，大約五呎九吋高，說不定有十吋，而且相當健壯，全身看不見一根骨頭，絕非瘦弱可憐的浪女。李奇估計她約有四十歲，一頭黑色長髮，身穿牛仔褲、T恤和鋪棉短外套，腳上穿著綁鞋帶的鞋子。

他說：「晚安，小姐。」

她越過他的肩膀張望。

他說：「沒別的乘客了。」

她注視他的眼睛。

他說：「除了我沒人下火車，所以妳朋友大概沒來吧。」

「我朋友？」她說。不明確的口音，普通美國腔，到處都聽得到。

他說：「到這兒來不就為了接朋友，不然會是為了什麼？大半夜的，這裡應該沒什麼可看吧。」

她沒回答。

他說：「可別告訴我，妳從七點等到現在。」

「我不知道火車誤點了，」她說：「這裡收不到手機訊號，鐵路公司也沒派人出來解釋一下，而且我猜小馬快遞今天大概請病假了。」

「他不在我的車廂，也不在下兩節車廂。」

「誰？」

「妳朋友。」

「你又不知道他的長相。」

「他很高大，」李奇說：「所以妳一看見我就衝出來，妳以為我是他，至少有那麼會兒。而我的車廂沒有大塊頭，下兩節車廂也沒有。」

「下一班火車是幾點？」

「明早七點。」

她說：「你是誰，來這裡做什麼？」

「只是經過。」

「火車經過這裡，你不是，你下車了。」

「妳對這地方了解多少？」

「完全不了解。」

「妳有沒有看見展覽館或墓碑石？」

「你來做什麼？」

「問話的是什麼人？」

她頓了一下，說：「無名小卒。」

李奇說：「鎮上有沒有汽車旅館？」

「我就住在那裡。」

「還可以嗎？」

「就是汽車旅館。」

「可以接受，」李奇說：「有空房嗎？」

「沒有才奇怪。」

「好吧，那麻煩妳帶路了，別整晚在這兒枯等。我天一亮就會起床，到時會去敲妳的房門叫妳起床，但願妳朋友一大早就會抵達這裡。」

女人沒說話，只是再次掃了眼寂靜的鐵軌，然後轉身，帶頭走出車站。

2

汽車旅館比李奇預期的大了許多。是一棟兩層樓U形建築物，總共三十個房間，停車空間很充足，可是被佔用的停車格卻不多。客房空了一半以上。旅館顯然是用灰泥磚建造的，粉刷成米黃色，搭配漆成棕色的鐵製樓梯和扶手。沒什麼特色，可是卻看來相當乾淨而且維護得不錯。所有燈泡都沒壞，李奇住過很多比這更糟的地方。

辦公室在一樓左邊第一個房間。桌子後面有個職員，一個大肚子、看來像裝了一隻玻璃假眼的矮小老人。他把二一四號房鑰匙交給女人，她沒打招呼便走了。李奇問他住房費用，那人說：「六十塊錢。」

李奇說：「一星期？」

「一晚。」

「我四處走跳。」

「什麼意思？」

「我住過不少汽車旅館。」

「所以？」

「我看不出這裡有六十塊錢一晚的價值，頂多二十。」

「二十不可能，那些房間很貴的。」

「哪些房間？」

「樓上的。」

「我住樓下就可以。」

「你不需要和她住近一點？」

「和誰住近一點？」

「你的女朋友。」

「不，」李奇說：「我不需要和她住得多近。」

「樓下四十塊。」

「二十。你的房間超過一半是空的，生意清淡，有二十塊可賺強過什麼都沒有。」

「三十。」

「二十。」

「二十五。」

「好吧。」李奇說著從口袋掏出一捲紙鈔，抽出一張十元、兩張五元和五張一元的。他把錢放櫃台上，獨眼人用誇耀的勝利手勢，從抽屜拿出連在一〇六號房木牌上的鑰匙來給他。

「在後面角落，」那人說：「樓梯旁邊。」

樓梯是鐵製的，每當有人上下便會發出鏗鏗鏘鏘的噪音，不算整棟旅館最好的一間。小心眼的報復方式，可是李奇不在乎。他猜今晚他會是最後一個上床睡覺的，應該不會有比他更晚到的投宿客了，他預期自己應該能不受打擾，在這寂靜的原野夜晚一睡到天亮。

「謝謝。」他說著便帶了鑰匙離開。

獨眼人等了三十秒，然後撥打辦公桌上的電話。當對方接聽，他說：「她到車站去接了一個人，很晚才回來。她等了五小時，把那傢伙帶回旅館，那人訂了一個房間。」

問題隨著一陣沙沙的劈啪聲傳來，獨眼職員說：「同樣是個大塊頭，一個小氣的混球，跟我討價還價了半天，我給了他一〇六號房，後面角落那間。」

又一陣窸窣作響的發問，接著那人回答。「這裡不行，我在辦公室裡。」

又一陣嘶嘶聲，可是這次語氣不一樣，節奏也變了。是指示，不是提問。

獨眼人說：「好吧。」

他掛了電話，吃力地站起，走出辦公室，抬起閒置在一〇二號房門口的塑膠涼椅，把它搬到柏油地面上可以同時看見辦公室門和一〇六號房門的位置。你現在看得到他的房間嗎？是剛才的問題，找個看得見的位置然後整晚盯著他，則是指示，而獨眼人一向遵從指示，儘管有時會有點不情願，就像現在，他調整角度，一屁股跌坐在不舒適的塑膠椅子上。在戶外，又是寒涼的深夜。不是他喜歡的做事方式。

李奇從房內聽見塑膠涼椅刮過柏油地面的聲音，可是他不在意。這只是夜裡偶發的聲音，不具危險性，不是手槍擊發子彈，不是刀子咻地出鞘，不至於讓他擔憂。唯一的擔憂是穿著繫帶鞋的腳步聲出現在外面人行道上，接著有人敲他的門。他在車站遇見的那女人似乎問題一大堆，而且似乎覺得自己應該得到答案。你是誰？來這裡做什麼？

但那只是刮地聲，不是腳步聲或叩門聲，因此李奇沒放在心上。他折好長褲，把它平放在床墊底下，接著洗去一整天的污垢，鑽進被窩。他把腦子裡的鬧鐘設定在清晨六點，伸了一次懶腰，打了一次哈欠，睡著了。

曙光一片金黃，不帶一絲粉紅或紫。天空是瀚藍色，像洗過千百次的舊襯衫。李奇又沖了澡，穿上衣服，走到外面迎接新的一天。他看見那把涼椅，是空的，不知為何擺在車道上，可是他沒多想。他盡可能輕輕地爬上金屬樓梯，小心翼翼踏出腳步，讓原本的鏗鏗聲減低為模糊的隆隆震動聲。他找到二一四號房，敲了敲門，堅定但慎重，就像他想像中的高級飯店服務生的做法。**我來叫您起床了，女士**。她還剩四十分鐘左右，十分鐘起床準備，十分鐘沖澡，十分鐘走路到車站，這樣應該能在早班火車抵達前趕到。

李奇輕手輕腳地走下樓梯，到了街上，此時的街道寬敞得夠稱得上是廣場。大概是為了那些緩慢又笨重的農用卡車吧，方便它們可以轉彎、調動，在地秤、受理站和穀物儲存塔前面一字排開來。柏油路上還埋設了鐵軌，相當浩大的作業，也許是專供本地使用的某種中心設施，而在美國的這種鄉下地方，這意謂著半徑兩百哩範圍的區域。難怪有那麼大的汽車旅館，因為農夫會從四面八方來到本地，在搭火車遠赴某個外地城市之前或之後在這裡住一宿。也許他們會在一年當中的某個時節全部湧了來，例如在遠方的芝加哥期貨看漲時，因此需要三十個客房。

這條寬廣的街道或廣場，不管它是什麼，基本上是從南往北延伸，分布其中的鐵軌和閃亮的基礎設施標示出右邊，也就是東區的界線；而相當於主街道的地帶則標示出左邊，也就是西區的界線。汽車旅館就在那一帶，還有一間餐館，還有一間雜貨店。在這些建築物後方，小鎮的房屋往西零星地拓展為半圓形區域。稀稀疏疏，雜亂無規劃，鄉村味。約有一千個居民吧，說不定更少。

李奇沿著寬廣的街道往北走，想尋找昔日的馬車隊路徑。他推測它應該會以東西向和他的路線交叉，這正是馬車隊的精神。**到西部去吧，年輕人**。充滿挑戰刺激的年代。他看見前方五十碼外有個交叉路口，就在最後一座儲糧塔再過去的地方。一條東西向的筆直公路。右邊的路面被朝陽照得通亮，左邊則是漫長而且樹蔭濃密。

鐵路叉口沒有防護設施，只有紅綠燈。李奇站在鐵軌上，回頭凝望著南邊，他走過的地方。在昏暗天光下，就他視線所及，起碼有一哩的範圍沒有別的交叉口。北邊，同樣在至少一哩範圍內沒有其他交叉口。如果母之安息鎮上確實有一條東西向的馬車通道，應該就是他此時站的地方了。

這條路相當寬敞，路面微微隆起，是用從兩側的淺溝挖出的泥土堆成的。上頭鋪著厚厚的柏油，已經因為時間久遠而泛著灰白，到處有風化的龜裂痕跡，邊緣不時出現像凝結岩漿的硬塊。路非常筆直，從一邊的地平線一直延伸到另一邊。

很合理。可以的話馬車隊當然是走直線，有什麼理由不這麼做？沒人會為了好玩多繞幾哩路的。帶頭的車夫會根據遠方的地標行進，其他馬車會一路跟著，一年後新的車隊會發現他們的轍痕，再過一年某人會在地圖上標示出這條路線。而一百年後某家州高速公路公司會帶著載滿瀝青的卡車到這裡來開路。

東邊沒什麼可看的。沒有小展覽館，沒有大理石墓碑，只有公路，穿越無邊無際的半熟小麥田。然而在反方向，軌道的西邊，公路通過小鎮，大致上不會偏離鎮中心，六條房舍低矮的街區分列在路的兩側。右邊街角的空地往北延伸約一百碼，相當於一座足球場的大小。那是一家農業機具經銷商，陳列著各種奇特的曳引機和大型機械，全都新得發亮。左邊是一家動物用品店，設在一棟原本應該是普通住宅的小建築物裡。

李奇轉彎，沿著舊路徑往西穿過小鎮，曬在背上的清晨陽光帶著點暖意。

汽車旅館的獨眼職員撥了電話，接通時他說：「她又到火車站去了，在等早班的火車。他們到底派了多少人來啊？」

電話那頭傳來一陣劈啪聲，不是發問，也不是指示，口氣柔和許多，也許是鼓勵，或安撫。獨眼人說：「是啊，好吧。」便掛斷了。

李奇往前走了六個街區，又往回走了六個街區，看見不少東西。他看見許多仍然有人居住的房子，和一些改裝做為辦公室的房子，包括許多種子批發、農藥銷售商店和一家大型獸醫院。他看見一家小型法律事務所，看見往北一條街的地方有個加油站，一間撞球室，和一家販賣啤酒和冰品的商店，還有一家只賣橡膠靴和橡膠圍裙的。他還看見一家自助洗衣店，一間輪胎維修廠，和一家賣自黏式靴底的小店。

沒看見展覽館或紀念碑。

這也合理。他們不會把這兩樣東西擺在明處，也許會往後一、兩個街區，為了表示敬畏，同時也可以維護安全。

他離開馬車隊路徑，走進一條岔路。儘管小鎮是以半圓形拓展開來，它的街道卻是棋盤式排列。有些地段就是比較受歡迎。那幾座儲糧塔彷彿有自己的引力作用，距離它們最遠的地方最荒涼，最靠近尖端的地帶則是有房屋櫛比鱗次。舊道路後方的街區有許多可能是由穀倉或車庫改建的單臥房公寓，還有一些看來像臨時攤販的小攤子，讓那些留了一、兩英畝種蔬菜水果的人營生。還有一家提供西聯匯款和速匯金匯款服務，兼營傳真影印以及聯邦、UPS、DHL快遞業務的商店。它旁邊是一家會計師事務所，不過看來已經荒廢了。

沒有展覽館，沒有紀念碑。

他沿著幾個街區搜索，一個接一個，經過許多低矮的棚屋，經過柴油引擎維修站，經過長滿了細如髮絲的雜草的閒置空地。他從寬廣大街的盡頭走出來，他已經逛了半個小鎮，沒有展覽館，沒有紀念碑。

他看見早班火車駛來，它看來又熱又焦躁，而且很不耐煩停車。完全看不出是否有人下車，太多基礎設施擋住他的視線。

他餓了。

他往前直接穿過廣場，幾乎一路走回一開始出發的地點，經過雜貨店，進了餐館。

這時汽車旅館老闆的十二歲孫子衝進雜貨店，站在門口牆邊的付費電話前。他丟進幾枚硬幣，撥了個號碼。電話接通時他說：「他在鎮上到處搜索，我一路跟著他。他到處找遍了，一條街一條街地找。」

3

這家餐館十分乾淨、舒適而且裝潢優美，但它終究還是一個營業場所，目的在盡可能快速地用熱量換取金錢。李奇選了右手邊遠端角落的一個面對面包廂座位，背對著屋角坐下，以便能面對整個餐館內部。它的桌位坐了半滿，多半是一些為了應付一整天勞動工作而努力填飽肚子的人。一名女服務生過來，忙碌但很敬業地耐心等候，李奇點了這天的第一餐，鬆餅、蛋和培根，但主要還是咖啡。絕對少不了的。

女服務生告訴他，店裡有無限續杯服務。

李奇樂得享用。

他正喝著第二杯，車站那女人走進餐館，一個人。

她站了會兒，似乎有點猶豫，接著她環顧了一圈，發現他，筆直地朝他走了過來。她滑入對面的空座位。在白天近看之下，她比昨晚漂亮多了。靈活的深色眼睛，臉上帶有一種決心和聰慧。但也帶著些許擔憂。

她說：「謝謝你敲門叫我。」

李奇說：「不客氣。」

她說：「我朋友也沒有在早班火車上。」

他說：「為什麼告訴我？」

「你知情。」

「是嗎？」

「不然你為什麼會下火車？」

「也許我住在這裡。」

「你不住這裡。」

「也許我是農夫。」

「你不是。」

「也許是。」

「我不相信。」

「為什麼？」

「你下火車的時候沒帶旅行袋，一點都不像在同一塊土地上住了好幾世代的老鄉。」

李奇頓了一下，然後說：「妳到底是誰？」

「我是誰不重要，重點是，你是誰？」

「我只是個過客。」

「我得知道多一點。」

「那麼我也得知道問話的究竟是誰。」

女人沒回答。服務生送來他點的餐，鬆餅、蛋和培根，桌上有糖漿。服務生又替他把咖啡倒滿，李奇拿起餐具。

車站那女人把一張名片放桌上，越過黏膩的桌面向他推過去。上面蓋了政府戳章，藍、金兩色。

聯邦調查局

特別探員米雪兒．張

李奇說：「是妳？」

「沒錯。」她說。

「幸會。」

「彼此彼此，」她說：「但願。」

「調查局為什麼問我話？」

「已經退休了。」她說。

「誰？」

「我。我已經不是聯邦探員了，名片是舊的，我離職時拿了一些。」

「這樣行嗎？」

「大概不行。」

「可是妳拿給我看了。」

「這是為了讓你注意我，同時也取信於你。目前我是私家偵探，不過，不是在旅館偷拍照片那種，這點請你了解。」

「為什麼？」

「我需要知道你為何到這兒來。」

「妳在浪費時間。不管妳到底有多少麻煩，我真的只是碰巧來到這裡。」

「我需要知道你是否有任務在身，說不定我們是同一邊的，也許我們都在浪費時間。」

「我沒有任務在身，而且我不跟誰同一邊，我只是個路過的。」

「你確定？」

「百分之百確定。」

「我為什麼要相信你？」

「我不在乎妳相不相信我。」

「站在我的立場想一想。」

「妳加入調查局之前是做什麼的？」

張說：「在康乃狄克州當警察，巡警。」

「很好，因為我幹過警察，真巧，所以我們也算是警察兄弟吧。相信我，真話假不了，我只是碰巧來到這裡。」

「哪一種警察？」

李奇說：「軍隊裡的那種。」

「你都做些什麼？」

「主要是奉命行事，幾乎什麼都做，通常是犯罪調查，詐欺、偷竊、謀殺和叛國，軍隊裡常見的那些狗皮倒灶的事。」

「你叫什麼名字？」

「傑克．李奇。陸軍少校退役，一一〇憲兵特調組，我也失業了。」

張緩緩點了下頭，似乎放心了，但依然有些不安。她說，語氣柔和許多。「你確定你沒有任務在身？」

李奇說：「完全沒有。」

「那你現在在做什麼？」

「沒做什麼。」

「這是什麼意思？」

「就是這意思。我到處旅行，四處走動，四處看，想去哪就去哪。」

「一年到頭？」

「這很適合我。」

「你住哪裡？」

「四海為家，今天，就這裡。」

「你沒有家？」

「不需要，反正我也不會在家。」

「你以前來過母之安息鎮嗎？」

「沒有。」

「那為什麼突然跑來，既然沒有任務？」

「只是從附近經過，被它的名字吸引，一時興起。」

張頓了一下，然後笑笑，笑得突然，略帶惆悵。

「我了解，」她說：「我可以想像它的電影畫面，最後一幕是斜斜插在泥地裡的十字架大特寫，兩根木柱釘在一起，上面的銘文是用營火燒熱的火鉗烙出來的，在它後面，一支馬車隊喀噠喀噠離去，越走越遠。接著是片尾字幕。」

「妳覺得有個老婦人在這裡死掉？」

「我是這麼想的。」

「有意思。」李奇說。

「你又是怎麼想的？」

「我也不知道。我在想也許有個外地年輕女人在這裡生下孩子，也許休養了一個月然後繼續動身，也許那孩子後來當上了參議員什麼的。」

「有意思。」張說。

李奇叉起蛋黃，吃了一口濕淋淋的早餐。

三十呎外，櫃台服務生撥了牆上的電話。「她一個人從火車站回來，直接走向她昨晚遇見的那傢伙，現在他們正聊得起勁，一定是在策劃陰謀，相信我。」

4

餐館沒那麼忙了。看來早餐尖峰時段只是天剛亮的事。種田和當兵一樣辛苦。女服務生又過來，張點了咖啡和丹麥麵包，而李奇剛好吃完早餐。他說：「既然不是到旅館偷拍照片，像妳這樣的私家偵探都做些什麼呢？」

張說：「我們致力於提供一系列專業服務，包括企業調查，當然現在多了許多網路安全工作，但是我們也做個人安全服務，近身安全維護。畢竟有錢人越來越有錢，窮人越來越窮，這對保全事業是好消息。另外我們也做建築物保全，加上安全建議、背景調查和危險評估，還有一般的調查工作。」

「妳到這裡來做什麼呢？」

「我們在這一帶有任務正在進行。」

「要預防什麼危險？」

「我不能透露。」

「多重大的任務？」

「我們在這裡部署了一個人，總之我們以為部署了，我是來支援他的。」

「什麼時候？」

「我在昨天抵達。我目前被派駐在西雅圖，大老遠搭飛機過來，然後租了輛車，開了大半天才到，這裡的路簡直沒完沒了。」

「可是妳同事不在這裡。」

「沒錯，」張說：「他不在。」

「妳認為他只是暫時離開，會搭火車回來？」

「希望事情有這麼單純。」

「不然會是什麼原因？這裡已不是以前的大西部了。」

「我知道，也許他沒事。他主要是以奧克拉荷馬市為據點到處活動，也很有可能他必須趕回去處理一些別的業務。因為開車不方便，他選擇搭火車，因此也會搭火車回來。他告訴過我，他在這裡沒車子。」

「妳試過打電話找他嗎？」

她點頭。「我在雜貨店找到一具固定電話，可是他住處的電話沒人接，他的手機也關機了。」

「也許是接不到訊號，這表示他不在奧克拉荷馬市。」

「他會不會跑太遠，在這附近迷路了？又沒開車？」

「我怎麼知道？」李奇說：「這是妳的案子，不是我的。」

張沒回答。服務生回來，李奇決定提前吃午餐，點了一片桃子派，並且追加咖啡。女服務生一副認命的樣子，她老闆的無限續杯方案被打敗了。

張說：「他應該要向我作簡報的。」

李奇說：「誰？不見人影的那傢伙？」

「顯然是。」

「意思是向妳報告最新進展？」

「不只。」

「妳到底知道多少？」

「他名叫基佛，以我們的奧克拉荷馬市總部為據點，在外面到處活動，可是我們時常登入同一個網站，我可以看見他的行蹤，他手上有好幾個大案子正在進行，可是在這裡沒有案子，總之他的電腦沒顯示。」

「妳是怎麼收到後援任務的？」

「他私底下打電話給我，我剛好有空。」

「從這裡打的？」

「絕對是。因為他仔細告訴我怎麼過來，他提到這是他目前落腳的地點。」
「是例行性的請求？」
「差不多，符合規定。」
「所以一切程序正常，只是這案子不在他電腦上？」
「沒錯。」
「這意謂著什麼？」
「肯定是小事，也許只是幫朋友一個小忙，或者收費低得過不了老闆那關，總之無利可圖，因此在檯面下進行。可是後來我又想，一定是大事，大到必須打電話請求援助。」
「所以是小事，但是事態擴大了？關於什麼？」
「我也不清楚，基佛原本要向我簡報的。」
「沒有半點頭緒？」
「你到底哪裡不懂？他正在辦一個小案子，私底下秘密進行，原本打算等我一到達就告訴我的。」
「他在電話裡的口氣如何？」
「大致上相當輕鬆，他似乎不是很喜歡這裡。」
「他說了不喜歡？」
「只是我的感覺。當他解釋該怎麼到這兒來的時候，聽起來充滿歉意，好像他在誘騙我進入一個險惡可怕的地方。」
李奇沒說話。
張說：「你們軍人大都依賴資料數據行動，應該很難理解這樣的思考方式吧。」

李奇說：「不，我正要說我很有同感。例如，我不太喜歡那間賣橡膠圍裙的小店，而且有個怪怪的孩子到處跟了我一整個早上，大約十、十二歲，一個男孩。可能有點遲鈍吧，對陌生人覺得好奇，但是非常害羞，每次我往他的方向看，他就躲到牆後面。」

「不知道這該算是奇怪或悲哀。」

「妳真的沒有半點消息？」

「我在等基佛向我簡報。」

「意思就是在等火車。」

「一天兩個班次。」

「妳打算等多久才放棄？」

「沒禮貌。」

「開個玩笑。其實這就像我遇過的一些最糟狀況，或許也是妳在巡邏警車裡遇過的，就是通訊故障，訊息無法正常傳遞。我猜是這樣，因為這裡大概沒有手機服務站吧，這年頭，少了手機大家就沒轍了。」

張說：「我打算再等個二十四小時。」

「到時我已經離開了，」李奇說：「我可能會搭晚班火車。」

李奇把張單獨留在餐館內，一個人回到舊車道，打算把小鎮逛完。那個怪異的孩子已經不見人影。他在動物用品店轉彎，再度沿著街道左手邊往前走，走了六個街區，沒發現有趣的東西。他繼續往前走，進入空曠的野地，走了一百碼，兩百碼，心想說不定鐵路的建造讓鎮中心整個往東移，把一些遺跡留在原來的地方了。如果張想得沒錯，有個老婦人死了，那麼她的墓碑不見得遠遠地就看得見，很可能相當低矮，只是地上的一塊石板，鐵護柵頂多一呎半高，埋藏在大片小麥裡，也許只有一條淺淺的草徑可以通往公路。

可是他沒看見這樣的小徑，沒有墳墓的鐵護柵，也沒有較大的建物。沒有展覽館，沒有標示著歷史遺跡位址的官方告示牌。他掉頭往回走，開始搜索小鎮的南邊部分，一個接一個街區，從東西向街道位在鐵路建物後方的路段起頭。這裡和它北邊的對等路段差不多，但是有較多用穀倉或車庫改建的單臥房房子，蔬果攤位也少一些，但一樣沒有紀念碑，沒有展覽館。不在意想中的位置，母之安息鎮並非一開始就位在十字路口，那是建了鐵路以後的事。它原本只是沿著一條又長又筆直地穿越大草原的車轍零星散布的房屋。碑石或傳說吸引了許多人前來，小鎮就這麼逐漸成形，就像一顆沙子被琢磨成了珍珠。

可是他找不到，找不到碑石或展覽館。不在它們該在的位置，也就是距離原始的路肩有一段相當距離的地方，遠得足夠來一次短程遊覽或朝聖。也就是和原始的路肩相隔一個現代街區的地方，可是這裡什麼都沒有。

他繼續往前，一個接一個街區，沿著走過的路前進。他看見之前看過的事物，開始有了些了解。一條街接著一條街，小鎮一點點在他面前展現真貌。這是一個廣大而且分散的農業社區的交易站，進口各種機械設備，輸出數量龐大的農產品，主要是穀物，但也包括牲畜，因此有動物用品和大型動物獸醫院，也才需要橡膠圍裙吧，他想。有些人賺了錢，買了閃亮的曳引機，有些人賺得少，只好把柴油引擎送去維修，給靴子黏上新的鞋底。

和其他小鎮沒兩樣。

時值夏末，天空始終金澄澄的，陽光溫暖但不炎熱，因此他繼續漫步，樂得在戶外逍遙，直到他把走過的街區全部又逛過一回，把看過的事物全部又看過一遍。

沒有紀念碑，沒有展覽館。

沒有怪怪的小孩。

可是有個傢伙神情怪異地盯著他看。

5

這裡位在舊車道兩個街區外，是一條東西向的平行小街，兩側各有五個房屋林立的街區，小鎮的半圓形狀就從這裡拓展開來。這裡有一家銀行分行和一家信用合作社，還有一些關著店門的小工作坊，全都是一人生意，包括一個磨刀匠，一個變速箱維修工人，甚至有一個亮著彩色旋轉燈柱的理髮匠。但特別的是有個販賣好幾種廠牌灌溉系統零配件的傢伙。這人的店鋪非常狹小擁擠，而他就窩在收銀台後面。這人個頭不小，面對著店外，當李奇經過時，他眼神一閃，伸手往上、往後去拿背後的不知什麼東西。李奇沒看見那是什麼，他的動能推著他繼續往前走。他的前腦袋沒想太多，可是後腦袋卻嘀咕著：**那傢伙為何起反應？**

很簡單，因為他看見了新面孔，一個陌生人，一下子愣住。

他伸手拿什麼？槍？

大概不是吧，一個偶然路過的人又不具立即威脅性，再說也不會有人大剌剌地將一支球棒或一把舊式點四五口徑手槍隨時掛在牆上。太明目張膽了，藏在櫃台底下會好一點。況且灌溉系統的生意能有多險惡？球棒和手槍應該是酒吧、酒窖才用得上，也許還有藥局。

所以那傢伙究竟伸手拿什麼呢？

八成是電話。舊式的壁掛式電話，一般人的肩膀高，方便撥打。那傢伙向後伸手去拿，因為他被擠得沒辦法直接轉身。

為什麼他要打電話？難不成看見陌生人是非比尋常的大事，值得馬上到處宣揚？

也許他忽然想起什麼事，也許他正好要打電話談生意，也許他正要送貨給客人。

也可能有人交代他一看見就打電話通知。

看見什麼呢？

陌生人。

誰交代的？

也許那個怪小孩也是，也許他實際上是在監視。明顯的害羞和全然的笨拙兩者之間只有微妙的差異。

李奇站在廣場上，轉了個圈子。

後面沒人。

這時他想喝杯咖啡應該不錯，於是又走進餐館。張還在裡頭，在原來的桌位。這時已將近中午，她換了位子，就他之前坐過的，背對著屋角。他通過店內，在她旁邊的桌位坐下，和她並排，因此同樣背對著牆壁。沒辦法，習慣了。

「早上過得還好吧？」他問。

她說：「感覺像我唸大一時的週日，沒有手機，無所事事。」

「你朋友起碼應該會進辦公室報到一下吧？」

她想說什麼，但止住。她環顧了下周遭，和店內的客人，像在數著有多少證人會聽見她可能相當難為情的招供。接著她露出複雜又意味深長的微笑，半帶放肆、半帶無奈，甚至帶著點詭秘的味道，然後說：「我可能有點美化了我們的工作狀況。」

李奇說：「怎麼說？」

「其實我們在奧克拉荷馬市的辦公室是基佛的備用臥室，就像我們在西雅圖的辦公室是我的備用臥室。我們的網站顯示我們公司到處都有辦公室，這是事實，到處都有一個配有一間備用臥室和大堆待繳帳單的失業前調查局探員。我們不是一家多層級的公司，換句話說，我們沒有支援人力，基佛不必向任何人報到。」

「可是他有好幾個大案子正在進行。」

張點頭。「我們都是有真本事的，也都很能幹，不過我們畢竟是一家公司，凡事壓低開支是首要原則，加上好的網站，但是沒人真正清楚你的底細。」

「他的私人案子會是哪一方面的事呢？」

「當然，我也一直在想這問題。和企業無關，因為絕不會有所謂的企業小案件。有些企業的案子簡直像印鈔機，而且一定會被放上網站的，相信我，這就像頒給自己一枚金星勳章。這次一定是私人客戶，用現金付費，或者手寫支票。不見得有不可告人的地方，但很可能相當單調，也或許有點瘋狂。」

「只是現在基佛需要支援。」

「我說過，一開始是小事，後來起了變化。」

「或者瘋狂的部分變得不再瘋狂了。」

「或者變得更加瘋狂。」

女服務生過來，開始提供李奇今天的第二輪無限續杯服務。他已經預先結帳，付了大約四倍的錢。他喜歡咖啡，他也喜歡女服務生。

張說：「你早上過得如何？」

他說：「我找不到老婦人的墳墓，或者任何關於她孩子的情報。」

「你認為這兩者都還存在？」

「我很有把握。這裡多得是空間，他們不會在人家的墳墓上鋪路的，而且總不至於連容納歷史性銘碑的空間都沒有。那種東西到處都是，類似鑄造金屬，漆成棕色。我不知道是哪個單位設立的，可能是內政部吧，可是這裡一個也沒看見。」

「你找本地居民問過嗎？」

「等會兒就去問。」

「你應該從女服務生開始。」

「她有職業義務給我一個作秀式的回答，這麼一來好話會傳開來，這家餐館就成了熱門觀光點。」

「好像沒什麼效果。」

「妳覺得會有很多人問嗎？」

「十個人當中或許有五個會吧，」她說：「不過這是累積大約十一年訪客數的結果，所以這是一個高百分比、低頻率的問話，端看你對多的定義。」

這時女服務生提著Bunn咖啡機玻璃壺朝他們走來，為李奇的咖啡做這一輪續杯的第一次追加，張趁機問她。「這裡為什麼叫母之安息鎮？」

女服務生往後站，臀部向一邊歪斜，像疲倦的女人常做的那樣，咖啡壺舉在和腰部等高的半空。她有著和外面的小麥同色的頭髮，臉色紅潤，年紀大約三十五到四十之間，一個發福的瘦子，或者一個被工作磨得消瘦的胖子，很難說得準。她似乎很開心能喘口氣，因為李奇給的豐厚小費已經讓他成為她的頭號知己，也因為他們問她的問題既不冒失也不乏味。

她說：「我喜歡想成是遠方城市的一個感恩的兒子為她母親建造的一棟退休後居住的鄉間小屋，來報答她為他作出的種種付出，後來一些商店出現，賣給她各種必需品，然後房子也多了，很快就成了一座小鎮。」

李奇說：「這是官方版本？」

女服務生說：「親愛的，我不知道，我是密西西比人，不知怎麼流浪到了這裡。你應該問問櫃台小弟，起碼他是在這個州出生的。」

說著匆匆走開，就像一般女服務生。

張說：「這算不算作秀式的回答？」

李奇點著頭說：「不過是從創意的角度，而不是行銷角度。她應該去做電視節目，或者替電影寫劇本。我看過一部類似的，汽車旅館房間裡的電視播的，大白天。」

「要不要問一下櫃台小弟？」

李奇回頭看。那人正在忙。他說：「我想先去找幾個真正的鄉親，剛才散步途中發現幾個候選人，然後我要找個地方休息一下，或者去剪個頭髮。也許晚上七點我會在車站見到妳，妳朋友基佛會下車，而我會上車。」

「不知道小鎮名字的由來也無所謂嗎？」

「這事沒那麼重要，說真的不值得到處打聽。我會相信自己的版本，或者妳的，看我的心情而定。」

張聽了沒回應，於是李奇喝光咖啡，從桌子後方滑出座位，再度穿梭著通過店內。他出了餐館，陽光依舊溫暖。等會兒就去做，問問真正的鄉親。就從賣灌溉系統零配件那傢伙開始。

6

那傢伙仍然被圍堵在他的櫃台後面。他大約有兩呎空間，顯然不太夠。他的身高體重和李奇相當，身材卻鬆垮臃腫，穿著和馬戲團帳篷差不多大的襯衫，大得像定音鼓的肚子底下的腰帶繫得低到不能再低。他的臉色蒼白，頭髮非常淺淡。

牆上果然有電話，就在他右肩的後方。不是有撥號轉盤和捲曲通話線的那種舊式電話，而是普通的新式無線電話，包括用螺栓固定的主機，和掛在基座上的直立式手持話筒。那傢伙隨便一伸手就搆得到，電話號碼也是現成的，寫在掌心，方便快速撥打，或者用快速鍵。主機上有十個透明窗格，五個貼了標籤，五個是空的。貼了標籤的可能是他代售零件的幾個品牌，大概是技術支援專線，或者銷售和售後服務電話。

那人說：「需要什麼嗎？」

李奇說：「我們見過嗎？」

「應該沒有，要是見過我一定會記得。」

「可是我第一次經過時，你突然跳起來，頭還結結實實撞上了天花板。為什麼？」

「我看過你的舊照片，認出是你。」

「什麼舊照片？」

「一九八六年賓州大學足球隊。」

「我沒聰明到可以上賓大。」

「你在足球賽程表上，你是大家都在議論的後衛，幾乎所有運動報刊上都有你。當年我對這方面的新聞非常注意，老實說現在也一樣。當然，你看來老了點，恕我這麼說。」

「你打了電話嗎？」

「什麼時候？」

「你看見我經過的時候？」

「我幹嘛那麼做？」

「我看見你伸手去拿電話。」

「也許電話剛好響了。電話總是整天響個不停，有人要買這個，有人要買那個。」

李奇點頭。當時他聽得見電話鈴聲嗎？也許沒辦法。店門關著，電話又是電子式，可以調整音量，在這樣的窄小空間裡很可能調得非常小聲，尤其如果電話整天響個不停，就在這傢伙耳邊，鈴聲太大是很惱人的。

李奇說：「你對這小鎮的名字有什麼見解？」

那人說：「什麼？」

「為什麼這裡叫母之安息鎮？」

「先生，老實說我不清楚。全國到處都有怪地名，不是只有我們這兒。」

「我沒有指責你的意思，只是對這段歷史很感興趣。」

「我從沒聽說過。」

李奇又點頭。

他說：「祝你愉快。」

「你也是，先生。還有恭喜你康復了，恕我這麼說。」

李奇擠出店門，在陽光下站了片刻。

李奇又找了十二個生意人閒聊，總共十三個，包括女服務生在內，總共得到十四種看法。沒有一致意見，其中有八個其實不能算是意見，只是聳肩加上一臉茫然，而且全都帶有若干程度的防衛敵意。全國到處都有怪地名，在一個有許多城鎮取名叫「為何」和「為何不」、「偶然」和「古怪」、「聖誕老人」和「無名」、「乏味」和「起司震盪」、「真相」或「成果」、「猴子眉毛」、「可以」、「平凡」、「派餅鎮」、「蟾蜍吸奶」和「蜜唇」的國度，為何獨挑母之安息鎮？

另外六個意見和女服務生的幻想大同小異，還有他的吧，李奇想，還有張的。大家根據這名字往回推，虛構出許多相符的生動場景。沒有確實證據，沒人知道有紀念碑、文物館或歷史銘碑，甚至連古老的民間傳說都沒有。

李奇逛回寬廣大街，邊考慮要小睡一下或者去剪頭髮。

賣零配件的傢伙是第一個打電話通報的，他說他祭出了足球老招數，有自信處理得十分妥當。那是多年前他們教他的小技巧，挑一支在某年戰績優異的大學足球隊，大多數人都會樂得被誇讚而不疑有他。三小時不到，又有三個生意人作了類似的報告，沒提到足球，可是就內容來說非常相似。汽車旅館的獨眼職員接聽了所有來電，心中大致有了底，然後他撥了一個號碼，電話接通時他說：「他們正藉著打聽小鎮的名字到處尋找，那個大塊頭在鎮上四處打探，問東問西。」

那頭傳來一陣長長的沙沙聲，冷靜、流暢而且充滿鼓勵。他說：「好，沒問題。」語氣有些不安，然後掛了電話。

理髮店是只有兩個座椅的小店，店內只有一位師傅。年紀很大，但身手還算穩健。李奇做了熱毛巾敷臉刮鬍，接著電動剪髮，後腦和兩側剪短，頭頂漸次變長。他的頭髮始終維持原來的顏色，稀疏了點，但幾乎沒變。老師傅的手藝成果不錯。李奇看著鏡子，看見自己回看著他，乾淨清爽，打理得整整齊齊。花費十一塊錢，他覺得十分合理。

接著他越過大廣場往回走，在汽車旅館外面發現之前看過的那張涼椅，孤零零立在公路車道上。白色塑膠椅。他把它拎起來，放在路邊石的右側，靠近圍籬的草地上。不唐突，不擋路。他用腳把它轉了一下，讓它正對著陽光。然後他坐下，往椅背一靠，閉上眼睛。他吸取著那股暖意，不知不覺睡著了，就在夏季的戶外，對他來說幾乎沒有比這更舒服的了。

7

當晚，李奇六點就到了車站，提前整整一小時，一來是因為太陽已低垂在天際，找不到地方可取暖了，再者也是因為他喜歡早到。他喜歡有充裕時間可以到處察看，即使是搭火車這麼簡單的事也一樣。

幾座儲糧塔靜靜聳立著，大概還空在那裡，等著收成吧。巨大的穀倉深鎖著，鐵軌一片靜寂，一排蒸汽街燈趕在天黑前——不過也快了——亮起。西方的天空仍透著金色，但其他部分都已暗下。離黃昏不遠了，李奇心想。

小小的車站已經開門，但是空的。李奇走了進去。內部是薑餅屋風格的純木造裝潢，粉刷過許多次，漆成制式的奶油黃色調。經過一整天的日曬，在傍晚時分散發著股木屋特有的氣味，窒悶、粉塵彌漫而且熱烘烘的。

售票口是拱形的，但整體看來很小，也因此十分隱密。它的玻璃上有個對話用的圓孔，玻璃那頭的簾子放下了，棕色的百葉遮簾，是用一種類似粗糙黑膠的材質做的，上面用類似金葉的字體印著暫停服務幾個字。

一條短廊裡有幾間候車室，裡頭有一張桌子和一份六天前的報紙。幾盞電燈從天花板垂下，帶有玻璃罩的乳白色燈泡，可是沒有開關。在門口，原本應該有開關的位置，有一塊板子，上頭貼著張紙條：開燈請洽售票口。

那些長木椅棒極了，或許有一百年歷史了，是用堅實的紅木做的，造型直挺、質樸，只為了遷就人體形狀而吝惜地刨掉一點，由於長年使用而磨得油亮。李奇找了個位子坐下。它的輪廓意想不到地服貼，儘管外型刻板拘謹，坐起來卻非常舒適。多虧了當初木匠的慧心巧手，也可能是因為木頭本身放棄了掙扎，選擇順從、服貼而且學會接納，而不是選擇反擊。經歷了許許多多不同形狀、大小的人體，不同的重量和溫度，真的就像工業製程那樣，以極緩慢的動作被熱蒸、擠壓。堅硬如紅木，這可能嗎？李奇不知道。

他靜靜坐著。

外面天色又暗了些，裡頭也因此更暗了，開燈請洽售票口。李奇坐在昏暗中，望著窗外。他猜張已經在那兒等車了，隱在暗處。之前她就是這樣。他可以去找她，可是做什麼呢？他沒準備發表長篇大論，再聊個短短五分鐘又起不了什麼作用。他四處旅行，不斷往前走，人們來來去去，他早就習慣了，沒什麼大不了。等會兒他走向火車時，順便禮貌性地揮一下手，這樣也就夠了。反正到那時她或許也沒空理會，忙著和基佛說話，了解事情經過，以及他究竟去了哪裡。

如果基佛在火車上的話。

他繼續等待。

早在火車進站前一分鐘，李奇便聽見鐵軌路基砂石的陣陣咔嗒聲和沙沙作響。接著鐵軌本身開始吟唱，低沉的金屬呢喃，逐漸增強為響亮的哀號。他感覺到一股氣壓，同時看見頭燈的光束。噪音緊接著傳來，窸窸窣窣、鏗隆鏗隆地。接著火車抵達，熱呼呼、鬧烘烘，但又慢得不得了，煞車吃力地咬合，火車停住，火車頭已看不見，一長列車廂和月台並排。

車廂門刷地滑開。

在左手邊，李奇看見張從暗處走出來。由於火車的緣故，又像反射動作那樣煞住。有如相機閃光，一亮一滅。

一名男子走下火車。

在右手邊，李奇看見灌溉系統零配件商店那傢伙。他從暗處出現，向前一步然後等著。

下火車的男子走進一團亮光之中。

不是大塊頭，不是張的同事，不是基佛。這人身高比一般人略高，可是體重輕於一般人，年輕時或可稱為苗條的身材如今已露出幾分疲態。髮色深濃，但或許是染的，穿著套裝和有領襯衫，沒繫領帶。手上拎著只棕色皮革手提袋，比醫生包大，比旅行袋小。

沒有其他人下車。

車廂門仍然敞開。

在右手邊，李奇看見賣零配件的傢伙又上前一步。下火車的男子發現他，賣零配件的人報上名字，伸出手，客氣有禮，殷勤又謙恭。

下火車的男子和他握手。

車廂門仍然開著。

李奇依舊待在原地，留在暗處。

賣零配件的傢伙接過皮革手提袋，領著穿套裝的男子走向車站出口。車廂門刷一聲關上，各節車廂一陣牢騷、抖動，火車再度啟程，一節接一節地緩緩駛離。

賣零配件的傢伙帶著套裝男子走遠了。

李奇走上月台，望著火車尾燈消失在遠方。

張在暗處說：「他們往汽車旅館去了。」

李奇說：「誰？」

「下火車的傢伙，還有他的新夥伴。」

她走到亮處。

她說：「你沒走。」

他說：「沒錯，我沒走。」

「我以為你會。」

「我也這麼以為。」

「我自認是好人，但我知道我不是你留下的理由。」

李奇沒說話。

張說：「這話說錯了。抱歉，不是那種理由，這麼說實在太放肆了。我是說，我沒有理由成為你留下的理由。好像越描越黑了。我是說，你留下不單是為了幫我，對嗎？」

「妳有沒有看見那兩人握手？」

「當然。」

「那就是我留下的理由。」

8

李奇和張在安靜的候車室裡，兩人在黑暗中肩並肩坐在長椅上。李奇說：「妳會如何形容他們的握手特色？」

張說：「怎麼個形容法？」

「描述一下，講故事，肢體語言。」

「看來像一個菜鳥業務員被派去會見一位大客戶。」

「他們見過嗎？」

「應該沒有。」

「同意。而且在本地這傢伙身上尤其看得清楚，對吧？表現得淋漓盡致。恭敬，但不諂媚，相信一定很不同於他和他兄弟們的握手方式，或者和他的岳父，或者和銀行的職員張三，或者和一個二十年沒見的高中同學。」

「所以？」

「這位仁兄有各式各樣可供他靈活運用的握手方式，我們可以假設這些握手法他全都使用得非常順手，這是他的特殊才能之一。」

「這對我們有什麼用處？」

「早上我見過這個人。他經營一家販賣灌溉系統零件的小店，我從他櫥窗前走過，他跳起來並且馬上拿起電話。」

「為什麼呢？」

「誰曉得。」

「你希望我多疑到什麼程度？」

「在合乎常識和有點多疑之間。」

她說：「要不是因為基佛，我會覺得那根本沒什麼。」

「不過？」

「乍看之下，你很像基佛，也許基佛曾經在鎮上到處打探消息，有人要大家提防著他，或者長得像他的人。」

李奇說：「我也想過這點。不太可能，但不可能的事照樣會發生。因此後來我回去確認了。我問那傢伙，你為何有反應？他說他看過我一九八六年的足球校隊照片，賓州大學的。顯然有雜誌登過我的照片。他還說他沒打電話，說他當時伸手可能是因為電話剛好響了，他說他的電話一天到晚響個不停。」

「確實響了嗎？」

「我聽不見。」

「你打過賓大足球校隊？」

「沒有，我唸的是西點軍校，只打過一次足球，打得不怎麼樣，而且我相當有把握我從來沒上過雜誌。」

「也許只是無心之過。一九八六年畢竟是很久以前的事了，你的外貌應該有了極大的改變，而且你看來的確很像打過賓大足球校隊。」

「當時我也是這麼想的。」

「現在呢？」

「現在我認為他在掩蓋真相，拿一堆屁話作掩護。也許那是他慣用的伎倆，與其浪費時間作無謂的否認，不如直接推給一個言之成理的藉口。有些人可能會覺得很受用，也許他們很想當足球明星。誰不想呢？也許他們樂昏了頭，問題也就消失了。而且他還刻意把我說得比實際上年輕，這大概也是為了討好我吧。一九八六年我已經入伍了，我是八三年畢業的。那傢伙徹頭徹尾在演戲。」

「這無法證明什麼。」

「首先，我問他，我們見過嗎？他說沒有。」

「這是事實，不是嗎？」

「可是像那樣的人，一個連三十年前的大學球員都記得的足球迷，當我問他，我們是否見過，他應該會說，沒有，但是我真想跟你握握手，先生。再不然，我要離開時，兩人也應該會握個手。這傢伙很愛握手，對某些人來說握手很重要，我以前見過，比簽名或照片更棒，因為更接近本人，是肢體接觸。我敢說這傢伙一定有一份長長的名人名單，當他在報上或電視上看見他們，會對自己說，我和那人握過手。」

「可是他沒跟你握手。」

「這是一個要命的失誤，他知道我不是足球明星。這裡我得回到妳的說法，有人要求鎮上的人留意到處打探消息的陌生人。或許早上那個怪小孩也是眼線之一。況且基佛不在火車上。他到底去了哪裡？所以我留下了，至少再留一個晚上，好玩嘛。」

「下火車、穿套裝的那人是誰？」

「不知道。大概是局外人吧，到這裡來辦事的。只帶了小手提袋，應該不會待太久。或許是個有錢人。那麼瘦的人通常都是有錢人。我們活在奇怪的時代，窮人很胖，有錢人很瘦，從前絕不會有這種事。」

「好事或者壞事？那個足球迷來接他只是巧合，還是他也和基佛正在處理的事有關？」

「都有可能。」

「也許他只是灌溉系統廠商，大公司總裁。」

「如果是這樣，我想拜訪行程應該會倒過來，我們這位仁兄會到外地去參加某個銷售展，也許會在雞尾酒宴上見到這位大老闆，三十秒，或者更短。可以肯定的是，他一定會和這個人握手。」

「我開始擔心基佛的下落了。」

「應該的，但也不必太擔心。因為，這事能嚴重到哪裡去？恕我直言，這不過是一個私家偵探收取個人客戶的現金或髒錢，這名客人，用妳的話說，說不定是個瘋子。而這種怪人通常會先去找警方，在那之前甚至先向白宮以降的所有單位求助過，但顯然白宮或警方都沒興趣。所以說，能嚴重到哪裡去？」

「你認為警方絕不會判斷錯誤？」

「我認為他們起了個頭，至少查了一下。如果他說有座倉庫堆滿化肥炸彈，他們肯定會馬上趕過來，如果他說那些儲糧塔在向他的牙根管放送廣播，或許就不一樣了。」

「問題是，看樣子原本是小事，如今鬧大了，所以他才打電話要求支援，也許現在警方該正式展開調查了。」

「這樣的話，基佛可以跟一般人一樣打電話報警，或者直接打給調查局，相信他還記得他們的號碼。」

「所以我們現在該怎麼辦？」

「先回汽車旅館。別的不說，我需要一個房間過夜。」

獨眼人在旅館辦公室值班。張和以前一樣拿了二一四號房鑰匙，然後在一旁等著。李奇再度展開不情不願的討價還價，六十塊，四十，三十，二十五，但是不要一〇六號房。他不能每一局都輸給這傢伙。結果他訂了一一三號房，對面廂房的中間，一樓，遠離金屬樓梯，張房間正下方的隔壁。

他問。「基佛先生住哪一個房間？」

職員說：「誰？」

「基佛，奧克拉荷馬市來的那個大塊頭，兩、三天前住進來的。他搭火車過來，沒開車，也許預付了一星期住房費。」

「事關客人的隱私，我不能透露，相信你能理解，而且我相信要是立場互換，你一定會很感激的。」

「當然，」李奇說：「說得很有道理。」

他拿了鑰匙，和張走出辦公室。他說：「別會錯意，不過我想上樓到妳房間去。」

9

他們從位在U形廂房右排客房盡頭的金屬梯上樓，張的房間就在那裡，二一四號房，就在整排房間的最後一間——也就是二一五號房——隔壁。張拿鑰匙開門，兩人走了進去。房間和一般客房沒什麼不同，但看得出來是女人的房間，很整潔而且充滿香氣。一只活動式小行李箱，裡頭的東西折疊得十分整齊。

李奇說：「基佛都帶什麼樣的筆記？」

「問得好，」張說：「我們通常都用筆電和智慧型手機，因此我們的筆記是用鍵盤輸入的，或許很費事，但還是得做，因為所有一切都得列入記錄。可是說到秘密進行的案子，重點就在避免列入記錄，所以何必花工夫輸入？他可能在哪裡留有手寫筆記。」

「哪裡？」

「也許放口袋吧。」

「或者房間，看數量而定。我們應該找找看。」

「我們不知道他住哪個房間，再說我們也沒有鑰匙，而且也拿不到，因為這家高級大旅館顯然很重視客戶隱私。」

「我想應該是二一二、二一三或二一四號房。」

「為什麼？」

「我猜是基佛替妳預訂的房間，對吧？也許他到櫃台去，告訴夥計他有個同事要過來，而這位老兄似乎認為，只要房客之間有點關係，就應該住在隔壁房間。妳住二一四號房是因為基佛已經住進二一三或二一五，或甚至二一二號房。」

「既然你已經知道了，為何還要問那夥計？」

「也許他可以幫我把範圍縮小，但主要還是因為我想公開說出基佛的名字，就這麼簡單。既然大家都在監視，那麼他們或許也在監聽，我要他們聽我說出他的名字。」

「為什麼？」

「讓他們有個心理準備。」李奇說。

李奇和張走過兩個房間，來到二一二號房。這房間可以不列入考慮，因為它的窗簾拉上了，電視機聲音隱約傳出。不是基佛的房間。二一三和二一五號房都是空的，兩間的窗簾都拉開，房內也都黑漆漆的。早上剛做過客房整理吧，李奇想，之後就再也沒動過。根據平均法則，其中一間是空房，一間是基佛的，已付費，但由於某種特殊狀況，目前不住裡頭。空房應該是完全空白的狀態，至於基佛的房間應該會有一點跡象，不管多麼細微，例如從枕頭底下露出來的睡衣，床頭桌上的一本書，或者藏在椅子後面的行李箱的一角。

可是太暗了看不見。

李奇說：「要賭一下，還是等到明天一早？」

張說：「然後要做什麼？把門踢開？這裡的動靜辦公室看得一清二楚。」

李奇探頭看樓下，發現那個獨眼人正拖著涼椅越過柏油路。李奇在籬笆邊坐著睡覺的那張椅子。獨眼人把它整齊擺在辦公室窗外的人行道上，坐了下來，像以前的警長坐在木板門廊上，只是盯著看，看樣子不太像是針對二一四號房，比較低，有點偏右，表示並非正對著一一三號房。同時監看兩個房間。

有意思。

接著李奇想起這天早上，那張椅子被閒置在公路車道上。他望向一〇六號房，估算著角度。

有意思。

他把手肘擱在樓梯扶手上。

他說：「我們要不要把門踹開，全得看妳認為這事究竟有多急迫。」

張在他身邊說：「這種事也會有判斷錯誤的時候，不會每次都對。」

「但也有對的時候，不是嗎？」

「大概吧。」

「所以這次到底算哪一種？」

「你有什麼看法？」

「我不屬於你們的指揮系統，我的看法不重要。」

她說：「這到底是什麼情形？」

「每個案子都不一樣。」

「胡扯，所有案子都是一樣的，你很清楚。」

「像這樣的案子大約有半數是一樣的，」李奇說：「它們可以粗分成兩大類。有時候妳的同事會在幾週以後出現，好端端的，沒有不法情事。有時候妳都還搞不懂出了什麼問題，就再也找不到人了，沒有太多模糊地帶，諷刺的是，它的曲線圖看來像個笑臉。」

「所以，數學要我們等一等，我們要不已經被打敗，要不就還有充裕時間。」

李奇點頭。「數學就是這麼說的。」

「實際操作上呢？」

「如果我們現在行動，無疑等於一頭栽進一種難以預測、與某一夥人為敵的未知境地，也許是五個握手強而有力的人，也許是五百個使用自動槍械和空心彈藥、保衛著某種我們聽都沒聽過的東西的人。」

「假定一下，會是什麼狀況？」

「我說過，不會是倉庫裡堆滿化肥炸藥，是別的事，一開始很怪但接著忽然不怪了。也許他們真的在向我們的牙根管放送廣播。」

張朝樓下遠遠坐在白色涼椅上的獨眼人點了下頭，說：「你選對了頻道廣播基佛的名字，看來那傢伙和這事牽扯很深。」

李奇點頭。「汽車旅館管理員總是很有用的，或多或少。可是這傢伙在組織裡的層級不高，瞧他一直蠢動，他討厭這差事。他自以為比值夜班的哨兵更厲害，但顯然他的主子們不這麼想。」

「而他們正是我們要找的人。」張說。

「我們？」

「只是打個比方。以前養成的習慣，當時都是團隊合作。」

李奇沒說話。

張說：「你留下來了，可是我沒看見有人拿槍強迫你。」

「我留下來的原因和妳認為基佛的事有多緊急不相干，這是另一回事，就看妳的了。」

「我會等到明天早上。」

「妳確定？」

「數學說的。」

「那傢伙在監視，妳睡得著？」

「不然還能怎麼樣？」

「我們可以要他別那麼做。」

「這跟一頭栽進險境有什麼不同？」

「這得看他怎麼回應。」

「我會睡得很好，不過我會給房門上兩道鎖，並且掛上門鎖鏈，畢竟我們還不清楚狀況。」

「沒錯，」李奇說：「我們不清楚。」

「對了，你頭髮剪得不錯。」

「謝謝。」

「你是為了什麼原因？」

「剪頭髮？」

「留下來。」

他說：「主要是好奇。」

「對什麼好奇？」

「一九八六年賓大校隊的說法，實在很不錯，演技一流。我相信他以前一定做過，我也相信他一定在腦子裡反覆練習、彩排，自我評比，而且不斷想像成功的畫面，因此我也相信他絕對不可能遺漏了握手的動作。我打賭其他時候他都握手了，可是卻不跟我握手，這是為什麼？」

「他的失誤。」

「不對，是因為他不想勉強自己，這正是我的印象，甚至到了不惜讓演技打折扣的地步。他正熱心投入某件事，可是卻遭到了威脅。他覺得帶來威脅的人可惡到讓他連碰都不想碰，這是我當時的印象。因此我很好奇，究竟是什麼事可以讓一個人有這種感覺。」

「這下我可能真的睡不著了。」

「他們會先找上我，」李奇說：「我在樓下，我保證會發出大量噪音，讓妳盡早開始行動。」

10

李奇摸黑坐在房內椅子上，靜靜注視著，距離窗口六呎，從外面看不見的位置。十五分鐘，二十分，二十五分，越拉越長。坐在塑膠椅上的獨眼人約在一百呎外，是昏暗中一抹模糊的白。他舒服地坐著，頭微微後仰，也許睡著了，但睡得很淺，一點噪音或動靜便很可能會把他驚醒。他不是李奇見過的最棒哨兵，但也不是最糟的。

在他右上方的二樓，中央房間的窗簾邊緣透出一圈亮光。二〇三號房，也許是下火車那名男子。最新的房客，無疑正打開他的皮革小提袋，把所有寶貝一字排開，藥膏和藥水放浴室，幾件衣物放衣櫥，其他東西放抽屜。儘管李奇認為那只袋子的大小是大問題，因為它看來像高級品，用舊了但並沒有磨損或毀壞。厚實的荔枝皮，棕色，黃銅配件，經典款式，可能是利用鉸鏈和某種內部骨架構成的，可是卻不大。那人會在鎮上待至少二十四小時，或者更久，卻帶了一只裝不下備用套裝或備用鞋子的小提袋。

以李奇的經驗，這頗不尋常。多數人都會帶一大堆備用的東西，以防突然下大雨，或者因應天氣變化，或者意料外的邀約。

十分鐘後，窗戶周邊的光線熄滅，二〇三號房一片漆黑。獨眼人還待在原處，仰著頭，或許在監看，或許沒有。李奇從暗處凝視著他，又持續了十五分鐘，接著更久，直到他確定外頭沒有任何活動。然後他脫去衣服，照例把它們折疊好，曾經壓在許多不同床墊底下的同一件長褲，然後快速沖了澡，爬上床。他讓窗簾敞開，把腦子裡的鬧鐘設定在清晨六點把他叫醒，或者夜裡有聲音或騷動的話，他會隨時醒來。

黎明一片靜寂，天空再度染上金色，但又無限灰白。幾座儲糧塔拉出長到觸及汽車旅館的影子。李奇在床上坐起，看著窗外。塑膠椅子還在原位，一百呎外，在辦公室窗口底下的人行道上，可是獨眼人不見了。凌晨四點走的吧，李奇猜想。再也撐不住，到屋內沙發上躺著了。

二〇三號房的窗簾仍然緊閉，下火車那傢伙大概還在睡吧。李奇起身，不久腰上圍著毛巾走出浴室。他打開窗戶，想透透氣，也為了聽聲音。他聽見寬廣大街上的車流聲，普通汽油，八汽缸V形引擎車，厚實的輪胎啪啪輾過埋設在柏油路面的鐵軌，可能是小貨卡車，正趕往餐館去吃早餐。這裡的人和太陽一樣早起。

他坐在那兒看著，沒有咖啡。他在腦中排演一段愉快的綺想，打電話到餐館，向那位女服務生，他新結交的知己，點一壺咖啡，幾分鐘後她送了過來。問題是他不知道那家餐館的號碼，房間裡也沒有電話，而且他沒穿衣服。在一百呎外的對面廂房，辦公室窗口亮著，可是沒有動靜。晨曦中的一棟空了三分之二客房、褪色老舊的汽車旅館。

他耐心坐著，凝視著，期待終究能得到結果，過了一小時，他終究等到了。先是獨眼人走出辦公室，站在那兒吸著空氣，就像人們大清早常做的。接著他環顧著周遭，察看他的小小領地的內緣，以及他的停車空間，以及通過一樓房間的人行道，和二樓房間的通道，多半是基於義務、一種悠閒從容的視察吧，李奇心想，但又依稀帶著那麼點自豪。接著那人想起正對著他背後那片還沒檢查的範圍，於是轉身察看，發現他那張擺錯位置的涼椅。他把它拖回一〇二號房門口，讓它和樓下所有涼椅——全部整齊地位在二樓涼椅的正下方——分毫不差地對齊。

這動作的義務成分多過自豪，因為前一天他並未這麼做。當時他把那椅子隨便放，任由它四處流浪。可是不知為何，這天不一樣了。那人表現得像個靜候一星上將蒞臨的指揮官。

李奇等著。隨著太陽一點點升高，影子也一碼碼往後退。他聽見七點的早班火車隆隆駛來，咻咻顫動著，接著又隆隆駛離。

他等著。

二〇三號房的窗簾拉開了。那扇窗側對著陽光，窗玻璃和其他東西一樣蒙著層穀物粉塵，即使如此李奇仍能清楚看見那個人，身穿套裝，張開兩隻手臂站在那裡，兩手放在窗簾上，探頭看著外面的晨景，彷彿充滿驚奇，像是對太陽的再度升起詫異極了，就好像這種事頂多只有一半機率會發生。那人就那麼站了足足一分鐘，然後轉身，消失了蹤影。

一輛白色轎車駛入停車場。凱迪拉克吧，李奇想，但不是新車，是舊一代的車款。車身修長低平，是緊貼地面、適合馳騁在林蔭大道的穩重車子。類似豪華轎車。因此顏色也十分奇特，像是從佛羅里達或亞利桑那來的，在鄉下地方，無論到哪都格外惹眼。它是李奇在約莫三百哩範圍內見到的第一輛轎車，相當乾淨，也許不是正式清洗，但起碼剛沖洗過。車窗玻璃太暗，李奇看不見駕駛人。

車子往右急轉然後退向左邊，倒車進入二〇三號房下方的停車位。它沒有車頭牌照。駕駛人沒下車。車子上方的二〇三號房門打開，穿套裝的男子走了出來。他手中提著那只棕色皮革袋子，靜靜站立片刻，做著深呼吸的動作，彷彿充滿驚奇。接著他迅速從神迷狀態醒來，朝樓梯走去，憔悴無比，腳步卻很輕盈，身手十分流暢矯健，不像運動員那樣肌肉僵硬，卻像舞者或舞台演員般優雅。他走下樓梯，凱迪拉克的駕駛人下車來迎接。

那名司機李奇沒見過，年約四十，高大壯碩，不胖但相當豐滿。頭髮茂密，一臉老實相。大概也是菜鳥業務員吧。穿套裝的男人和他握手，鑽進車子後座。司機把棕色皮革袋子拿到後行李箱，放了進去，有如一個小儀式。然後他回到駕駛座，車子向前滑行，開走了。

這台車沒有車尾牌照。

李奇又去沖了個澡。

張已經到了餐館，坐在角落面對面包廂的老位子，背對牆壁。她替他佔了位子，把外套披在旁邊桌位的椅子上。他把外套還給她，坐了下來，同樣背對牆壁，兩人並列坐著。這在戰術上十分有利，只是有點可惜。張穿著T恤相當好看，頭髮還濕濕亮亮的。她的手臂修長，肌肉微微隆起，皮膚光滑。

她說：「穿套裝的男人已經走了，連袋子也帶走，看樣子不會回來了。算他好運。」

「我看見了，」李奇說：「從我房間看到的。」

「我是從車站回來時看見的，基佛不在早班火車上。」

「很遺憾。」

「好了，不等他了，我得開始找他。他住在二一五號房，我從窗口偷瞄，有一件大襯衫掛在衣櫥門上。二一三號房是空的。」

「好吧，我們想辦法進去。」

「我們？」

「只是打個比方，」李奇說：「反正我今天沒事做。」

「現在就行動？」

「先吃點東西吧。能吃就盡量吃，這是金科玉律。」

「現在或許是行動的好時機。」

「也許吧，不過等會兒更好，等房務員開始工作，她或許能替咱們開門。」

女服務生端著咖啡過來。

11

早餐後，他們發現房務員的確已開始工作，但不在基佛房間附近。她正在U形廂房的另一側埋頭幹活，好讓二〇三號房在穿套裝的男人離開後恢復整潔。一只滿載用具的清潔推車停在走道裡，房門敞開。可以看見她在房內，忙著拆卸床褥。她腰上必定掛著一把通用鑰匙，不然就放口袋，或者鏈在推車把手上。

李奇說：「我想過去和她打個招呼。」

他在二一一號房左轉，在二〇六號房再度左轉，然後在推車旁停下，往二〇三號房內探看。

房務員在哭泣。

也在工作，兩者同時進行。是一個白種女人——瘦得像根鐵條，不年輕了——正拖著一大袋毛巾走出浴室，一邊抽抽搭搭地痛哭，淚水滾落臉頰。

李奇在門外說：「太太，妳還好吧？」

女人停住，鬆開袋子，直起腰桿。她呼呼噗噗喘著，吸了口氣，呆呆看著李奇，然後回頭，呆呆看著鏡子，又毫無反應地回過頭來，彷彿她的儀容已經糟到顧不了了。

她笑了。

她說：「我好開心。」

「好吧。」

「不，是真的。真不好意思，不過剛退房那位先生給了我一筆小費。」

「怎麼，以前沒收過？」

她說：「沒收過這麼多。」

她的衣服下襬有個裝雜物的大口袋。她用雙手小心翼翼取出一只信封。比一般信封小，像時髦的邀請回函。上面的謝謝是用鋼筆手寫的。

她用拇指翻開信封蓋，抽出一張五十元紙鈔。美國第十八任總統尤利西斯．S．格蘭特就在鈔票正面。

「五十元，」她說：「我以前最多只收過兩塊錢。」

「太棒了。」李奇說。

「這對我幫助太大了，你不會了解的。」

「我真替妳高興。」李奇說。

「謝謝，奇蹟畢竟還是會發生的。」

「妳知道這裡為什麼叫母之安息鎮嗎？」

女人愣了一下。

她說：「你是在問我，還是你要告訴我？」

「我在問妳。」

「不知道。」

「妳沒聽過故事什麼的？」

「關於什麼？」

「母親，」李奇說：「安息，不管是真的安息或者象徵性的意思。」

「沒有，」她說：「我從沒聽過這類事情。」

「妳能不能讓我進二一五號房？」

女人猶豫了一下，然後說：「你是住一一三號房的先生？前一晚住一〇六的那位？」

「是的。」

「抱歉，我只能替登記住房的客人開門。」

「是公司幫我們預約的，我們是工作夥伴，常得要進進出出的，因為是團隊合作。」

「我可以去問一下管理員。」

「不必麻煩了，」李奇說：「我自己去問他。」

可是獨眼人不在辦公室。顯然臨時有事離開了，因為辦公桌看來像是工作剛被突然打斷，檔案夾和帳本攤開，筆掉在筆記簿上，還有一杯看來仍然溫熱的外帶咖啡。

可是那個人不在裡頭。

桌子後方有一道門。大概是私人空間吧，李奇心想。肯定有一張沙發床，或許也有小廚房，當然起碼還有半套衛浴，也許這傢伙就在那裡頭，有些事確實不能等。

李奇專注聽著，靜悄悄。

他繞過桌子走到私人空間那一側。

他瞄著那些帳本，還有檔案夾，還有筆記簿。都是些旅館的例行雜記，帳目、預約紀錄、代辦事項、手續費。

他再次聆聽，沒有動靜。

他打開一只抽屜，這人保管鑰匙的地方。他把一一三號房鑰匙放進去，把二一五鑰匙拿出來。

他關上抽屜。他退回桌子外側。

他吐了口氣。

獨眼人還沒回來。也許他消化不良。李奇轉身走出辦公室，通過U形廂房，上了通往張房間的樓梯。他把鑰匙拿給她看。「我們可以持有多久？」她問。

他說：「看基佛付費到什麼時候，也許一整個星期。我要接收他的房間，管理員沒得抱怨，他已經收錢了，而基佛又不可能出面表示意見。」

「行得通嗎？」

「可能，除非他們找來一大夥人。」

「那樣的話我們只好報警了，就像基佛早該做的。」

「穿套裝那個人給了房務員五十元小費。」

「不少錢，在遊艇上玩一星期給的小費差不多就這數字。」

「她開心得不得了。」

「應該的，幾乎等於一週工資了。」

「害我好難過，我給的小費從沒超過五塊錢。」

「那人是有錢人，你自己說的。」

李奇沒說話，走到基佛房門口。他把鑰匙插入鎖孔，打開房門，退後一步說：「妳先請。」

張走進房內，李奇跟著進入。房內到處是基佛的影子。門鈕上的襯衫，浴室裡還很整潔的旅行盥洗組，衣櫥內的亞麻外套，一只靠在牆邊、打開來並且放滿衣服的旅行箱。所有物品被房務員排列得整齊有序，房內乾乾淨淨。

沒有公事包，沒有電腦包，沒有厚厚的筆記本，沒有手寫紙張。

總之，視線所及之處沒有。

李奇轉身，關上房門。在他漫長、乏味的職業生涯中搜索過不下一百個汽車旅館房間，可說是箇中高手，曾經從千奇百怪的角落找出千奇百怪的物品。

他說：「加入調查局前，基佛是做什麼的？」

張說：「警探，擁有夜校法律學位。」

「這表示他也搜索過汽車旅館房間，表示他不會把東西藏在顯眼的地方，他懂得訣竅。當然這房間也沒多少地方可藏東西，它的結構不是頂複雜。」

張說：「我們這是在欺騙自己，那個管理員恐怕已經進來過五、六次了，或者要其他人進來。我們必須假設這房間早就被搜索過。」

李奇點頭。「但夠徹底嗎？問題在這裡。因為有一件事我們可以確定，基佛在這房間待過，後來離開了。他的離開有三種可能的狀況：第一種，他出發去進行某種原本單純但後來變質了的任務。第二種，他又踢又吼地被不明人士拖出了這裡。或者第三種，他坐在這床上，在腦子裡整理事情，突然一下子想通了，就像我們常有的『噢，糟了！』的時刻，然後他起身，毫不遲疑趕往雜貨店去打付費電話報警，只是他沒去成。」

「沒去成？你在說什麼？」

「我的意思是說他失蹤了。告訴我地點和原因，我就可以否決掉另外兩種假設。」

「這三種離開的假設都沒顯示我們可以指望在這房間裡找到任何東西，別人沒找到的東西。」

「不對，我認為第三種有。只是可能。想像一下那種狀況，噢，糟了，你驚呆了，而就從這一刻起，你處在極大的危險當中，危險大到了你必須立刻打電話，可是這麼一來你勢必得公開露臉。這跟躲在上鎖的房間裡打手機是不一樣的，必須走上街去，是有風險的。於是，也許你想到留下個記號什麼的，你順手寫了張紙條，把它藏起來，然後離開去打電話。」

「可是沒去成。」

「數學往往是這麼說的。」

「可是這張字條藏得太隱密了，一直沒人找到，但又不會隱密得讓我們找不到，意思是如果真有這麼一張字條，如果第三種假設是真的，如果實際上不是另一回事的話。」

「這是一連串相關事件，」李奇說：「一定是的，對吧？有兩次噢，糟了的情況，一次小的，幾天前，就在他打電話向妳求援之前；接著是這次大的，之後他便出去打電話報警了。」

「而且先留了字條。」

「相當有可能。」

搜索房間時，李奇習慣從房間本身，而不是家具開始著手。藏東西和找東西的人常會忽略房間的實體結構，其實那當中有太多可能了，更別說藏一張紙條。你可以把窗下的暖氣空調機打開來，而十次有九次都會發現裡頭有一只用來裝文件的塑膠袋，多半是產品使用手冊或保證卡，任何有心人在其中藏匿個幾十張紙頁絕不是問題。

或者如果有壓縮空氣加熱或冷卻系統，那麼就會有格柵，可以輕易拆除。拉門是藏紙張的好地方，還有天花板和補強用的活動牆板；衣櫃折疊門的內側有一面是永遠不見光的等等。接著才開始察看家具。以這房間來說，是一張床、兩張床頭桌、一張軟墊椅、一張書桌和搭配它的餐椅，和一只小抽屜櫃。

他們到處搜尋，沒有任何發現。

之後張說：「還是很值得。老實說我有點慶幸我們什麼都沒找到，讓事情多了點轉圜空間。我希望他平安無事。」

李奇說：「我希望他正和一個十九歲女孩在拉斯維加斯玩樂。可是在我們收到明信片之前，我們得假設他不是，因此有必要保持警覺。」

「他當過警察和探員，從這裡走到雜貨店能有多遠？會出什麼事呢？」

「大約兩百呎，經過餐館，可能發生的狀況不少。」

張沒答腔。李奇感覺兩手很髒，因為剛才移動家具，觸摸了許多不常清理的平面。他走進浴室，打開水龍頭洗手。肥皂是新的，還包在薄包裝紙裡，淡藍色，周邊打摺然後用金色商標紙黏合。在李奇見過的旅館裡不算是最糟的。他拆開包裝紙，拿出肥皂。垃圾桶放在盥洗台底下，而盥洗台很深，需要一點低手上拋球的技巧，以便從窄縫丟進去。而且是在左手邊。他照著做了，然後清洗雙手，新肥皂起初很硬，接著變軟了點。他用乾淨毛巾把手擦乾，接著受了良心的驅使，彎下腰去察看那團包裝紙有沒有命中目標。

沒有。

垃圾桶是圓的，類似一個短圓柱形，可是它縮在左手邊的角落，因此後面有個小空隙。容易被忽略的那類地方，尤其是房務員，為了兩元小費划不來。這也是最終會變成投擲失準的廢紙堆積的那類地方。

有三個。

一個是他丟的紙團，可以從它的潮濕程度看出來。一個是時間較久的相同紙團，已經乾透了，上一塊肥皂的包裝紙。

第三個是一張縐巴巴的紙，像口袋裡的廢紙。

12

那是一張硬挺的白色正方形紙張，邊長大約三吋半，一邊有塗膠，顯然是從一疊或一落便條紙撕下的。李奇看過類似的東西。這張紙折成四分之一，可能在衣服口袋裡待了一個月或更久。折痕都磨損了，邊角也破了，紙面滿是擦痕。李奇猜它被彈向垃圾桶，也許像耍紙牌伎倆那樣，用兩根手指夾著，可是飛太遠了，落在三不管地帶。

他把它攤開，撫平。可稱為背面的部分是空白的。只有一抹污漬，還有可能是牛仔布料的淡靛色染痕。大概是牛仔褲後口袋吧，他想。

他把紙張翻過來。

可稱為正面的部分寫了字。原子筆，倉卒中寫的紙條，非常潦草。是一組電話號碼，還有兩百人死幾個字。

李奇問。「是不是基佛的筆跡？」

張說：「不知道，我沒看過基佛的手寫筆跡，而且這樣本也不好，因此根本無法確定。要像辯方律師那樣思考，這樣的證據鏈不夠周密嚴謹，這紙條有可能是任何人、在任何時間留下的。」

「當然，」李奇說：「可是暫且假設是基佛的，會是什麼呢？」

「什麼？字條啊，也許是講電話時順手寫下的，在辦公室，他的備用寢室。也許是第一次接觸，也許是後續的電話。風險相當大，寫著兩百人死，和一個電話號碼，也許是客戶，或者某個獨立證據的提供人，或者某個進一步情報的提供人。」

「他為什麼會把它丟掉？」

「因為後來他詳細寫下來，不需要這張紙條了。也許他和一般人一樣，站在這裡照鏡子，檢查儀容，也許他把舊面紙丟掉，拿了新的，也許他順便檢查了其他口袋，也許他有好一陣子沒穿那件長褲了。」

那組電話號碼的區號是三二三。李奇說：「是洛杉磯，對吧？」

張點頭，說：「不是手機就是固定電話。」

「兩百人死，事態看來相當嚴重。」

「如果這東西是基佛的，如果這和他正在處理的案子有關。還不知道是什麼人的什麼事呢。」

「還有誰經過這裡時會滿腦子想著兩百人死之類的事？」

「誰說是這樣了？就算這是基佛的，說不定是舊案子，或者別的案子，或者也可能是某個每天追著救護車跑的索賠訴訟律師一年前寫的。況且這小鎮怎麼可能發生兩百人死亡事件？都佔去總人口的五分之一了，一定會引起注意的，根本不需要請私家偵探來調查。」

「我們打一下這個號碼吧，」李奇說：「看看會是誰接的電話。」

李奇關上房門，兩人下了金屬梯。一百呎外，獨眼人出了辦公室，匆匆朝他們走來，一邊揮手、打手勢。他來到他們面前，說：「抱歉，先生，二一五號房不是你登記住宿的房間。」

李奇說：「那就修改一下登記簿。我們的同事已經付了那個房間的費用，他回來之前我要住在那裡頭。」

「你不能這麼做。」

「沒這回事。」

「你怎麼拿到鑰匙的？」

「我在樹叢裡找到的，真湊巧啊。」

「這樣是不行的。」

「那就報警啊。」李奇說。

那人沒說話，只是生了一陣子悶氣，一言不發轉身往回走。

張說：「萬一他真的報警呢？」

「不會的，」李奇說：「否則他會正經八百告訴我們他會那麼做，當著我們的面說。況且警察距離這兒大約有五十哩，或者一百哩。他們不會為了一個已經預付費用的客房大老遠趕來。

再說，要是這些人有什麼不可告人的秘密，他們躲警察都還來不及呢。」

「那他會怎麼做呢？」

「我們遲早會知道的。」

他們走上寬廣大街，經過餐館門口到了雜貨店。太陽已升起，小鎮一片寂靜，沒有太多活動，沒有擁擠的人群。前方五十碼有輛貨卡車，正轉彎進入一條小巷。有個小孩正把網球丟向牆壁然後用棍子打擊彈回來的球，就像棒球練習。打得相當不錯，也許他該在雜誌上登一下照片。有一輛聯邦快遞卡車正越過舊道路上的鐵軌，進入鎮內。

雜貨店是傳統鄉村房屋，簡單的平頂建築，面對街道，正面是用漆成暗紅色的嵌板搭成的時髦山形牆。門口掛著招牌，用金色圓形字母寫著：母之安息乾貨。只有一道門，一扇櫥窗，櫥窗很小，純粹為了採光，而非為了展示誘人的商品。玻璃上滿滿的貼花，都是李奇不認得的名字。大概都是些神秘但不可或缺的鄉村食材的品牌名稱吧，他猜。

進門是一間密閉式前廳，牆上掛著付費電話。沒有隔音罩，就只是一具電話機，包括電話線都是金屬製。張把硬幣丟入投幣口，等了一陣子，又把話筒掛回去。

她說：「語音信箱，電話公司的標準通告，沒有個人資料，沒有名字，聽起來像手機。」

李奇說：「妳應該留言的。」

「沒必要，反正這裡又收不到訊息。」

「再試試基佛的號碼，以防萬一。」

「不要，我不想再聽他無聲無息。」

「他要不沒事要不有事，打或不打電話給他都改變不了什麼。」

她察看自己手機裡的號碼，然後用付費電話撥打，和之前一樣，聽了一會兒，沒說半個字便掛上電話。她試撥另一個號碼，同樣的結果。

她搖頭。

「沒人接聽。」她說。

李奇說：「我們該去一趟奧克拉荷馬市。」

13

搭火車會快些，可是下一班火車還有八小時才發車，因此他們開張租的車前往。那是一輛綠色福特小型休旅車。內部單調、沒有特色，有股濃烈的汽車座椅清潔劑氣味。車子沿著舊馬車隊路徑前進，一分鐘便離開小鎮，接著往南，往西，接著再往南，通過無邊無際的金黃色棋盤式田野，直到他們發現一條預計在前方兩百哩處銜接上高速公路的鄉間道路。

張負責開車，穿著T恤。李奇把副駕駛座往後放倒，看著她。她一手握方向盤，另一手放大腿上。眼珠子不停打轉，一下看前方路面，一下看後視鏡，然後又回到前方道路。有時忽然淺淺一笑，接著像想起了什麼，皺眉露出一副苦臉。她的肩膀向前傾大約一吋，李奇認為這代表她希望自己長得矮小一點。這種企圖心他無法認同。在他看來她的身高恰恰好，四肢修長，體格結實，但一點都不顯突兀。

我自認是個好人，但我知道我不是你留下的理由。

他沒說話。

她又看著後視鏡，然後說：「我們後面有一輛貨卡車。」

他說：「距離多遠？」

「一百碼左右。」

「走了多遠？」

「大約一哩。」

「路是大家的。」

「它出現時衝得很快，可是這會兒在後面慢慢拖，感覺像是在找我們，現在找到了。」

「只有一輛？」

「我只看見一輛。」

「陣容不大。」

「好像有兩個人，一個開車，一個坐副駕駛座。」

李奇不想回頭看，不想讓他們看見後車窗閃現一張充滿憂慮的模糊臉孔。他稍微彎下腰，移向一側，直到看見車門後視鏡中的影像。約在後面一百碼的地方，有一輛小貨卡。大概是福特，他猜。一台又大又顯眼的高性能車子，一路緊跟著。暗紅色，和雜貨店一樣。裡頭有兩個人，並坐著，可是由於車子極盡奢侈的寬度，彼此離得遠遠地。

李奇又坐直了，透過擋風玻璃觀察。右邊是小麥田，左邊是小麥田，道路筆直地向前延伸，一直到越過了地平線。路肩鋪著排水用的碎石，可是並沒有溝渠。也沒有彎道，田野一望無際，幾乎真的是沒有邊際。也許這片田原就這麼一直延伸到了公路匝道，足足兩百哩，看樣子有可能。

路上沒看見其他車子。

他說：「妳這本事是在匡提科基地學的？」

她說：「可以這麼說，不過那是很久以前的事了，而且訓練環境也不同，主要在都會區，交通號誌燈加上四向停車標誌和單行道，我們那裡的條件實在不佳，你也受過這類訓練？」

「沒有，我的開車技術向來不怎麼樣。」

「我們是不是該讓他們先採取行動？」

「首先我們得弄清楚他們奉命做些什麼。如果只是監視，我們可以一路引導他們到奧克拉荷馬市，然後甩掉他們，戰鬥中沒有真正的贏家。」

「如果不只是監視呢？」

「那他們會像電影裡頭那樣，從後面衝撞我們。」

「只是嚇嚇我們？還是比這更嚴重？」

「那對他們來說會是非常大的一步。」

「他們會把它做得像意外，女觀光客在又長又直的道路上睡著，撞車了。相信這是常有的事。」

李奇沒說話。

「我們擺脫不了他們，」張說：「這車子沒辦法。」

「那就等他們靠近，我們快速轉入別的線道，然後煞車，讓他們超前。」

「什麼時候？」

「別問我，」李奇說：「我的防禦性駕駛不及格，後來他們只好讓我取得其他項目的資格。等他們在後視鏡裡變大的時候吧，我想。」

張繼續開車，改用兩隻手了。一分鐘，兩分鐘。她說：「我想看看他們會有什麼動作，我們必須逼他們行動。」

「妳確定？」

「他們是地主隊，我們得嚇他們一嚇。」

「好吧，稍微加速。」

她踩下油門，回頭，透過後車窗看著後方。充滿憂慮的模糊臉龐。他說：「快一點。」小福特車一躍向前，行進了將近兩百碼。貨卡車有了反應，它的進氣格柵向上拉，加速猛衝過來。張說：「替我倒數計時，我從鏡子裡不好拿捏。」

「他們目前距離八十碼，」李奇說：「也就是說我們有八秒時間。」

「八秒不到，因為我要把車速放慢，太快的話這種小車可能會翻跟頭。」

「六十碼。」

「好，前方淨空。」

「後面也是。路上只有我們這兩輛車子。四十碼了。」

「我還要慢一點，時速要降到六十以下才行。」

「二十碼。」

「我要在距離十碼的時候掉頭。」

「好，現在，就現在。」

她開始行動，突然轉向左側，接著猛踩煞車，那輛貨卡車追了上來，只差分毫便撞上她的右後車尾，可是沒有，它跑到了前面，拚命煞車，可是太遲了。在這同時綠色小福特激烈地左右顛顛晃晃了一陣，可是很快便恢復平穩，回到原來的車道，落在貨卡車後方一百碼的地方，兩輛車子的相對位置在嘈雜的幾秒鐘內整個掉過頭來。

張說：「當然，這避開了一個再明顯不過的問題，現在呢？我們掉頭，他們也掉頭，然後他們又重新開始追趕我們。」

「正對著他們開過去。」李奇說。

「然後相撞?」

「要撞也是可以。」

可是貨卡車搶先一步，它在路當中轉了個彎，直朝著他們而來，但非常緩慢，匍匐前進，和怠速差不了多少的速度。李奇把這當作一種訊息，類似豎白旗。

「他們想談判，」他說：「他們想面對面談談。」

貨卡車停在前方十碼的地方，兩道車門打開，兩名男子下了車。一對壯漢，都約有六呎高、兩百磅重，都是三十五、六歲年紀，都戴著鏡面太陽眼鏡，也都穿著薄棉外套內搭T恤。看來謹慎但篤定，像是明白自己在做什麼，好像他們是地主隊。

張說：「他們一定帶了傢伙，否則絕不敢這麼做。」

「也許吧。」李奇說。

那兩人在兩輛車子之間的無人地帶擺好架式，一個站在道路中線左邊，一個站右邊，兩人從容站在那兒等著，兩手盤在胸前。

李奇說：「把他們輾過去。」

「我做不到。」

「好吧，那我過去看看他們想怎樣。萬一有狀況，別管我，直接開到奧克拉荷馬市去。祝妳幸運!」

「不，別下車，太危險了。」

「我危險還是他們?他們不過是兩個鄉巴佬。」

「他們很可能帶了槍。」

「不夠看啦。」

「你瘋了。」

「也許吧，」李奇說：「可是別忘了，是山姆大叔害我變成這樣的。所有測試我都一把罩，但就是拿不到駕照。」

他打開車門，走了出去。

14

我們的綠色小福特和一般車子一樣，有著兩道前開式車門，而這兩道車門在打開當中會有大約三分之二的限制，因此踏出車外同時也意謂著向後退，這使得李奇處於有利角度，讓發動機組擋在他和那兩人之間。要是他們突然伸手拿槍，劈頭就一陣掃射，他可以馬上趴下，躲在防彈屏障後方。如果他們帶了槍的話，這點還沒證實。只是就算他們帶了槍，他也無法想像他們有什麼理由一開頭就莫名其妙開槍。反正起頭也已經過了，剛才他們大可以射穿擋風玻璃。那才叫真正的起手式。除非他們想保存這輛車以便製造逼真的車禍意外。不過他們恐怕很難解釋，如果只是女觀光客開車時睡著了，為什麼窗玻璃上會有彈孔。在這情況下，他們又如何解釋死掉乘客身上的彈孔？而且他們勢必得把屍體移回車上，這可不容易，他的屍體重量肯定相當可觀。

他猜他們不會開槍。

如果他們帶了槍的話。

他說：「兩位，給你們三十秒，有話快說，有屁快放。」

右邊那傢伙把兩條手臂高高叉在胸前，像夜店看門保鑣。表達對另外那傢伙——大概是發言人——的支持吧，李奇猜想。

另外那人說：「是旅館的事。」

他的兩手仍然放在身體兩側。

李奇說：「旅館怎麼樣？」

「旅館掌櫃的是我們的叔叔，他是個可憐的殘障老人，你讓他非常為難，你破壞了所有一切規矩。」

他的雙手仍然放在兩側。李奇從車門後現身，向前走向福特車的右側頭燈。他感覺得到引擎的熱氣。他說：「我破壞了什麼規矩？」

「你進了另一位客人的房間。」

「目前他並不住在裡頭。」

「沒差。」

他的雙手依然垂在兩側。李奇向前一步，又一步，直到和福特車的左側頭燈齊平，可是往前許多，成對角線。這讓他和那兩人相距十呎，在無人地帶成狹窄的三角形，叉著臂膀的那個站在一角，負責發言的站在另一角，李奇一個人站在細窄的尖端。

左邊的傢伙說：「所以我們來拿鑰匙。」

李奇又向前一步。這時只距離七呎了，三人形成緊湊的陣仗。眼前沒別的車子。麥浪緩緩滾動，彷彿一片遼闊的金色海洋。

李奇說：「我退房結帳的時候會把鑰匙歸還。」

左邊那人說：「你已經退房了，從現在起。你已經沒房間了，除非你重新登記住宿。管理部門有權拒絕客人入住。」

李奇沒說話。

左邊的傢伙說：「母之安息鎮沒別的地方可住，我叔叔的旅館是唯一的一家，收到口信了嗎？」

李奇說：「為什麼叫母之安息鎮？」

「不清楚。」

「誰要你帶的口信？只是你叔叔那兒，或者為了別的事？」

「別的什麼事？」

「我聽說的一件事。」

「無所謂別的事。」

「那就好，」李奇說：「告訴你叔叔，沒人破壞規矩，告訴他那房間已經付費，告訴他我會回去找他。」

右邊那傢伙鬆開盤在胸前的雙臂。

左邊的傢伙說：「你想找麻煩？」

「我已經是麻煩人物了，」李奇說：「問題是，你打算怎麼處置？」

在無人地帶，一陣又熱又孤寂的停頓，接著那兩人有了回應，先後撩開外套，用右手，不經意地，兩人因此露出了半自動手槍，插在鬆餅色皮套裡，佩帶在腰間。

這是一項錯誤，而李奇原本可以告訴他們為什麼的。他原本可以展開冗長、不耐的課堂訓話，讓他們知道太早進入決鬥是很要命的事，把決戰提前到開頭會讓高明的戰略大大折損。他必須回應他們的威脅，意思是他勢必得搶下他們的槍械，因為跑來嗆聲的走卒必須被擊退，也因為母之安息鎮的人應該要知道，下次他到鎮上一定會全副武裝。他要他們明白這是他們自己的錯，他要他們明白這是他們自找的。

可是他什麼都沒告訴他們。他直接伸手到他外套底下，假裝握住手槍但其實只是抓著空氣，可是那兩人並不知道，而做為訓練有素的長射程槍手，他們迅速伸手拿槍，並且立即擺出一致的射擊姿勢，也使得他們必須將兩腳拉開一碼來保持穩定。於是李奇趁隙上前，在左手邊那傢伙的槍都還沒抽離皮套之前，一腳往他的鼠蹊部結結實實踹過去，這意謂著右手邊的傢伙把槍完全抽了出來，可是派不上用場，因為他人生的下一件事是李奇的手肘騰空飛來，反手劈向他的顴骨，當場把它擊碎，打得他頭暈眼花。

李奇後退，察看第一個傢伙，發現那人正恍神中，就和大部分被他踢中鼠蹊部的人一樣。他們的槍是史密斯威森西格瑪四〇系列——部分用聚合塑膠製成的昂貴新型槍械——也都填滿了彈藥。兩人的後褲袋都放了皮夾，裡頭共約有一百元現金。李奇拿了這些錢當作戰利品。他們的駕照上寫著同樣的姓氏莫納罕，表示他們很可能確實是有一位共同叔叔的兄弟或堂兄弟。一個名叫約翰，另一個史帝文。

李奇將兩把槍帶回綠色小福特車。張的車窗打開著。他將一把放進自己口袋，另一把交給張。她接了過去，有點不情願。「妳聽見他們說的了？」他問。

張說：「全聽見了。」

「結論？」

「他們也許說的是實話，那家汽車旅館是他們的唯一生計。另一方面，也可能不是。」

「我認為不是，」李奇說：「那間客房已經付費了，幹嘛這麼緊張？」

「你可能會沒命。」

李奇點頭。

「很多次，」他說：「不過都是很久以前的事了，今天這些傢伙不夠看。」

「你瘋了。」

「應該說我太強了。」

「現在該怎麼辦？」

李奇回頭看。右邊的傢伙正從昏迷過渡到腦震盪狀態，左邊那個則是有氣無力蠕動著，一邊在胸腔和兩膝之間到處亂抓。

李奇說：「他們一妄動，妳就開槍。」

他走了十碼到達他們的貨卡車前。置物盒裡有使用史帝文・莫納罕名字登記的掛號和保險文件，除此之外車廂內沒有其他重要物品。他在方向盤前坐直了，發動引擎，把車子開往路肩，跨停在碎石帶上，讓左手邊的輪子穩當地偏離公路車道，右手邊的輪子深陷在小麥叢裡，車頭往後指著小鎮的方向。然後他關掉引擎，抽出鑰匙。

他逐一把他們拖到車頭保險槓前的陰影中，讓他們靠在鍍鉻進氣格柵上。這時兩人都已經清醒過來了。他說：「看仔細了。」當他們抬頭看他，他拿起他們的車鑰匙，放在掌心掂了掂，然後手一旋把它丟進田裡。四、五十呎遠，即使運氣再好，他們都得花上一小時才找得到，況且這還是他們恢復行動能力以後的事，而光是這項就得等上一小時。

然後他走回來，上了福特車，張繼續往前開。他不時回頭察看後方，有很長一段時間那輛靜止的貨卡車一直在視線中，逐漸縮小為遠方的一個細小暗淡的針孔，接著落入北方地平線的彼端，消失了蹤影。

我們又花了將近三小時才轉入高速公路，而距離標誌顯示，到奧克拉荷馬市還有兩小時車程。一路上平靜無事，直到大約九十分鐘後，張口袋裡的手機忽然傳出一陣叮叮咚咚的聲音，語音留言、簡訊和電郵，全被一一儲存起來，這會兒一股腦地下載。
手機恢復了通訊。

15

張用單手開車，用另一手掏手機。可是李奇說：「我們得在路邊停車，免得女觀光客真的出車禍，我們得喝杯咖啡。」

張說：「我不懂你怎麼能喝那麼多咖啡。」

「地心引力，」李奇說；「把杯子倒過來，咖啡就自然流出，你只好喝了。」

「你的心臟一定整天怦怦跳個不停。」

「總比不跳來得好。」

一哩後，他們看見一個路標，從一處通往一長排標準加油停車設施的出口下了公路，這些設施包括一座加油站、幾間盥洗室和一棟可惜被現代連鎖咖啡餐飲店的鮮豔霓虹招牌醜化了的聯邦風格的老式簡樸石造建築。他們下車，伸著懶腰。這時是下午三、四點，仍然相當暖和。他們先去梳洗，然後到咖啡館碰頭。李奇照例點了熱的中杯黑咖啡，張點了冰咖啡加牛奶。他們找了個角落桌位，張把手機放下。那是一支約有紙本書大小的輕薄智慧型手機。她的手指在上面又點又滑，上下捲動，先進入手機選項，接著簡訊，接著電郵。

她說：「沒有基佛的消息。」

「再打他的電話看看。」

「你我都知道他不會接聽。」

「怪事多得是。有一次我請三個警分局和國民警衛隊協尋一個人，突然間他出現了，剛從其他州度假回來。」

「你我都清楚基佛不是去度假。」

「橫豎試試看吧。」

躊躇許久，她勉為其難打了電話，先打到他家，接著打他的手機。

兩邊都沒人接聽。

李奇說：「再試試那組洛杉磯的號碼，寫著兩百人死的紙片上的那個號碼。」

渴望能有進展，張點頭，撥了號碼，把手機放到耳邊。

這次總算有人接聽。

她有點意外地說：「下午好，先生，可以告訴我您是哪一位嗎？」

這問題顯然和李奇之前一樣，得到相同的回應，也就是被反問，**妳是誰？**

她說：「我叫米雪兒・張，是西雅圖的私家偵探，之前待過調查局，目前和一位姓基佛的人共事。我猜他可能和你聯絡過，因為他的旅館房間裡有你的電話號碼。」

李奇不知道遠在洛杉磯的對方接下來問了什麼，可是他恨快了解那必然是和基佛這姓氏的拼法有關的問題，因為張說：「K-e-e-v-e-r。」

停頓許久，接著傳來八成是否定的答覆，因為張說：「你確定？」

接下來是冗長的對話，可以肯定的是，大半是洛杉磯那傢伙在唱著李奇聽不見的獨角戲，而張的臉部表情又可演繹成千百種相互矛盾的劇本，他實在看不出個所以然。他有種感覺，那傢伙正一件接一件賣力解說著許多事情，講得巨細靡遺。也許那人是演員，或者搞電影的。總之讓人摸不著頭緒。最後張也不再試圖整理出合理的情節了，只是靜靜聽著。

張終於說了再見，結束通話，吸了口氣然後啜了口冰咖啡，說：「他叫魏斯伍德，在《洛杉磯時報》工作，是他們的科學撰稿人，倒不是多大的部門，他說的。他多半是替他們的週日特刊寫些深度報導，他說基佛從沒和他聯絡過。他習慣把同一時間進來的電話扼要地記錄下來，並且立刻列入保密資料庫，他說最近的記者都得這麼做，免得他們的報社被告，或者萬一他們打算控告自己的報社。可是基佛不在他的資料庫裡，可見他沒打過電話。」

「這個叫魏斯伍德的傢伙不可能是他的客戶，對吧？」

張搖頭。「如果是的話他會說的，我對他說了我是基佛的同事。」

「我們找到紙條時，妳說這組電話號碼要不就是客戶的，不然就是某個獨立證據提供人的，或者某個進一步情報的提供人的。這下既然不是客戶，就是另外兩種可能。也許基佛打算先打給妳，接著就打給他。也可能他想拜託妳和魏斯伍德聯絡，談不知什麼事。」

「我們必須面對一個可能，就是這個號碼根本和基佛無關，那張紙條說不定被丟在那房間好幾個月了。」

「魏斯伍德目前在寫什麼題材？」

「一則關於小麥起源的長篇報導，關於小麥從什麼時候開始混種，而後成為現代的小麥品種。在我看來很像吹捧性的文章，就好像是說，既然我們已經改造它的基因，那就繼續下去，做更多的基因改造吧。」

「這值得關注嗎？我們才剛看過那麼多小麥。」

「值得花一輩子去探討。不過，我贊成站在辯護律師的立場，那張紙條也許已經在那房間裡放了一、兩年之久，可能是五十個、甚至一百個房客當中的任何一個丟的。」

李奇說：「魏斯伍德電話號碼的隱密性如何？」

「這得看他是多久前換的電話，如果用很久了，幾乎等於是公開了。這年頭就是這樣，尤其是記者的電話，只要努力找，網路上一定查得到。根據我們的經驗，很多記者喜歡這樣，能幫他們拓展人脈。」

李奇把咖啡喝光，沒說話。

張說：「你有什麼想法？」

「我在想，辯護律師有機會打贏官司，不過即使到了凌晨四點，陪審團裡總會有幾個睡不著的，他們會想，故事或許有別的版本，而且同樣具有說服力。這就得回到妳自己最初的印象了，某個抱著現金和親筆簽名支票的怪人，試圖展開瘋狂的探索，因為小麥就要讓兩百個人喪命之類的。為了證明這件事，他找這名記者談過，而記者也知情。關鍵在於，這名記者的電話號碼也確實存在，這讓我們多少證明了這傢伙的事。他上網搜尋出記者的電話，他就是這樣的人。我感覺那張紙條不容忽視，這整件事感覺十分說得通，原本是某個古怪傢伙的一股無傷大雅的執迷，後來突然變得具有威脅性。」

張說：「我們應該立刻上路。」

16

綠色小福特車儀表板上有GPS，因此很輕易便找到基佛的房子，就在奧克拉荷馬市北郊一個荒涼的新開發區。那是一棟位在死巷裡的平房，前院有棵由於缺水而狀況欠佳的小樹。那片土地右側有一條車道，在一座單一車位的車庫前面。房子的屋頂是褐色瀝青磚，壁板是乙烯基板。算不上建築精品，但在傍晚的陽光下別有幾分恬適的味道，看來像個家。李奇可以想像一個大塊頭走進大門，踢掉鞋子，一屁股往舊扶手椅坐下，也許打開電視看球賽。

張在車道上停車，兩人一起下了車，走向門口。門上有電鈴按鈕和銅質敲門環，他們兩種都試了試，可是都沒有回應。門鎖上了，把手無法轉動，從幾扇窗口探看，屋內一片漆黑。

「他有家人嗎？」李奇問。

「和許多人一樣，」張說：「離婚了。」

「而且不是那種會把備用鑰匙藏在花盆底下的人。」

「而且我敢說他一定裝了防盜警報器。」

「枉費我們大老遠跑來。」

「是啊，」張說：「我們繞到後面去看看。天氣這麼暖和，說不定他會開扇窗子，起碼打開一點。」

街上十分安靜。只有七棟房子，兩側各三棟，加上巷子盡頭的一棟。沒有車子進出，沒有行人，沒有窺探，沒有好奇，談不上是守望相助型的社區。有種過客的氣氛，但是很悠緩，就好像那七棟房子裡住的全是些離婚男人，在這兒住個一、兩年，準備重拾人生。

基佛的後院圍著一道和成人等高、由於風吹日曬而褪色的木板籬笆，裡頭有一片維護得不錯的草坪，還有擺著籐椅的露台。房子的後牆也是同樣的黃色壁板，有四面窗戶和一道後門。窗戶都關著，門的底部是實木，上方有九個小窗格，類似農舍的大門。裡頭是通往廚房的狹小門廳。

這裡的地勢平坦，房子低矮，圍籬又高，沒人可以俯瞰他們。

張說：「我在推測這類社區，警察趕到現場的平均時間。我是說，如果他裝了防盜鈴的話。」

李奇說：「大概在二十分鐘到無限久之間。」

「這麼說我們至少有十分鐘，對吧？殺進殺出，乾淨俐落。我是說，其實這也不算真的犯罪，他跟我是同事，他不會提告的，尤其在目前的特殊狀況下。」

「我們不清楚該找什麼東西。」

「活頁紙、拍紙簿、筆記本、便條紙，任何他可能用來隨手記下東西的紙片。全部收集起來，等我們離開這兒再慢慢研究。」

「好吧，」李奇說：「我們得把一扇窗子打破。」

「哪一扇？」

「我喜歡門上的，靠近門把的喬治亞式小窗格，那樣的話我們就可以走進去了。」

「那就動手吧。」張說。

這塊窗玻璃是九個小窗格的左排最底下的一格，對李奇的手肘嫌低了點，但只要他蹲下來撞擊，還是行得通。接下來就是將殘存的玻璃敲掉，然後把整條手臂穿過去，直到肩膀，然後彎起手肘，讓手往回伸向門鈕。他輕輕轉動外面的門鈕，來測試整個門鎖的重量，以便推算需要多大的握力。

門打開了。

它啪地甩開來，露出門廳的歡迎腳踏墊。門的側柱上有警報器開關，白色的小按鈕，連著被油漆蓋過的電線。李奇豎耳聆聽是否有警報聲。通常會嗶嗶響個三十秒，讓屋主有時間趕到控制板來解除警報。

沒有動靜。

沒有嗶嗶聲。

張說：「不太對勁。」

李奇一手伸進口袋，握住史密斯威森手槍。自動擊發，沒有手動保險，隨時可以開火，瞄準然後射擊。他通過門廳到了廚房，裡頭是空的，一切井然有序，沒有暴力跡象。他繼續走向門廊，大門就在前方。太陽又偏斜了幾分，屋內灑滿金光。一片靜悄無聲。

他感覺張在他背後往左邊移動，於是他往右移，進入一條有著四道房門的走廊，這些房間包括一間主臥房、一間客用盥洗室、一間備有床鋪的客房和一間附有辦公室的客房，全都空蕩蕩的，沒有半點凌亂，沒有暴力跡象。

他在走廊靠近大門的地方和張會合。她搖頭說：「感覺像是出門去買披薩，連後門都沒鎖。」警報器控制板在牆上，是最近安裝的，上頭顯示著鐘點和一顆靜止的綠燈。關閉狀態。

李奇說：「咱們辦正事去吧。」

他帶頭回到最小的那間臥房，這裡頭陳設著成套的設備，上面是一整排層架，底下是一整排置物櫃，還有幾只抽屜櫃，和一張書桌，全都是金色楓木鑲板家具，還有一台電腦、一具電話、一台傳真機和一台印表機。展開新事業的投資，李奇心想。我們在各處都設有辦公室。北歐風格的外觀令人心情平靜，整個房間十分整潔，一點都不雜亂。

沒有紙張。

沒有拍紙簿，沒有筆記本，沒有便箋，沒有便條本，沒有活頁紙。

李奇靜靜站著。

他說：「這傢伙幹過警察、聯邦探員，一天到晚講電話，等對方轉接，等待，對談。這樣的人手邊不需要準備紙筆？用來記東西、隨手塗鴉殺時間什麼的？這絕對是牢不可破的習慣。」

「你的意思是？」

「我的意思是，這太可笑了。」他說著衝向層架底下的置物櫃，把它們逐一打開來。第一只放的是印表機的備用碳粉匣，第二只放著傳真機的備用碳粉匣。第三只放著備用拍紙簿。

就在它們旁邊堆著備用線圈活頁記事本，仍然五本一疊包在收縮膜裡，而它們後面是備用便條本，邊長三吋半、乾淨全新的便條磚。

「對不起。」李奇說。

「為什麼？」

「這下真的不太妙了。這個人常使用大量紙張，多到必須購買經濟包。我敢說那張書桌原本是堆滿紙張的，我們原本可以用來把這整件事拼湊起來的，可是有人搶先一步趕了來，為了同樣的目的，因此東西全被他們帶走了。」

「誰？」

「要知道是誰，恐怕得先弄清楚他們的手法。基佛成了俘虜，只有這樣這整件事才說得通。他們在他的外套口袋找到幾張字條，也許是從拍紙簿撕下來的，他們還在他的長褲口袋找到皮夾，裡頭有他的駕照，於是他們知道了他的住址，而且推測剩下的拍紙簿就在這裡，也許裡頭寫了更多的東西。他們又在他長褲的其他口袋找到他住處的鑰匙，這表示他們可以大大方方走進來，甚至說不定這些新式警報器附有感應器之類的，只要在控制板前面晃一下就能解除警報。連在鑰匙圈上的遙控鑰匙，感應卡。我想這也算幸運吧，表示他們不需要動粗，逼他說出密碼。」

張說：「這太惡劣了。」

「我想不出別的可能。」

「我依然不知道是誰。」

「母之安息鎮，」李奇說：「那是他最後現身的地方。」

他們逐一搜索基佛的所有房間，以免有所遺漏。門廳沒發現重要的東西。廚房感覺很空，沒怎麼使用。有一些不搭調的餐具，和雜七雜八的食品罐頭。大概是一時興起買的，但從來沒吃過。沒藏有任何東西，除非它被封存在牆裡，而且巧妙地用一層仿似二十年乳膠漆的塗料掩蓋住，並且做出油膩、髒污的效果。

起居室和小餐室也一樣，搜索起來很容易。倒不是說這傢伙的日子過得多克難，但是他顯然一開始就沒有太多家當，而且之後也沒添購多少東西。放了兩張床的臥房看來像是為他的孩子們準備的。探視權，也許是每逢隔週的週末，依照離婚律師的協定，可是李奇感覺這房間似乎從來沒人住過。

主臥房隱約有股酸味，裡頭擺了張床和一只床頭桌，還有一只抽屜櫃，和附有一只套裝外套衣架的木質衣帽架，還有幾只用來存放手錶、錢幣和皮夾的托盤。就像時髦飯店的房間擺設。浴室聞起來很潮濕，毛巾一團亂。

床頭桌擺著一小疊雜誌，上面用一本精裝書壓著。經過時，李奇低頭瞄了一下那是什麼書。純粹基於好奇。

他看見三樣東西。

首先，那疊雜誌最上面的一本是《洛杉磯時報》的週日特刊。

第二，雜誌只看了一部分，因為裡頭的書籤露出了四分之一吋。

第三，那本精裝書同樣只看了一部分，因為它也夾了書籤。

兩張書籤都是很舊的便條紙片，縱向對折一次。它們也是李奇在這房子裡看見的第一批寫了字的紙張。

17

夾在精裝書裡的紙片是空白的，只潦草寫了一個數字4。這個數字在學術上的重要性普通，而且眾所周知它是全宇宙唯一和它的英文字彙，four，的字母數相同的數字。可是除此之外似乎意義不大，目前看來是如此。

張說：「對這東西，我站在辯護律師的懷疑立場。」

李奇點頭。可是第二張書籤就比較好了，好得多。一開始純粹是指在功能方面。那本《洛杉磯時報》打開的地方是一篇由科學撰稿人艾胥利・魏斯伍德撰寫的長篇報導的開頭。內容是說現今醫學在治療創傷性腦部損傷方面的進展連帶讓我們對大腦本身有了更深入的了解。

這本雜誌出刊不到兩週。

張說：「這時辯護律師會開始引述《洛杉磯時報》的週日發行量。」

「是多少？」李奇問。

「將近一百萬份吧。」

「所以，這不是巧合的機率微乎其微？」

「辯護律師一定會這麼說。」

「調查局探員會怎麼說？」

「我們被訓練要超前思考，推測辯護律師會怎麼說。」

李奇打開那張書籤，它的一面是空白的。

另一面可就不是了。

另一面有兩行手寫字。

上面那行同樣是那組三一三開頭的電話號碼。科學撰稿人魏斯伍德本人在加州洛杉磯的聯絡電話。

底下那行寫著：母之安息鎮——馬洛尼。

「這時調查局探員會怎麼說？」李奇問。

張說：「這時她會要辯護律師儘管放馬過來。看來基佛原本打算打電話給魏斯伍德，向他討教關於發生在小鎮——我們剛到過的——的某件事情的補強證據或進一步情報，我想這點很清楚。加上現在我們掌握了一個名字，也許鎮上有個叫馬洛尼的。畢竟我們才剛見過一對叫莫納罕的兄弟。」

「可是書籤為什麼夾在這篇報導的開頭？」

「他還沒開始看。」

「所以他還沒打電話給魏斯伍德。關於這名客戶咱們先別下定論，就說他這人十分熱心吧，這樣的人總是一天到晚打電話，誰願意聽他就對誰說，同樣的事一說再說。母之安息鎮，兩百人死亡，如果你不相信我，那就打電話給洛杉磯這位記者，然後他會把這個好不容易得來的電話號碼告訴別人，而每次基佛聽到都會把它記下來，一次又一次，因為他就是這樣的人，這就是為什麼我們幾乎沒怎麼找，便已經兩度發現這組號碼。所以，也許這原本是個討厭的客戶，我相信妳也接觸過。」

「偶爾。」

「然而，這個人說的事情當中有個小地方讓基佛很在意，但他還是有些懷疑，於是他做了個小測試。這裡是奧克拉荷馬市，對吧？他說不定得跑到火車站去買其他城市的報紙，可是他這麼做了。某個週日他去買了《洛杉磯時報》，他想看看這位專家證人有多少可信度，他是一名嚴肅的作者，或者只是替八卦報紙寫東西？基佛想親自驗證一下。小麥開始生長是多久前的事？」

「這得看地方，」張說：「總之，好幾千年了吧。」

「結果魏斯伍德大概相當不錯。他花了腦筋，已經追溯到幾千年前了。他是個聰明人，可是基佛還不知道這點，因為他還沒看這篇報導。很可能這名客戶說的那些事相當吸引人，但並不緊急，基佛並未馬上著手。」

「現在感覺十分緊急了。」

「沒錯，咱們得查出到底發生了什麼轉折。」

這裡不是那種守望相助型的社區，即使如此他們覺得沒必要逗留太久。他們通過門廳離開，順手關上後門。他們繞到屋前的車道，進了車子。

李奇說：「我們應該再和魏斯伍德談談。」

「基佛還沒打電話給他，」張說：「他沒什麼可說的。」

「或許其他人打了，他可以對我們描述一下。」

「其他什麼人？」

「再看囉。」

張沒說話。她拿出手機，撥了電話，又多按了一個鍵，然後把手機放在車子前座的中央扶手上。

「我設定了擴音。」她說。

李奇聽見電話鈴聲。

他聽見有人接聽。

「喂？」魏斯伍德說。

李奇說：「你好，我叫傑克‧李奇，目前正和我的同事米雪兒‧張一起工作，不久前她才和你通過電話。」

「我記得。我們彼此都同意，她的另一位同事從未打電話給我。基佛，對吧？我以為我們已經有共識了。」

「是的，這點我們了解。不過目前有相當清楚的跡象顯示，他原本打算在未來的某個時間點打電話給你，也許是馬上，也許是到了某個階段才打。」

魏斯伍德稍稍頓了一下，接著說：「這位仁兄目前在哪？」

李奇說：「他失蹤了。」

「怎麼失蹤的？他在哪裡？」

李奇沒說話。

魏斯伍德說：「我問了蠢問題。」

「怎麼失蹤的部分可能相當關鍵，人在哪裡的部分就很蠢了。要是我們知道他在哪裡，他就不算失蹤了。」

「你們應該察看他打過的電話，而不是他可能會打的電話。連哪一天會打都不曉得。」

「我們掌握的線索很有限。」

「被什麼限制了？」

「我們不得不把這事往回追溯，魏斯伍德先生。我們認為他原本希望你能提供他某種專家見解或意見，我們需要了解一下，你究竟可以在哪一方面給他協助。」

「我是跑新聞的，不是什麼專家。」

「可是你很有學問。」

「看我文章的人也都和我一樣有學問。」

「我想多數讀者會想像，剪接室地板上總是留有一些影片或節目的膠卷，他們會假定你懂的比你寫的還要多，也許有些東西你礙於法律而沒辦法發表……等等。不管怎樣他們會假定你喜歡你的報導，而且他們也敬重你的資深頭銜。」

「也許吧，」魏斯伍德說：「可是這會兒我們說的是一場壓根沒發生過的談話。」

「不，這會兒我們說的是基佛的客戶。目前我們只能推測這是一位有錢有閒的熱心人士。我們有證據顯示他不斷打電話給基佛，我們感覺他就是這樣的人，顯然有個議題讓他非常在意。我說過我打賭他一定打電話向政府上下所有人求助過，我現在依然這麼認為，好幾百人，包括你。有什麼理由不找你？你是大報的科學撰稿人，也許你寫過什麼和他在乎的議題相關的文章。我認為也許他在網路上找到你的電話時，並沒有把它轉交給基佛，一開始沒有，而是想直接找你談談。我認為他有科學方面的怪事要申訴，而他覺得你應該會了解。所以我想他或許打過電話給你，我想你或許和他談過。」

遠在數千哩外的短暫停頓，接著魏斯伍德的聲音再度傳來，有點壓抑，像是強忍著笑。他說：「我在《洛杉磯時報》工作，在洛杉磯，加州，我的電話號碼上網就能找到。總地來說，這是好事，但這表示我經常接到各種怪電話，不分日夜，我聽過各式各樣和科學有關的申訴。大家打電話來談外星人和幽浮、出生和自殺、輻射線和洗腦，而這還只是上個月內發生的。」

「這些電話會不會列入資料庫？」

「資料庫裡大部分都是這些東西，你可以去問其他記者。」

「你能用主題搜索嗎？」

「我們不太理會細節，那些傢伙總是說個沒完。我們多半是分類處理，這類新鮮事，那類新鮮事。最後我都會把那些電話擋掉，有時他們實在是沒完沒了，我總得睡覺吧。」

「試試母之安息。」

「那是什麼？」

「一個小鎮的名字，四個字，就像你母親坐在椅子上休息，大寫字母。」

「為什麼叫這名字？」

「不知道。」李奇說。

他們聽見響亮的敲鍵盤聲，從手機的擴音喇叭傳出。大概正在用主題搜索資料庫。

魏斯伍德說：「沒有。」

「你確定？」

「這名字相當罕見。」

李奇沒說話。

魏斯伍德說：「我的意思不是說你那位客戶沒打過電話給我，他或許打了，這樣的人我們見多了。我是說，我怎麼知道他是哪一個？」

他們驅車離開基佛位在死巷的房子，離開他的新開發區，經過一座暢貨中心，來到高速公路入口。往右開五小時車到達母之安息鎮，往左十分鐘便可進入有牛排館、烤肉店和舒適旅館的奧克拉荷馬市中心。

可是張說：「不，我們必須回去。」

18

沒有牛排館或烤肉店，他們在一個由國內某三流連鎖企業經營的休息站設施內就著清冷的螢光燈光靜靜地用餐。李奇點了紙包裝的乳酪漢堡和紙杯裝的咖啡，張點了沙拉，裝沙拉的塑膠容器足足有籃球那麼大，上面是透明蓋子，底部是白色的碗。她很緊張，而且或許由於長途開車而有點累，即使如此她依然是有趣的夥伴。她把長髮撥到肩後，轉頭將她的沙拉攻擊得東倒西歪，帶著睜大的眼睛和五、六種不同的似笑非笑表情，從楚楚可憐、謙虛到開心、期待不等，而在這同時李奇才剛拿起漢堡來準備咬下。

她說：「謝謝你這一路的幫忙。」

「不客氣。」他說。

「我們得想個比較可行的辦法。」

「是嘛？」

「如果最後我得獨自完成這事，現在我們就不該聯手展開調查。」

他說：「妳應該打電話報警。」

「那也只是失蹤人口案，目前頂多就這樣。一個獨立自主的成人離開兩天，去進行一個經常要臨時出差的工作。警方不會有任何動作，我們沒有證據可以提供。」

「他的門沒關。」

「沒遭到破壞。門沒關只能說明屋主疏忽，不表示有人犯罪。」

「所以妳想雇用我？你們公司經費有限，這樣行得通嗎？」

「我只是想了解你的意向如何。」

他沒答腔。

她說：「你可以從這裡搭便車回奧克拉荷馬市，我會諒解的。」

「我本來想趁天氣變冷之前到芝加哥去。」

「一樣，搭便車到奧克拉荷馬市，然後轉搭火車，你以前搭過的路線，相信這次不會誤點。」

他沒說話。他開始有點喜歡她的綁帶鞋子，這種鞋很實用，同時又相當好看。她的牛仔褲又舊又柔軟，低低地跨在她腰臀上。她的T恤是黑色的，不過鬆又不過緊。她的眼睛直視著他。

他說：「我搭妳的車，但必須是妳願意才行。這是妳的案子，不是我的。」

「我不好意思要求。」

「妳沒要求我，我是自願的。」

「我沒錢雇用你。」

「我需要的東西我全都有了。」

「你到底需要什麼？」

「口袋裡有點錢，有地方可去。」

「我真的必須了解一下你的理由。」

「關於什麼的？」

「幫助我的理由。」

「我認為人跟人之間本來就該互相幫忙。」

「這事的發展可能變好也可能變壞。」

「相信我們都見過更糟的。」

她略微停頓。

「最後一次問你。」她說。

他說：「我和妳一起上路。」

他們下高速公路時已經天黑了。郡公路往前無限延伸，他們只看見前方被車燈照亮的一小段道路，再過去便黑漆漆一片。小福特車一路呼呼前進，不時在缺損的柏油路面上震一下，灰白的麥稈在道路兩旁簌簌閃過。頭頂是稀疏的雲朵，一彎新月，和一把縹緲的星光。

難說他們是在什麼時候經過之前他們拋下莫納罕兄弟的地點的，這一哩接一哩的漫漫長路，實在看不出有什麼不同。可是那輛紅色貨卡車確實消失了，怎麼也找不到，不管是在郡公路，或者在兩度右轉再左轉、穿過大片農田返回母之安息鎮的鄉間彎道上。而眼看小鎮就在一哩外，在夜色中朦朦朧朧的，幾座儲糧塔是目前為止地平線上最高聳的物體。他們進入那條舊車道，通過全鎮最寬的部分，六個低矮的街區，接著車子轉入廣場，朝汽車旅館行進。辦公室窗口亮著燈光。

張說：「好戲開始了。」

她把車停在她房間下方的車位，關掉引擎。兩人在突來的寂靜中待了片刻，然後下車。他們將手放在口袋裡的戰利品手槍上，在夜間的昏黃光線下靠近車子站立。這光暈是來自那些裝在每道房門上方而且全都功能正常的防水外牆燈。

沒有聲音。沒有動靜。

沒有莫納罕兄弟，沒有烏合之眾。

什麼都沒有。

接著，在一百呎外，獨眼人走出辦公室。

和之前一樣，他匆匆走過來，一邊揮手打手勢。當他來到他們面前，他將他那有缺損的目光鎖定在地板上，深吸一口氣。

「很抱歉，」他說：「一點小失誤，導致一場誤解。二一五號房可以歸你使用，直到那位先生回來為止。」

張沒說話。

李奇說：「了解。」

獨眼人點點頭，彷彿已完成談判，接著他轉身，匆匆走了回去。張看著他離去，說：「可能是陷阱或者準備伏襲。」

「也許吧，」李奇說：「不過我認為不是。他不會希望有人在那個房間裡打鬥，會把家具搗爛，而且他還得花整個冬天修補壁板上的彈孔。」

「你是說他們認輸了？」

「只是這局棋的一步。」

「那下一步會是什麼？」

「不知道。」

「會在什麼時候行動？」

「明天吧。」李奇說。他環顧著馬蹄形廂房的三個邊，樓上和樓下。二〇三號房的窗簾四周透出一圈燈光。穿套裝的男人住過的，現在有了新房客。

「天亮前，」李奇說：「這是我的猜測。」

「你會睡得安穩嗎？」

「希望，妳呢？」

「萬一我睡不好，會敲敲牆壁。」

他們一起走上金屬樓梯，拿出鑰匙然後轉動門鎖，動作一致，但相距二十呎，好像兩個下班回家的鄰居。

一百呎外，獨眼人搬起二〇二號房門口的空涼椅，把它拖到之前的老位子，也就是辦公室窗口下方的人行道上。在夜色中，他把椅子放正然後一屁股坐下，準備執行當晚的第二個指令：徹夜監視他們。

第一個指令是，就算他們回來，無論如何都不可在今晚打草驚蛇，這方面他認為自己處理得相當漂亮。

19

和之前一樣，李奇坐在黑暗的房間裡，避開窗口，免得被外面的人看見，就這麼靜靜凝視著，這次是從二樓的視角。十五分鐘，接著過了二十分鐘，三十分鐘。再久都難不倒他。獨眼人依舊是遠在一百呎外的一抹模糊的白影。二〇三號房窗口周圍的一圈光暈始終亮著。沒有任何動靜。沒有車輛，沒有人跡，沒有黑暗中的香菸光點。

沒有任何活動。

四十分鐘過去。二〇三號房的燈光熄了。獨眼人仍然待在原地。李奇又等了十分鐘，然後上床睡覺。

清晨到來，景色和前一天清晨一樣美。曙光是淡淡的金色，影子拉得長長的。或許可以說和第一天的清晨一樣美。李奇裹著浴巾坐在床上，沒有咖啡，繼續盯著窗外。那張塑膠椅還在一百呎外，辦公室外面，可是它又一次被棄置了。二〇三號房的窗簾依然緊閉，有人進出。大街上已有車流，聽得見但看不見，先是一輛卡車，接著又來了幾輛。

接著安靜下來。

他等著。

同樣的場景又上演。

當太陽逐漸升高，影子也一碼一碼縮短。七點的火車駛來，待了片刻接著又開走。二〇三號房的窗簾拉開來。

一個女人。陽光依然映在窗玻璃上，讓她的臉看來有些模糊，但李奇看得見她，臉色蒼白，一身白色，和前一天的男人一樣站在那裡，兩條手臂張開，兩手放在窗簾上。和他一樣，她也望著窗外的晨景。

接著那輛白色凱迪拉克駛了進來，對準了然後向左退入之前的同一個車位。這次駕駛人立刻下了車。他頭頂的房門打開，一身白的女人走了出來。原來白色是一件及膝裙裝，類似無袖緊身裙。白色鞋子。不年輕了，但身材不錯，似乎很努力健身的樣子。她的頭髮是土灰色，剪成鮑伯髮型。

她的行李比前一天的男人多。她帶了一只附有滾輪和把手的活動行李箱，比男子的皮革手提袋大，但並不會過大，甚至相當輕巧優雅。她朝樓梯走去，凱迪拉克的駕駛預料到她下樓的不便，做了個等一下的手勢，走上去迎接她。他將行李箱的把手放下，抬著它下樓，像是替她帶路那樣走在她前面。他把箱子放進車子的後行李箱，她上了後座，然後他回到駕駛座，車子退出車位，開走了。

還是沒掛車牌。

李奇去沖了個澡，他聽見張在隔壁浴室。兩間浴室只隔著一道牆。看來她沒去等早班火車，這決定是明智的，省得她來回奔走。也許她和他一樣一直在監看，也許他們動作一致坐在那裡，裹著浴巾，中間只隔著道牆。儘管她或許帶了成套睡衣褲，或睡衣。可能不是又寬又長那種，畢竟天氣暖和，再說她也得精簡行李。

他比她先洗好，接著前往餐廳，希望能搶佔那兩個位在偏遠角落的並排桌位，而他也如願佔領了。他把外套放在她的老位子上——衣服的一邊由於口袋放著史密斯手槍而有點下垂——然後點了咖啡。五分鐘後張走進來，穿著同一件牛仔褲但換了乾淨T恤，剛洗的頭髮還濕濕亮亮的。她的外套同樣被她的史密斯手槍拉得下垂。就像所有幹過警察的，她環顧了整整一圈，分七、八次掃視，然後穿過餐廳走過來，渾身是勁的樣子，可能是源自內心的熱情，也或許是源自他們一起安然度過昨晚而帶來的一種兩人共有的幸福感，她在他身邊入座。

他說：「妳睡了嗎？」

她說：「一定的，我還以為我會睡不著呢。」

「妳沒有去等火車。」

「根據你的說法，他已經被拘禁起來了，而這還是最樂觀的一種情況。」

「那只是我的猜想。」

「相當合理的假設。」

「妳有沒有看見住二〇三號房的女人？」

「我覺得她有點讓人看不懂。如果穿黑色，她可能是投資家或基金管理人，或者其他有手下代為執行日常工作的身分。她的臉和頭髮很合宜，而且她有一把公司健身房的鑰匙，這點可以確定。可是一身白色？她那樣子好像正要到蒙地卡羅去參加花園宴會。早上七點，誰會這麼做？」

「是一種時尚？某人設計的夏季服裝？」

「我真心希望不是。」

「所以她究竟是誰？」

「她看來像正要趕到市政廳去辦理她的第五次結婚。」

女服務生過來，張問她。「妳知不知道鎮上有個姓馬洛尼的？」

「不知道，」她說：「不過我知道有兩個姓莫納罕的傢伙。」

她說著眨了下眼睛，走開去。

張說：「這下她真的變成你一輩子的頭號好友了，我想她不怎麼喜歡那兩個叫莫納罕的人。」

李奇說：「我想不出有誰會喜歡他們。」

「肯定有。我們得假定他們也有他們一輩子的頭號好友，這些人應該會有反應。」

「還不到時候。他們兩個都挨了一拳，和感冒一樣必須休息幾天，可不像在電視節目上那樣，在廣告時間就能把問題給解決了。」

「可是他們遲早會復元的，到時可能會找來一大群人，他們的好友和同夥。」

「妳當過警察，相信妳有對人開過槍。」

「我甚至不曾亮過槍，那是在康乃狄克州，一個小鎮。」

「在調查局呢？」

「當時我是金融研究員，坐辦公室的。」

「可是妳合格了，對吧？在射擊方面？」

「那是一定的。」

「妳的槍法如何？」

「除非他們先動手，否則我不會開槍。」

「這我能接受。」

「太離譜了。這裡是火車站，不是西部片的小鎮大對決。」

「重點是，那些小鎮也都有鐵路，隨時都會有壞蛋下火車，或者新警長。」

「你認為這事有多嚴重？」

「和所有事情一樣，遊走在天秤的兩端。一端是基佛正和一個十九歲女孩在拉斯維加斯玩樂，另一端是他死了。我傾向中間的盡頭，或者超過一點。很遺憾，也許是偶發的意外，或者半意外，或者有人慌了手腳，這下他們不知該怎麼辦才好。」

「我們呢？」

「目前我們有個簡單的三步驟工作排程：吃早餐，喝咖啡，找到馬洛尼。」

「可能沒那麼容易。」

「哪個部分？」

「馬洛尼。」

「我們應該從儲糧塔的收貨辦公室開始。我敢說方圓兩百哩內的所有人名他們肯定都曉得，而且這未嘗不是一石二鳥，如果這裡真有關於小麥的可疑事件，我們或許能查出一點什麼來。」

張點頭說：「你昨晚睡得好嗎？」

「一開始有點彆扭，房裡擺著基佛的東西，他的皮箱放在牆邊，感覺很不自在，感覺就像陌生人，可是我還是熬過來了。」

收貨辦公室是並列在地秤之後的一個普通的現代建物，純粹是功能性的，簡單明瞭，沒有形式或美感上的講究。也沒那需要。這裡是全鎮唯一的收購單位，那些農夫要不到這兒來，要不餓死。

裡頭有填表格用的櫃台，讓車主排隊等候的老舊大廳，還有一張進行交貨記錄的直立式辦公桌。桌子後方有一名身穿吊帶工作服、耳朵上夾著支粗鈍鉛筆的白髮男子，正忙著整理一疊疊文件。大概是收割前的準備工作吧，這人帶著一種安於自己小天地的滿足神情。

他說：「有事嗎？」

李奇說：「我們在找一位叫馬洛尼的人。」

「不是我。」

「你知道這一帶有姓馬洛尼的嗎？」

「你們是誰？」

「我們是紐約來的私人偵查員。有個傢伙死了，把他所有的錢留給另一個傢伙。但結果這傢伙也死了，因此那筆錢又回到原點，由所有我們找得到的親屬均分。其中一個聲稱他有個叫馬洛尼的堂兄弟住在本郡，目前我們就只知道這些。」

「不是我，」那人又說：「有多少錢？」

「我們不能透露。」

「很多？」

「聊勝於無。」

「我能幫什麼忙？」

「我們認為你可能知道不少這附近一帶的人名，我想多數居民免不了都得到這兒來走動走動。」

那人點點頭，像是突然間取得一種料想不到的重大關聯。他敲了下鍵盤上的空白鍵，電腦螢幕亮起。他移動滑鼠，點了一下，一份又長又密集的清單跳了出來，一堆人名。他說：「這些人是可以自由使用地秤的，這樣比較快，在農忙時期我們有必要這麼做。我想這一帶所有務農的人都在上面了，從業主到雇工一個也不少。男人、女人、小孩。種田這一行，每年的某些時期都得大大小小總動員。」

張說：「有沒有看見姓馬洛尼的？要是有名字和地址那就太感謝了。」

那人又移動滑鼠，清單向前捲動。照字母排列。他在半途停下，說：「有個姓馬賀尼的，可是過世了。如果我記得沒錯，已經走了兩、三年了。得了癌症，不清楚是什麼癌。」

張說：「沒有姓馬洛尼的？」

「清單上沒有。」

「假設他不是務農的，你會知道他的名字嗎？」

「也許吧，多少會認識一些人，可是沒有，我不認識姓馬洛尼的。」

「我們還可以向誰請教呢？」

「不妨試試西聯匯款商店，和聯邦快遞簽特約的，那家店算是我們這兒的郵局。」

「好的，」李奇說；「謝了。」

那人點點頭，別開頭去，彷彿對自己的工作被打斷感到既著迷又困擾。

李奇記得西聯匯款商店在哪裡，之前在他一個接一個街區巡視的當中看過兩次。一家櫥窗裡擠滿霓虹招牌的小店，經營國際匯款、傳真、影印，還有聯邦、UPS和DHL快遞。兩人走進店裡，櫃台後方的男子抬起頭來。這人年約四十，高大健壯，不胖但相當豐滿，有著濃密頭髮和坦率的笑容。

正是凱迪拉克的司機。

20

這家商店和收貨辦公室一樣單調，只有灰塵和沒有上漆的木頭，擺著一些用來傳真、影印的米色老舊機器，和幾疊雜亂的寄送包裹用的地址表格，還有一堆堆搖搖欲墜的包裹，有的大概是送進來的，有的大概是準備寄出的。有的包裹很小，幾乎和貼在上面的地址標籤差不多大，有的很大，包括兩只顯然是從國外製造商直送、以原廠紙箱包裝的包裹，其中一個是用無菌不鏽鋼製造的德國醫療器材——如果李奇的翻譯技巧沒問題的話；另一個是從日本寄來的高解析度攝影機。開放式層架上堆著大量影印紙，一排排原子筆，還有掛在牆上的軟木塞記事板，上面滿滿的都是用圖釘固定的五花八門的社區活動傳單，包括吉他教學、二手拍賣會和租屋訊息。那家店**算是我們這兒的郵局**，收貨棚屋裡的人這麼說過，這下李奇明白原因了。

凱迪拉克的駕駛說：「有事嗎？」

他在夾板櫃台後方數著紙鈔。

李奇說：「我在別的地方見過你。」

那人說：「是嗎？」

「你踢過足球，邁阿密大學代表隊，一九九二年，對吧？」

「沒有，老弟。」

「南加大？」

「你認錯人了。」

張說：「那你一定是計程車司機，我們早上在汽車旅館見過你。」

那人沒答腔。

「還有昨天早上。」張說。

沒回應。

櫃台上有一只小型金屬網置物盒，裡頭裝滿速匯金提供給特約經銷商的商務名片。大概是佣金以外的另一種附帶利益吧。李奇拿起一張名片來看。這人不姓馬洛尼。李奇問他。「你有沒有本地電話簿？」

「做什麼用？」

「我想把它放在頭上來訓練我的儀態。」

「什麼？」

「我想找一個電話號碼。不然電話簿還能做什麼用？」

那人沉默許久，像是想找個理由來回絕這要求，但最後他顯然找不到，因為只見他彎下腰，從櫃台底下的架子抽出一本薄薄的冊子，把它一百八十度翻轉，從台子上推過來。

李奇說：「謝謝你。」然後翻開冊子，找到從L轉換成M的頁數。

張湊近看。

沒有馬洛尼。

李奇說：「這裡為什麼叫母之安息鎮？」

櫃台後面的人說：「不知道。」

張說：「你的凱迪拉克開幾年了？」

「關妳什麼事？」

「的確不關我的事。我們不是車輛管理局（ＤＭＶ）的人，我們不在乎你有沒有牌照，我們只是好奇，就這樣。那車子看來相當不錯。」

「還堪用。」

「什麼用途？」

那人頓了一下。

「就像妳說的，」他說：「計程車。」

李奇說：「你認得姓馬洛尼的人嗎？」

「我該認得？」

「說不定。」

「不認得，」那人說，相當篤定，像是很慶幸腳下是穩固的地面。「本郡沒有姓馬洛尼的人。」

李奇和張回到寬廣大街上，站在清晨陽光底下。張說：「凱迪拉克的事他沒說真話，不是計程車，這種小鎮不需要計程車。」

李奇說：「那到底是什麼？」

「感覺像接駁車，不是嗎？像度假勝地的高爾夫球車之類的，用來把客人從一個地方送到別的地方，從接待酒會送到他們的房間，或者從房間送到ＳＰＡ中心。算是一種招待，尤其它沒掛車牌。」

「只是這裡並不是度假勝地，而是一大片麥田。」

「反正他沒走多遠，他去了又回來，這當中我們只沖了澡和吃了早餐。大約個把鐘頭吧，來回各三十分鐘，在那種道路上開車，頂多是半徑二十哩的範圍。」

「算起來超過一千平方哩的面積，」李奇說：「圓周率乘以半徑的二次方，事實上超過一千兩百平方哩。該和基佛的事一併考慮或者分開來看？」

「顯然得一併考慮。這人在汽車旅館的表現，和零件商店那傢伙到火車站接人時是一樣的，像個走卒。而零件商店那傢伙因為你長得有點像基佛，馬上打電話告密，所以是相關的。」

李奇說：「想搜索一千兩百平方哩的範圍，咱們需要一架直升機。」

「而且也沒有馬洛尼這個人。」張說著一手探入長褲後口袋，取出基佛的書籤紙。母之安息鎮—馬洛尼。「除非這傢伙連這點也撒了謊。不在電話簿裡不見得能證明什麼，也許只是沒登記，或者剛搬來鎮上。」

「難不成連女服務生也撒謊？」

「我們應該到雜貨店去問問。如果真有這個人，而他又不在餐館用餐，那麼他肯定常到店裡採購糧食，他總得吃飯吧。」

兩人沿著寬廣大街朝南邊走去。

在這同時，凱迪拉克司機忙著打電話報告，儘管能說的不多。他說：「他們沒有進展。」

在汽車旅館，獨眼人說：「你怎麼知道？」

「你聽過有個叫馬洛尼的嗎？」

「沒錯，」凱迪拉克司機說：「所以說他們沒有進展。」

「這裡沒有叫馬洛尼的。」

「他們查了我的電話簿。」

「叫馬洛尼的人？」

「他們在找這個人。」

「沒有。」

雜貨店看來像是五十年來除了商品品牌和價格之外什麼都沒變過。過了門廳只見一片黑漆漆、灰撲撲，瀰漫著股潮濕帆布的氣味。五條狹窄的通道高高堆著各種雜貨，從木工工具、包裝餅乾、蠟燭到玻璃罐、衛生紙和電燈泡不等。有一架子的工作服吸引了李奇的目光。他身上的衣服已經穿了四天，而在張的身邊讓他意識到這點。她散發著香皂、清爽肌膚和淡淡的香水味。剛才她湊過來看電話簿的時候他便聞到了，同時也好奇她聞到了什麼。他挑了長褲和襯衫，拿了襪子、內褲，和對面層架上的一件白色汗衫。較小的衣物每件一元，主要衣褲加起來不到四十元。總地來說算是很划得來的投資，他想。他把它們全部扛在背後走向櫃台，一股腦地放下。

店主不肯賣給他。

那人說：「我不想做你的生意，這裡不歡迎你。」

李奇沒說話。這人長得高高瘦瘦，六十歲左右，有著覆滿白色短鬚的凹陷臉頰，油膩而且過長的稀疏灰髮，耳朵裡長了毛，頸子上一層茸毛。他穿著兩件襯衫，一件外面搭著另一件。他說：「馬上出去，這裡是私人產業。」

李奇說：「你買了健康保險吧？」

張一手按住他的臂膀。她第一次碰觸他，他想，沒頭沒腦地。

那人說：「你在威脅我？」

李奇說：「差不多。」

「這是一個自由國家，我愛賣東西給誰是我的事，法律規定的。」

「你叫什麼名字？」

「不干你的事。」

「馬洛尼？」

「不是。」

「你能找一塊錢零錢給我嗎？」

「幹嘛？」

「我要用你的付費電話。」

「今天不能用。」

「裡頭有家用電話嗎？」

那人說：「你不能用，這兒不歡迎你。」

「好吧，」李奇說：「我明白了。」他察看面前那些衣物的標籤。襪子一元，內褲一元，T恤一元，長褲十九塊九毛九分，襯衫十七塊九毛九分。小計四十元九毛八分，或許得加上百分之七營業稅。共計損失四十三元八毛五分。他掏出兩張二十元和一張五元紙鈔，把它們疊在一起。他將它們縱向對折，把捲曲的紙張撫平，然後放在櫃台上。

他說：「兩個選擇，兄弟。打電話報警，告訴他們鎮上爆發了商業大交易，或者收起我的錢，零錢也甭找了，拿去剪個頭髮，刮一下鬍子什麼的。」

那人沒吭聲。

李奇把他買的衣物捲成一團，夾在胳膊底下，跟著張離開商店，順道在門廳逗留了一下，檢查付費電話。沒有嗚嗚的撥號音，只有夾帶著呼吸聲的靜寂，像是直接連線到了外太空，或者是他腦門裡的血液在怦怦湧動。

張說：「是巧合？」

李奇說：「應該不是。可能是那傢伙把電線拔掉了。要讓我們孤立無援。」

「你想打電話給誰？」

「洛杉磯的魏斯伍德。我有個念頭，接著又轉了個念頭，但首先我們得去察看一下汽車旅館。」

「旅館的管理員恐怕不會讓我們用電話。」

「當然，」李奇說：「這點毫無疑問。」

他們從南邊走向旅館的馬蹄形建築，因此他們最早看見的是辦公室所在的那排廂房。在它窗口下方的人行道上放著三樣東西。第一樣是那張塑膠涼椅，空的，但仍然擺在前晚的老位子。

第二樣東西是基佛的舊行李箱，原本放在二一五號房裡，這時已整理過，鼓脹又淒涼地等在那兒。

第三樣是張的旅行箱，拉鍊拉上，把手升起，同樣準備就緒，等人來取。

21

張猛地止步，像反射動作那樣地，李奇在她旁邊煞住。他說：「沒有房間可回了。」

她說：「他們的下一步。」

他們往前走，越來越近，改變了幾何角度，逐漸看清楚馬蹄形建築的內部，看見一群人三三兩兩站在那裡等著，把所有空停車位擠得滿滿地，踢著路邊石，站在馬路線道上。總共大約三十個人，包括被他踢中卵蛋的莫納罕兄弟當中的一個。臉色有點蒼白，但魁梧依舊。他那位倒楣的親戚不在場，大概還躺在病床上打止痛劑吧。

李奇說：「我們直接走到我的房間。」

張說：「你瘋了嗎？要是能走到車子那裡就算萬幸了。」

「我買了新衣服，我要換一下。」

「先帶著，等一下再換。」

「沒在雜貨店裡換穿已經算讓步了，我不喜歡拎著東西到處跑。」

「我們打不過三十個人。」

他們往前走，在距離回房間必經的樓梯二十呎的地方停下。樓梯附近有三個人，全都望向辦公室。獨眼人從那裡出現，匆匆忙忙走過來，一邊揮手、打手勢。當他來到他們面前，他說：「基佛先生的訂房期限已經到了，因此他的同事也一樣，而且很抱歉沒辦法讓你們延長，因為每年的這個時節我都會把空房間暫時保留個一、兩天，做必要的維護整理，準備應付收割季。」

李奇沒吭聲。我們打不過三十個人，對這話李奇的本能反應是：為什麼不行？這東西在他DNA裡，就像呼吸一樣自然，他是天生的打手，他最大的長處，也是他最大的弱點。這點他非常清楚，同時在腦子裡斟酌著應付一對三十這個大難關的技巧。前十二個很容易，他的史密斯手槍裡有十五發子彈，萬一誤射也絕不會超過三個。假設張明白他的暗示，她還可以再解決掉六個。或者六個左右。雖說她是坐辦公室的，可是這會兒射程很短，目標又多。這麼一來，彈藥用光後可能還剩下十二個，比起他記憶中一次拿下的人數紀錄還要多，但一定還是可行的。一大部分得仰賴槍火的衝擊吧，他想，到時場面或許會相當可觀。槍響，彈藥爆裂的閃光，彈殼在早晨的耀眼陽光下凌空劃過，一群人紛紛倒下。

一定還是可行的。

但還是不行。他不能和三十個人決鬥。還不到時候，情況還不明朗，他沒有足夠的理由。

他說：「退房時間是幾點？」

獨眼人說：「十一點。」說完立刻緊閉嘴巴，顯而易見，像是後悔得不得了。

李奇說：「現在幾點？」

獨眼人沒回答。

「現在是八點五十七分，」李奇說：「我們一定會在十一點以前離開，我保證。所以大家請放輕鬆，這裡沒有好戲可看。」

獨眼人站得筆直，猶豫著。最後他點了下頭，樓梯附近的三個人往後退，只退了半步，可是他們的意圖很清楚。他們不會撤退，但他們也不會採取行動。還不會。

李奇跟在張後面上了樓梯，打開房門，進了他的房間。張說：「我們真的會在十一點離開？」

「十一點以前，」李奇說：「十分鐘以後吧，沒有理由留在這裡，我們知道得太少了。」

「我們不能丟下基佛不管。」

「我們得找個地方打電話。」他把新衣服丟床上，拆開塑膠包裝，拉掉標籤。他說：「也許我該沖個澡。」

「你兩小時前才沖過澡，我在隔壁聽見了。」

「是嘛？」

「你沒問題，換衣服就可以了。」

「妳確定？」

她點頭，從裡面把門鎖上，拉上鎖鏈。他抱著衣服進了浴室，脫掉舊衣服，穿上新的。他把史密斯手槍放在一邊口袋，牙刷放另一邊，還有現金，提款卡，護照。他把舊衣服捲成一團，塞進垃圾桶。他看看鏡子，用手指順了下頭髮。可以了。

張在外面呼喊。「李奇，他們上樓來了。」

他回喊。「誰？」

「大約十個人，代表團吧。」

他聽見她後退，聽見叩門聲，憤怒又不耐。他出了浴室，聽見門鎖喀喀響，鎖鏈一陣搖晃。他看見窗外的人影，人行道上，一夥人擠在那裡，有的正透過窗玻璃窺探。

張說：「我們該怎麼辦？」

「和以前一樣，」他說：「照計畫上路。」

他走向門口，拉開鎖鏈，一手放門把上。

「準備好了？」

張說：「隨時奉陪。」

他打開房門。外面的人群湧了上來，最前面的傢伙向前一個踉蹌，李奇將掌心貼在那人胸口，將他推開。力道不小。

他說：「幹嘛？」

那人站穩腳步，說：「退房時間提前了。」

「提前到幾點？」

「現在。」

李奇沒看過這個人。大手掌，闊肩，臉上布滿皺紋，衣服上沾滿泥巴。被大家推舉前來打前鋒，當發言人的吧。聽人群一陣歡呼，無疑是本地人萬中選一的強者。

李奇說：「你叫什麼名字？」

那人沒答腔。

李奇說：「很簡單的問題。」

沒回應。

「是不是叫馬洛尼？」

「不是。」那人說，口氣帶著點責備，好像他問了蠢問題。

李奇說：「為什麼這裡叫母之安息鎮？」

「不清楚。」

「到樓下等，我們準備好就會下去。」

那人說：「我們在這裡等。」

「下樓去，」李奇又說：「你們有兩種方式下樓，另一種是頭朝下飛過欄杆。自己看著辦。我呢，兩種都沒問題。」

樓下，獨眼人正抬頭盯著看。他們的行李箱又被往他們的車子移得更近了，並列在柏油地上，就在後車門前方。有雙大手、穿髒衣服的傢伙擠出鬼臉，半聳肩，半冷笑，半點頭，然後說：「好吧，再寬限你們五分鐘。」

「十分鐘，」李奇說：「頂多就這樣，應該沒問題吧？還有，別再上樓來了。」

那人露出一種眼神，像是無言的挑釁。

李奇說：「你是做什麼的？」

那人說：「豬農。」

「做很久了？」

「從小到大。」

「沒搬過？」

「都離得很近。」

「沒當過兵？」

「沒有。」

「我想也是，」李奇說：「你讓我們居高臨下，很蠢。因為三十個人如果必須兩個兩個爬上樓，就等於是一群殘兵敗將。你知道我們帶了槍，我們可以像打松鼠那樣把你們擊潰，拿這棟煤渣磚建築作掩護，你們肯定沒轍，除非你們帶了榴彈發射筒，而我知道你們沒有。所以別再上樓來了，尤其不要帶頭。」

那人不吭不響的。李奇退後，對著他把房門關上。張說：「如果我們的目標是活著離開這裡，我覺得你還是別得罪他們得好。」

「我不覺得，」李奇說：「因為，等我們一離開，他們勢必得問自己一個問題。我們會回來嗎？到時肯定有一番激辯。要是我們就這麼乖乖離開，他們會認為我們是玩假的，最好是讓他們以為他們的防堵戰術很有用。」

「是有用啊，就像你說的，我們什麼都不知道。」

「我們知道，我是說我們知道得不夠多。」

「我們知道什麼？」

「我們知道旅館管理員剛剛打電話報告了最新狀況。他告訴他的老闆，我們十一點鐘就會離開，可是對他來說這還不夠，他對妥協結果並不滿意。他要我們馬上滾蛋，因此派了十個人來傳遞口信。這是昨晚我們沒接獲的口信，昨晚我們還受到熱烈歡迎。所以，哪裡有了變化？」

張說：「那名白衣女子。」

「沒錯。要我們馬上離開的那個人不希望白衣女子待在這裡的期間出任何差錯。可是現在她走了，因此營業又回復了正常。」

「她是誰？又去了哪裡？」

「我們不曉得，那個穿套裝的男人的事我們也不曉得，只知道他們似乎來頭不小。例如，當他們在場時，所有人都必須表現得體。我看過管理員在車子來接那個穿套裝的男人之前整理東西，趁著那個人在白天看見旅館環境之前，把所有椅子排列整齊。」

「他們不是投資人，總之不是會實地去視察投資標的物的那種，他們沒有那種味道。我和不少投資人共處過。」

「那他們是什麼人？」

「我也想不透。某人的重要賓客，或者某人的大牌客戶之類的。我們怎麼會知道呢？也許他們是逃亡的不法之徒，也許這裡是地下鐵路，不過是小眾市場，只限商務人士參加，可以享受寧靜和平和一整晚的安穩睡眠，往返交通都由凱迪拉克接送，專為白領罪犯而設。」

「那個女人會為這盛裝打扮嗎？」

「或許不會。」

李奇說：「我同意。這事的確有一種鐵路的氣氛。他們下火車，在汽車旅館度過一晚，次晨搭車繼續動身。感覺非常短暫倉卒，而且似乎是有去無回，就好像這裡只是某種漫長旅程的一站。」

「從哪裡到哪裡？」

李奇沒回答。

張說：「接下來呢？」

「我們得往西邊走，等妳的手機恢復通話之後，好好找出答案來。」

整整十分鐘後，他們打開房門，進入走廊。那三十個人還在樓下，仍然三三兩兩、零零落落地聚集在一起，形成鬆散的半圓，遠遠圍繞著綠色小福特車。最靠近的是那名豬農，距離車子大約十呎。他旁邊是令人反胃的莫納罕。兩人都一副緊張不耐的樣子。李奇一手伸進口袋，手掌和三根指頭輕按著史密斯手槍，開始走下樓梯，張跟在他後頭。他們到達樓梯底部，她拿遙控器嗶一聲給車子解鎖，車子砰一下發出刺耳的巨響，劃破寂靜。

李奇繞到車頭，看著那名豬農說：「等你們把我們的行李放進後行李箱，我們就走人。」

豬農說：「你們自己動手。」

李奇靠在福特車上，兩手插在口袋裡，兩隻腳踝交叉，悠哉悠哉在那兒等著。他說：「你們都擅自替我們打包好，而且拖到這裡來了，所以我猜你們應該不認為亂碰我們的東西有任何法律問題，或者過敏問題。所以，好人做到底，把它們拎上車子，我們馬上離開。這不是你們要的？」

那人沒說話。

李奇等著。氣氛越來越僵，他可以聽見一百碼外的麥浪在風中翻滾，沒人動一下。接著，有個傢伙看了下旁邊的同伴，那人回看他，轉眼間所有人你看我、我看你，急促地互相注視著，對於是否該委曲求全展開憤慨、無聲的爭辯。把它們拎上車子，我們馬上離開。這不是你們要的？你們自己動手。

最後，豬農後面的一個傢伙獨排眾議，走上前來。顯然是講求實際的那類人。他走向車子，拉起掀背式後車門，把行李一件件放進去。先放基佛的，接著張的。

他關上車門，然後退開。

「謝了，」李奇說：「各位愉快。」

他打開副駕駛座車門，坐了進去。他旁邊，張坐上了駕駛座。他們一起關上車門，張發動引擎。她倒車退出車位，轉動方向盤迅速駛離，一路到了廣場，接著往北經過餐館和商店，來到舊馬車道，她在這裡左轉，往西行駛。筆直的道路在前方延伸開來，沒有盡頭，最終隱入地平線上的金色薄霧中，變得針一般細窄。

她說：「我們會回來嗎？」

離開汽車旅館之後到現在，李奇的手終於把槍枝鬆開。

他說：「我估計咱們非回來不可。」

22

他們開了三小時車，然後停下來加油和用餐。手機仍然收不到訊號。他們推測他們可能得一直等到接近二五號州際公路走廊，深入科羅拉多州之後，才能恢復通訊。也許還有四小時車程。這樣的話他們不如就直接前往科羅拉多泉市，這輛福特車就是在那裡租下的，而且從那裡往洛杉磯的航班相當頻繁。兩人同意洛杉磯是下一站。電話是很棒的發明，但有時稍嫌不足。這表示機場安檢是免不了的了，於是他們把兩支史密斯手槍拆開，將一堆組件分別丟進休息站周邊的幾只垃圾桶。好來好去。

下一段路由李奇負責開車，沒有執照的非法駕駛，可是在兩小時當中他們只看見兩輛車子，而且都不是警車。接著由張接手，車子繼續行進，直到金色地平線轉為灰暗，這表示文明也不遠了。他們開始討論該如何處置基佛的行李箱。李奇對私人物品不太留戀，贊成把它丟棄。可是張把它看成護身符，希望的指標之類的。他們在科羅拉多泉市邊界的一處大賣場的聯邦快遞商店停車，把行李箱寄回位在奧克拉荷馬市北邊的老舊開發區的，那棟死巷子裡的黃色房子。張填寫了表格上的地址，然後猶豫好一陣子，勾選了不須簽收的方塊。

這天下午，母之安息鎮乾貨商店的櫃台前聚集了八個人。穿了兩件襯衫、頭髮蓬亂的店主已經在場。率先到達的是販賣灌溉系統零配件的老闆，接著是凱迪拉克的駕駛、汽車旅館的獨眼人和餐館的櫃台服務員，還有被踢中要害、手槍被搶走的莫納罕。

參加會議的第八人在五分鐘後到場。一個健壯的傢伙，剛沖澡，氣色紅潤，穿著燙過的藍色牛仔褲和套裝襯衫。他比莫納罕、零件商和凱迪拉克駕駛年長些，比汽車旅館管理員和乾貨店主年輕，大約和豬農和櫃台服務員年紀相仿。他的頭髮像電視新聞主播那樣用吹風機吹乾定型。當他走進店裡，另外七個人紛紛繃緊、坐正，安靜下來，等他率先開口。

他單刀直入。

他說：「他們會回來嗎？」

沒人答腔，七張茫然的臉孔。

第八人說：「大家說說看正反意見。」

一陣靜默、蠢動不安，接著零件商說話了。「他們不會回來，因為我們做得很好，他們在這裡毫無斬獲，沒有證據，沒有證人。他們回到這兒來有什麼用處？」

凱迪拉克駕駛說：「他們會回來，因為這裡是基佛最後現身的地點，他們會一而再，再而三回來。當他們查不出半點名堂，除了這兒，還有哪裡可以讓他們重新來過？」

第八人說：「他們在這裡真的沒有半點斬獲？」

櫃台服務員說：「沒人和他們談過，半個字都沒有。」

店主說：「他們只打過一次付費電話，試了三個號碼，可是全部沒人接聽，然後就走掉了。那樣子可不像是得到了重要訊息的反應。」

「所以，他們什麼都不知道是你們的共識？」

「我們的什麼？」

「你們共同的看法。」

凱迪拉克駕駛說：「我們共同的看法是，他們沒有一丁點頭緒。他們最後跑到我店裡來，打聽一個叫馬洛尼的。他們沒有半點進展，但他們還是會回來。他們知道基佛來過。」

「所以他們還是多少知道一點。」

大夥兒沉默下來。

獨眼人說：「這點我們都同意。本來就該讓他們覺得他遊蕩到別的地方去了，我們從沒否認他到過這裡。」

第八人說：「他們離開時是什麼態度？」

豬農說：「那傢伙有點耍威風，算是自我安慰吧，我猜，想讓自己心裡好過點。裝出一副硬漢的樣子，因為他知道他累斃了，那小妞似乎也被那場面搞得有點尷尬。」

「他們會回來嗎？」

「我說不會。」

「誰認為會的？」

只有凱迪拉克駕駛舉手。

第八人說：「六票對一票，過半數。這判斷算相當中肯，我認為你們的決議非常正確，我非常以你們為榮。他們跑來，他們什麼都沒查出，只知道一點皮毛，然後就走了，只有一丁點機率會回來。」

侷促不安的氣氛稍微高漲了點。胸膛挺出，嘴巴下彎，露出牙齒自嘲又尷尬地笑。

第八人說：「可是一丁點機率便足以翻天覆地。」

笑容轉為莊重點頭，七個嚴肅的男人對這睿智的警語沉重地表示贊同。

第八人問。「他們去了哪裡？」

七個聳肩，七張茫然的臉孔。

第八人說：「其實這不重要，除非他們打算去洛杉磯。那名記者是我們唯一的弱點。根據基佛透露的種種訊息看來，他們若想挖掘真相，那裡是唯一的破口。」

「百萬分之一的機率，」莫納罕說：「他們又怎麼知道自己該找什麼？魏斯伍德又怎麼知道自己掌握了什麼？」

「百萬分之一的機率便足以翻天覆地。」

「我們應該是局外人，」旅館管理員說：「不是嗎？我們付錢不就為了得到清靜？」

「你們沒付錢，付錢的是我。」

店內再度陷入沉寂，直到零件商接續話題。他說：「好吧，你付錢不就為了得到清靜？」

「是的，沒錯。還不只這樣。我付錢也是為了必要時能得到協助，就像小聯盟的3A球隊。算是部分的好處。」

豬農說：「要我們出面是很大的一步。」

「是啊，沒錯，」第八人說：「有不少壞處，但也有好處，我們應該討論一下。」

莫納罕說：「什麼樣的協助？」

「有一份菜單，我花錢該得的東西，從少到多不等。」

店主說：「我認為我們起碼該從監視行動開始。萬一他們找上報社的魏斯伍德，我們應該要馬上知道，好準備應付接下來的局面。萬一機率對我們不利的話。」

另外六個人看著第八人，等著他開口駁斥。看他沒反應，他們紛紛點頭表示贊同，明智而識大體地。

第八人說：「我們應該表決一下。所有人都贊成展開監視行動？」

莫納罕說：「這是菜單上最低檔的？」

第八人點頭。「監控手機、網路，還有實地跟監。」

「最高檔可以到什麼程度？」

「可以到所謂的一勞永逸解決方案。」

「這個我們可以自己來。」

「你老弟情況如何？」

「下一次我們絕不會失手。」

「你改變想法了？現在你認為還有下一次了？」

店內一片安靜。

第八人說：「誰贊成派人監視？」

七隻手舉起。

「很高興你們都贊同，」第八人說：「因為我已經聯絡他們，監視行動一小時前就開始了。他們派了個叫海克特的人，一等一的高手，他們說的，十八般武藝樣樣精通。」

23

租車公司設有從退車處到機場航廈的接駁巴士，很方便，但相當慢。讓這一整天的舟車勞頓又延長了半小時。李奇和張在傍晚到了售票櫃台。還有一班前往洛杉磯的飛機即將起飛，可是票賣完了，已經沒有空位，而且待機的隊伍又排得很長。據說這天稍早的兩次設備故障讓機場秩序大亂。

下一個洛杉磯航班是在明早八點。沒得選擇，他們只好接受。張原本就有回程機票，她劃了位，李奇也訂了他的機位。職員告訴他們，報到時間大約是班機起飛前四十分鐘，也就是明早七點二十分左右，至於今晚，附近就有一家距離五分鐘巴士車程的機場旅館。

他們走路過去，李奇提著張的行李箱，而不是拖著它，因為他覺得人行道的水泥磚可能會讓它的滾輪走得不順。這是一家連鎖旅館，外觀潔白清爽，掛著標示名稱和機能的綠色霓虹招牌，內部是溫暖的米黃色調。大廳有一小群人，九個左右，不像是排隊等著訂房的，大都只是呆立在那裡，講手機或者一臉沮喪，或者兩者皆有，這天稍早的兩次設備故障讓機場秩序大亂。

李奇不常搭飛機，不過他看得出那種跡象。

接待櫃台的職員招手要他們過去。她是穿著合身套裝的年輕女人，脖子上繫著領巾。她的動作隱約帶著一種迫切感。她說：「先生，小姐，我們還剩一個房間，如果兩位需要，最好現在就訂房。」

張說：「只有一個房間？」

「是的，小姐，因為今天的航班出了點狀況。」

「還有其他旅館嗎？」

「機場附近就我們這家。」

李奇說：「房間我們要了。」

張看著他，他說：「沒問題的。」

他付了錢，拿到一張門卡。五樓，五〇一號房，電梯在左側，客房服務十一點結束，早餐自費，wifi免費。他們後面有兩對男女排隊，肯定要失望了。李奇和張搭電梯上了五樓，找到房間。米黃和薄荷綠色裝潢，該有的都有了。可是張看似有些躊躇。李奇說：「妳儘管用。」

她說：「那你呢？」

「總會有辦法的。」他將她的行李箱提進去，放在床邊，然後把門卡給她。「我們應該先去吃頓晚餐，免得桌位被那些流浪漢佔光了。」

「我先梳洗一下，等會兒在餐廳會合。」

「好。」

「你要不要先洗把臉？需要的話可以先用一下浴室。」

李奇看了看鏡子。剛剪的頭髮，剛刮的鬍子，剛沖了澡，新買的衣服。他說：「再洗也差不多就這樣了。」

餐廳位在一樓，以電梯廳和接待處分隔開來。窗簾、地毯和淡色原木，十分舒適宜人，唯獨所有家具表面的一層防塵、防刮的乙烯基塗漆有點殺風景。空間很寬敞，但幾乎坐滿了。李奇在帶位台邊等候，接著被帶到一個靠窗的雙人桌位。沒什麼窗景，只看見昏黃的燈光，和停滿了由於夏天而暫停使用的剷雪機的停車場。

八分鐘後張來了，洗了臉，梳了頭髮，換了件乾淨T恤。她在李奇對面坐下，環顧了下周遭，看來精神飽滿，顯然單純由於自來水的抒解而提振了元氣。可是接著她臉色一變，彷彿突然看見方程式的另一邊，也就是她有的，他沒有。

他說：「別擔心。」

她說：「你要睡哪裡？」

「我可以睡在這裡。」

「睡餐廳？」

「我在陸軍待了十三年，早練就了一身哪兒都能睡的工夫。」

她頓了一下，然後說：「當兵是什麼感覺？」

「總地來說很不錯，有不少開心的回憶，沒什麼好抱怨的，除了免不了的部分。」

「哪個部分？」

「相信妳也遇過，有些沒事幹的老鳥主管專愛找別人麻煩。」

她笑笑。「是有幾個。」

「所以妳才離職？」

她的笑容消失。

她說：「也不全然是。」

他說：「妳告訴我，我就告訴妳。」

「我不太想說。」

「會糟到哪裡去？」

她頓了一下，吸了口氣，吐出，然後說：「你先說。」

「他們在進行裁員，因此挑三揀四。我的紀錄好壞參半，而當時又碰上個傢伙藉機挾怨報復。就憑這兩個因素，最後我被列入淘汰名單也不是太意外的事。」

「什麼樣的傢伙？」

「他是陸軍中校，坐辦公室的，在密西西比，負責公關。當時我也在那裡，有些小麻煩纏身，他為了某件可笑的事窮緊張，我有點不耐煩，當面頂了他幾句，冒犯了他。而他報復成功，只因為時機對他有利。之前我惹過更大的麻煩卻都沒事，當時他們沒進行裁員。」

「你不能反抗嗎？」

「我可以找一些人討人情債，可是傷害已經造成。那是一場零和遊戲，要是我贏了，那位陸軍中校當然就輸，這可不是其他中校樂見的結果。他們會全部躲著我，最後我肯定會被派到偏遠的阿拉斯加北方去駐守雷達站，在嚴寒的冬天。那是雙輸的局面，加上那也讓我看清了現實，他們本來就不歡迎我，我總算明白了。所以我沒有抗爭，我光榮退伍，離開了軍隊。」

「這是多久前的事？」

「很多年前了。」

「現在你還走得動。」

「這話太深奧。」

「會嗎？」

「其實在內心深處我非常膚淺。」

她沒答腔。一名女服務生過來，他們點了餐。她離開後，李奇說：「換妳說。」

「說什麼？」張問。

「妳的經驗。」

她又頓了一下。

「和你差不多，」她說：「雙輸的局面，不過是我自己造成的。我把自己逼到了死角，卻一點都沒察覺。」

「沒察覺什麼？」

「有人闖進我家。他們沒拿走任何東西，沒有翻箱倒櫃，或破壞任何物品，也沒留下任何東西。這點我當時還不明白。那時我正在處理一件洗錢案，照例牽涉到大量金錢和許多空殼公司的複雜運作，但是我找到人了。問題是很難證明，事實上幾乎不可能。我偏向放棄，因為明知道毫無勝算，把他起訴又有什麼意義呢。然後那傢伙跑來找我。我差點就要告訴他，我打算把它結案，可是他先開口了，站在我後面兩步的地方。他說要是我不馬上撤案，他要指稱我打一開始就收受賄賂，把事情壓下，可是後來我翻臉不認帳，在背後捅他一刀，而且錢還照拿。他認為這會讓這案子沾上污點，甚至被排拒，他也就全身而退了。」

「人隨便怎麼說都行，問題是他要怎麼證明？」

「他替我在加勒比區設了一個銀行帳戶，用我的名字，然後把賄賂的錢匯到裡頭。白花花的銀子在我帳戶裡，如假包換，而且是一大筆，足以佐證他指稱的事。」

「可是開戶頭的人是他，不是妳，肯定有紀錄的。」

「他告訴我，闖進我屋子的是一個女人，她沒拿走任何東西，沒有翻箱倒櫃，沒破壞任何物品，也沒留下任何東西。可是她用了我的固定電話，替我開了戶頭，就在我家裡，我的電話帳單裡列得一清二楚。這下我被逼得進退兩難，我如何證明我沒打那通電話？我想國外銀行應該會留有通話紀錄，或者國家安全局，可是在長途電話中，兩個女人的聲音或許很難分辨，尤其要是她刻意裝成我的話，這很有可能，因為這傢伙設想得非常周密。例如他握有我的社會安全卡號，還知道我母親的娘家姓。顯然我的保全出了漏洞。」

「所以妳怎麼做？」

「照他的要求，二話不說，馬上撤案，把這檔子事了結。反正我遲早都會這麼做的。」

「那個人現在呢？」

「還在業界。」

「那筆賄賂金呢？」

「消失了。我追蹤過，這點也在他意料中。我發現這筆錢跑到荷屬安地列斯群島一家空殼公司，顯然我已經成為某項金融工具的持有人，長期投資，而他是主要股東，這下我們永遠牽扯不清了。」

「然後呢？」

「我爽快承認，向顧問委員會（SAC）全部供了出來。看得出來那位委員很想相信我，但是調查局可不是靠信任起家的。而且從那一刻起，我勢必再也無法有效執行勤務，即使經過多年我的作證勢必還是習慣性地受到質疑。我勢必會成為辯護律師的春夢，例如他會問，張探員，請妳談一談那筆妳無法證明妳沒拿的賄款。最後，我勢必和你一樣被派到阿拉斯加的雷達站，冒著冰天雪地的寒冬。那是雙輸的局面，因此我辭職了。」

「真不幸。」

「人生嘛，有輸有贏。」
「不對，應該是大贏小輸。人生不能重來。」
「我對目前的工作沒有不滿。」
「但是？」
「我不知道這工作還能持續多久。感覺不像一輩子的職業。」
對基佛來說或許是。」
「這話太直白了。」
「他生前有過什麼經歷？」
「生前？」
「好吧，現在。」
「聽說他正面臨第三次懲戒。調查局作風非常謹慎，而他呢經常一頭栽進去，沒有後援。他們說他危害到案子的進行，還有他自己和他的探員同事。被懲戒三次幾乎和被派到阿拉斯加沒兩樣，到時那個雷達站肯定很熱鬧。所以他趕在聽證會之前辭職了，我想他大概覺得唯有這麼做才能保住尊嚴吧。我知道你要說什麼，我也同意，他在母之安息鎮或許也是這樣，莽撞行事，沒有等待支援。」
女服務生送來他們點的餐，追加飲料。等她離去，李奇說：「可是基佛打電話求援了，我們都知道這很不容易，可是，為什麼打了卻不等人來呢？」
張說：「沒耐性？情況緊急？」
「也許他們先找到了他，就在他等待的當中。也許他並沒有莽撞行事。」
「聽來像是為所有急性子發聲的公益廣告。」

「我們還不清楚到底發生了什麼事。」

「希望他逃到了別的地方。」

「明智的做法。」

「你肯定從沒這麼做過。」

「次數多到數不清，所以我才能活到現在，和妳在這裡共餐。混沌的宇宙，活生生的達爾文進化論。」

她頓了下，說：「我能問你一個問題嗎？」

他說：「當然。」

「我們算不算是在共進晚餐？」

「菜單上是這麼寫的，午餐的菜色不同，當然這也絕不是早餐。」

「不，我是說共進晚餐，而不只是隨便填飽肚子。」

「類似有燭光和鋼琴音樂陪襯的那種？」

「也不是非有不可。」

「小提琴手加上有人送上玫瑰？」

「有的話當然更好。」

「類似約會？」

她說：「應該是說，廣義的約會。」

他說：「想聽真話？」

「當然。」

「假設我們昨天就找到基佛，下火車或者在麥田裡摔倒，腳踝扭傷，又餓又渴但基本上沒事，那麼，是的，我一定會邀妳出來晚餐，而且如果妳接受了，我們應該也會在這時候共進晚餐，所以這有五分像約會。」

「只有五分？」

「我們沒找到基佛，所以還是有點在路邊打野食的味道。」

「但是你會邀我出來晚餐？」

「肯定會。」

「為什麼？」

「因為我喜歡和像妳這樣的人一起晚餐。」

她沉默了好一會兒，五、六秒，幾乎開始有點彆扭了，然後她說：「基於相同的理由，我會答應。」

「太棒了。」

「所以你要記住，我們是在共進晚餐，不是在路邊吃簡餐。那是肯定句，不是疑問句。」

「既然這樣妳幹嘛問？」

「想看看你是否明白。」

當晚李奇沒有向餐廳要椅子睡覺。他們吃甜點，喝咖啡，從容地休息，一點都不急迫。兩人都決定任由事情自然發展，接著張付帳然後起身，李奇也跟著站起，她挽起他的臂膀，彷彿一對老夫老妻，兩人緩緩走出餐廳，輕鬆自在，一點都不倉卒。他們等著電梯，上了五樓，打開房間。

接下來稍微不那麼緩慢了點，不那麼輕鬆了點，而且也有那麼點急促。張又香又溫暖，光滑，四肢修長，年輕但已不是孩子，強壯得可以大力推進，牢靠得可以不必替她擔心。李奇很喜歡她，而她似乎也喜歡他。之後他們聊了一陣子，然後她睡著了，接著他也睡著，睡得極深極沉。

24

他們在早上七點二十分準時登機。張拖著她的行李箱通過空橋，李奇跟在它後面，一路走向機艙進去大約三分之二的廉價座位區。張把箱子放在頭頂行李架，坐進靠窗的位子。李奇坐靠走道的座位。他說：「妳對洛杉磯有多熟？」

她說：「熟到知道報社大樓怎麼走。」

「也許他在家工作。」

「這樣的話他絕不會在家接待我們。我認為他的地址很保密，儘管電話號碼不是。他會在附近找一家咖啡館和我們碰面。」

「我可以接受，可是在哪裡附近？妳對洛杉磯各區都熟嗎？」

「我們得再租輛車子，我們需要ＧＰＳ。」

「也許他在辦公室，而且很樂意見我們。這樣的話可以搭計程車。」

「我們會太早到達，他還沒上班呢。」

「好吧，我們先打他的手機，然後讓他來決定，到底是咖啡館或辦公室，租車或搭小黃。」

「他願不願見我們還不知道呢。」

「兩百人死，事關重大。」

「根據你的看法，他已經聽說了這件事，基佛的客戶打過電話給他。不過他似乎沒什麼印象。」

「聽說和聆聽是兩回事，麻煩就在這兒。我懷疑魏斯伍德或許連自己掌握了什麼都不清楚，他沒仔細聽，而他的筆記恐怕也沒多大用處，肯定像大海撈針。」

「萬一見不到他？」

「不可能。」

「你今天很樂觀。」

「必然的結果，昨晚太愉快了。」

「我也是。」

「很好。」

「你朋友都怎麼叫你？」

「李奇。」

「不是傑克？」

他搖頭。「連我老媽都叫我李奇。」

「你有兄弟姊妹嗎？」

「有個哥哥，叫喬。」

「他在哪裡？」

「哪裡都不在，他死了。」

「很遺憾。」

「不是妳的錯。」

「你媽媽怎麼叫他？」

「喬。」

「可是她卻叫你李奇？」

「傑克也罷，李奇也罷，都是我的名字，難道妳的朋友從來不叫妳張？」

「他們會叫我張警官、張探員，但只在職場上。」

「那大家都怎麼叫妳？」

「米雪兒，」她說：「有時候簡稱雪兒。我相當喜歡，不錯的暱稱，不過和我的姓不太搭。Shell Chang聽起來有點像韓國脫星，又有點像中國南海探油公司的名字，或者一筒兩角五分硬幣被丟進收銀機的聲音。」

「好吧，」李奇說：「就叫妳米雪兒，或張。」

接著飛機起飛，往西越過山脈追逐著黎明。

往東距離七小時車程，母之安息鎮，早已過了黎明時刻，早班火車也已經來過。餐館的早餐人潮已趨緩。穿兩件襯衫的男子打開店門，賣零件的傢伙也開始營業，擠進櫃台後方，把發票分類成一疊疊。凱迪拉克的駕駛忙著清點七種不同交易帳目的收據，西聯匯款、速匯金、傳真、影印以及聯邦、UPS、DHL快遞。被踢中卵蛋、手槍被奪走的莫納罕還在家裡，照料他那位仍然有點頭暈眼花的兄弟。

獨眼人走出辦公室，站在那裡深呼吸，一邊環顧著周遭：U形建築的圓周內側、停車空間、通過一樓客房的人行道，還有二樓客房的走道，從容不迫地察看著。燈泡全都亮著，涼椅全都排列整齊。一切井然有序，一片寧靜、安詳。二一四號房空著，二一五號房空著。

他們沒回來，他想。

好極了。

洛杉磯國際機場（LAX）入境大廳十分壅塞，李奇和張不得不努力擠到一邊，找個清靜角落打電話。張躲在柱子後面，撥了號碼，吵醒了魏斯伍德，他不是早起的鳥兒。她一開始很尷尬，接著柔聲安撫，然後切入正題。她再次介紹自己，說她必須和他見個面，因為原本看似對雙方無足輕重的小事突然間變得重大起來了。她說有個關乎兩百人死亡的可靠數字，她說身為前調查局探員，她非常認真看待這事。她說她的同事是退役官兵，他也非常看重這件事。她又說，當然了，將來的出書版權可以歸他。

接著她聽取一個地址，然後掛了電話。

「咖啡館，」她說：「在英格塢。」

李奇說：「就在附近，時間？」

「三十分鐘後。」

「還是搭小黃吧，沒時間租車了。」

在母之安息鎮南方二十哩，那名穿著燙平的牛仔褲、頭髮吹整有型的男子接聽他的固定電話。3A球隊，但沒那麼厲害。他們的眼線海克特記錄了對方的第一次接觸。一則手機對手機的通話，六分鐘長，通話的兩方是魏斯伍德——從時間來看應該是在家中——和一個自稱姓張的女人——從背景聲音聽起來應該是在機場，身邊還有一名據她說是退伍軍人的男同事。他們提到有人死亡，並且約好在英格塢的一家咖啡館見面，海克特將會跟監。

等搭計程車的隊伍很長但前進快速，而英格塢其實就在機場旁四〇五號州際公路的另一邊，因此他們相當早便到達那家特定的咖啡館。這條街上有很多咖啡館，大都擺著露天小桌位和寫著義大利文的黑板，可是魏斯伍德選的這家沒有。一家有著乙烯基塑料家具和亞麻地板的道地老店，經歷幾十年歲月而褪成暗淡的深卡其色。店裡坐了大約四分之一滿，許多獨坐的男人，全都靜靜看著報紙，或盯著前方發呆，沒有一個像科學編輯。

「我們來早了，」張說：「他肯定會遲到。」

於是他們挑了一個包廂座，在薄板桌前並肩坐下，座椅是原本可能是油亮的深紅色，如今已變成和其他家具一致的土黃色的乙烯基皮革軟墊長椅。他們點了咖啡，一杯熱的，一杯冰的。兩人等著，店裡十分安靜，只有翻動報紙和硬質瓷杯碰撞硬質瓷碟的聲音。

五分鐘過去。

魏斯伍德總算來了。他的外表和李奇想像中完全不同，但看起來一如預期地十分可靠。他是戶外型，不是實驗室裡的白老鼠，而且相當健壯，一點都不娘娘腔。看來像個崇尚自然或熱愛探險的人。他有一頭短但狂野的頭髮，清楚摻雜著灰白，還留著同樣長度和顏色的鬍子。他的臉曬得通紅，眼睛四周布滿細紋。他大約四十五歲左右，身上穿著用高科技布料和許多拉鍊組成的衣服，但已經非常舊而且縐巴巴的。他腳上穿著登山靴，上面綁著像迷你版登山繩的斑點鞋帶。他揹著一只和郵差包差不多大小的帆布袋。

他在門內停步，一眼便認出張來，因為她是店內唯一的女性。他在他們面前的老舊人造皮長椅子坐下，把袋子甩到背後。他一手擱在桌上，說：「你們的同事大概還沒有下落，基佛先生，對吧？」

張點頭，說：「我們在找他的過程中遇上了瓶頸，無路可走了。我們一路追蹤他到現在，可是毫無進展。」

「你們報警了嗎？」

「沒有。」

「這我就要問了，為什麼？」

「在現階段，報警頂多被列入失蹤人口，就這樣。一個失蹤三天的成年人。他們可能會受理，但不會有任何行動，案子將直接被銷毀。」

「兩百人死亡，應該會引起他們的關注。」

「我們沒有任何證據，對事情的來龍去脈也還不清楚。」

「所以我請你們吃早餐，就為了一個你們都還沒報失蹤的傢伙，還有兩百個你們什麼都還不清楚的死人？」

「你請我們吃早餐是因為你可以擁有出書版權，你可以請所有人吃早餐。」

「可是目前，光是這頓早餐的錢就已經超過版權費了。目前的版權收入加上五十分錢只夠我喝一杯咖啡。」

李奇說：「你是研究科學的，應該用科學的眼光看這件事。」

「哪方面？」

「例如統計學，還有語言學，再參考一點社會學，再加上少許對人性的深入而直覺的體會。想一想兩百這個數字，聽來像一個漂亮的整數，但其實並不是。沒人會隨口說出兩百，他們會說一百、一千，或幾百、幾千。在我看來，兩百人死去相當明確，像個真實的數字。也許是一百八十幾或一百九十幾湊成整數，但我覺得這當中似乎藏有某種訊息。總之，足以引起我的興趣。我是說以調查者的角度。」

魏斯伍德沒說話。

李奇說：「況且我們推測警方已經聽過這件事，而且已經把它駁回。」

魏斯伍德點頭。「因為你推測基佛先生的客戶向所有人求助過，上至白宮下至我。」

「因此我們必須從這裡著手，這位客戶，我們必須找到他。我們必須像基佛當初那樣，把這事從頭到尾聽過一遍，然後我們或許能推測接著發生了什麼事。」

「我說過了，我接過的電話不下數百通。」

「究竟有多少通？」

「不方便說。」

「你也說過，這些電話你全都記下來了。」

「只是粗略地記一下。」

「我們或許能從中查出點什麼。」

「起碼得有個名字才行。」

「我們確實有名字。」

張看了下李奇。

「說不定有。」李奇對她說，接著回頭對著魏斯伍德。「也許只是假名，但至少有個開頭。你說過，實在是不堪其擾的時候，你就會把那些討厭的電話封鎖。假設有個人不滿被封鎖，試圖重新來過，於是用了別的名字和電話號碼打給你？」

「不無可能。」魏斯伍德說。

李奇回頭對張說：「把基佛的書籤拿給他看。」

張從口袋掏出紙片，把它放在桌上撫平。一組三三三開頭的電話號碼，還有母之安息鎮——馬洛尼幾個字。

魏斯伍德說：「那是我的電話，毫無疑問。」

李奇說：「我們認為這表示，母之安息鎮有個叫馬洛尼的人和這事有些關係，可是並沒有這麼一個人，這點我們能確定。我們問過了，他們的回答並不閃躲。他們全都嗤之以鼻，甚至有點困惑。所以也許你受夠了基佛的客戶，不管他叫什麼名字，於是他決定重起爐灶，用馬洛尼的名字回來找你。然後他又打了電話給基佛，和以前一樣要他和你聯繫，以便向你求證，可是特別交代這次他沒用真名，而是用了馬洛尼這個假名來討論這件事。也許這張字條是這個意思。」

「也許吧。」

「有沒有別的說法？」

「我會查一下的。」魏斯伍德說。

「感激不盡，我們這是死馬當活馬醫。」

「真的是，基佛寫的字條跟我的一樣潦草。」

「我們也只有這個了。」

「可是就算這樣，有人失蹤了，加上兩百人左右死亡，你們不覺得你們起碼該試著和警方聯絡看看？」

「我當過警察，」李奇說：「也認識不少警察，我從沒見過有哪個警察會沒事找事做。所以目前他們不會聽的，時機不對，這點我可以保證，就像你也不肯聽。」

「我可以查一下，」魏斯伍德又說：「不過我看不出一個假名能有什麼用處。」

「可以讓我們循線找到真名。」

「怎麼可能？真名已經被隱匿了。」

「查一下馬洛尼開始打給你之前，你封鎖了誰的電話，他就是那名客戶。」

「我們會找到好多個人選，我封鎖了一堆人。」

「我們會查出來的，地理位置或許是關鍵。我們知道他雇用了一名奧克拉荷馬市的調查員，我們也知道他看《洛杉磯時報》，這或許會讓範圍縮小一點。」

魏斯伍德搖頭。「其實我的電話號碼很不容易找到，我並沒有付費給Google替我打廣告。如果這個人的電腦功力真的強到能夠在網路上把它挖出來，那麼他看的肯定是電子報。這樣的人起碼有十年沒買過實體刊物了，他有可能住在任何地方。」

「多謝提醒。」李奇說。

「一小時後在我辦公室碰面，時報大樓。」

張點頭說：「我知道在哪裡。」

這時女服務生過來，魏斯伍德點了早餐，李奇和張離去，讓他獨自用餐。

經過十分鐘不到，在母之安息鎮南邊二十哩的地方，那位穿著熨燙牛仔褲、頭髮吹整有型的男子用他的固定電話接聽了第二通來電。他的聯絡人告訴他海克特在英格塢咖啡館暗中監看他們的會面。他坐得不夠近，沒聽見太多細節，但是他聽出基佛的名字，而且從張的嘴型看出她說，他們在找他的過程中遇上了瓶頸。在談話的最後，他推測他們安排了第二次會面，地點他沒聽見，可是他聽見張說她知道那個地點。目前他打算繼續跟蹤魏斯伍德，讓他引導他到那地方去。

25

《洛杉磯時報》大樓位在洛杉磯市中心的西二街和春天街口，有著足以比擬政府機關的安檢水準。裡頭有X光輸送帶和金屬偵測器。李奇不太明白為什麼，也許是自我感覺膨脹吧。他懷疑有誰會把《洛杉磯時報》列入首要攻擊目標名單，或許連名單的第四、第五頁都排不上。可是沒辦法，他把所有硬幣丟進一只容器，然後任人擺布。張比較慢，她仍然拖著她的行李箱，拎著外套。

可是他們終究通過了檢查，在服務台拿到通行證，然後搭手扶梯上樓。魏斯伍德的辦公室是一個奶油色的方形房間，裡頭擺著好幾架子的書籍和雜誌。窗底下有一張漂亮的舊書桌，上面是一組雙螢幕電腦。魏斯伍德正坐在桌前看電郵，他的大帆布袋被丟在地上，袋口敞開，裡面塞滿書、報紙和一台金屬筆電。門外走廊鬧烘烘的，大夥埋頭忙自己的事。窗外的晴空閃耀著南加州永恆的陽光。

魏斯伍德說：「請坐，我馬上好。」

口氣有點怪。

想坐下得費點工夫。李奇和張把堆在兩張客用椅子上的雜誌和文件清掉。魏斯伍德關閉電郵程式，回過頭來。他說：「法律部門的人不太高興。有些東西事涉機密，我們的檔案庫是不公開的。」

張問：「他們預見會有什麼負面作用？」

「沒有明說。他們是律師，看什麼都是負面的。」

「這是很重大的案子。」

「他們說重大案件都會伴隨搜索票或傳票，或至少也有失蹤人口報告。」

李奇說：「為什麼你要找律師討論？」

魏斯伍德說：「因為公司這麼規定。」

「你和編輯主任談過了嗎？」

「他看不出這事有報導的價值。我們查了一下基佛的背景，他曾經在某地喝得爛醉，一個不成氣候的偵探。」

張沒說話。

李奇說：「我沒見過他，不過我遇過不少這類人。在各方面能力都屬中上，只是容易衝動，可是他們的衝動往往是出於一片好心。而且再怎麼不成氣候，和母之安息鎮那些人比起來他都算得上是○○七，但他還是落入他們手中了。」

「這只是你的猜測。」

「萬一這是真的，萬一鎮上的確出了怪事，造成兩百人死亡，那就是大事一樁了，對吧？《洛杉磯時報》肯定會大肆報導，連續刊它個幾星期，說不定你還會得普立茲獎，你會上電視，還能賣出電影版權。」

「等你們找到具體的東西，再回來找我。」

「你認為它的機率有多少，發現具體的東西？」

「百分之一。」

「不是『兩百』分之一？」

「你的說法不能當證據。」

「我有另一個說法。我們就這麼走人，暫時保留這事可能成為大新聞的百分之一機率，可是因為我們已經走了，這事不再是《洛杉磯時報》的獨家，也就是說，萬一這百分之一的可能成真，事情爆發開來，到時肯定有一番廝殺，所有報紙肯定拚了命搶獨家。所以，如果你是精明的科學編輯，就算只有百分之一的可能，你知道如果能利用目前你掌握的東西來搶先一步做準備，你還是會佔點小便宜的。所以我猜，等我們進了電梯，你一定會馬上察看你的檔案庫，搜索一個名叫馬洛尼的人的來電，這樣你才能心安。」

魏斯伍德沒吭聲。

李奇說：「既然這樣，我們在不在這裡，又有什麼差別？」

好一陣子沒回應。接著魏斯伍德把椅子轉向對著螢幕，點了下滑鼠，在兩個方塊裡輸入幾個字母。大概是使用者帳號和密碼吧，李奇猜。希望是開啟檔案庫的。張湊向前。螢幕上出現搜索頁，某種專利軟體，無疑是用來處理手邊工作的，可是很醜。魏斯伍德勾選了一堆選項，大概是把他自己的筆記過濾吧，免得出現不相干的搜索結果。也許洛杉磯有一百個具有新聞價值的馬洛尼，也許有兩百個。運動明星，企業家，演員，樂手，達官顯貴。

魏斯伍德說：「所有理論都該經過測試，這是科學方法的核心。」

他輸入Maloney。

他點了下滑鼠。

他得到三筆結果。

檔案庫出現由一個名叫馬洛尼的人在三個不同時間點的來電。最近的一通是在將近一個月前，第二通是在那之前三週，最早的一通是在第二通之前兩週。前後共計五週，就在四週前。三次來電的電話號碼都是一樣的，都含有沒人知道代表哪裡的區域號碼五〇一。

魏斯伍德不曾記下這三次談話的主題或內容。他只是把名字、號碼、日期時間直接丟進一個標示著C的檔案夾。

「C的意思是？」李奇問。

「陰謀（Conspiracies）。」魏斯伍德說。

「哪一類事情？」

「範圍相當廣。」

「舉個例。」

「煙霧警報器是家中的陰謀，因為它裡面裝了用無線方式和政府連線的監視器和麥克風。而且還裝了毒氣膠囊，萬一政府不喜歡你的言論或行為時可以使用。」

「基佛不會把時間浪費在這種事情上面。」

「如果是比較嚴肅的事，我絕不會不理會。」

「也許他沒解釋清楚。」

「我想也是。」

「你確定對這個叫馬洛尼的毫無印象？」

魏斯伍德沒回答，只是點了幾下滑鼠，打開一只顯示他接獲的所有來電清單的未過濾檔案。螢幕很大，而且有兩個，但即使如此年份欄還是被壓縮到只剩一小部分。

李奇說：「我們的來電紀錄也在裡頭？」

魏斯伍德點頭。「今天早上。」

「你把我們放在哪一類？」

「還沒決定。」

張拿出手機，撥了馬洛尼的電話號碼。區號五〇一，加上後七碼。她開啟擴音功能。先是一陣通訊系統連上手機的嘶嘶聲和停滯，接著響起電話鈴聲。響了又響。

沒人接聽，也沒有語音。

經過整整一分鐘，張掛斷電話，辦公室又靜了下來。

李奇說：「我們得查一下五〇一是什麼地方的區號。」

魏斯伍德關掉檔案，打開瀏覽器。他瞥了下門口，說：「我們真這麼幹了。」

「沒人會知道的，」李奇說：「得等到電影上演。」

電腦顯示，五〇一是阿肯色州的三個手機區域號碼之一。張說：「九週前你有沒有封鎖過來自阿肯色的電話？也許這傢伙只是把固定電話改成手機，就這麼簡單。」

魏斯伍德再度進入檔案庫，打開未過濾來電清單，滑動捲軸到九週前的紀錄，說：「我們要給他多久的猶豫期？他多快會想出用新的名字和電話號碼和我聯絡？」

「相當快，」李奇說：「又不是腦部手術。不過我猜還是會有一段猶豫期，主要可能是因為傷了感情，你拒絕了他，他或許需要花個一週才能壓下自尊，回頭去找你。」

魏斯伍德繼續捲動，回到十週前。他打開第二個螢幕中的區域號碼清單，一行行來回比對，比對完後，他說：「那週我封鎖了四通來電，可是沒有一通是從阿肯色打來的。」

李奇說：「試試前一週的，也許他比我們想像的還要脆弱一點。」

魏斯伍德再度捲動，推回之前的七天，接著再往前推，一邊察看區域號碼清單，最後他說：「前一週我封鎖了兩通，十四天內總共封鎖六通，但還是沒有阿肯色的來電。」

李奇說：「起碼我們有了點收穫。馬洛尼從九週前開始來電，他是在那之前不久被封鎖的某個人，而在這個類別中有六個可能的人選。照常理看來，我們要找的人應該就在其中，而且再過三十秒我們就能透過他的另一個電話線和他通上電話。因為所有的原始電話號碼都在這裡了。」

26

魏斯伍德將那六組名字和電話號碼複製然後傳送到一個新的空白瀏覽視窗。都是些道地的美國名字，可能是大聯盟任何一支球隊選秀名單的前六名，也可能是在當鋪前排隊的六個人，或者急診室，或者飛機頭等艙。其中有一半是用手機，李奇心想，因為他認不得那些區號，可是裡頭有芝加哥的七七三，還有新墨西哥某地的五〇五，還有九〇一，他猜可能是田納西州的孟菲斯。

衛斯伍德把手機放進桌上的座充，然後直接在電腦上撥號。座充有喇叭，李奇聽見嗶嗶噗噗的電子脈衝聲，接下來只剩下嘶嘶聲，接著是一段口氣介於訓斥和憐憫之間的預錄語音。

這個號碼已經停用。

魏斯伍德掛了電話，察看螢幕上的區號然後說：「這是手機門號，在北路易西安納州，也許是薛夫波特，或那附近。手機合約大概已經到期或作廢了，這種事很常見，而這個門號遲早會被重新發售。」

他撥了第二個號碼。

同樣情況。撥號聲，接著安靜下來，接著是電話公司的語音，內容充滿歉意，口氣微微帶著難以置信，像是可憐竟然有人會蠢到試圖撥打這個已經無效的門號。

「密西西比的手機，」魏斯伍德說：「北邊，也許是牛津。那裡有很多大學生，也許他的雙親把他放牛吃草了。」

「也可能是預付手機，」李奇說：「在藥局買的儲值手機，額度用光了，或者被丟棄了，說不定它們全都是預付手機。」

「也許吧，」魏斯伍德說：「這招壞蛋已經行之有年，為了避免被當局起訴，現在一般市民也學會這麼做，尤其是那些一天到晚打電話到報社，自稱握有最新陰謀消息的市民，這就是當今的世局。」

他撥了第三個號碼。根據區域號碼表，這支同樣是手機門號，在愛達荷州。

而且有人接聽。

男人的聲音透過喇叭傳出，響亮又清晰。他說：「喂？」

魏斯伍德趕緊坐直，對著螢幕說話。他說：「早安，先生。我是艾胥利・魏斯伍德，《洛杉磯時報》員工，在此回覆你的來電。」

「是嘛？」

「抱歉拖延了這麼久，我得進行一些查證，但現在我很認同，你告訴我的那些應該要揭露出來，因此我有幾個問題想請教你。」

「這樣喔，真是太好了。」

聲音介於中高音之間，由於緊張而有點急促、顫抖。是個瘦子，李奇心想，老是搖搖顫顫的。約莫三十五歲，或者更年輕，但不會太老。可能是土生土長的愛達荷人，但也可能不是。

魏斯伍德說：「首先我得進行小小的身分確認，我必須和你確認一下你雇用的那位私家偵探的名字。」

那聲音說：「誰的名字？」

「私家偵探。」

「我不懂。」

「你是否雇用了私家偵探？」

「我幹嘛這麼做？」

「為了阻止那件事。」

「什麼事？」

「你告訴我的那件事。」

「這種事私家偵探幫不了忙的，它們還是會傷害他，就像傷害其他人那樣。我是說，等它們一眼看見他。我告訴過你，這東西是一種視線，沒人躲得了。你不明白，光波是打不敗的。」

「所以你沒雇用私家偵探？」

「沒有。」

「你有沒有另一支手機，區號是五〇一？」

「沒有。」

魏斯伍德二話不說掛了電話。他說：「我記得這傢伙，說是所有人的思想都被光波控制了。」

李奇說：「什麼樣的光波？」

「洗腦的光波。這些光從民航客機的底部發射下來，聯邦航空管理局（ＦＡＡ）要求的。所以現在他們連托運行李都要收費，這樣大家就會盡量帶隨身行李，貨艙也就可以多出一些空間來容納儀器，還有操作員。沒錯，裡頭還躲著人，像早年的轟炸兵那樣對著人群掃射。愛達荷這傢伙只有在陰天才肯出門。他說顯然有飛機越過的州也特別危險，這都是菁英階級的陰謀之一。」

「只是航班最頻繁的州距離愛達荷遠得很。」

「是哪裡？」

「賓州。」

「真的？」

張說：「是的，沒錯，因為東岸的常態性交通運輸相當繁忙，加上華盛頓特區、紐約和波士頓之間有許多飛機往返穿梭。好啦，可以繼續了嗎？撥打下一個號碼？」

魏斯伍德撥了下一個電話號碼，也就是第四個，曼菲斯的區域號碼九〇一。或許也是第一個固定電話。他們聽見撥號聲，接著鈴聲，響徹整個房間。

有人接聽。

先是沉重話筒被拿起的空洞的鏗隆一聲，接著一個男聲說：「喂？」

魏斯伍德又坐正，把之前的客套話重講一遍，他的名字，《洛杉磯時報》，電話回覆，為延遲道歉。

那聲音說：「先生，我不太明白。」

這人有點年紀，李奇推測，說話緩慢而客氣，就算不是曼菲斯人，應該也是那附近的居民。

魏斯伍德說：「兩、三個月前您曾經打電話到《洛杉磯時報》找我，說您有些想法。」

老人說：「先生，究竟打了沒有，我實在想不起來。要是我當時得罪了你，容我在這兒向你道個歉。」

「不，您沒得罪我，不需要道歉，我只是想多了解一點您憂慮的事情。」

「噢，我沒什麼好憂慮的，我過得非常好。」

「那您為何打電話給我呢？」

「這我真的沒辦法回答，我連打了沒都不記得了。」

魏斯伍德看了下張，然後回到螢幕上，深吸一口氣準備往下說，可是喇叭傳出一陣窸窣聲，接著又一聲鏗隆，顯然話筒硬被搶走了，因為這時電話那頭響起女人的聲音。「請問哪一位？」

魏斯伍德說：「《洛杉磯時報》的艾胥利・魏斯伍德，在此回覆您那邊的來電。」

「最近打的嗎？」

「兩、三個月前。」

「那應該是我丈夫。」

「我可以和他談談嗎？」

「你剛和他談過。」

「原來如此，他不記得打過電話。」

「他不會記得的，兩、三個月太長了。」

「妳清不清楚他打電話是為了什麼事？」

「你不清楚？」

魏斯伍德沒說話。

女人說：「沒有指責你的意思，要是我可以不理會他，我會的。你都寫些政治還是科學方面的文章？」

魏斯伍德說：「科學。」

「那麼應該是關於花崗石流理台具有放射性的事。這是今年的熱門話題，事實上也的確有，只是程度大小不同，他當時一定是想請你寫一篇這方面的文章。你，還有另外一些人。」

「妳知道他還找了多少人嗎？」

「和美國人口相比人數很少，可是和一個老人應當花在電話上的時間比起來卻是個大數字。」

魏斯伍德說：「女士，他有沒有可能雇用私家偵探？」

女人說：「做什麼用？」

「協助他調查花崗石的事。」

「不，完全不可能。」

「妳確定嗎？」

「事實非常明確，沒什麼好調查的。再說他手邊也沒錢，誰也雇用不起。」

「連現金也沒有？」

「沒有。別問了，等你老了就曉得。」

「妳丈夫有沒有手機？」

「沒有。」

「他會不會弄一支，例如到藥局買？」

「不會，他從來不出門。」

「有人因為花崗石的事死亡嗎？」

「他說有。」

「死了多少人？」

「好幾千人吧。」

「好吧，」魏斯伍德說：「謝謝妳，抱歉打擾了。」

「不客氣，」女人說：「也算是有點變化，可以換個人說說話。」

他們聽見對方停頓許久，接著是沉重的舊話筒掛回機座的最後一聲鏗隆。

魏斯伍德說：「我的人生夠精采吧。」

張說：「比她的人生好。」

魏斯伍德撥打第五個電話。區號七七三，也就是芝加哥。電話響了又響，一直響到該進入語音答錄功能了。突然間一個女人氣喘吁吁跑來接聽。「林肯公園市立圖書館，志工室。」她聽來非常年輕，非常雀躍，非常忙碌。

魏斯伍德介紹自己，然後問對方是什麼人。那孩子報了名字，不慌不忙地，說她從不曾打電話到《洛杉磯時報》，而且不認識什麼私家偵探。魏斯伍德問她這支電話是否有別人使用，她說有的，所有志工都會使用。她說她只是其中一個。她說志工室是他們放外套、休息的地方，裡頭有一具電話，他們偶爾會使用。她說林肯公園圖書館位在芝加哥市中心偏北的地方，有好幾十名志工，經常流動，有老的有年輕的，有男有女，全都非常有趣。可是沒有，沒有誰對科學方面的事特別著迷。不會公開討論，當然也不至於到打電話給外地報社的地步。

魏斯伍德察看清單，來電檔案庫中伴隨這組七七三這組號碼的使用者名字。他說：「妳知不知道有個叫麥肯的志工？我不確定是先生或小姐。」

「不知道，」那孩子說：「我沒聽過這名字。」

魏斯伍德又問。「妳在那裡擔任志工多久了？」

「一星期。」女孩說。魏斯伍德向她道謝，她說不客氣，他說那就不打擾她工作了，她說是啊，她還有事要忙，然後魏斯伍德掛了電話。

他撥打最後一個號碼，區號五〇五，新墨西哥。

27

新墨西哥這支電話響了四聲，然後有個溫吞、消極的聲音來接聽。魏斯伍德報上姓名，然後把他的標準開場白重複一遍。報社，回覆來電，為延遲道歉，現在突然對此一議題重新產生興趣等等。一陣長長的靜默，接著電話那頭的沉靜男子說：「那是當時，現在情況不同了。」

魏斯伍德說：「怎麼說？」

「是我親眼看見的，起初沒人願意聽，恐怕也包括你在內吧。可是後來警方派了一名警探過來，一個年輕人，穿便衣，可是相當機伶。他說他是某個特殊秘密單位派來的，他接受了我的報告。他說我應該耐心等候，什麼都別做。可是一週後，我看見他穿著交警制服在街上執勤，開違停罰單。他根本不是警探。警察局派了一個菜鳥來打發我，要我閉嘴，想把事情壓下。」

魏斯伍德說：「再把你看見的事情說一遍。」

「沙漠中有一艘太空船，忽然降落，下來六名乘客。他們和人類很相似，但不是人類。重點是那東西看來完全沒辦法起飛，它純粹是用來降落的機組，也就是說，那些生物準備留下來。現在問題來了，他們是不是頭一批？如果不是，在他們之前還來過多少？已經有多少留在這裡了？他們是不是已經掌控了警察部門？是不是已經掌控了一切？」

魏斯伍德沒答腔。

沉靜的男子說：「所以目前這已經不單純是科學問題，而進入了心理層次。當一個人明明知道某件事，卻被迫必須裝作不知道，他到底該如何自處才好？」

魏斯伍德問：「你可曾雇用私家偵探？」

「我試過，一開始找的三個不肯接外星人調查案，後來我發現還是低調點比較保險。這就是我目前的問題：沮喪。我想我們有很多人同在一條船上，我們知道，可是我們覺得好孤單，因為我們不能對彼此說。也許你該寫寫這方面的東西：孤立感。」

「那艘太空船呢？」

「後來就找不到了，我猜大概是他們的盟友把它拖走，藏起來了。」

「有沒有人因為這事死亡？」

「不清楚，也許有。」

「多少個？」

「大概一、兩個吧。我是說，一次安全降落涉及可觀的能量，反推進火箭噴出的火焰等等的。在一定的範圍內很可能相當危險，況且也沒人知道他們定居下來以後做了什麼。」

「你有沒有手機？」

「沒有。輻射太危險了，會引起腦癌。」

「你對基佛這名字有印象嗎？你是不是也找過他？」

「沒有，我從沒聽過這名字。」

「謝謝，」魏斯伍德說：「下次再聯絡囉。」

他掛了電話。

張說：「我知道，你的人生真精采。」

魏斯伍德說：「新墨西哥真精采。」

他刪掉臨時名單中的第三、第四和第六個號碼。「光波男、花崗石男和另類接觸男都不是我們要找的人，兩位同意？這麼一來就只剩下被丟在路易西安納的手機，被丟在密西西比的手機，還有芝加哥志工室。至少過濾掉一半了。」

他把新名單的三行資料在螢幕上排列整齊。頂端是路易西安納的手機門號，根據檔案庫顯示，十個月前這支電話是由一個名叫黑德利的人使用的。它底下是密西西比的門號，使用者叫拉米雷茲。最下方是位在芝加哥的志工休息室，根據檔案庫，它的使用人之一是謎樣的麥肯先生，或者麥肯小姐，但無論是男是女，那個氣喘吁吁的孩子都沒聽過。

魏斯伍德把名單列印出來，交給張。

她說：「再打給馬洛尼看看。」

魏斯伍德撥號，一陣嗶嗶噗噗的聲音，電話響了又響，沒人接聽，也沒轉入語音信箱。

他又足足等了一分鐘，然後掛上。

「我們需要一份過去六個月你寫的所有文章的清單。」

魏斯伍德說：「為什麼？」

「不然這傢伙還會為了什麼原因打電話找你？他看了你寫的東西，我們需要知道是什麼。」

「就算知道也無助於找到他。」

「沒錯，我同意，可是我們得要知道等我們找到他之後，面對的是什麼樣的人，我們得要知道他的問題是什麼。」

「我的文章都在網站上，你們可以察看一下，可以回溯到好多年前的。」

「好吧，」李奇說：「謝謝你的協助。」

「接下來呢？」

「我們會找出答案來的。就像你說的，我們已經過濾掉一半，只剩三個人選，我們會一一追查清楚。」

「我有個新的想法，」魏斯伍德說：「當然我查過基佛的網頁，還有張小姐的，看來都非常稱職。相信你們也有各種自己的資訊來源，包括你們內部的檔案庫，還有電話用戶目錄，或許還在電話公司安排了你們的內線。因此我的新想法就是，你們已經不需要我了，我的想法是，你們會從此和我切斷聯繫。」

「不會的，」張說：「我們會讓你知道最新進展。」

「你們幹嘛這麼做？」

「我們不想要出書版權。」

「為什麼？」

「我太忙，他呢，連用鉛筆寫自己的名字都有困難。」

李奇沒吭聲。

魏斯伍德說：「所以我還有份？」

張說：「我為人人，人人為我。」

「一言為定？」

「我發誓。」

「可是故事得要夠精采才行，拜託別再給我光波、花崗石或太空船之類的東西了。」

李奇和張離開魏斯伍德的辦公室，搭電梯下樓到了街上。張的行李箱裡有一台筆電，只缺一個安靜的地點和wifi連線，她就可以利用她的私人檔案庫、電話用戶目錄以及他們從電話公司取得的資料清單，馬上展開工作。意思是得找家旅館，意思是得叫一輛計程車。而對街的路邊就停著一輛，李奇吹口哨，朝它揮了揮手，可是不知為何，它沒理他們，朝反方向迅速開走了。每個城市都有它特有的招呼習慣，外人很難摸得透。他們往北邊的兒童博物館走過去，找到許多排隊等著載客的計程車。李奇知道洛杉磯的這類地區不是特別安靜，而且可能也沒有wifi，因此他讓張決定目的地。她告訴司機到西好萊塢，於是司機穿過車流出發。

十分鐘後，在母之安息鎮南邊二十哩的地方，那個穿燙平牛仔褲、頭髮吹整過的男子接了第三通固定電話。這次他的聯絡人有點聒噪。那人說：「運氣太好了！他們在《洛杉磯時報》大樓見面將近一小時，那是一棟牆壁厚實的舊大樓，可是海克特很走運，顯然他們大部分的業務都得靠電話聯繫，魏斯伍德必須靠放在辦公桌座充上的電話工作，而他的辦公桌就在窗口，因此海克特收得到穿透玻璃的增強訊號，他的掃描器聲音大得差點沒爆掉。他們總共打了七通電話，其中兩個是停用的手機，一個是沒人接聽的手機，一個是在芝加哥的公用電話。另外三個是怪胎，他們刪除了。他們提到一次基佛的名字，提到三次私家偵探的事，打給芝加哥那個公用號碼的當中也提到一次，魏斯伍德還問到麥肯這個名字。」

母之安息鎮南邊的男子沉默許久。

接著他說：「可是沒有實質進展吧？」

「這得由你自己研判。他們得到三個可能人選，我相信其中一個就是基佛的客戶，而且我相信你也知道是哪一個。他們握有電話資料，可以查證，我看過不少情況急轉直下的例子。」

「我要知道他們有沒有和電話公司接觸，像是遠距預警系統之類的。如果有，我要知道電話公司對他們說了什麼。」

「這恐怕要額外收費。電話公司通常很保密，需要一筆費用打通關節。」

「就做吧。」

「好。」

「後來呢？」

「後來變得有點可笑。」

「怎麼說？」

「魏斯伍德留在辦公室，李奇和張離開了。」

「他們去了哪裡？」

「可笑就在這裡。海克特跟丟了，他冒充計程車司機，在大城市中沒有比這更穩當的掩護了。可是李奇向他叫車，他只好趕緊開溜。」

「不太妙。」

「他的系統裡有張的電話，只要她打電話，他馬上就知道他們的去向。」

28

張挑選的西好萊塢地點是一家汽車旅館，和母之安息鎮的旅館沒兩樣，差別只在它所在的星光閃耀地帶讓它顯得時髦滑稽，而不再老舊蒼涼。李奇用現金訂房，房間裡有書桌、椅子，還能選擇有線或無線網路。但最棒的是有一張平坦、寬敞又穩固的特大號雙人床。兩人望著大床，然後親吻，認真但短促，就像深諳必須先工作再享樂的那類人。張坐下，將筆電插電。她把魏斯伍德列印的那張紙攤開來。三個名字，三個電話號碼。她說：「要不要賭一下？」

李奇說：「路易西安納就在阿肯色旁邊，可以解釋這傢伙為什麼有這兩個地方的手機。可是密西西比也是同樣情況。芝加哥不是，可是一個真名叫麥肯的人是有可能選擇馬洛尼做為化名。也許他母親姓馬洛尼。因此目前我認為可能性是一樣的。」

「你想從哪一個開始？」

「從還沒停用的五〇一開始。它或許是最近綁約買的，說不定用的是真名。」

「如果不是預付手機的話。」

她開啟一個搜索頁——和魏斯伍德的一樣醜——然後輸入五〇一和後七碼。

螢幕上出現：**查詢**。

李奇說：「什麼意思？」

她說：「意思是說這個號碼不在電話用戶目錄裡，不過有資料可以取得。要付費，由電話公司的某個消息來源提供。」

「多少費用？」

「大概幾百塊吧。」

「妳付得起嗎？」

「如果能查出什麼，我會把帳單寄到報社。」

「先查其他的吧，搞不好有買多打折優惠。」

結果還真的被他料中了。芝加哥號碼得到的完全就是廣告，介紹市立圖書館林肯公園分館的大篇廣告詞當中的一行，可是路易西安納和密西西比兩個號碼得到的同樣都是查詢有資料可取得。

李奇說：「到底要怎麼取得？」

張說：「以前我們都用電郵，可是現在不行，太危險了，對消息來源太沒有保障。比紙本信件更糟。現在我們都打電話。」

她拿起手機，撥了號碼。很快便有人接聽。沒有客套，張完全是公事公辦，報上名字，解釋她需要什麼，然後唸出那三個號碼，緩慢而清晰，然後聽對方複誦一遍，最後說了句「可以」，便掛了電話。

「兩百元，」她說：「他晚一點會回電。」

李奇說：「多晚？」

「可能要幾小時。」

「為了打發時間，看來只有一件事情可做。」

十分鐘後，母之安息鎮南邊二十哩處，那個穿熨燙牛仔褲、頭髮吹整過的男子接聽了第四通固定電話。他的聯絡人說：「海克特說張剛打了一通電話，他說他們住在西好萊塢的一家汽車旅館。」

「她打給誰？」

「電話公司。她向他們索取那三個號碼的用戶資料，還付了兩百元。」

「她拿到什麼資料？」

「還不清楚，她的線民說他會在今天晚一點回電。」

「多晚？」

「可能要幾小時。」

「你能讓它快一點嗎？」

「不必花冤枉錢。海克特正在監聽，等她知道了你自然也會知道。」

「他距離多遠？」

「他正趕往西好萊塢，應該會在電話公司的人回覆之前到達。」

汽車旅館的床果然非常平坦、寬敞又穩固。李奇仰躺著，一身熱汗。空調不怎麼冷，加上天花板風扇停擺。張躺在他身邊，不斷深呼吸。李奇向來有個理論，第二次總是最棒的。少了小小的拘謹顧忌，也不再像第一次那樣笨手笨腳，然而還是有足夠的新鮮感和刺激。可是這個理論已被摧毀，徹底瓦解。所有的理論都該經過測試，魏斯伍德這麼說過，這是科學方法的核心。而他們測試過了。一小時前的第二次非常精采，可是第三次更棒。棒多了。李奇躺在那裡，體力耗盡，渾身骨頭軟綿綿的，放鬆的程度讓以前所謂的休息變得和瘋狂躁動沒兩樣。最後張用手肘撐起身體，手指在他胸口滑動，移往他的頸子、他的臉，然後又往下滑，像在研究他，像在記憶他身體的各種板塊和輪廓。他則是樂得靜止不動，一手放在她大腿內側，沒有動作但充滿熱燙皮膚帶來的顫動，潮濕但有如天鵝絨般柔滑，底下的肌肉鬆弛著，一股細微的脈動怦怦貼著他的手掌。

她說：「李奇。」

他說：「嗯？」

「沒事，只是想叫一下你的名字。」

她的頭髮垂在他肩頭，濃密又厚重。她的胸部壓著他的臂膀，他感覺得到她的心跳。

她說：「你結過婚嗎？」

「沒有，」他說：「妳呢？」

「一次，可是沒能維持太久。」

「常有的事。」

她說：「你最長的一次感情維持多久？」

「六個月，」他說：「左右吧。勤務調動太頻繁了，很難維持。要她正好也執勤，那就像中了樂透，雙重樂透，那麼難，多數時候我們就像兩條船在黑夜交錯而過。」

她的手機響了。

她推開他，翻身下床，光著身子輕步越過房間走向書桌。她察看來電號碼，接聽電話。沒有客套閒聊，完全公事公辦。大概是電話公司吧。她找到一支筆，然後走回床頭桌，那裡有一疊已經放到酥脆發黃的旅館便條紙。她把它拿回書桌，低頭開始做筆記，先是寫在一張紙上，接著第二張，接著第三張。寫著寫著，她回過頭來，探出身子向他使了個眼色。

他支著手肘撐起身體。

她說：「謝謝。」然後掛斷電話。

「如何？」他問。

「等一下。」她說。

她打開電腦，敲打了一陣，她的臉映著螢幕的灰色冷光。她將指尖放在觸控板上滑行、捲動，做著縮放手勢。

然後她笑了。

他說：「怎麼？」

她說：「三個號碼都是拋棄型手機門號，全都是預付，也全都在藥局購買。路易西安納這支時間最近，是在薛夫波特一家藥局買的，使用前必須先註冊。現在大家都這麼做，買一支拋棄型手機，用它打對方付費電話，它配有購買地點的區號，加上一組有效號碼。這人就是這麼做的，然後打了十一次，額度用光了，來不及儲值，於是失效了，從此被停用。至於門號，會在大約六個月以後被重新發售。」

「他打給誰？」

「洛杉磯的魏斯伍德，打了十一次。」

「從哪裡打的？」

「薛夫波特，每次都是同一個基地台。」

李奇沒說話。

張說：「密西西比這支情況大致相同，只是時間早一點，是一年前在牛津一家藥局買的，用當地的密西西比區號註冊，儲值了四次，但最後被丟棄了。電話都是在牛津打的，分屬兩個基地台，打了幾十通給魏斯伍德，我的線民猜測這人是大學生，電話可能是從學校和宿舍打的。」

「不錯，」李奇說：「可是不值得妳又笑又眨眼的。快說說阿肯色的，我猜精采的在後面。」

張又笑笑，仍然裸著身體，仍然快活而安心，滿足又亢奮。她說：「阿肯色這支不一樣，它和另外兩支一樣是藥局買的，但是它仍然有效，儘管它已經用了很久很久。它是多年前沃瑪百貨的大批進貨當中的一支，那時候手機門號都是預設而且註冊好的。所以是阿肯色的區號，因為沃瑪的總部位在阿肯色，可是它並不是在那裡賣出的，事實上不是在任何地方賣出的，至少不是由沃瑪賣出。它更換了新的模組，今年稍早這些存貨的最後一批以每支十分錢拍賣出去，我的線民認為大約有一百支。」

「買家是誰？」

「新澤西州的一名中間人，類似掮客，這類買賣的專家。」

「他賣出這些手機？」

「當然，他是中間人。」

「什麼時候？」

「十二週前。」

「他賣給了誰？」

張笑得更開心了。

她說：「他把它們賣給了一家夫妻經營的藥局，在芝加哥。」

「芝加哥的哪裡？」

她把筆電轉過去，讓他看螢幕。他伸長脖子。灰色畫面和筆直的線條，Google地圖，他猜，或者Google地球，或者任何一種可以顯示城市街道衛星圖的Google服務。

張說：「就在市中心往北一點，事實上，就在市立圖書館林肯公園分館的隔壁。」

她仍然赤裸，仍然亢奮，仍然笑咪咪的，張又試著撥打這個使用多年的號碼，五〇一區號，加上後七碼。可是和以前一樣，電話響了又響，沒人接聽，也沒有轉入語音信箱。她足足等了一分鐘才掛斷。接著她設定好擴音功能，然後打給魏斯伍德，他正在報社辦公室。她說：「五〇一開頭的手機是藥局賣出的拋棄型機子，藥局就位在芝加哥林肯公園圖書館隔壁。因此馬洛尼就是麥肯。我們推測他是圖書館的志工，因此他可以自由使用之前那組七七三開頭的號碼。當你把他封鎖，他就到隔壁藥局買了一支手機，然後再試著和你聯繫。我們得了解一下他的背景，我們得知道他是什麼時候開始打電話的。」

魏斯伍德說：「我查一下。」

他們聽見按鍵的咔嗒聲，敲擊鍵盤和滑動捲軸，還有呼吸聲。李奇想像著他的雙螢幕，放在座充上的手機。不久魏斯伍德回來，說：「麥肯的第一通來電大約是在四個多月前，我把他封鎖之前還有另外十五通。接著他改用馬洛尼的名字打來，又打了三次，不過妳都知道了。」

「較早的電話你做了筆記嗎？」

「沒有，抱歉。」

「別擔心，我們會想辦法。」

「保持聯絡。」

「會的。」

她掛了電話。

李奇說：「我們應該查一下圖書館的主要電話，他們一定有所有志工的詳細資料，我們可以要到地址。」

她說：「我們應該先沖個澡，然後穿上衣服，這樣光溜溜的工作感覺好怪。」

李奇沒說話。

穿著燙平的牛仔褲、頭髮吹整過的男子用他的固定電話接了第五通來電。他的聯絡人說：「電話公司剛剛回覆她了，然後她立刻打到《洛杉磯時報》，很興奮地提到芝加哥一個叫麥肯的人。」

一陣長長的沉默。

然後穿牛仔褲、頭髮有型的男子問：「她和他通話了嗎？」

「你說麥肯？」聯絡人說：「沒有。」

「可是她握有他的電話號碼。」

「事實上她有兩個號碼，不過其中一個好像是圖書館的公共電話，顯然是因為麥肯在那裡擔任志工。」

「她已經查出他的工作地點了？」

「擔任志工和工作是兩回事吧。」

「她為什麼還沒和他通話？」

「她試過，打了他的手機，可是他沒接聽。」

「為什麼？」

「我怎麼知道？」

「我在問你，你是專家，我要你分析原因。我付你錢不就為了這個？不接手機的原因可能有哪些？」

「手機持有人突然死亡，手機被遺忘在巴士座椅底下之類的地方，孤僻症發作認不出來電顯示，正好在一個接聽手機會違反社交禮儀的地點或場合，原因有千百種。」

「她接下來會有什麼行動？」

「她會繼續試打他的手機，而且會打圖書館總機，打聽他們檔案庫裡所有關於志工的資料。」

「像地址之類的？」

「可能不太容易，會觸犯隱私權。」

「所以接下來呢？」

「她會到芝加哥去，她遲早都會去的。如果麥肯就是基佛的客戶，她當然想找他當面問話，可是他又不可能大老遠飛過來。」

「李奇會跟她一起去芝加哥？」

「大概吧。」

「我不能讓他們這麼做，他們已經知道得太多。」

「那你打算如何阻止他們？」

「你的人海克特已經在那裡了。」

「目前海克特只負責跟監。」

「或許得改變一下，你說過菜單上的菜色有高低檔。」

「你得仔細斟酌一下，這不單是錢的問題，這是跨出很大一步。」

「我不能讓他們到芝加哥去。」

「你得有十足把握才行，這類決定只有絕對肯定才能得到好處。」

「我們早該動手的，當時我們還有機會。」

「我需要正式的指示。」

穿牛仔褲、頭髮有型的男子說：「要海克特阻止他們，永絕後患。」

29

淋浴進行得十分悠緩，遲遲無法從他們正在做的事情過渡到他們接下來必須做的事情上。浴缸很窄，可是浴簾是裝在往外彎曲的滑軌上的，蓮蓬頭的水柱又寬又溫熱，而他們又連一吋都捨不得分開，因此舒服得不得了。他們替對方清洗身體，嬉戲般地，從頭到腳，慢慢而仔細，用肥皂和洗髮精，沒有一條縫隙被遺漏，有些地方則逗留得久一點。兩人從容不迫洗著，帶著些許胡鬧的成分，蒸汽升起，充滿整個浴室，鏡子起了霧。

最後他們出了浴缸，用薄毛巾擦乾身體，在鏡子上畫圓圈抹去霧氣，一個較高，一個較低。他們梳著頭髮，李奇用手指，張用她從行李箱拿出來的一支玳瑁梳子。他們把之前隨手丟在地板、椅子和床上的衣服收集起來，穿回仍然濕熱的身上。

接著回到正事上。李奇拉開窗簾，看見外頭除了燦亮的陽光和藍天之外空無一物。天氣好極了。夏末的南加州，就連街上的大片煙霧看來都黃澄澄的。張再度試打五〇一開頭的手機號碼。還是一樣，響個不停，沒人接聽。她任由它響，它在擴音器裡落寞但毫不留情地呼嚕嚕響著，沒完沒了。李奇說：「我從來沒遇過這種狀況，要不有人接聽，不然就轉入答錄機。」

「也許這種舊式的拋棄型手機還沒有語音信箱，或者他沒有設定，或者把它關閉了。」

「可以這麼做嗎？」

「不知道。」

「他為什麼不接聽呢？總得選一種，要不就使用答錄功能，再不然就得接電話。」

「他放棄了。沒人肯聽他說，所以他把手機丟了。它正在不知哪裡的抽屜裡響個不停。」

對於電子產品，李奇是個求知慾旺盛的人。他懂傳真、電傳、軍方無線電和美國郵政署，可是他從來不需要了解民用手機，因為他從來就沒有手機，幹嘛了解？他要打給誰？誰會打給他？他僅有的一點了解來自日常的觀察。他在腦子裡想像這支手機，響了又響，也許還一邊震動。來電鈴聲，加上嗡嗡的蜂鳴聲，強而有力。他說：「電池總要充電吧。如果電池耗光，手機會關閉，電話根本打不通。所以他一定經常充電。」

「也許他出去購物，沒帶手機出門。」

李奇望著窗外，沒回應。

電話仍然響個不停。

張說：「怎麼？」

「沒事。」然而在他腦海中浮現一個淒涼的畫面，一支手機躺在地板上，活的，跳來跳去，像支忠心的可卡犬不斷刨抓著死掉的主人，努力想引起他的關注，不懂怎麼回事。也許在荒郊野外，或者在豪華的起居室裡，也許是心臟病突發，或者痛風，或者養可卡犬的人常見的其他死因。可是他是個求知慾旺盛、講求事證的人，因此他只淡淡地說：「把它關掉，改打圖書館總機。」

張切掉電話，房內安靜下來。她打開電腦，點擊一陣子後進入芝加哥圖書館系統的網頁。林肯公園分館有它的詢問專線。區號七七三加上後七碼，號數和之前他們取得的志工室電話十分相近。她撥了電話，進入語音選單，英語或西班牙語，選擇這項請按一，選擇那項請按二，轉接總機人員請按九。

她按了九。轉接音樂響起，接著一個女聲傳來。「您好，很高興為您服務。」

張像之前第一次和魏斯伍德通話時那樣介紹自己。報上姓名，說她是一名私家偵探，主要在西雅圖活動，但以前待過調查局。最後這句似乎相當管用，這位總機很佩服的樣子。

張說：「我知道你們請了許多志工。」

「是這樣沒錯。」女人說。

「你們有沒有一位名叫麥肯的志工？」

「有的。」

「已經離開了是嗎？」

「我們已經三、四個禮拜沒見到他了。」

「他離職了？」

「也不是，不過志工來來去去原本就很正常。」

「妳能不能說說他的事？」

「妳知道做什麼？他惹了麻煩？」

「他是我公司的客戶，可是最近和他失去聯繫，我們正努力想找到他，看他是否還需要我們的協助。」

「他是中年男人，非常文靜，不太跟人交際。不過他工作表現得不錯，我們也很希望能聯絡上他。」

「他有沒有對什麼事特別熱中，或者特別關注的？」

「我也不清楚，他這人不是很健談。」

「他是本地人嗎？妳有沒有他的住址？」

芝加哥那端一片沉寂。接著女人說：「抱歉，我真的沒辦法提供這方面的資料，我們必須維護本館志工的隱私。」

「妳有沒有他的電話？他家裡的？也許妳可以通知他，請他和我們聯絡。」

芝加哥一片安靜。只有輕微的敲鍵盤聲。大概是檔案庫吧。螢幕上出現長長的清單，需要捲動半天，麥肯的M正好在中間部分。

接著女人回到電話前，說：「沒有，我們沒有他的聯絡電話。」

之後他們察看了張的私人秘密檔案庫，尋找芝加哥名叫麥肯的人，心想也許會有意外的斬獲。可是他們得到幾百筆混雜的搜索結果。考慮到異族的名字和歷史上的人口遷移模式，這也是意料中的事，李奇心想，也許他們要找的麥肯就在其中，但實在是無從得知，他就像海灘上的一粒沙子。

之後他們查了機場航班，發現班次相當多。從洛杉磯國際機場到芝加哥奧黑爾國際機場（ORD）是一條熱門航線，一整個下午時段有好幾個航班出發。這也合理，因為這樣的話乘客往東越過兩個時區，可以在他們的平日就寢時間之前回到家，再晚一點就會變成熬夜航班了。幾家大航空公司訂的票價都一樣，連幾角幾分都一點不差，因此張選擇了美國航空，因為她持有這家公司的金卡。她用手機以金卡會員的身分訂位。在緊急狀況下比較可靠，她說，而且座位也較舒適。

李奇把牙刷放進口袋，她把梳子、電腦和充電器、手機和充電器全部收進行李箱。

然後拉上拉鍊。

她說：「好了嗎？」

李奇點頭說：「咱們叫輛計程車吧。」

30

他們走出房門，在明亮陽光下瞇起眼睛，然後到櫃台去還鑰匙。職員對於他們早早就退房顯得很不安，一開始擔心會不會房間有什麼問題，當他們告訴他不是這樣，他便認為他們只是把這裡當作按終點計費的一夜春宵便利店，又開始氣惱起來。李奇告訴他說他們只是臨時改變行程，如此而已，純粹是公事，沒別的。可是他能理解那傢伙的用意。他們剛淋浴完，頭髮還是濕的，而事後的滿足感就像核能輻射，從他們身上源源不斷發散出來。

對街的路邊有一輛計程車，李奇和之前一樣吹口哨揮手招呼，這次管用了。那輛車子緩緩繞了個U形彎來到另一側路邊，在後車門把剛好對著李奇腰部的位置停車。司機打開後行李箱，然後下車幫張把行李箱放進去。他是一名穿著短袖襯衫的壯漢，臂膀肌肉隆起，鼻子留有骨折的舊傷痕，濃密的眉毛上黏著痂疤。年輕時打過拳擊吧，李奇心想，或者只是單純運氣差。只見他毫不費力地提起箱子，將它放進後行李箱。張坐進駕駛座後方的人造皮座椅，李奇隨後在她旁邊入座。司機回到駕駛座，在後照鏡裡和李奇對上目光。

「洛杉磯國際機場，」李奇說：「美國航空，國內航線。」

計程車啟動，緩慢、穩定地穿越耀眼的陽光，在小街裡左彎右拐，一直到了聖塔莫尼卡大道，從這裡往南再往西，直驅四〇五號公路。

這次穿牛仔褲、頭髮有型的男子沒有等他的固定電話響起。他想盡速得到消息，於是搶先一步打電話給他的聯絡人。「完成了嗎？」他問。

聯絡人說：「別擔心，快了。」

「意思是沒有？」

「還沒。」

「可是海克特人就在那裡。」

「你就相信我們的專業，好嗎？西好萊塢汽車旅館裡死了兩個人可是大事一樁，他們對這種事非常看重的，一分鐘不到就會有十輛巡邏警車趕過去，而且會派四名警探展開調查，消息也會立刻登上夜間新聞。海克特擔不起暴露身分的後果，太危險了，他總得為自己留條後路。」

「那到底什麼時候動手？」

「相信我，他們上不了飛機的。」

四〇五號公路就像平日般繁忙，但總算在移動中。三線道，車流平穩，清洗拋光得乾淨鮮亮的車身和鍍鉻配件，還有威猛閃耀的陽光，還有遠方的黃褐色山脈。車子十分舒適，張從頭到尾把車窗開到底，微風暖呼呼的，將她的頭髮吹得亂飛亂舞。頭髮原本棲息的T恤肩頭部位仍是濕的。司機的動作非常俐落精準，一點都不慌亂。他讓車子始終行駛在右手邊的線道，隨著車流前進，老練的程度不輸洛杉磯高速公路上的任何駕駛，看來準時抵達目的地應該不成問題。

李奇靠著椅背，仍然沉浸在滿足中，仍然渾身軟綿綿的，而他身邊的張看來也一樣。她說：「圖書館志工應該是本地人，對吧？基本上這是社區的事務，我們應該不必跑遍芝加哥去找人。」

李奇說：「妳應該查一下魏斯伍德四個月前寫的文章。我們得知道麥肯到底在想什麼，才好去和他碰面。我們得弄清楚到底是什麼促使他打了第一通電話。」

張拿出手機，用兩根大拇指搜索《洛杉磯時報》網站。手機網路不像wifi那麼快速，但終究還是找到了。「四個月？或者我們應該假設他研究的是較早的文章？」

「有道理，」李奇說：「我想如果麥肯是精通網路的人，他幾乎什麼都找得到。不過，把魏斯伍德寫過的東西全部列出來恐怕幫助不大，就縮減為三個月吧，先查四、五、六個月前的東西。」

張在報社網站的搜索列輸入Westwood，得到一堆關於洛杉磯同名地區，西木區的查詢結果。因此她改以艾胥利．魏斯伍德加引號搜索，結果好多了。頁面最上方是右側的一個邊欄，包括一張照片和此人的簡介。照片看來像是多年前的一個大晴天拍攝的。魏斯伍德看來年輕點，頭髮和鬍子稍微整潔一點，灰色也少一點。簡介中說他是分子生物學系和新聞系研究生。左邊是他發表的文章清單，每一篇都有標題和一小段精簡的摘要。最上面是一則關於他的一篇即將刊登在下一期週日版報紙的小麥發展史文章的小廣告，底下是一篇他們在阿拉巴馬市基佛住處看過的關於創傷性腦損傷的文章，

張在螢幕上滑動手指，停在往下第八篇的地方，也就是四個月前的文章。這人幾乎每兩週發表一篇新論文，每篇都相當長而且可能都作了頗為廣泛的研究調查。就它的工作性質而言，無疑是比礦工或急診室醫師輕鬆多了，但是在李奇看來，其實並不輕鬆。他這輩子沒寫過比行動後報告更長的東西。那通常是在形式上短得多的紀律報告，而且不必然經過調查，甚至也不無加油添醋的成分。

在四個月標記的最上方是一篇關於有機農作的文章，蔬菜水果和主要農作物。標題相當聳

動，摘要則暗示大型農糧企業正在顛覆農業的定義，藉以輕鬆獲取高價利潤。在那之前兩週魏斯伍德寫了關於沙鼠的文章，說得精準點，根據標題是古代沙鼠。看來流行於中世紀的黑死病並不是藉由長久以來認為的野鼠身上的跳蚤傳染的，而是經由亞洲大沙鼠身上的跳蚤。

車流慢了下來，至少在最右側車道是變慢了。中間和左側車道的車子紛紛超越他們，可是司機並沒有轉換車道。

張把清單往下捲動。沙鼠文章的底下是一篇關於氣候變遷的五個月前的文章。標題寫著海洋正在上升，摘要則是說地形的碎形幾何特性意謂著，想築一道東岸海堤，就算人類截至目前攪拌的所有水泥加起來都還不敷使用。

張說：「大家都在寫氣候變遷，麥肯不需要特別挑魏斯伍德這一篇，對嗎？」

李奇說：「同意。」

接下來是一篇名為「深層網路」（Deep Web）、探討搜索引擎和網際網路的文章。看來網路表面的資訊是比較容易搜索的。之後是關於蜜蜂的，說全球各地的蜜蜂正在滅絕，沒有牠們，農作物將無法充分授粉，而所有人都會餓死。死亡人數肯定遠遠超過兩百。此時李奇透過車窗看見的就大約有兩百人了，因為車流又更慢了。他們還在右側車道，中間和左側車道的速度仍然稍微快一點。一輛黑色林肯城市轎車出現在張的那一側，逗留了一下，和它前方的車子拉開一小段距離。它的後車窗打開，李奇匆匆瞥見裡頭一個男人的部分身影，他轉過頭來對著他們。有那麼極短的一瞬間，感覺像是那個人想對他們說什麼。可是接著無可避免的事情發生了。那輛城市轎車在中間車道，卻以右車道的速度行駛，可是它後方的一輛紅色轎跑車並沒有減速，一個不注意便撞上了城市轎車的後保險槓。兩者速度差距不大，頂多每小時五到十哩，但即使如此城市轎車還是結結實實往前顛了一下，副駕駛座乘客的腦袋往後撞上座椅頭枕，接著又往前衝，牛頓運動定律當場上演，慣性、作用力和反作用力。李奇被它的威力嚇一跳。也許急性頸扭傷確實是會發生。城市轎車加速補上前方的空隙，紅色轎跑車跟在後面，兩輛車都沒有減速，顯然都沒有大礙。聯邦安全保險槓果然夠力。

沒有大驚小怪，沒有狂按喇叭，沒有揮舞拳頭，沒有比中指。以洛杉磯的交通狀況，這種事大概很稀鬆平常吧，李奇想。

右側車道的速度更慢了。那輛城市轎車和紅色轎跑車一下子便遠遠超前，沒了蹤影。左側車道的車速甚至更快。李奇湊向前問：「你為什麼不轉換車道？」

司機瞥了下後照鏡，說：「等一下就會大塞車。」

「那為什麼不趁著還沒塞車趕快超前？」

「這就像龜兔賽跑，老弟。」

張一手放李奇的臂膀上，把他拉回來。她說：「司機先生知道該怎麼做啦，你駕駛不及格，記得吧？」

她回到手機上。在他們擇定的三個月範圍的最後一篇文章是關於和西岸平行的一條海洋走廊，這條走廊從加州延伸到奧勒岡州，是大白鯊季節遷徙的必經路徑。不是多數人關心的議題，除了有一位法國人計畫在他從日本泳渡太平洋的途中通過那裡。他每晚都會睡在護航船上，每天早上開始游泳，一天游八小時。顯然鯊魚是次要問題，首先他必須越過太平洋環流，那是流動緩慢、廣達千哩的巨大漩渦，它的中心充滿廢棄塑膠、有毒污泥和各種垃圾。

張說：「法國人瘋了。」

李奇說：「我母親是法國人。」

「她很瘋嗎？」

「可以這麼說。」

車流又慢了下來，而且非常平均，左車道減成中間車道的速度，中間車道減成右車道的速度，而右車道幾乎成了靜止狀態。司機仍然沒轉換車道，只是一點一點前進，走走停停，比走路快不到哪裡去。

然後他們終於明白為什麼。

在剛過庫佛市，即將到達英格塢，距離洛杉磯國際機場不遠的地方，司機突然從右邊一個沒有標記的出口下了公路，轉入一條看來像通往一座廢棄維修廠的狹小道路。計程車嘎嘎輾過散落在柏油路上的碎片殘屑，從好幾間生鏽的鐵皮屋之間穿過，接著轉了個彎，顛簸著駛過一片碎裂的水泥地，來到一處沒有盡頭的岔路。眼前除了一間廢棄倉庫之外空無一物，一扇破爛的大門敞開著。

司機把車子直接開進黑漆漆的倉庫裡。

31

倉庫以生鏽的金屬骨架支撐著屋頂，裡頭僅有的一點光線來自陽光透過牆板上的帶狀小孔所形成的無數細小亮點。倉庫很大，將近三百呎長，可是幾乎是空的，只堆著一些不明的廢棄機具和廢鐵。地板是水泥地，有些地方磨得光溜，有些沾了油漬，到處散落著鏽蝕鐵片和鴿子羽毛。車輪的輾軋聲、引擎聲和呼呼排氣聲透過張敞開的車窗轟轟地回彈進來。

裡頭沒人，就李奇看見的是如此，這是他的後腦袋警覺到的事實。往司機腦門揮一拳就能解除狀況。一記重重的右拳，稍微往回、往下旋。冷不防來這麼一下，讓這傢伙嘗嘗急性頸部扭傷的滋味，搶先一步展開報復，李奇的一手捏成了拳頭備戰。

接著又鬆開。那人繼續往前開車，緩慢平穩，但非常篤定，就好像他完全清楚自己要往哪裡去，就好像他來過這地方無數次。他說：「龜兔賽跑，老弟，走這兒可以節省二十分鐘。」一倉庫另一端是一道同樣的破損大門，同樣大大敞開著，車子就從那裡直接穿過，迎向明亮的天光，再度輾過龜裂的水泥地，再度從好幾間廢棄鐵皮屋當中通過，出了一道鬆垮的柵門，進入和機場北側只隔著一道巨大鐵絲網圍籬的外環道路。李奇看見機場塔台就在前方，還有飛機跑道、滑行道、停在場內的飛機和到處聚集的小卡車，在晴朗的天空和耀眼的陽光下顯得那麼忙碌而無辜。

司機說：「技術上我們算是非法侵入，不過我在那裡頭工作過，當時機場營運得很順，所以我應該有資格這麼做。可以避開一般人上下高速公路的路線，這會兒那邊大概已經塞爆了，下午時段一向如此。我損失了一、兩塊車錢，可是我可以賺回一倍，因為我會比別人更快換下一組客人，這是我的一點小竅門，對地方熟一點總是有好處的。」

車子右轉進入一條貨運道路，沿著另一道高大鐵絲網圍籬的外圍行駛，十秒鐘後他們便回到全部趕著前往航廈，充滿城市轎車、計程車以及眾多親朋好友團的車流當中。再過一分鐘他們已經到了美航大廳入口，緩緩減速而後停車。再過一分鐘，張的行李箱已經穩穩立在人行道上，把手拉起，等著被帶走。司機收了車資和小費，將車子開走。

張從機器拿到兩張薄薄的紙本登機證，兩人朝著安檢隊伍走去。他們沒能到達那裡，因為有個傢伙擋住去路。這人大約四十歲，白皮膚，體格健壯，一頭淡金色短髮。他穿著黃褐色斜紋棉布長褲，藍色馬球衫外搭藍色防風外套。整套衣服看來十分制式，可能是某種制服。他脖子上戴著頸繩，繩子有點糾結，垂掛在上面的識別證反了過來。他說：「女士、先生，我看見你們從車道邊走進來。」

李奇說：「是嗎？」

「你通過靠馬路的行李自助托運站，選了免費托運的機器。」

「是嗎？」

「所以你沒有行李，沒有東西需要托運，也沒有隨身行李，連一件私人物品都沒有。」

「這樣有問題嗎？」

「老實說，的確有，先生。這種情形非常少見，是我們的盤查重點之一。」

「誰的盤查重點？」

那人呆愣著，接著回過神來，低頭看著反面垂掛在身上的識別證。他喉嚨裡咕噥一聲，也不知道是惱火還是喪氣，然後他把證件翻轉過來。李奇看見它右邊是一張粉紅色大頭照，左邊是藍色的洛杉磯警察局縮寫ＬＡＰＤ，加上幾行又小又淡得無法辨識的字體。

那人說：「反恐任務。」

李奇說：「我同意，就常理來說沒帶行李相當罕見，這種事只要簡單目測就可以知道。不過我不懂，為何要隨便推斷別人有問題。」

「法律不是我訂的。你恐怕必須跟我走，兩位一起。」

張說：「去哪？」

「去見我的老闆。」

「他在哪裡？」

「在路邊的警車裡。」

李奇掃了幾眼自動玻璃門外面，看見一輛深藍色廂型小運輸車停在禁止停車的車道上，約在三十碼外。不是很乾淨，不是很閃亮。

「在巡查，」那人說：「我所謂的老闆，指的是我今天的監督人，不是我真正的主管。車子裡那個人負有職責，就這麼簡單。只是單純的例行工作，沒什麼大不了。」

李奇說：「不去。」

「先生，你這麼說不太妥當，事關國家安全。」

「不去！這裡是機場，是大家上飛機的地方，我們也非上飛機不可，兩個人帶一只行李箱。你要不就把我們逮捕，不然就閃開。」

「態度惡劣也是我們的盤查重點之一。」

「比沒帶行李輕或重？」

「先生，你這樣只會壞事。」

「壞什麼事？」

那傢伙整個人繃緊了，這時兩名洛杉磯警局的制服員警漫步晃到他們附近，肥壯的腰臀上披掛著各種裝備。那人吁了口氣，用和之前一樣不知是氣惱還是沮喪的聲音說：「好吧，兩位旅途平安。」

他說著朝對角的方向走開，一邊展開中距離掃描，尋找新的警戒對象。

張的金卡資格讓他們的登記證上加註了某種特准身分，可以經由特殊管道通過安檢而不必被搜身。李奇把身上的硬幣放進一只容器，在掃描儀前舉起雙手，然後在另一邊和張會合。兩人走向出境大門，在附近找到一個同樣是金卡規定給予的候機室，坐在軟墊躺椅上等了好一陣子。

兩人都同意這椅子算是母之安息鎮火車站老紅木長椅的現代版，兩者都外觀平平，坐起來卻十分舒適。現代版椅子也非舒適不可，因為他們的班機不是第一班起飛的，李奇終於發現原來金卡也有壞處。

他們總算登機，這時金卡再度發揮威力，給了他們靠近緊急出口的位子，意謂著較寬敞的伸腿空間，這點李奇當然很感激，但又很反感。他可以理解他們的用意，在緊急狀況下，大家必須從這裡逃生，通過窗口然後越過機翼下飛機。因此各種規章都明訂必須有最低限度的空間，好讓大家都能舒適順暢地通過。問題是，如果世上真有所謂最低限度的個人舒適空間這種東西，那為何不把每一排座位都設計得同樣寬敞？這是令李奇百思不解的一個管理上的謎題。

張說：「真不錯。」

李奇說：「的確。」

「你為什麼不喜歡機場那個警察？」

「我很喜歡他，我誰都喜歡。我是個開開心心、熱愛交際的人。」

「你才不是。」

「我很喜歡他。」李奇又說。

「你對待他的態度很負面。」

「是嘛？」

「你堅持不去，然後開始刺激他，你根本是在挑釁他把我們逮捕。」

「我有個疑問。」

「什麼疑問？」

「說真的，我覺得他很盡責，盡責得不得了。我們都見過這種事，某個滿肚子墨水的長官訂出一大堆規則。有什麼根據，沒人曉得。例如沒帶行李的人十之八九都是壞蛋，只不過我認為這種人一百萬人當中或許只有一個，他的長官或許就是。但他還是奉令行事，因為那是他的職責。」

「所以你的疑問是什麼？」

「妳最近可曾見過附有照片的洛杉磯警局員警證件？比對一下？」

「記不得了。」

「我也是。」

「你認為他是冒牌貨？」

「但願我知道。我在想，如果他不是，那麼他起碼證明了光波洗腦這東西是騙人的。不然的話他應該會很開心我沒有行李需要托運才對，因為這麼一來貨艙就可以騰出更多空間來容納他們的儀器了。」

「如果他是冒牌貨，那他到底是什麼來路？」

「也許是莫納罕的堂兄弟之一。」

「在洛杉磯？他到底有多少堂兄弟啊？我才不信。」

「那他為什麼忽然跑掉？」

「因為你把他給說服了，他沒有正當理由，看來他真的很欠缺。現行法規或許不像他想的那麼充分。」

「不對，他突然跑開是因為附近出現兩名警察。」

「他們是他的手下。」

「假使他們不是，假使他是個騙子，而他的任務是將我們弄上那輛廂型車。不過，其實也沒那麼重要。他是老手，以後還想繼續混。他不確定我接下來會怎麼做，搞不好會突然發飆，萬一惹得眾人注目那可不妙。因此他馬上收手，因為那兩名警察剛好晃過來，到處巡視，尋找形跡可疑的人。換句話說，那傢伙怕惹事，落跑了。」

「也可能他只是個忠僕，只是深吸一口氣、數到十然後走開，讓你免除一小時的牢獄之災，也替他自己省去一小時的紙上作業，」

飛機進入跑道，被一波波嘈雜的褐色乾燥濃煙包圍，接著怡然自得地緩緩加速，彷彿充分意識到飛行的神秘早已不復存在，接著鎮定地起飛，在陽光下閃閃發光，側滑著穿過薄霧，接著在數道黑煙中盤旋向上，展開一趟黑暗但優雅的東北航程。

十分鐘後，母之安息鎮南邊二十哩的地方，那個穿著燙過的牛仔褲、頭髮吹整有型的男子接聽他的固定電話。他的聯絡人說：「我們會努力補救的。」

「補救什麼？」

「我們運氣太差了。」

「你到底在說什麼？」

「我們遇上麻煩了。」

「他們上飛機了嗎？」

這時聯絡人又開始聒噪起來，但不是因為情緒亢奮，而是因為一種難堪又疑惑的不服輸的執念。他說：「海克特安排得非常妥當。她用手機訂機票，因此所有資料他都掌握了，時機也抓得剛剛好，一秒不差。他看著他們搭計程車離開旅館，這時他坐在一輛林肯城市轎車後座，那是他雇用的車手。他們跟了一陣子，後來在四〇五號公路上開到他們旁邊，當時真是萬事俱備，包括她甚至把車窗打開，快車道也非常暢通，方便他們事後開溜，而且一輛黑色城市轎車在通往洛杉磯國際機場的路上毫不起眼，因為路上起碼有幾千幾萬輛這種車，所以這時候手槍實際上也已經就位，準備近距離平射，可是他們被一輛法拉利撞上車尾，像是被一腳踹到海角天邊。海克特說之後就再也沒看見他們了，在高速公路上是不能迴轉的。」

「所以他們上了飛機？」

「不是最早的一班；他們選了那個航班是因為她有金卡。海克特在他們之前就出發了，早了三十四分。我說過，我們一定會好好補救。」

「在芝加哥？」

「不額外收費。那輛法拉利純粹是意外，但無論如何不能賠上我們的聲譽。」

「別讓他們找上麥肯。」

「了解，這正是我們的想法。」

旅程十分漫長，不是兩岸航線，但也算橫跨大陸，即使不是整個貫穿，但也飛越了大半。張把椅背放低一吋，兩腿往前伸直，她的綁帶鞋子放在前方座椅的底下。她在沉思，就像上次他們開著綠色小福特車沿著條空曠道路前往奧克拉荷馬市的途中，他也看見她邊開車邊想事情。時而似笑非笑，接著又微微皺眉，各種正面和負面的事在她腦中浮現，或者強和弱，或者好和壞的結局。沒有道路可看，因此她的眼睛也加入，瞇起，斜視，睜大，忽遠忽近地變換焦距。

李奇盡量不多想。他只顧追趕著一段飄忽的記憶，就在意識和潛意識之間的模糊地帶，可是當時他別開眼睛沒看它，沒去想它，把它遺忘在那裡。

他說：「等我們到了那裡，圖書館已經關門了。」

她說：「明天一大早就去，今晚先找家旅館過夜。」

「我們應該找一家高級的，我們應該入住城裡最棒的一家，然後把帳單寄給報社。大套房，有客房服務的。他們會樂意付帳的，因為有大事要發生了，我感覺得到。」

「什麼大事？」

「我也不知道，有件事我記不得了，但我知道那很重要。」

「既然你記不得，怎麼知道很重要？」

「只是一種感覺。」

「因為城裡最高級的旅館必須先用我的信用卡付帳，我得冒金錢上的風險。」

「他們會樂於付帳的。」李奇又說。

「四季還是半島？」

「都好。」

「我會從奧黑爾機場打電話問，哪家比較便宜就訂哪家。」

李奇沒說話。

張說：「你認為這件事到底有多重要？你不記得但覺得很重要的那件事？」

「它應該可以給我們一個輪廓，關於我們正面臨的處境。」

「是什麼呢？」

「不知道。我似乎是努力想把兩件事兜在一起，兩件相同的東西，可是我不知道是什麼。兩句話，或者事件，或者地方。」

「不是地方。洛杉磯一點都不像母之安息鎮，沒有任何共同點。」

「好吧。」

「芝加哥也是，除了或許有些農夫會到那裡去，和芝加哥的農夫做同樣的事。是這個嗎？」

「不是。」

「你最好快點想起來，我們就要到了。」

李奇心不在焉點了點頭。我們就要到了，他在腦子裡想像下飛機的畫面。他喜歡把事情想清楚，釐清整個狀況。就連下飛機這種小事也不例外。這是一種原始本能。等會兒飛機將會滑行然後停止，安全帶警示燈會熄滅，乘客會紛紛站起，七手八腳把頭頂置物架和座椅底下的行李拉出來，接著大家會擠在通道裡，拖著腳步一個接一個從艙門離開，然後走上空橋。接下來人潮開始往前流動，通過又長又寬的走廊，經過首飾精品店，經過散落著美耐板桌和單飛旅客的美食街。

這時他想起來了。

他說：「不是哪句話，也不是事件或地方。」

她說：「那是什麼？」

「臉孔，」他說：「妳還記得四〇五號公路上那輛林肯城市轎車吧？」

「四〇五號公路上起碼有幾千幾萬輛這種車。」

「其中一輛開到我們旁邊，而且跟了我們一陣子，接著被一輛紅色跑車撞上車尾。」

「噢，你說那輛啊。」

「它的車窗打開，我隱約瞥見坐在裡頭的傢伙。」

「有多清楚？」

「只看見局部，而且只有一下子。」

「不過？」

「我們見過他。」

「在哪裡？」

「英格塢的餐館，那個棕色裝潢的地方，今天早上，我們頭一次和魏斯伍德會面。那傢伙也在裡頭，兩隻手肘放桌上，在看報。」

張沒說話。

「同一個人。」李奇說。

「我習慣從辯護律師的角度看事情。」

「無論妳想說什麼，我百分百同意。那只是兩輛以時速四十哩行進的車子交會當中的匆匆一瞥，更何況目擊證詞又是最不可靠的。」

「不過？」

「我的後腦袋知道是同一個傢伙。」

「怎麼知道的？」

「無線電波非常大聲。」

「你聽見無線電波？」

「我很注意聽。我們曾經當了七百萬年野生動物，學到很多東西，我們應該小心別失去它們。」

「無線電波對你說些什麼？」

「一部分正準備展開戰鬥，它知道事情不妙了。」

「其他部分呢？」

「它在反覆推敲，想解出其中的含義。基本上這是零和的局面，要不我完全搞錯了，否則就是那傢伙打從開始就一直在跟蹤我們。而這表示他是透過妳的手機追蹤我們，也就是說他幾乎掌握了我們截至目前的所有訊息。也就是說我們在四季或半島飯店最好打付費電話，這麼一來我們才能跑在前面。我們必須跑在前面，因為這傢伙的行動正逐步升級，不斷進逼。早上在餐館吃早餐，他還只是監視，也許偷聽了幾句，讀讀唇語，現在他已經要我們的命了。」

「開車窗殺人？」

「他盯著我看，有那麼一瞬間我以為他有話要告訴我，像是在照會我，準備接下來的動作，但不是有話要說，而是在捕捉他的標靶，就是這麼一回事。合理推測，他在底下藏了一把削短型霰彈槍，行駛中的車對車射擊，就像空對空飛彈。為了保險起見他連開兩槍，接著在所有人一片慌亂，撞成一團的時候，他便趁亂從快車道溜走，之後就像妳說的，他只不過是幾千幾萬輛城市轎車當中的一輛。」

「非常極端的腳本。」

「這是個零和遊戲，不然他為何那麼做，在我們旁邊緊跟著？有人要他做掉我們，這表示他是個多用途的角色，索價相當昂貴。而這也讓母之安息鎮發生的事逐漸有了一點輪廓，他們在供應某種東西，來換取金錢，錢多到能夠聘用一名多功能的私家偵探，針對外來威脅進行反擊。」

「除非像你說的，不然那可能只是兩輛車子以時速四十哩行進當中的匆匆一瞥，而且人眼看到的總是最不可靠的。」

「作最好的期待，抱最壞的打算。」

「那可不能擔保你一定正確。」

「有些時候重要的是你能證明什麼，不是你知道什麼。」

「而你確實知道？」

「這是一種本能，所以經過七百萬年之後我還在這裡，活生生的進化論。」

她說：「早餐到現在之間我們做了什麼，讓他們突然升高了行動層級？」

「沒錯，」他說：「我們鎖定了麥肯。」

「所以對他們來說他肯定是個危險人物，也因此對我們十分重要。」

「可是等我們到達那兒，圖書館已經關門了。」

她說：「前提是這兩個麥肯必須是同一個人，你不一定是對的。」

「如果我們夠聰明，就該照著我的想法去做，以防萬一。」

「就像帕斯卡的賭注[1]。」

「萬一我們錯了也沒什麼損失，萬一對了卻能撿回一命。」

「不過他落後我們一步，目前他還在洛杉磯。」

「不見得，我們搭的並不是第一個航班。」

張沒說話。她伸手拿手機，按了一下，讓航空模式轉為關閉電源。

沿著密西根湖和市區繞了迂迴漫長的一大圈之後，他們在東邊降落。夏日黃昏已近尾聲，仍然是熾熱的紅銅色，但已逐漸暗下。機場跑道上的陽光十分刺眼。飛機滑行了一段然後停下，安全帶警示燈熄滅，乘客紛紛站起，七手八腳地將頭頂置物架和座椅底下的行李取出，接著在走道上擠成一團，李奇和張也混在裡頭。

32

李奇和張總算先後側著身子通過走道出了艙門，上了空橋，接著進入機場大廳，裡頭有上千名旅客，或坐或等，或是四面八方奔忙著。李奇將那名陌生男子的臉孔大大地放在腦海中央，就像郵局張貼的頭號通緝犯照片，然後用眼角斜斜地掃描著人群，臉轉向別處，什麼都不想，讓本能自行捕捉相似的人物，如果有的話。

結果沒有。那個人不在坐著，在等待，或是沒有匆忙趕路的人之中。兩個人一起通過長長的大廳走廊，經過坐在盥洗室門外等待的人群，經過排隊買咖啡的人群，經過書報攤，經過首飾店，經過羅列著美耐板桌、有許多悶頭獨坐的旅客的小速食餐館。李奇掃描前方，尋找讀過的報紙、支在桌上的手肘、眼熟的肩膀斜度，可是什麼都沒有。人不在這裡，不在這棟航廈。

他們來到機場保安區的出口，走向外頭的公共空間，到了行李領取處，接下來前往地面運輸站的入口，看見一整排孤零零、空蕩蕩的付費電話設在牆邊，但更棒的是他們找到一個服務櫃台，這裡提供新到旅客所需的所有實用服務，包括旅館的直接訂房服務。一名穿著休閒套裝上衣的開朗女人推薦半島飯店，替他們打了電話，訂好一間大套房，並且告訴他們計程車招呼站的位置。

相當暖和的夜晚，戶外空氣充滿濕氣、車輛廢氣和香菸煙霧。他們排了五分鐘隊，等到一個開著台破舊福特維多利亞皇冠車的疲累傢伙，他用最快的速度將他們載往市區。李奇望著車窗外，直到機場人群遠離，但始終沒看見眼熟的面孔。在高速公路上，他留意著周遭的車子，但沒有一輛靠近或者緊跟在他們旁邊，只是在黑漆的夜色中順暢地駛過，每輛車分別行動，清楚明白，全車通亮，沉浸在各自的世界中。

張說：「我們該買支預付電話。」

李奇說：「我們該通知魏斯伍德也買一支，因為那傢伙大概就是用這方式掌控全局的，監控魏斯伍德，攔截他的所有通話，早上我們還到他那裡去，等於是自投羅網。」

1. Pascal's Wager，是基督教哲學的一種，由十七世紀的法國哲學家布萊茲．帕斯卡提出，假設人類對上帝的存在與否進行賭注，就算上帝不存在，相信的人只會蒙受較少的損失，不信的人反而會承受巨大的損失，所以理性的人應該相信上帝存在。

「這證明了魏斯伍德讓他們很煩惱，也證實魏斯伍德寫的某篇文章的確關係重大。」

「可能不是鯊魚和法國人那篇。」

「也不是沙鼠或氣候變遷。」

「瞧，咱們的目標越來越清楚了。」

車子來到和芝加哥捷運平行的地方，看見這巨大、高聳、頑強的偉大城市聳立在眼前，此時純然是夜間景觀，百萬盞燈火襯著黝黑的東方天空。半島飯店已準備好迎接他們，他們的大套房比李奇從小居住的軍營宿舍還要大上一倍，舒適千百倍。客房服務指南足足有電話簿那麼大，而且是皮革裝訂。他們一口氣點了一堆，心想反正是《洛杉磯時報》付帳。兩人從容地享用著，他們有一整晚可以不受干擾地慢慢消磨，不必急，最好能細細品嘗那股安心感，最好是陶醉在即將到來的允諾。透過開胃菜，和主菜，和甜點，和咖啡。

儘管有時差，第二天他們很早就醒了，一方面是因為他們有心事，但主要還是因為前晚他們沒把窗簾拉上，而這房間朝東，正對著清晨的陽光。李奇想著他的性愛理論，看來又要進一步修正了，第四次比第三次更美好，令人難以置信，但卻是事實。他們有點憂喜參半，因為這遲早總會停止的，不可能一直這麼好下去。

可能嗎？

作最好的期待，抱最壞的打算。

張腦子裡想的顯然是林肯公園，而且陷入了兩難，因為她說：「我在想該怎麼去才好，那裡相當近，好像不太需要特地去租車，也不方便停車。計程車又都集結在一起，很難叫得到。總地來說，我在想今天我們還是租一輛老林肯城市車吧，最好是黑色。」

「請櫃台幫忙找，」李奇說：「保持領先又一招。」

「九點取車，我們可以在圖書館開門後大約十分鐘趕到。」

「好極了。」

這麼一來，他們有充裕的時間可以從容地享用服務生送來的早餐，接著再做完其他最好在清晨從容完成的事情——包括性愛理論測試——之後，再從容地淋浴。

他們的城市車是傳統型轎車，如他們要求是打蠟到發亮的黑色。司機是穿灰色套裝的矮個子，他表示自己不管開車上路或在路邊守候都甘之如飴，一切都不關他的事，只要有酬勞領就好，十分鐘後他們抵達林肯公園。走進圖書館，裡頭有種剛開張的感覺，員工謹慎地東奔西跑，進行準備工作。他們要求面會前一天他們在電話中按九轉接總機之後，和他們說話的那位小姐。他們像接力賽那樣從一個接一個熱心職員那裡得到指示，最後來到一個標示著「服務處」的櫃台，這張小桌子孤立在屋側的壁凹內，而且暫時沒人看管。它的椅子整齊地收在底下，電腦螢幕是暗的，還沒打開，看來服務處的小姐遲到了。

不過也並非全然無望，因為在壁凹盡頭的牆面有一道門，門內有人聲，門上有一塊告示牌寫著：志工室。麥肯曾經在裡頭打了十六通電話，直到魏斯伍德沒了耐性。

李奇敲了敲門，裡頭突然安靜下來。他打開門，看見一間休息室，很有市立機關的味道，充滿各種溫和的色彩和低矮的布墊椅子。椅子上坐著五個人，兩男三女，年齡不同，風格各異。電話放在一只矮桌上，兩張椅子當中。

「抱歉打擾了，」李奇說：「我想找麥肯先生。」

一位老先生說：「他不在這裡。」他說這話的態度讓李奇理所當然地推想他認識麥肯，說不定還很熟，才能如此決斷地回答，而且還針對這件事自告奮勇跳出來發言。他是個瘦小的老傢伙，穿著縐縐的打摺卡其褲，一頭梳理整齊的白髮，還有退休人士常穿的，塞進褲頭的格紋襯衫。也許他是從行政工作退休的，慣於處理各種電子表格和資料，仍然需要感覺自己被需要，或者有必要感覺自己被需要。

李奇問他：「你最後一次看見麥肯先生是什麼時候的事？」

「三、四個禮拜前。」

「這情形常見嗎？」

「他經常來來去去的，畢竟這只是志工工作，我猜他大概有別的興趣吧。」

「你知道他住哪裡嗎？」

老人說：「抱歉，這問題關係到個人隱私，況且我並不知道你是誰。」

「不久前，麥肯先生向一家公司雇用私家偵探，協助他處理某個問題，我們就是前來協助他的調查員。」

「那麼你們應該知道他住哪裡才對。」

李奇輕聲說：「先生，我們能不能單獨聊聊？」

就老人的自尊心來說，這句話正中要害。他一向認為自己優於常人，是那種會被拉到一旁託付秘密的人。他對其他志工說：「請你們出去一下好嗎？反正上班時間也到了，大家都有事要做。」

其他人魚貫走了出去，較年輕的男子和三位女性，張隨後關上房門，接著和李奇兩人在空出的位子坐下，和坐在原位的老人排成三角陣勢。

張說：「原本負責處理麥肯先生案件的那位調查員不幸失蹤了。像這種情況，我們的第一要務是確認客戶安然無恙，這是我們的標準作業流程，不過我們需要一些協助。」

老人說：「這是怎麼回事？」

「我們也還不清楚，也許關於這點你也能幫上忙。我們認為麥肯先生正全心投入某件事，也許他向你提過。」

「我只知道他很不快樂。」

「你知道原因嗎？」

「我們並不親近，不常交換心事，我們只是同事關係。當然，我們會討論圖書館的事，聊得相當詳盡，而且大部分時候都意見一致，但很少提到私人的事，印象中他家裡似乎有點問題，我只能告訴你們這麼多。他的妻子已經過世多年，已經成人的兒子卻是個麻煩人物，或者用現在的說法，是一大挑戰。」

「你知道他住在哪裡嗎？」

「不知道，沒聽他說過。」

李奇說：「這很反常吧？通常大家不是都會聊自己住哪裡，家的附近有什麼商店，或者必須走多遠去喝杯咖啡之類的？」

老人說：「我有個強烈的印象，他對自己住的地方覺得很羞恥。」

他們離開志工室，在外面找到負責櫃台服務工作的女人，她總算及時現身了。張重新攀交情，並且出示一張失效的調查局證件，一切進行得非常順利，但女人就是不肯透露麥肯的地址，態度堅決，對保護隱私這件事非常執著。她說他們可以向館長提出請求，但李奇心想，館長大概也像她一樣執著吧，也許不是針對隱私，但肯定會提起法律訴訟之類的話題，同樣不會因此退讓。

他說：「好吧，別把地址告訴我，不過起碼告訴我，麥肯先生究竟有沒有地址。」

女人說：「當然有。」

「妳知道在哪裡？」

「知道，但我不能告訴你。」

「在本地嗎？」

「我不能把地址告訴你。」

「我不想知道，我已經不在乎什麼地址了，就算妳說出來我也不會聽。我只想知道是不是在本地，就這樣，這不算洩漏秘密吧，每個社區起碼都住了好幾千人。」

「是的，在本地。」

「有多近？在這裡工作的期間，他是走路來的嗎？」

「你是在問我地址。」

「不，我沒有。我不想知道地址，就算妳要說我也會攔著妳。我會兩手遮住耳朵，大唱啦啦啦啦。我只是想知道是不是走路就可以到達的距離，這是一個地理問題，或者生理學。依妳看麥肯先生大概有多大？」

「多什麼？」

「多大歲數。他的年齡和地址不一樣吧，妳說出來也無妨，妳可以說說妳對他的印象。」

「六十歲，去年六十。」

「他的體格好嗎？」

「才怪，他的樣子糟透了。」

「很遺憾，怎麼說呢？」

「他太瘦了，他沒有好好照顧自己，根本不把健康當回事。」

「他體力很差嗎？」

「沒錯，我是這麼覺得，他的身體好像越來越差了。」

「那麼他一定不想走太遠，對吧？最多走三個街區，這麼推測合理嗎？」

「我不能告訴你。」

「三個街區的半徑範圍大約有三十六個方塊街區，比密爾瓦基市還要大，妳根本什麼都沒透露給我。」

「好吧，沒錯，他都走路來上班，而且，沒錯，路程很短。可是就這樣了，我不能再多說什麼了。」

「他叫什麼名字？妳能告訴我們嗎？」

「彼得，彼得・麥肯。」

「他的妻子呢？她過世多久了？」

「我想應該很多年了。」

「他兒子叫什麼名字？」

「好像是邁可吧，邁可・麥肯。」

「邁可有沒有什麼問題？」

「我們沒聊到這方面。」

「可是我覺得妳應該多少有一些心得。」

「說了我會違背信賴原則。」

「不是他告訴妳的就不算。妳只是說出妳個人的推論，如此而已，這當中有很大的差別。」

「我覺得麥肯先生的兒子，邁可，有行為偏差的問題。我不清楚究竟是什麼，總之應該不是什麼光榮的事，這是我的推論。」

李奇露出一臉同情，試探性地問最後一次，可是她仍然不肯透露麥肯的地址。於是他們離開，繞回詢問台去察看芝加哥的電話簿，結果發現登錄的P・麥肯和M・麥肯實在太多了，沒什麼用處。他們回到街上，除了若干印象和猜測之外一無所獲。

33

他們在圖書館門口的人行道上左轉，果然是在意想中的地點，也就是圖書館隔壁，找到那家夫妻經營的藥局。那是一間窄小的店面，有遮雨棚、店門和小櫥窗，櫥窗內擺滿各種不太吸引人的商品，包括彈性繃帶、熱敷墊還有供行動不便的人使用的馬桶座。在李奇看來，藥局櫥窗是行銷上的挑戰，因為你很難想出一種展示方式，會讓人看了馬上興奮地衝進店裡。不過他發現一樣有趣的東西，一支預付手機，透明塑膠盒包裝，吊在板子的木釘上。手機式樣很老舊，塑膠包裝沾滿灰塵，不過上面的標價訂得超低。

他們走進店裡，又發現六支同款手機吊掛在一塊擺滿兩元手機護套、兩元充電器、汽車用轉接器和各種用途電線的展示板上，大部分是白色。手機本身標價不到十三元，預設了一百分鐘的通話時數。

李奇說：「我們應該買一支。」

張說：「我想找比較新型的。」

「要多新？只要能用就好了。」

「這種的不能上網。」

「妳搞錯方向了。在我看來，手機是他的一大特徵，而且這也算是一種因緣，我們和麥肯用同樣的手機，或許能帶來好運。」

「對他似乎沒什麼作用。」張說，但還是從展示板取下一支手機，拿到櫃台。這裡有個老婦人等在收銀台後方，她有著梳成圓髻的亞麻灰色頭髮，一身上世紀的鄉下來的正式裝束。店的後面有個老人正忙著抓藥。同樣年紀，同樣造型，套裝領帶外搭長外套，髮型也相同，只差沒有髮髻。這家店大概就他們夫妻倆吧，沒有其他員工，省人事開銷。

李奇問婦人：「這手機有沒有語音信箱？」

她大聲複述這問題，不是對他說，他知道，而是對裡面的老爹，他大喊：「沒有。」

婦人說：「沒有。」

李奇說：「我們有個朋友曾經向你們買了一支，彼得・麥肯，妳認識他嗎？」

她大聲叫喊：「我們認得彼得・麥肯嗎？」

裡面的老人回喊。「不認得。」

「不認得。」婦人說。

「妳認識他兒子邁可嗎？」

「我們認得他兒子邁可嗎？」

「不認得。」

「不認得。」

「好吧。」李奇說。他從口袋掏出十元和五元紙鈔各一張，付了手機錢。找回的零錢是硬幣，經過熟練計算，靈巧地發放。他們站在店門外的人行道上，努力想把包裝拆開，但卻不容易。最後李奇決定不再慢條斯理，直接從中間把它撕成兩半。他把充電器放進口袋，將手機交給張。她研究了一下，弄懂了之後開機。一開始是歡迎畫面，又小又模糊，還是黑白的。上頭顯示本身的號碼，區號五〇一，加上七位數號碼。還有一個電池圖示，大約還有一半電力。出廠前充了電，但並不完全。圖示是小型手電筒電池的形狀，橫躺著，一邊實心一邊空心。李奇說：「再打給麥肯看看，也許這次他會接聽，也許他的手機會認出氣味相投的同類。」

這機子沒有擴音功能，畢竟才十三元。張撥了電話，兩人臉頰貼臉頰站著聆聽，她用右耳，他用左耳，聽見麥肯的手機鈴聲，響了又響。和以前一樣，沒人接聽，沒有語音信箱。就像隻忠心的可卡犬，不理解為什麼沒有回應。

張結束通話。

她說：「這下怎麼辦？難道真要搜索一個比密爾瓦基市還要大的地區？」

「我說得有點誇張，其實密爾瓦基市不只三十六個街區，相當不錯的地方。」

他突然住口。

她說：「怎麼了？」

他說：「沒事。」

他本來想說哪天我們一起去看看吧。

她說：「好吧，我們必須搜索一個比密爾瓦基市小一點、但也小不到哪裡的地區。」

「找對方向的話，或許只要找幾個街區。這是一個不講究養生、模樣憔悴的男人，也許吃得很糟，也許睡得不好，說不定也不看醫生，因此也不必買處方藥，當然更不會到店裡精挑細選採買維他命。藥局不在他的活動範圍內，他沒有特別喜歡的商家，他對它們根本無感，因此他在這家藥局買手機並沒有特殊理由。那他為何這麼做？因為他一天會經過這裡兩次，到圖書館上下班各一次，不然他怎麼會注意到這裡的？藥局的櫥窗裡擺了一支沾滿灰塵的手機，因此我認為我們可以推論他是走這個方向回家的，出了圖書館大門，左轉，經過藥局然後往前走。」

「往哪裡？」

「我覺得這是相當不錯的社區，我猜這裡的房地產市場大概很平穩。可是麥肯對自己住的地方卻感到羞恥，這又意謂著什麼呢？妳認為這裡有什麼地方會讓妳感覺住在這兒是件羞恥的事？」

「我不是麥肯。」

「沒錯，但一切都是相關的，志工室那位老先生看來像是退休的企業總裁之類的，我相信他是本地人，而且住的是獨棟房子。穿那種襯衫不太可能不住在獨棟房子，這兩者是一體兩面。幾乎是一種必要條件。也許是坐落在寧靜綠蔭街道上的赤褐砂石高級住宅。因此，如果這真的有關，那麼麥肯住的一定不是獨棟房子，但也不是住公寓，因為公寓是房子正正當當的替代品，在某些方面甚至更好，當然沒什麼好羞恥的。所以麥肯住的是不如獨棟房子高級、但又不是公寓的房子。」

「一棟破敗的房子，」張說：「一棟不太高級的赤褐砂石房子，坐落在綠樹不太多的街道，分隔成好幾個獨立房間。或許還沒慘到用電子爐烹飪的地步，但也差不多了。一個人很難向別人承認這種事，尤其那個人還擁有一棟褐石住宅，說不定是完全一樣的褐石房子，同一個建商，同一個建案，可是他的街區沒有在不景氣的年頭衰敗，麥肯的男性荷爾蒙如何承受得了這種刺激？」

「我也是這麼想，」李奇說：「大致上啦，或許不包括男性荷爾蒙的部分。不過，從這個方向走兩、三個街區，我們應該能找到一、兩條街聚集著殘破的聯排式住宅，每一道門上都有十幾個電鈴，而那種電鈴的旁邊通常都貼有標籤，有的寫了名字，運氣好的話，我們會在那些名字當中找到麥肯。」

有很多名字，因為有很多標籤，因為有很多門鈴，因為總共有四條街，而不只一、兩條，而且街道相當長。頭兩條是從圖書館所在的大街往前兩個街區，然後分別往左、往右轉，第三、第四條是在更遠的一個街區上，都是些夾在較高建築之間的低矮區域，不是硬擠進去的，而是一開始就在那裡。這裡沒有讓人反感或不舒服的地方，排水溝裡沒有垃圾，不會一腳踩上破碎的毒品注射筒，沒有牆壁塗鴉，沒有腐朽衰敗的跡象，至少表面上沒有。然而神秘、不留情面的房地產精算術卻貶低了它們的價值。也許是因為少了一些綠樹，或者是因為地下室的濕氣，或者太多的窗型冷氣機。也許是因為風向不對，也或許以前有個寡婦為了維持生計把房子隔成好幾間，接著又一個，接著又一個，形象這東西是十分微妙的。

他們讓城市轎車以低速在社區內迂迴繞行，劃出搜索範圍的界線。然後他們要司機停車，兩人下車走路。陽光照在湖面，反射的光線十分刺眼。才上午十點，但已相當熱了。

張走街道向陽的一側，李奇待在上午的涼蔭底下，兩人一戶一戶地察看，他們用不同步調分別行動，不時走上人家的褐石門廊又走下來，像發送傳單的餐廳員工，或者尋找皈依者的宣教士。李奇發現大部分門鈴旁邊都有姓名標籤，有的是手寫，有的是打字，也有印刷的，有的則是浮凸印在細窄的黑色膠袋上，直接貼在前面房客的標籤上。有波蘭名字，非洲名字，南美名字，愛爾蘭名字，還有一堆美國名字，在第一條街上沒發現姓麥肯的。

母之安息鎮以南二十哩，穿燙平牛仔褲、頭髮吹整有型的男子又接了一通固定電話來電。

他的聯絡人說：「她已經停用手機了。」

「為什麼？」

「很難說，也許是預防措施。她當過調查局探員，男的是退伍軍人，他們可不是初出茅廬的菜鳥。」

「換句話說，你的意思是海克特找不到他們了？」

「不，他找到他們了，輕易便找到了。他在圖書館外面監看，他們果然準時出現，進去半小時，然後在隔壁藥局買了一支預付手機。」

「那他還等什麼？」

「時機。」

「不能讓他們找到麥肯。」

「你放心，絕對不會，這點我可以向你保證。」

他們越過大街，進入第二條街，一戶戶爬上門前台階又下來。多數房子似乎都是三層樓高，每層最多有四個獨立住戶，各種名字不斷出現，其中一棟有哈維耶、廣戶、喬凡尼、貝克、弗里德里希、石黑、阿克瓦梅、安格曼、克洛基、達西耶、雷翁尼達斯和卡拉漢，變換一下順序的話，剛好就是英文字母表的前十二個。卡拉漢也是愛爾蘭姓氏，但終究不是麥肯。

這些房子本身有種風華褪盡的味道，有殘存的彩色鑲嵌玻璃和維多利亞式瓷磚，門上覆蓋著好幾層油漆，而且大部分的門都裝了水晶玻璃板，隱約透出屋內門廳的模糊景象，有些東西照形狀來看可能是停放在那裡的自行車，或者是嬰兒推車。李奇繼續往前走，一戶接一戶，一棟接一棟，街道盡頭就在眼前，搜索工作也已完成大半，但仍然沒找到麥肯。

不過張找到了。

她從對街一處看來沒什麼特別的門前平台上向他招手。他兩手一攤，打信號問她什麼事，她謹慎地握了下拳頭，就像高爾夫選手在一次長遠但成功的推桿之後的動作。他越過街道走向她，她指著門鈴控制板，優雅的指尖劃過一張條狀的白色姓名標籤，上頭整齊印著彼得・J・麥肯。

34

麥肯的住家門號是32，李奇猜測大概是位於三樓的第二間公寓，如果依慣例從大門左邊依順時針編號，二號應該是靠後面的房間。換句話說，是沒有窗景、沒有電梯的頂樓公寓。住在一棟坐落於次等街道上的不起眼房子裡，地點對這傢伙來說十分不好。

樓下大門很牢固，而且確實上了鎖。

張按了麥肯的對講電鈴，裡頭沒聲音。大概太遠了吧，對講機沒有喀啦的回話聲。什麼都沒有，只有不見一絲騷動、燠熱寂靜的上午街道。

李奇說：「再試試打給他。」

他們的手機有重撥功能，就十三塊的貨色來說還不錯。張按了鍵，兩人臉貼臉等著。

鈴聲響了又響。

沒人接聽。

她切掉通話。

她說：「接下來呢？」

「現在吃披薩嫌早，」李奇說：「只好冒充UPS快遞。」

他連按九個對講電鈕，對第一個回應的人說：「太太，包裹快遞。」

頓了一下，接著門鎖嗚一聲，喀啦打開。

他們走了進去，通過停放著自行車和嬰兒車、散置著泰國料理菜單和鎖匠名片的悶熱玄關，進入一間留有家族百年生活痕跡、有著雕花線板和壁紙的樓下門廳。壁紙已經褪色磨損，雕花線板則被粗魯的隔間無情地截斷。幾道優雅的房門上有安裝粗糙的五栓鎖，外加窺孔和鎖得有點歪斜的銅質號碼牌。最左邊是11，它後面，沿著走廊過去一點是12。

樓梯間雕琢的很華麗，鋪了地毯但很陡峭，隨著他們經過每個轉彎處自動燈一盞盞亮起。他們到了樓梯頂端，喘得厲害。樓上相當悶熱。32號公寓是他們看見的第一戶，靠左側的後面角落。

李奇敲門。

沒有回應。

不過門板在邊框裡喀喀作響的方式不太對勁。

李奇試著扳動把手。

門沒鎖。

門一打開就是起居室，差不多也就是公寓的全貌了，雖然陰暗，但只消一眼便看完了。屋內有股熱氣和酸味，和一張靠牆擺設、床褥沒整理的單人床；還有大小像休旅車、只差沒窗戶的小廚房，和一間大小像休旅車、只差沒窗戶的小浴室兩兩並排。整間屋子唯一的光線來自一扇沾滿髒兮兮的油煙、窗簾只拉開一半的凸窗。牆上光禿禿的，很久以前或許是白色，但早已蒙上一層灰色，變成灰燼般的顏色。屋內有一張吧台高、寬度和油桶差不多的餐桌，和一張高腳椅、一張扶手椅，和一只不搭調的腳椅，不過兩者被磨得油亮的程度是一樣的。家具方面就這麼一點變化，其餘的全都是桌子。

總共有五張桌子，每張大約都有門板大小，六呎長，三呎寬，全都是木製，漆成黑色，幾乎佔據了整間公寓的空間。桌子在房間中央排列成特定形狀，第一張橫放，第二張側著和它銜接，排成T形，第三張也是橫放，第四張側放，同樣排成T形，第五張，也是最後一張橫放，整個陣容看來就像穿過這淒涼空間的僵硬背脊骨，可以說是脊椎加上粗短的肋骨。

桌上擺著大堆的電腦，七部桌上型，八部筆記型，和一些功用不明的黑盒子，還有外接硬碟、數據機和USB集線器，還有電源供應器和冷卻風扇。但最主要的還是電線，一捆捆、一捲捲糾結纏繞的纜線，有如胡亂拼湊的老鼠窩。至於沒放電線或盒子的地方則擺滿了書，一落落堆得高高地、東倒西歪的書，全都是關於編碼、超文本協定和網域名稱分配之類的技術書籍。

張察看走廊，順手把門關上。

李奇說：「再試著打一下他的手機。」

她按了重撥，他聽見咕嚕咕嚕的電話鈴聲在她耳邊響起，接著手機連上訊號，房間裡的一支手機響了起來。聲音響亮而堅決，邊鳴鈴邊嗚嗚震動，乏味的鈴響加上塑膠撞擊木頭的模糊震動。麥肯的手機就在那裡，在桌上，在一團凌亂的電線底下跳動，正面的小螢幕亮著藍光。手機連著傳輸線，線的另一端插在一台電腦上。

張切掉電話。

她說：「他為什麼沒把手機帶著？手機應該放口袋才對。」

李奇說：「對他來說那大概不是什麼手機吧，和一般認定的不同，那是給魏斯伍德打電話的一個替代號碼，如此罷了。而它也發揮了功能，沒能成功也不是它的錯。所以，如同妳的推測，他放棄了，決定把手機丟進抽屜之類的地方，只不過他丟的是桌子。」

「還在充電中呢。」

「也許是他的習慣吧。」

「那他人在哪裡？」

李奇說：「我也不知道他在哪裡。」

「基佛的房門也沒上鎖。」

「我記得。」

「我覺得我們最好很快察看一下然後走人。」

「多快？」

「兩分鐘。」

兩分鐘不長，但也夠了，因為能察看的東西不多。廚房很小，只放著一包次級早餐穀片的櫥櫃，和一台只放著一夸脫次級牛奶和兩根能量棒的小型冰箱。浴室的藥櫃裡放著合法鎮痛劑和非處方的感冒藥。房裡有一只放滿破爛衣服的抽屜櫃，大部分是人造布料做成的，全部都是黑色。床沒有什麼異常之處。電腦器材雖然全都亮著待命，但若想執行任何動作都必須先輸入密碼。沒有照片，沒有私人物品，沒有休閒讀物，沒有成疊的郵件。

張開門察看走廊。

她說：「咱們走吧。」

她又把門打開一些。

有個人站在那裡。

目擊證詞之所以不可靠，是因為人有先入為主、認知偏差，以及易受暗示的問題。它不可靠，因為人只會看見自己想看見的，李奇也一樣，他也是人。他的大腦前半部浪費了寶貴的第一個瞬間，去研究門口那傢伙的樣子，試圖把它轉化為一個可信的真實版麥肯形象。這不是容易的事，因為麥肯應該是六十歲的枯瘦小老頭，然而門口那個人顯然年輕了二十歲，體格壯了兩倍。可是李奇仍然本能地繼續嘗試，因為，除了麥肯還會有誰？還有誰會出現在麥肯居住的城市、麥肯居住的房子、麥肯家的門口？

過了半秒鐘，李奇的後腦袋取而代之，那個形象自動還原，清楚而明白，根本不是潛在的麥肯，連冒牌貨都稱不上，而是那個他見過兩次——現在第三次了——的熟悉臉孔，第一次在餐館，第二次在城市轎車內，最後一次就在此時此地，一棟無電梯三層樓房的陰暗頂樓走廊裡。

35

這人大約四十五歲上下，站在一路打拚贏來的中年巔峰上，已經不是傻小子，但也還不是老人，渾身充滿長年累積的實力、自信和才能，全都是身經百戰的成果。他看上去足足有六呎高，約兩百磅重。穿著粗糙、高腰的藍色牛仔褲，談不上時髦，還繫了腰帶，搭配白色敞領襯衫和藍色緞面棒球外套。一頭淡色頭髮剪得很短而且梳理整齊，平板的臉孔、藍色小眼珠，他的表情充滿探詢，不知情的話還以為他是社區的水電承包商，親自上門來就某個艱難工程進行細部評估。

只是他手上拿著槍。那槍看來像魯格（Ruger）P85式手槍，九毫米，槍管上裝有大約九吋長的滅音器。那人把槍連同滅音器的管子握在腿側，槍口指著地板，從他的大腿中央一直垂到了小腿中央，又長又纖細。

李奇的後腦袋有條電路迸出一段即時實況解說：他從洛杉磯飛過來，沒辦法帶槍上飛機，因此他在芝加哥應該有人支援，而且以滅音器在伊利諾州屬非法這點看來，支援層次相當高。

他大腦的前半部說：往前走。

他上前一步。

手槍舉起，那人說：「別動。」

李奇又向前一步，一直到了門口。

那人說：「我會開槍的。」

你不會，因為你打算在屋子裡射殺我，而不是在門口，因為我太高大，事後很難搬動，也因為在現實中滅音器的聲音和電影裡演的不一樣，不是含蓄的小小噗一聲，而是很大的一聲砰，總之比普通槍聲小不到哪裡去。要是你在走廊裡開槍，肯定會弄得整棟房子的住戶全都聽見。

所以你不會開槍。

還不會。

那人說：「站著別動。」

李奇的腦袋的後半部說：如果他在芝加哥有人支援，那麼你該檢視一下他是否帶了援軍，這裡的人力比滅音器便宜。

這就是為什麼他得寸進尺一直走到了門口，從斜角窺探。可是那人背後的暗影中什麼都沒有。沒有大塊頭，沒有聲音，沒有躁動不安，沒有呼吸聲。

那人是單槍匹馬。

李奇筆直站著。

那人說：「退回去。」

張在房間裡說：「你想怎麼樣？」

你不會說你要殺我們，只會說我們沒有私人恩怨，純粹是公事公辦之類的，因為這會激起我們進行最後一搏的決心。

那人說：「我想談談。」

「談什麼？」

「母之安息鎮發生的事，我可以幫你們。」

是啊，你在布魯克林還有一座橋要出售哩，我可不是三歲小孩。李奇站在原地，佔滿整個門口，微微偏斜，腳尖貼在走廊和房間地板之間的接縫上，那人就在前方約一碼，在他和樓梯扶手之間的半路上。張站在他背後約兩碼，仍然退在房門內。

她說：「既然你是來幫我們的，為何要帶槍？」

那人沒回應。

李奇開車不合格，但在其他方面都通過了測試，包括徒手戰鬥。聽來似乎是一項很有用的技能，其實不然。軍隊的主要目的在於使用強力武器，同時將己方的損害降到最低。也就是在遠距離用步槍掃射敵方，萬一不成，就改在較近的距離用手槍射擊。徒手戰鬥行動只是聊備一格，說實在有那麼點難為情，因為這表示任務在強力武器階段已經失敗，或者更糟，因為那些知識分子想不出教戰手冊裡還能寫些什麼，或是缺乏可靠的理論依據。武術在現實中是行不通的，沒了榻榻米、裁判和道袍，柔道和空手道根本毫無用處。因此，徒手戰鬥基本上就只是打架，就像酒吧幹架，完全不講章法。

張說：「把槍放下，我們就跟你談。」

他不會的，因為這等於放棄他的唯一優勢。他將得跟一個巨人進行一對一搏鬥，這可一點都不好玩，尤其當這個巨人正以變態狂般的呆滯眼神緊盯著他。

不講章法。

那人把槍握在原處。

李奇往前挨近一吋。

他想要在屋內而不是門口射殺我，我塊頭太大，很難搬動。

那人說：「馬上給我退後。」

李奇沒吭聲。

我塊頭太大，很難搬動。

接著情勢丕變，拿槍的男子不再佔上風，不再掌控全局。他被逼得一點點往後退，屈服於毫不留情的壓迫，屈服於精神壓力。滅音器的管口沒有移動，可是在他的想像中，那個拿槍的男子感覺遭到一陣突如其來的、命運翻轉的重擊，感覺受到李奇那雙變態狂般的眼睛所發出的某種死亡射線的嘲弄。

李奇說：「放心。」

在腦子裡打架，先發制人。

他說：「咱們來想想有什麼法子可以替你解圍。」

根據經驗，對一個慣用右手的人來說，對上一個慣用右手的槍手，標準做法很簡單，就是微微伸手向前——但主要是逆時針方向——從腰部猛一扭轉，就像舞者的動作那樣火爆誇張，右肩膀跟著猛烈扭動，進而帶動右手肘也猛烈抽動，接著帶動右手掌，用手掌狠狠打中那壞蛋的手腕內側，接著用力推它，把槍推離軌道，接著像爪子那樣緊緊夾住，同時左手上前，掌心貼著對方那隻拿槍的手的掌心，左手貼著他的右手，有點像跳舞，動作像是在爭奪手槍，但卻不是爭奪手槍，而是使勁推那隻拿槍的手，把它不斷往後推，推的同時一邊用手指把他的手腕往前拉，直到他的手腕骨折，手槍掉落。

但這次你可以替自己省不少力氣，因為他的槍裝了滅音器。那把槍比他肌肉記憶的長了一倍，這麼一來就省事多了，你可以抄捷徑。

李奇這麼做了，從腰部猛一扭轉，但馬上停住，讓他的鉤爪手盡量靠近身體，手掌擊中的不是那人的手腕，而是滅音器，把它推得遠遠地，然後抓住，用力拖拉。

這是所謂的標準程序，因為常被採用，就像預設設定，因為一百次當中有九十九次有用，不巧這傢伙剛好是那第一百個，他知道該怎麼做，沒讓自己為了緊握手槍，被硬拖得失去平衡，他立刻鬆手，轉眼間，他就放開手槍，毫無爭議。乾脆地把它丟下然後閃開。這是唯一的聰明做法，百中選一的高手。

這是聰明的做法，因為就算李奇因此能夠獨佔這把致命武器，他握槍的姿勢也完全錯了。他用右手握著滅音器，掌心朝外，而且身體仍然隨著剛才的動作，繼續旋轉開去，想要完全煞住加上兩手迅速轉換到正確的拿槍姿勢，也得要耗去一丁點時間，接著把槍口對準目標，又得耗去一丁點時間，或許更久，因為裝了滅音器的槍管很長，不是對準就能開火。有點像拿鞭子抽打那傢伙。總共得要花上多久時間？一秒半？兩秒？

在這當中，一個懂得使用這技巧的高手肯定會攻擊你的頭側。拳如雨下，也許在兩秒當中便揮出四拳，如果他的出拳速度真的了得。所以還是暫時把槍放了，最好等會兒再去撿，最好是先準備好對付可能的攻擊。

李奇打開手掌，讓那把魯格手槍滑落，接著開始將逆時針扭轉的身體打直，反向抬高手肘，迅速低頭閃躲，迎頭而來的拳頭從他的頭蓋骨彈開，接著一記左鉤拳命中他的耳朵上方，冷酷粗暴的一拳，活像鐵條，接著李奇的手肘趕到，在附近一帶劃出類似防禦性禁飛區的區域，把落下的又一記右拳頂到一邊，同時利用它的動能揮出一記左鉤拳，可是因為耳朵上挨的那一拳，使得他身體回轉的程度短少了一、兩吋，導致他盲目揮出的一拳打偏了，力道盡失，沒能讓那傢伙從樓梯上摔下去，只能讓他整個人彈開。

這時那傢伙展現了更多本事。不用說李奇這會兒身體正向前傾，等著把動作完成，等著那人軟弱無力、毫無防備地跌回來。可是這傢伙卻九十度地往旁邊一閃，高難度的體操技巧，就一個大塊頭來說實在了不起。而且這也是救命招數，還附帶了好處，他不僅逃過一次重擊，而且這下李奇的重心全放在較弱的腳上，因此那人趁著優勢，上前一步，一個左短拳往李奇的腰腎掄過去，挨了這拳，李奇感覺似乎會留下瘀青。

接著那人將步伐收回，像拳擊手那樣退回中立角落，站在那裡，警戒著但沒有動作，看來相當自信。魯格手槍躺在走廊地毯上，差不多在李奇和他兩腳之間的中點，槍口沒對著他們任何一人，而是對著旁邊，拿不定主意似地，有如皇上的大拇指，既非向上也不是向下。

但又不是完全居中。

其實比較靠近李奇。

得花多久才能拿到？

久得足以讓你的腦袋被踢爛。

或者胸口挨上一槍。李奇目測著那人的衣服，那件緞面外套很薄，沒有隆起或垂墜的部位，而且大大敞開，藏不了東西。藍色牛仔褲口袋無辜地膨起，裡頭只有空氣和面紙。因此他的備用手槍肯定是繫在腰上，插在腰脊的鬆餅色槍袋裡頭，由他的本地戰友供應的。他的拔槍速度不會是全世界最快，但絕對要比一個高個子彎下腰，從地板上亂扒亂抓地撿起一把小手槍——由於多出來的九吋長金屬管而更加不穩——的速度快得多。

所以才那麼篤定。要是他打算徒手格鬥，可就沒這等自信了，從來就沒人有過。可是這傢伙看來相當厲害，李奇猜想他只有一點小顧慮，就是李奇其實不需要撿起那把魯格手槍。他只要一腳踩在槍上，把它往後從兩腿之間踢給張。

這麼一來賽局便逆轉了。

可是很難，而且太慢了。這是個笨拙又彆扭的動作，況且接下來張也需要一丁點時間把它撿起，接著穩住、瞄準然後射擊。

不會是全世界最快的拔槍速度，但起碼會比這快速。

幾乎可以確定。

因此，是有顧慮，但非常小。

那就把這傢伙弄糊塗吧。

李奇往後退，很大一步，打破了均衡。這下魯格手槍比較靠近那傢伙了，而他也趁勢走向前，靠近手槍一點。也難怪，這是人性，表露無遺。把他們推走很難，吸引他們過來卻很容易。他原本可以堅決地站在原地，以便面對即將到來的壓力，可是他絲毫沒表現出類似的決心。他馬上走了過來，這是他的第一個錯誤，一個他不了解的弱點。他以為公寓走廊的任何一個位置都一樣安全，事實上，他以為他的新位置比之前的好，因為魯格手槍就在他腳下，他可以把它拿回來，慢條斯理地，到時他就有兩把槍，而李奇一把都沒有。

可能更好。

但也不盡然。

因為誘惑，因為迫切感。那人擁有兩把伸手可得的槍械，但實際上兩把都不在他手中。看似很近，其實很遠。他受著未來各種可能的折磨，想像著那股沉重扎實的觸感、肋狀手柄抵著掌心的粗糙感，手指扣住扳機那溫暖堅硬的感覺。無懈可擊，勝利在握，任務完成。那麼近，只要彎腰撿起魯格手槍然後起身，迅速地一把抓起，或者把緞面外套撩到一側，伸手到背後的槍袋，抽出手槍然後瞄準、開火。

就這麼簡單。

近距離、誘惑、迫切感。但無論哪一種做法都得花時間，一、兩秒吧，而且無論哪一種做法都是一種明確訊息，毫無模糊空間。李奇將會明白情況不妙了，而他就在兩步以外。他是個大塊頭，但顯然很靈活，應付這情況需要多靈活？試圖伸手撿槍意謂著臉將被踢一腳，毫無疑問，李奇肯定會上前一步，然後砰一下，迅速移動腳步，然後伸出右腳猛踢，就像騰空踢足球。目標就在那裡，位置、時機、高度配合得完美無缺，他的臉就像等在球座上自己討打的高爾夫球。

如果選擇伸手從槍袋掏槍，則意謂著卵蛋會挨一腳，同樣毫無疑問。這麼做他得背著一隻手打鬥，他的手肘將會不自然地彎曲，等於任人宰割。

兩把槍械，唾手可得，卻都不在手中。

誘惑。

急迫。

三心二意。

李奇向前跨出半步，將兩人之間的空間壓縮成幾何形狀，縮小射程，把焦距拉近，讓壓力升高。面對面，相距五呎。那人表面上依然鎮定，但李奇把他看透了，那傢伙在顫抖，一種反應了他兩難心境的肉體表現。他想彎腰撿槍，或伸手到背後掏槍。兩者擇一，或兩者並行，那就不好控制了。他不斷開始動作卻又停止，暗地裡琢磨著，這樣試試，那樣試試。因此會微微發抖搖晃。他的眼睛動得厲害，上上下下游移。那麼近，卻又那麼遠。

李奇說：「你叫什麼名字？」

那人說：「幹嘛？」

「見面三分情，就正式自我介紹一下吧。」

「幹嘛？」

「對你或許會有好處，或許會讓我把你當個人看，而不單只是一個敵手。說不定我下手會輕一點，受害者必須讓自己多點人味，是這年頭大家都懂的道理。」

他發抖搖晃，眼睛上下游動。

那麼近，卻又那麼遠。

那人說：「我不是受害者。」

李奇說：「還不是。」

張在他背後說：「事情不需要搞得那麼難看。你退後，舉起雙手，然後我們可以談談。我們可以設法把這事給化解，畢竟你什麼都還沒做。」

那人沒答腔，他的眼睛上下移動，李奇看得出來他很想用那把魯格。也難怪，那是他最初的選擇，也許有特殊理由，況且還裝了滅音器，絕佳的作戰武器，在情感上也有絕佳作用，那人或許還沒清楚意識到這點，可是卻受著它的影響。他可以把那支魯格撿起來，然後一下子回到起點，就當重新來過，就當什麼都沒發生過，撿起那把魯格，又是好漢一條。

李奇說：「你叫什麼名字？」

那人說：「基斯・海克特。」

「我叫傑克・李奇，很高興認識你。」

那人沒回應。

李奇說：「不過你早就知道我們的名字了。」

沒回應。

「條件是這樣的，就像我的同事說的，這事可以圓滿收場，至少對你而言是如此。你只要說出是誰把我們的名字告訴你，誰派你出這趟任務，你每晚打電話向誰報告工作進度。你把這些告訴我們，我們就放你一馬。」

沒回應。

「很簡單的概念，海克特先生。告訴我們，你就可以走人，不告訴我們，你就不能走人，也許是沒辦法走，這種事很難說，傷勢可能會很嚴重。」

沒回應。

「想想以前那種過馬路的交通標誌，」李奇說：「還是用文字標誌的時代，可通行或禁止通行，海克特先生，大概就是這意思。」

那人頓了一下，整個人突然展現前所未有地安靜，接著他伸手去撿魯格手槍，他向下俯衝，速度比重力還要快，眼睛盯著獎賞，兩手已開始動了，排練著撈取的動作，臉轉開，為了他知道肯定會到來、但他希望會落空的事。

但不會落空的，他的臉向後轉，抬得高高地，因此李奇一腳就踢中他的下頦，像是挨了重量級拳擊手戴著裝有馬蹄鐵的手套擊出的一記上鉤拳。那傢伙往後摔倒，整個人攤平在地上，不過值得讚許的是，他知道繼續待在那裡準死無疑，因此他打滑了一下，接著連滾帶爬地匍匐著逃開，並且弓起肩膀，眨著眼，兩手在空中亂抓亂撈地站了起來。他的樣子有點狼狽，下巴顯然斷了，牙齒掉了，傷得相當重，但就技術層面看來，拳擊裁判會這麼說，在目前情況下，兩者都不至於削弱他的體力，除非他打算馬上開始享受他的慶功宴。

李奇看著那人的右手，推測它只有三種可能的動作。最聰明的一種是直接高舉投降，最蠢的一種是再來一拳。第二蠢和第二聰明的動作是一樣的，就是伸到槍袋去掏槍。

那傢伙伸手到槍袋掏槍。

沒能到達那裡。

他的手臂往後挪動，手肘突出，手掌伸直並且探往背後，左手以彆扭的一致性移動來保持平衡，兩邊肩膀伸展開來，整個人變得像二次元那樣平坦，像貼在半空中似地，像一張掛在徒手搏擊教室牆上的紙標靶。不管是什麼怪招，管用的就是好招。李奇踏出一小步，從整整三呎外結結實實撞向那傢伙的臉，穿越陰暗的走廊，弧線夠長，力量夠大，加速度夠快，一次猛烈無比的衝撞。接著，那傢伙突然不見了，李奇則是用盡全身所有肌肉，阻止自己也跟著倒下，頭撞上地板。

然後，樓梯間的另一端，有個房門打開，一位白髮婦人探出頭來，自動燈隨著她的出現亮起。

她問：「你們是誰啊？」

36

這位鄰居是一個高尚的老婦人，瘦瘦乾乾，不過活力十足的老太太。她對周遭的情況感覺似乎相當敏銳，和許多老一代的人一樣待人十分客氣，而且不輕易懷疑，至少表面上是如此。純粹是基於禮貌吧，李奇猜想。

他說：「我們替麥肯先生送新電腦，可是這裡頭太悶熱，這傢伙昏過去了。」

「要不要我打電話叫救護車？」

「不用了，我們把他扶到屋裡去，給他一杯水喝就行啦。」

「不麻煩的。」

「太太，問題在健保。他是個兼職工人，這些人負擔很重，保費被扣得很兇，他不想收到醫院帳單。」

「我還能幫上什麼忙嗎？」

「沒有了，太太。」

李奇抓起海克特的兩隻胳膊，把他朝麥肯的房間拖過去。張用一腳輕推著魯格手槍，小心翼翼地把它推到安全距離。鄰居正要關門，又突然想到什麼，再把門打開，同樣是可靠的十二吋縫隙，然後說：「我還以為彼得的電腦都是自己組裝的呢。」

說著她緊閉房門，走廊回復一片安靜。

張撿起魯格手槍，把它帶進屋內。李奇把海克特拖進去，張隨即把門關上。海克特的顎骨有不少損傷，這點毫無疑問。幾乎所有的臉骨都碎裂了，有些醫生肯定可以藉此展開專題巡迴演講。他的呼吸相當順暢，至少目前是如此，直到之後各種內部器官開始腫脹、結成硬塊。就得看運氣了。

張說：「他什麼時候會醒過來？」

李奇說：「我也不曉得，兩小時到無限久之間吧。」

「你打得他好慘。」

「他先動手的，兩次打我的臉，一次打背部。」

「你還好嗎？」

他點頭。他沒事，但不算太好。他的腎臟痛得要命，一動就痛。他的頭更痛，耳朵上方一股劇痛。那一拳著實厲害，大概是他這輩子挨過最重的一拳。

在這情況下，那記鐵頭功太失策了。

「我們不能在這兒乾等兩小時，」張說：「情況隨時會有變化。」

「我們得找到麥肯，在這兒等算是不錯的方法。」

「你沒想清楚，」她說：「你頭疼嗎？」

「還沒，但遲早會的，怎麼了？」

「他們怎麼知道我們在這裡？」

「我猜這傢伙在跟蹤我們。回想起來，顯然是從圖書館就開始了。」

「可是後來我們搭上那輛城市車，路線那麼複雜，在社區裡繞來繞去，搞不清方向。我們後面根本沒車子，沒人跟蹤我們，怎麼可能會呢？」

「那是？」

「總歸一句，他們對麥肯掌握的資訊比我們更充足。也許他和他們有業務往來，他們起碼握有他的地址。也許就因為這樣房門才沒鎖，就像基佛的門沒鎖一樣，說不定海克特早上已經來過了。」

她的聲音有點異樣。

李奇撿起魯格手槍，檢查槍膛，卸掉彈匣。黃銅色的九毫米子彈衝著他眨眼，可是數量不太夠。

少了一發子彈。

他嗅嗅槍膛，又嗅嗅槍口。

這把槍發射過。

張說：「他們不希望我們找到麥肯，有兩個方法可以辦到，顯然他們兩者都做了。」

李奇檢查海克特頸部的脈搏，還在跳動，但很弱。他處於深度無意識，或昏迷。有差別嗎？李奇不太確定。

張說：「我們應該假設隨時會有他的援兵過來。」

李奇說：「這傢伙能告訴我們不少事情。」

「沒時間了。」

「那就能拿的盡量拿吧。」

他們從他全身上下的口袋搜出一支時髦手機，和張的一樣輕薄，還有一把租車鑰匙，和一把旅館門卡，和八角五分零錢，和一只皮夾，還有一把掛在他後腰帶的黑克勒·科赫（Heckler & Koch）P7手槍。這把P7手槍小得便於藏匿，但又大得足堪使用。和那把魯格同樣用的是帕拉貝倫（Parabellum）子彈，就後勤的便利性來說十分合理。皮夾裡有一百多元現金，還有一張加州駕照，一堆信用卡。張拿了手機，為了察看通話紀錄，李奇拿了現金，以因應不時之需，還有那把P7，基於各種理由。他們把留下的東西以及碰觸過的物品全部擦乾淨，把戰利品放進口袋。

張說：「還需要什麼別的？」

李奇環顧最後一眼。

「或許還有最後一樣。」他說。

「什麼呢？」

「我覺得我們可以排除有機食品和蜜蜂的事。瞧這屋子，有含糖早餐穀片、量產牛奶，還有兩根能量棒，他就吃這些。他穿聚酯纖維長褲，不講究穿在身上的東西，也不是擁護自然的人。所以《洛杉磯時報》吸引他的文章應該是〈深網〉那篇，關於網路的。看這些電腦，應該錯不了。」

「你想拿走一部電腦?」

「妳有沒聽見隔壁那位老太太說的?在她關門前?」

「她說她以為彼得的電腦都是自己組裝的。她不相信你說的話,那是一句非常客氣的臨別贈言。」

「她的用語很正確,電腦的確要組裝才行,不是嗎?而且她稱呼他彼得,我以為像她那麼有教養的老太太應該會稱呼他為麥肯先生才對。他們交情一定不錯,就像那種認識很久的老鄰居。這樣的話,也許他們會聊聊私事,而如果她懂電腦,也許他會把心事告訴她,因為她能了解。」

「我們沒時間問她話,這個人的同夥隨時都可能進入這大樓,接著是警方。」

「我同意,」李奇說:「我們沒時間問她話,總之不能在這裡。所以她也是我想帶走的一件紀念品。那位鄰居。我們應該帶她去喝杯咖啡,離開這裡,在那裡問她話。」

過程不太乾脆,他們沒法快速出發,老太太有一些懷疑,有一點不情願。最後張只好再度祭出調查局名片的招數。接下來她開始找外套,儘管他們告訴她天氣很暖和。但這是一種禮儀,她說其實她並非老古板,她不會堅持要戴手套和帽子。

接著是走下陡峭樓梯的漫長、搖搖顫顫的過程,他們到了街上,那輛城市車消除了她最後的一點不樂意。它那閃亮的黑色烤漆和一身整齊灰色套裝的司機讓事情一舉搞定。它很像公家車,她在晚間新聞上看過這種車。

接著輪到李奇搜尋合適的地點,許多不錯的候選地點都被否決了,最後有一家被挑中,一家芝加哥傳統咖啡館——或許只由某位可敬的孫子兼繼承人謹慎地翻新了一下。氣氛舒適宜人,所有必要設施一應俱全,包括就近停車、內部座位和掛在牆上的電視機。

麥肯的鄰居似乎十分滿意，也許它讓她想起以前常去的館子。她彎著細瘦的身子坐進一個包廂座，讓張在她身邊坐下，將她圍堵住。李奇在對面的椅子上大剌剌坐下，盡量收起殺氣地側著身體。

相互介紹之後，知道她是伊蓮娜・霍普金斯女士，寡婦，曾經是位大學實驗室研究員，不只具有技術專業，她熟悉的技術專業部分還曾經由她本人和她認識的人——或者聽說過的人，或者可能聽說過的人，如果她當初選擇了別的工作的話——利用百忙中的一點閒暇、以極小規模、極少量的方式寫成文章，她的職業生涯正巧遇上專門技術進展上的一個重要時期。

接著她說彼得・麥肯在她那棟公寓住了很多年，兩人因此建立起生硬、不定期、保持距離的好交情。她說她最後一次看見他是在三、四週前，這是常有的事，沒什麼好擔憂的。她極少出門，因此如果在走廊裡遇見他也完全是巧合。況且他經常不在家，往往一出門就是好幾天，她也不清楚他去了哪裡，她從來沒問過。她是他的鄰居，不是他妹妹。沒錯，他是不太開心，不如意的事還真不少。

咖啡館牆上的電視機正播放本地新聞，李奇不時從眼角瞄一下。霍普金斯太太點了咖啡和一片蛋糕，張告訴她麥肯先生可能陷入了某種困境，沒人了解的困境，她了解嗎？

她不了解。

李奇問：「他可曾對什麼事情困擾不安？」

「什麼時候？」她問。

「這陣子。」

「有的，我想應該是有。」

「為時多久？」

「就最近這六個月。」

外頭，遙遠的警笛聲和低沉的直升機螺旋槳轉動聲從大約一哩外的地方傳來。李奇問：「妳可知道麥肯先生遇上了什麼麻煩？」

「我不知道，我們很少談私人的事。」

「會不會跟他兒子有關？」

「不無可能，不過他兒子的問題已經持續很長一段時間了。」

電視機上是一架直升機在綠地上盤旋的畫面。綠樹，一座公園。

李奇問：「他兒子究竟有什麼問題？」

霍普金斯太太說：「他沒細說。」

「妳知不知道他雇用了一名私家偵探？」

「我知道他打算採取具體行動。」

「關於什麼事？」

「我也不清楚。」

「以妳的背景和他熱中的興趣來看，妳和他可曾談過技術專業方面的事？」

「有的，我們經常聊技術專業的相關話題，一邊喝咖啡、吃點心一邊聊，就像現在這樣。我們會一起探討各種議題，聊得相當愉快。我協助他理解基本理論架構，他協助我了解它們目前的應用狀況。」

「他的困擾是關於技術專業上的嗎？」

「我想不完全是，不過有些技術層面的東西。」

「和網路有關嗎？」

電視上，搖晃的綠地畫面底下是跑馬燈，上面的字幕寫著：公園發現槍擊受害者。

老太太抬起頭來，說：「遛狗人做的吧，大概是，我想通常都是這樣的，公園裡。」

李奇說：「麥肯是對網路的哪方面感興趣？」

「有些方面他想要了解。和所有門外漢一樣，他總是用物理名詞來想像網路，就好像網路是一座塞滿了漂浮網球的游泳池，這些網球自然就代表著一個個網址。當然這是錯誤的。網址並非實體的東西，網路也沒有物質實體，沒有維度，沒有邊界，沒有上或下，沒有近或遠，儘管有些人會辯說它有質量，數位訊號全部都是零與一，意思是記憶單元要不就通電，要不沒通電。而通電就是能量，所以如果我們相信愛因斯坦的$E = mc^2$，這裡的E是能量，m是質量，c是光速；那麼我們也必然能相信m等於E除以c^2，同樣的方程式，只是寫法不同，意思也就是說電荷具有可偵測的質量。你在手機裡儲存的歌曲和照片越多，它就越重。雖然只重了一盎司的極小一部分的幾千億兆分之一，但還是重了。」

電視上，在直升機上的攝影機鏡頭往一處低矮的灌木叢拉近。它的周圍站了好幾個制服員警，並且拉上了封鎖線，地上似乎躺著一個若隱若現的人體，黑色鞋子和黑色褲管，被濃密的枝椏遮住，跑馬燈字幕仍然寫著：公園發現槍擊受害者。

李奇問：「麥肯究竟想知道什麼呢？」

老婦人說：「他想知道為什麼有些網站無法被找到。這基本上是搜索引擎的問題，這時游泳池的意象就變得很有用了。他想像有幾百萬顆網球，有些浮在水面，有些被其他球的重量壓得沉在深水中，因此我要他把搜索引擎想像成一條長長的絲帶，在那些球當中上上下下、來來回回穿梭，以超高速度滑過它們毛茸茸的表面。接著想像有些球適應了，絨毛變成了像釣魚鉤一樣的尖刺，有些球適應的結果則是完全沒有絨毛，像撞球一樣光溜溜的，那絲帶能捕獲什麼呢？當然是那些有鉤刺的，那些球就全部滑走了。這是彼得必須了解的搜索引擎的特性，它是一條雙向道路，必須是網址想要被找到才行，它必須努力發展出有效的鉤刺。他們把這叫做『搜尋引擎優化』（SEO，search engine optimization），這是當今一個很重要的課題。也就是說，球也必須很努力才行，要待在暗處也是不簡單的。」

張說：「秘密網站通常意謂著不合法。」

「的確，」老婦人說：「或者不道德吧，我想，或者兩者兼有。這類事情我不懂，不過可以想像色情是其中最不堪的一種，或者網購古柯鹼之類的。這叫『深網』，所有那些光溜溜的球，幾百萬顆，沒有尖刺，沒有鉤子，不受任何監督地在暗地裡進行他們的交易。『深網』或許有表面網路的十倍大，甚至更大，沒人知道。怎麼可能知道呢？當然，可別把它和『暗網』（Dark Web）混淆了，『暗網』只是一些連結失效的過期網址，就像廢棄衛星在太空中不停打轉。這也使得『暗網』比較像古代考古學，而『深網』就像出軌的網路。當然你也了解，並不是真的有明暗、深淺，或者真的在軌道的哪一邊。網路不是有形的場所，完全沒有一點物理上的特性。」

電視螢幕上，一輛救護車進入俯拍鏡頭，緩緩駛過草坪，警示燈落寞地閃著，後面跟著一輛看來像是驗屍官專車的車子。幾個人下車，和員警會合。

張說：「所以我們該如何找到那些秘密網站？」

「找不到，」老婦人說：「總之，從外部是找不到的。不能用搜索引擎，因為這些網站很滑溜。必須要有正確的網址，不能只有CoffeeShop.com，而是必須像CoffeeShop123xyz.com之類的。當然，現實上或許更難，一個網頁位址加上一組超安全密碼，缺一不可，這樣的位址是在某些社群中透過口耳傳遞的。」

電視螢幕上，一輛深藍色維多利亞皇冠顛簸地駛過草坪然後煞住，兩名穿套裝的男子下了車，大概是警探吧。跑馬燈字幕改為：**林肯公園謀殺案**。李奇聽見大約一哩外的天空出現更多直升機。媒體競爭對手，趕來湊熱鬧了。

他問：「麥肯可曾告訴妳，他在尋找什麼樣的網站？」

老婦人說：「沒有。」

螢幕上，一群人在草地上的黑衣人體旁邊蹲下。警探和法醫，李奇想。他了解他們的程序，他曾經好幾次在躺平的屍體旁邊蹲下，有些還活著，這個死了，他知道。沒有急迫感，沒有推擠，沒有大叫大嚷，沒有急救背板，沒有靜脈注射點滴，沒有呼吸插管，沒有心肺復甦術。

林肯公園謀殺案。

老婦人說：「那是彼得，對嗎？不然你們為何一直問我關於他的事？不然調查局為何會突然對我產生興趣？」

兩個問題張都沒回答，李奇也沒說話，因為在老婦人說話的同時，電視畫面有了變化。鏡頭轉向一棟房子，位在一條平凡街道上的一棟平凡的褐石房子。彼得・麥肯的褐石房子，老婦人住的房子。他們剛剛才去過，很容易辨認，很眼熟。它的門口被閃個不停的紅色警車燈照得通亮。一群警察奔上門前台階。

現在要追查出他的住處還太早了，公園裡的警察甚至都還沒檢查麥肯的口袋，他們還沒找到皮夾，還沒察看駕照，還不知道他是誰，當然更不知道他住哪裡，他們還在等法醫確認完畢。李奇知道他們的作業方式，他曾經好幾次在現場閒著沒事幹，在那兒乾等。必須等正式宣告死亡，遺體才會成為證物。

還沒追查到那裡，是另一樁案子，跑馬燈變成：**反恐警察攻入芝加哥住宅**。

李奇回頭看老婦人，問她：「妳打電話報警了？」

老婦人說：「是的，我報警了。」

「什麼時候？」

「我對著你們關上房門之後。」

「為什麼？」

「我不喜歡你們的樣子。」

「兩個都不喜歡？」

「尤其是你，你看起來不像你說的那種人，不像電視上的調查局探員。」

「我是臥底的，假裝成壞蛋。」

「你演得太像了。」

「所以妳就報警了。」

「想都沒想。」

「妳怎麼說的？」

「說我家出現武裝恐怖分子。」

「為何這麼說？」

「這裡是芝加哥，只有這樣他們才會在四小時之內趕來。」

張說：「我們或許該走了。」

李奇說：「不，再待一下子。多待五分鐘無妨。」

他們追加咖啡，老婦人又點了蛋糕，李奇和張也跟著點了，陪她一起吃。電視畫面變為分割鏡頭，公園在左邊，房子在右邊，兩邊的字幕帶分別寫著林肯公園謀殺案和恐攻警戒，兩行字幕居中排列在寫著：警方忙碌的一日的主字幕上方。

第二杯咖啡和第一杯一樣美味，蛋糕也是。一只屍袋出現在公園裡，而一輛救護車趕到了住宅前。屍袋拉鍊被拉上，然後抬上法醫專車，幾名救護技術員下了救護車，跑上門前台階，進了屋子，片刻後他們用擔架抬著一名受傷的男子出來，應該是海克特吧，儘管不太容易分辨。那人頸子以上纏了繃帶，好像埃及木乃伊，衣服上還蓋了床單。

接著，就像電影裡的慢速視覺效果，那些警察驅車離開了公園，漫長的四分鐘後他們出現在住宅前，坐在同樣的警車裡，直接從螢幕左邊跑到了右邊，電子影像的短短跳躍，卻是現實世界中的一趟迂迴旅程。同樣的幾名警探下了車，衝上台階，進了屋子。一分鐘後他們又出來，火急地講著手機。

字幕變為：警方表示兩案恐有關聯。

李奇說：「女士，非常遺憾妳的好友遭遇不幸，也非常遺憾妳得忍受諸多侵擾，芝加哥警局將會找妳問話，而那和電視劇的情節可能不太一樣，調查局不會突然介入，接手他們的案子。我們不能干擾他們辦案。因此我們希望妳千萬別透露我們找妳談過，事涉高度敏感，最好絕口不提關於我們的事，甚至稍早進過那屋子的事也別說，不需要讓他們知道我們比他們搶先一步。」

「你是在要求我對他們說謊？」

「如果他們問我，是誰通報他們有恐怖分子，以及原因，我也會為妳說謊的。」

「好吧，那我也一樣。」老婦人說。

「妳真的不清楚麥肯究竟遇上什麼麻煩？」

「我說過，我是他的鄰居，不是他妹妹，你們真的應該去問她。」

「誰？」

「他妹妹。」

「他有妹妹？」

「我不是告訴你了。」

「我以為妳只是打個比方。」

「不，是真的，他們非常親近，她肯定是他傾吐秘密的對象。」

37

他們用城市車送霍普金斯太太回家，並告訴司機這是他這一天的最後一趟行程，之後他就下班了，可以回家，或者回車庫，或者任何該去的地方。那人雀躍地接受這消息，不過李奇猜想他的最後一趟行程可能不會太輕鬆。他們可能沒辦法順利抵達目的地，他們可能會開到距離老婦人家幾條街以外的地方，然後遇上路障，要是她能出示有名字或住址的證件，他們會允許她步行回家，或者坐上一輛真正的公務車的後座，這得看他們是否急著找受害者的鄰居問話。無論如何，最後她都會舒舒服服坐在家裡，有喝不完的水和咖啡，和客氣的年輕女警談話。

安全得很。

張打開手機，同樣安全得很。海克特的監聽行動已經結束，至少暫時是停止了。他們需要地圖、衛星圖、航班表，還有搜索引擎。霍普金斯太太告訴他們彼得·麥肯的妹妹名叫麗迪亞·萊爾，比他年輕好幾歲，丈夫是醫生，住在亞利桑那州鳳凰城的高級郊區。她的丈夫十分富有，但是麥肯對她除了聆聽時間之外別無所求。他們有她的居住地址，在老婦人隨手寫在紙條上的秘誕卡寄送名單上，她至今仍把這紙條夾在皮包內的一本口袋日誌裡，可是沒有電話號碼，張用電話找到她丈夫的診所，可是總機不肯說出他家裡的電話。電話公司的資料庫顯示這支電話沒登記，無論是丈夫或妻子也都沒有出現在張的秘密檔案庫裡。Google搜索也沒有任何結果，只找到一張這對夫妻參加慈善活動的無關痛癢的照片，伊凡・萊爾醫生伉儷，腎臟基金會。他打黑色領帶，她穿晚宴服。她看來相當健康，容光煥發，牙齒白得不得了。

接下來他們面臨三種選擇：他們需要在多久時間內趕到鳳凰城？他們能花多久時間等候金卡班機？以及警方多久會對他妹妹發出通知。如果警方通知親屬，第一順位不會是她，而是他兒子。他才是他們關注的重點，他們會最早通知他。找到他之後，他們會讓他去通知他姑姑，這是他的義務，他或許會也或許不會履行義務，看他的配合程度。

這表示無論是哪一種情況，都意謂著當他們飛抵鳳凰城，她可能已經也可能還沒接到電話。無論是哪一種結果也都還好。噩耗就是噩耗，早知道晚知道都一樣。只要她還來不及擬訂計畫飛到芝加哥去親自打理一切，就沒問題。他們必須趁她還沒這麼做，趁她還沒受到受害者輔助員或者好心親友的指點，而決定三緘其口之前找到她。

最好的移動方式是脫離張的舒適圈，改搭她沒有金卡會員資格的航班，這是最可行也是最圓滿的選項，讓他們剛好有足夠時間回半島飯店去把P7手槍處理掉，順便拿張的行李。還有一件事，他們打開從海克特身上搜來的手機，察看通聯紀錄。所有來電都是同一個號碼，區號是四八〇。

張察看她的電腦。

她說：「這支手機位在亞利桑那州鳳凰城，我們這會兒要去的地方。」

張匆匆和她的電話公司線民進行了一次昂貴的交涉之後，他們得知這個鳳凰城的電話號碼屬於一支預付手機，是一週前在當地的亞利桑那沃瑪百貨買的，馬上就在沃瑪外面的停車場註冊，而且是用現金購買——在任何時候，每六個消費者當中就會有一個這麼做——這樣的購買行為或許暗示，這名消費者相當習慣於秘密通話的思考和做法。

李奇說：「他很快就會放棄這號碼的，他會換一個新號碼。」

張點頭。「等海克特沒有依約打電話給他的時候，或者等他打開CNN，看見這裡的情況的時候。」

「所以也許我們應該先打給他，趁現在還打得通。」

「要說什麼呢？」

「只要能取得優勢，我們得給他來個措手不及，只要有助益的我們都該把握。」

「你想激怒他。」

「無妨，最好讓他亂成一團。」

「好吧，試試看。」

他打開海克特的手機，找到通話頁面，按下綠色鈕。他聽見手中的門號和對方的號碼連上線，接著他聽見一聲短促的嘶嘶靜音，接著聽見鈴聲。

接著他聽見有人接聽。

一個聲音說：「喂？」

男人的聲音，發自大胸腔和厚實的頸子，音節有點短，飽滿的嗓音由於氣喘吁吁的急促和熱切而減損了幾分，還帶了點期待，像是吞嚥或喘氣。這個人有來電顯示，而且他想聽海克特回報消息，想得不得了，馬上就要知道，這點顯而易見，大概等不及要大肆慶功了。

李奇說：「我不是海克特。」

那人頓了一下，接著說：「原來如此。」

「我是傑克・李奇。」

沒有回應。

「海克特解決了麥肯，可是沒解決掉我們。事實上，我們把他給解決了。他很優，但還不夠優。」

那聲音說：「海克特現在人呢？」

平板單調的口音。也許是東歐人，無疑是大塊頭，也許是白皮膚的豐滿型，或許有點氣短。

李奇說：「海克特在醫院裡，不過被銬在床上，因為警方比醫生先找到他，就在芝加哥這裡。我們拿了他的手機和備用手槍，不過把他用來殺害麥肯的那把槍留給了他，他在一棟疑似恐怖分子巢穴的屋子裡昏迷不醒，警方就是在那裡找到他的。我知道你要問什麼，因為訊息錯誤，他們被誤導了，不過這麼一來他們勢必會對他嚴加拷問，他們會告訴他關達納摩監獄在等著他，要不也會被引渡到一些無法無天的地方去。他肯定會毫不猶豫把你供出來作交換條件，畢竟不管你會給他多少苦頭吃，在這方面警方絕不會輸給你的，所以你最好提防著點。另外你也得提防著我們，是你起的頭，這太蠢了，因為你輸定了，而且會奇慘無比。我們會把你打到不成人形，讓你生出一堆笨小孩。」

「是嗎？」

「我們已經把海克特打敗，兩三下就把他給撂倒，他是你手下最厲害的一個？為了你好，希望不是，因為下一個就輪到你了。我們知道你的名字，也知道你住哪裡，我們已經在路上了，開始準備保住自己的小命吧。」

電話那頭的人深吸了口氣，彷彿還想說什麼，或許還不少，但終究什麼都沒說，直到掛了電話。李奇再沒聽見半點聲音，他想像手機的晶片被撬開，被粗鈍的拇指指甲壓成兩半然後丟進垃圾桶。

張問：「他是誰？」

李奇說：「這人話不多，只說了九個字，不過聽聲音應該是個壯漢，俄國人，很善於言詞，而且相當聰明。」

「俄國人？」

「那一帶的人，喬治亞或烏克蘭，就那些新國家。」

「只說了九個字，叫善於言詞？」

「我對他說我不是海克特，他說原來如此。慎重又冷靜，或者想藉著這麼說來製造慎重冷靜的形象，這人非常了解文字所能表達的意涵。」

「我們真的知道他的名字和住處？」

「我或許有點美化了我們的處境，或者為了面子稍微誇大了點，這就像弄假直到成真，因為我們遲早會知道，總有辦法的，也許妳的線民會找出他所有的通話地點，畢竟這個號碼只用了一星期，不可能跑到離家太遠的地方去打，我們可以集中火力搜索。」

「這個情報會不會導向肢體傷害或者重大損傷？」

「這正是我們的目的所在。」

「那麼我的電話公司線民不會配合，這是他的條件。」

「妳非告訴他不可嗎？」

「事後他自然會推敲前因後果，然後他會去找別的合作對象，我不能讓這種事發生。」

「就算為了基佛也不行？」

「他會諒解的，所以你也該諒解。凡事都有個規矩，說好的條件不能反悔。」

「我可以接受，」李奇說：「我想我們應該可以想出別的法子來，等我們和這位妹妹談過，也許她會替我們找到辦法，就看她知道多少內情，以及那對我們是否有幫助。」

「不可能有別的辦法了。這已經不是發生在麥田裡的小事了。海克特是從加州來的，他在伊利諾州有槍械來源，而他的主子在亞利桑那州。這是全國性組織，他們肯定會到機場監控，你都告訴他我們會去找他了。」

「所以我才告訴他的，只有這樣才能找到他們。」

「太危險了。」

「沒有什麼是不危險的，搭飛機也有風險，所有其他乘客都有手機。想想有多少歌曲和照片，想想多出來的質量。」

結果噴射引擎輕鬆應付了機上所有手機質量的挑戰。他們的飛機平穩起飛接著展開航程，就像當天國內所有最繁忙機場的每一架飛機。李奇很有把握他們沒被跟蹤，至少在機場保安區內沒有，可是他們的真名被輸入了機場電腦，他們的電子旅行證（ETA）也已經到處流傳。作最好的期待，抱最壞的打算。

他們坐在機翼前緣線上方的兩個相鄰座位，靠窗和中間，不是靠近逃生出口的那排。那是在他們後面兩排的地方。李奇坐靠窗的位子，張自願坐中間。她旁邊靠走道的位子坐著一個戴耳機的女人。

李奇說：「我在想那對莫納罕堂兄弟，或者隨便什麼關係的那兩人。」

張說：「然後呢？」

「他們有兩個人，可是他們加起來都還遠遠不及海克特一個人難應付。」

「你感覺如何?」

「像挨了三頓揍,我的意思就在這裡,以前我可是一次都沒被揍過。我同意妳說的,海克特來自加州,在伊利諾州有槍械供應人,主子在亞利桑那州,這的確是全國性組織,可是我怎麼也看不出母之安息鎮會是它的一部分。那些人的水平太低了,不可能是地方支部,他們會成為組織鏈最弱的一環,他們的處境會非常尷尬。」

「那他們是什麼人?」

「大概是客戶吧,」李奇說:「麥肯雇用了基佛,也許母之安息鎮也找了幫手。說不定那群壞蛋將打手業務外包給全國性組織,說不定他們什麼東西都外包,有何不可?這是服務經濟的時代。」

張說:「那麼理論上這位妹妹可就危險了,因為組織的運作十分嚴謹,他們會要求詳盡的簡報。母之安息鎮的人知不知道麥肯和他妹妹談過?如果知道,她必然也在簡報中。她是麻煩人物,因為我們也是。而我們就要會面了,組織可不喜歡兩個麻煩人物碰面,全力防堵風聲走漏對他們來說太重要了。」

李奇沒說話。

張說:「怎麼?」

「我想說的是,我相信這位妹妹沒事的。我是說,照常理應該會沒事。基佛只在小鎮待了幾天,這會兒我們竟然擔心起有人知道他客戶妹妹的地址?可能性實在太小了,微乎其微。」

「可是?」

「搭飛機會讓人有一種無力感,容易胡思亂想。」

鳳凰城的機場有個十分貼切的名稱:天港(Sky Harbor)國際機場,而它的確是個安全的空港，至少保安區內很安全，因為有金屬探測器。非保安區就很難說了。因此李奇和張下了飛機，避開保安區出口，走向遠處的入境大門。他們在這裡找到一家咖啡館，坐在高腳椅上等待。等最後一個搭上旅館巴士的芝加哥旅客，等到所有來接芝加哥旅客的人都打道回府。

接著他們開始閒晃，慢吞吞地瀏覽商店，邊留意是否有熟面孔、接獲電話威脅的警戒表情，可是什麼也都沒發現。機場空間極大，人群卻稀稀落落，人人神情輕鬆。離開芝加哥之後感覺像假日。他們在保安區出口附近逗留，欣賞著鞋子、運動衫和土耳其石首飾，直到下一個航班抵達，一群下飛機的旅客湧進來，大約有百來個，帶著百來只隨身行李，大概是明尼蘇達州來的吧，李奇心想。他和張悄悄混進最後幾個人當中，跟著鬆散的移動人群匆匆通過行李大廳，離開最後的空調享受，走出航廈到了計程車站，走入火爐般的烈陽下。可是他們只在酷熱中等了一分鐘。沒人注意他們，沒人顯得躁動不安，沒人多看他們一眼，也沒人撇頭。

他們搭計程車到租車處，沒人跟蹤。李奇沒有駕照，因此由張排隊租了輛中型雪佛蘭。平凡的白色，為了便於隱匿，而且裝有ＧＰＳ，可以到處跑。他們在服務窗口等候，邊掃描前方。路邊沒有怠速中的車子，附近沒有其他人。天氣太熱不適合步行。

他們漫無目的開了十分鐘，接著打開ＧＰＳ搜尋麥肯妹妹和她的醫生丈夫居住的高級郊區。他們找到新聞電台，可是沒有芝加哥的消息。顯然還太早了。鳳凰城自己的問題已經夠多了。ＧＰＳ帶著他們往北走，接著往東朝斯科茨代爾市前進，接著轉入一條通往其他街道的郊區街道，最後來到目的地的新社區。

它的入口有警衛室。

這座警衛室搭建得美輪美奐，有著斜脊屋頂和仙人掌盆栽，右邊一排紅色條紋路障，左邊一排紅色條紋路障，像隻張著細瘦翅膀的胖鳥。

一個封閉型社區。有錢人，繳稅大戶，政治獻金捐款人，這些人可以一通電話找到馬里科帕郡警長。

他們在一百碼以外的路邊等著。

下午三點，芝加哥的五點。

玻璃窗口內有一名警衛。

張說：「要是她已經聽說她哥哥的事，我們絕不可能進得去，因為警衛會先打電話通報她，他肯定會那麼做的。」

李奇說：「妳有調查局證件。」

「又不是徽章，他懂得分辨的。」

「他只是安全警衛。」

「只要是會呼吸的活人都看得出來。」

「霍普金斯太太很吃這一套。」

「不同世代，對政府的本能反應也不同。」

李奇沒說話。

張說：「你還好吧？」

「頭很痛。」

「你想做什麼？」

「咱們想辦法進去。」

「好，不過一有狀況我們就撤退，留一口氣，改天再戰。這位妹妹是重要橋梁，千萬不能把它丟了。」

她往前開然後轉入車道，在路障前停車，就在玻璃滑門隔牆旁邊。她打開車窗，撩了下長髮，轉過頭去微微一笑，說：「我們來找伊凡・萊爾醫生夫婦。」

安全警衛是個上了年紀的白人，一身灰色聚脂纖維布料制服，短袖襯衫下露出細瘦、斑斑點點的臂膀。

他按下一顆紅色鈕。

他說：「兩位下午愉快。」

路障升起。

張把車開過去。她關上車窗說：「我絕不會花錢請那樣的保全。」

李奇說：「不過造景倒是做得不錯。」

的確。眼前沒有半片草坪，沒有任何需要水的東西。幾條用石頭巧妙鋪設的河流，刀鋒般的仙人掌圖形劃過其中，還有一抹抹淡紅色花卉以及許多尚未被乾燥空氣腐蝕、仍然晶亮的鋼鐵雕塑。這裡的地勢平坦，土地廣大，各棟房子分別坐落在不同角度，向著各方，彷彿是偶然來到這場景。

李奇說：「應該就在左前方，大約四分之一哩。」

那是聚集了許多車子的地方。各式車種，各種車款，各種顏色。多數都是高級車，緊挨著停靠在車道上，成三橫三縱排列，前後相連著湧到外面街道，彼此簇擁著，密實地擠在一起，大大小小參差不齊，前方是空的路邊石，後方也是空的路邊石，就好像那個地點的房子磁力特別強。

總共約有三十部車子。

難怪路障不容質疑地豎起了。

入口有一塊告示。

聚會。

別墅宴會。

或者雞尾酒宴，或者游泳池派對，總之是能夠在悶熱的下午三點把三十輛車子給吸引來的聚會。

擁擠車道盡頭的信箱上寫著：萊爾夫婦的窩。

張把車停在靠路邊的最後一輛車子後面。兩人在熱氣中下了車，回頭看。房子本身十分漂亮，寬敞氣派，只有一層樓高，複合式屋頂，部分是泥磚，部分是粗獷的狩獵屋型式，招搖得至少透露了財富和品味，然而以多數標準來說其實一點都不招搖。凡是發生在屋子裡的也同樣發生在後院，不過看不見，因為院子四周有一道人頭高的圍牆。建築特色之一，在外觀上和房子融為一體。同樣的側壁，同樣的顏色，這群人也同樣是物以類聚。前院是開放的，可是後院圍得密不透風，隱密，什麼都看不見，不過李奇依稀聽見游泳池的聲音，可以聽見潑水聲和在水中叫喊的模糊人聲，游泳池裡常有的各種聲音。喘不過氣來，被冷水潑得驚叫。相當合理，因為這時是下午三點，氣溫又超過一百度。否則大家是為了什麼而來呢？游泳池，庭院，也許再加上廚房和家庭活動室，在拉門間進進出出，冰桶裡塞滿啤酒罐。

「以前我們在局裡作過研究，事實上跟霍普金斯太太一樣，我也寫過一些東西，是一項關於汽車的研究，我們計算出停在任何場所外面的車子的價值，和裡頭金錢轉手數額之間的比率。」

李奇說：「妳認為那裡頭有金錢轉手的情況？」

「不，我只是想告訴你，根據我辛苦得來的汽車估價專業，我認為那裡面有手頭極為闊綽的人在場，而且分子相當混雜。這裡不只有拉風的車，也有一些家庭房車，甚至還有辦公車，直接從公司開過來，相當有分量的一群人。」

他們走近了點。

後院圍牆有一道柵門，在車庫附近，寬度足夠開著割草機進出。大概是多年前由一位以為大家都喜歡草坪的建築師設置的，目前只供作平常進出使用。門外有一條造景小徑，石頭小河，及膝高的太陽能燈，那道柵門敞開約一呎寬，裡頭的人群隱約可見，擠成一堆，輕飄飄，亮晃晃。

一個女人從柵門裡走出來。

拎著手提包走向她的車子，輕快、匆忙而正經。

不是麥肯的妹妹。也許是朋友或鄰居，派對的共同主辦人或共同籌劃人。

步伐快速。

越來越近。

停下來，微笑。

說：「哈囉，歡迎兩位前來，請進。」

說著繼續走向她的車子。

38

李奇和張走上那條造景小徑，經過許多植栽，從幾盞太陽能燈之間通過柵門，進了後院。他們看見一片寬廣壯麗的長方形沙漠景觀，裡頭有乘涼用的木棚和葡萄藤蔓，還有巨大的紅陶花盆和吐出花朵的翻倒的雙耳細頸瓶，還有一株株巍然聳立在砂礫層上的巨型仙人掌。他們看見一座深色灰泥游泳池，打造成天然池塘的形狀，周邊圍著岩石，由幾處嘩嘩流下的小水瀑供水。他們看見許多上了很多油的柚木家具，上頭擺著五顏六色的軟墊，還有遮陽傘和戶外餐桌。

他們大約看見四十個人，有男有女，有老有少，有的穿著鮮亮的亞利桑那服裝，有的穿泳裝，有的穿著罩衫，全都三五成群，抓著餐盤和酒杯說說笑笑。有些人身上是濕的，有些人還在水裡，只冒出頭來聊天，或者漂浮著，或者到處胡鬧。在一株葡萄藤底下的餐桌旁坐著一個年約三十的年輕女人，修長輕盈，金棕色皮膚，一身比基尼外搭薄襯衫，輕鬆笑著，但非常亮眼，同時在一種心照不宣的默契中成為眾人關注的焦點。在她後方的一側站著一名男子，灰髮但保養得宜，身穿卡其短褲和鮮豔的夏威夷襯衫，她背後另一側是一位有著明亮眼睛和開朗笑容、穿著淡色亞麻及踝連身裙的深色頭髮女人。從三人之間流露的親暱自在看來，這顯然是一個女兒和她的雙親，而張用手機找到的那張Google舊照顯示，這對雙親正是伊凡・萊爾醫生夫婦。

李奇謹慎地指了指。「妳看那裡。」

屋子附近有一張長桌，上頭堆滿了禮物，大部分是大大的方盒子形狀，全部用白色和銀色的單色包裝紙和絲帶捆紮。

張說：「這是一場婚宴。」

「看來應該是，」李奇說：「大概是他們女兒的，桌邊那女孩，算起來是麥肯的甥女。」

這時麥肯的妹妹開始走動，在最後一陣大笑、微笑並且溫柔捏了下女兒的肩膀之後，她在一群群客人之間穿梭，又說又聊，熱絡地微笑、親吻，沉浸在無比的快活之中。

張說：「她還不知道芝加哥的事，怎麼可能知道？」

李奇沒說話。

麥肯的妹妹繼續走動，向一群群客人招呼，隨手從路過服務生手中的托盤拿起一杯酒，一手搭在某人肩上，又把酒杯放回其他托盤。接著她瞥見李奇和張孤單又彆扭地站在柵門附近，他們穿的衣服以質感來說稍嫌不足，以量來說卻又嫌太多，陌生又來路不明的兩個人。於是她變換路線，朝他們走來，仍然笑盈盈地，眼神依然明朗，臉上堆著快活女主人的歡迎表情。

張悄聲說：「不能告訴她，等等再說。」

女人走近，伸出一隻塗了指甲油的纖纖玉手。「我們見過嗎？我是麗迪亞・萊爾。」她看來就像Google照片裡參加慈善晚宴的她，十足貴氣，張搖搖頭，報上名字，李奇也自我介紹。女人說：「我得問兩位一個我問了整個下午的問題，你們是我女兒的同學還是同事？當然，倒也不是說這有什麼差別，大家都可以來參加，但是說一下無妨。」

李奇說：「女士，我們是為了別的事情來的，也許我們應該過一會兒再來，我們不想破壞了人家的婚禮，可能會招來七年厄運。」

女人笑笑。

「我想打破鏡子才會，」她說：「況且這並不是婚禮，還差得遠呢，還不算數。只是新娘單方面在婚禮喜宴前舉行的一種小型派對之類的東西，讓大家可以在本週其他活動之前先互相認識一下，好讓週末的重頭戲可以辦得熱熱鬧鬧的。我女兒說現在大家都這麼做，不過你也知道這年頭，婚禮比婚姻更長久。」

說著一陣大笑，彷彿深信她的笑話不會應驗在她身上，彷彿深信她女兒的婚姻將會長長久久。

張問：「今晚會不會比較方便些？」

「可以告訴我是哪方面的事嗎？」

「令兄彼得。」

「噢，真是，很抱歉，我想你們是白跑一趟了，他不在這裡，他沒來。當然，我們希望他能來，不過要飛很長一段距離，你們怎麼認識彼得的呢？」

「方便的話，今晚再好好向妳解釋，妳已經被我們耽擱了，我們已經叨擾妳太多時間，也該讓妳回去招呼客人了。」

麥肯的妹妹感激地笑笑，正要轉身離開，可是忽然想到什麼，回過頭來，神情大變。她說：「彼得遇上麻煩了？你們是警察人員？」

身為一個有原則的女人，張做了她唯一能做的事，就是迴避這兩個問題，然後用一個勉強可稱為答案的聲明來回應。她說：「我們是私人調查員。」

「基佛派你們來的？」

「女士，這下我們真的非談談不可了，但我們又不能把妳拖離開這裡。」

「彼得有麻煩了？」

張還是用老方法。她說：「女士，我們是來請益的，我們這次來是想請妳談談彼得的事。」

麥肯的妹妹說：「跟我來吧。」

他們通過屋子來到一間暗色嵌板裝潢的書房，門窗關得密不透光，備有幾張皮革扶手椅和一座卵石壁爐。他們坐下，兩個女人近得幾乎膝碰膝，李奇則向後仰。麥肯的妹妹問：「我該從哪裡說起？」

李奇說：「說說妳對基佛有多少了解。」

「顯然，我沒見過他，可是彼得很喜歡討論事情，所以在他挑人的過程中，我覺得我有必要對那些候選人多少了解一點。」

「有多少候選人？」

「至少八個。」

「花了多久時間挑選？」

「將近六週。」

「相當嚴格。」

「彼得就是這樣。」

「你們多常聊天？」

「幾乎每天。」

「每次通話大概多久？」

「有時候一個鐘頭。」

「相當久。」

「他是我哥哥，他很孤單。」

「他為什麼需要請私家偵探？」

「因為他兒子，我姪子，邁可。」

「有人說他有些問題。」

「這麼說不對，這是『難纏』的客氣說法。可是難纏也是另一種更糟糕字眼的客氣說法，邁可的問題遠遠不是難纏二字可以形容。」

「那正確的用詞是？」

「邁可沒有走完整條裝配線，有幾樣東西沒拴上去。我不想責怪他母親，她身體不太好，生下他不到十年就死了。」

「少了什麼東西？」

「你開心嗎，李奇先生？」

「一般來說還不錯，目前我覺得相當開心。不過，和我們這會兒的談話內容無關。」

「從一到十，你這輩子最不開心的事大概是幾分？」

「四分吧。」

「最開心呢?」

「和理論上最開心的時候相比?」

「大概吧。」

「大約九分。」

「好的,最低四分最高九分。妳呢,張小姐?」

她沒有馬上回答。接著她說:「我最不開心的時候有三分,最開心的時候我想說八分,不過現在也許要改成九分吧。」

她說話時看著李奇,帶著某種特別的表情,麥肯的妹妹捕捉到那眼神。她說:「你們兩個上床了?」

沒有回應。「親愛的,要是你們上床了,肯定得打九分,這樣比較保險。不過不能再高了,十分會讓他們有表演焦慮。現在綜合兩位打的分數,我們得到的是從最低三或四分,一直到最高兩個九分之間的情緒擺盪,儘管其中一個九分實際上是八分,不過我們就別計較了吧。但是你們應該已經明白我的意思了,你們是正常人,就算你們是在兩分到七分之間擺盪,也仍然很正常,不過別人會覺得你們有點沉默寡言,了解嗎?」

張點頭。

「現在想像一下你們的指針卡在零,完全動不了,最低零最高也是零。邁可就是這樣。他天生不快樂,天生欠缺快樂的能力,連快樂是什麼的概念都沒有,他不知道有這東西。」

張說:「這情形叫什麼?」

「這年頭什麼東西都有名稱。彼得和我討論了不知道多少遍,沒有一種說法真正符合。我喜歡一個傳統的字彙，我認為這是憂鬱，可是聽起來太弱而且太消極。邁可是有情感深度的，只是範圍不大，你可以感覺愉悅或熱情，他也可以感受同樣的強度，但全都集中在零的狀態，不斷往下鑽。而且他很聰明，他完全清楚自己的狀況，結果呢，就是無止境的折磨。」

「他現在幾歲了？」

「三十五。」

「有些什麼外在跡象？他很難相處嗎？」

「正好相反，你幾乎感覺不到他的存在，他非常安靜，你要他做什麼他都照做，幾乎不講話。他可以坐在那裡好幾天盯著前方，咬嘴唇，眼睛瞄來瞄去。不然就用電腦，或者玩他的手機。沒有一丁點侵略性，也從來不會生氣，生氣多少也表示擁有情緒的廣度吧。」

「他能工作嗎？」

「這點一直是問題之一。他必須工作，這樣才有資格分配福利住宅，這是條件之一。而他也能工作，他擁有一些專長，可是人家常被他搞得筋疲力竭，他們不喜歡和他一起做事，會讓工作效率下降，最後往往得請他走人，他只好不斷跳槽。」

「他目前住哪？」

「目前沒住哪，他失蹤了。」

這時新娘走進來找她母親。比基尼外罩薄襯衫。彼得・麥肯的甥女，邁可・麥肯的表妹。就近看，她依然神采奕奕，豔光照人，趨近於完美。產前保養、產期前後保健、產後保養、兒科醫療、營養、教育、牙齒矯正、度假、大學、研究所、未婚夫，一樣也不缺。她的裝配線可說是走得非常到位。美國夢，一個絕佳的成功範例。她看起來很快樂，不是呆傻，不是癡笑，不是亢奮，不是腦袋空空，只是深沉寧靜地感到滿足，還有空間容納最高境界的狂喜。她的指針也許是從六到十吧，她擁有她表哥所欠缺的所有一切。

麥肯的妹妹和她一起到了外面的游泳池，答應她會盡快回去陪他們。李奇和張坐在幽暗的小房間裡，聽著由於牆壁和距離變得模糊的派對聲音。潑水聲、呼喊和酒杯碰撞聲，以及隆隆不絕的喃喃交談聲。張說：「我們應該給洛杉磯的魏斯伍德打個電話，讓他知道一下事情進展，已經說好了的，況且我們也需要再訂一家旅館。」

李奇說：「告訴他我們需要他手上關於『深網』的所有文章，所有筆記。或者乾脆要他到這兒來，當面解釋一下，因為我們可能看不懂他的筆記。出書版權歸他，他有錢搭飛機。」

張將手機設定好擴音功能，撥了電話，把事情一件件敘述給那個人聽，從上次在西好萊塢汽車旅館的最後一通電話之後發生的所有事情。她提到芝加哥，圖書館，夫妻經營的藥局，麥肯居住的街道，麥肯的房子，海克特，老鄰居，林肯公園命案，鳳凰城之行，最後這位妹妹。接著兒子，長期而言是陷在零和零之間，近期而言是失蹤了。

魏斯伍德說：「他們把這叫做快感缺乏症（anhedonia），欠缺體驗愉悅的能力。」

「這位妹妹形容得比這嚴重許多。」

「基佛的任務就是找到他然後帶他回家？」

「大概是吧，我們還沒談到那裡，被打斷了。」

「我看不出這跟『深網』或兩百人死亡有什麼關係，感覺比較像犯罪部門而不是科學部門的事，或者人類悲劇故事之類的。」

「也許三者都有，我們還不清楚。」

「你們住哪裡？」

「還沒決定。」

「好吧，等我到了再聯絡。」

電話掛斷。

李奇說：「顯然邁可花了不少時間用電腦，或者玩手機，也許就是這樣和『深網』扯上關係的。也許他經常登入什麼怪異的聊天室，也許他一直過著不為人知的秘密生活。」

「他是情緒低落，不是怪異。」

「情緒低落意思很清楚，就是被壓縮到正常狀態以下，也就是說它是有範圍的。可是邁可並沒有，這點很怪異，或者含蓄點說，很不尋常。可是她說他很聰明，也許線上有一些支援團體，也許他發起了一個這類團體。」

「為什麼需要秘密進行呢？」

「因為搜索引擎吧，我猜。雇主會在線上檢查，我在報上看過這類文章，而且也許不單是雇主，也許各種人都有，親友，或醫生。這年頭已經沒有隱私了，有些東西可能會回過頭來反咬你一口。假如邁可貼過一些留言，顯示他病情沒什麼改善，他很可能會沒地方可住，或者會有人認為他需要監護。」

房門打開，麗迪亞回到書房。彼得‧麥肯的妹妹，邁可‧麥肯的姑姑，新娘的母親。她在同一張椅子坐下，李奇問：「邁可怎麼會失蹤的？」

「說來話長。」她說。

母之安息鎮以南二十哩，那個穿燙平牛仔褲、頭髮吹整有型的男子又接了通固定電話。他的聯絡人說：「這次是你的失誤。」

「怎麼說？」

「有些事情你不知道。」

「什麼事？」

「我答應你絕不讓他們有機會和麥肯談話，而我也履行了，你不能和死人說話。不過得要付出代價，海克特完了。」

「怎麼會？」

「李奇修理了他一頓，或者和那女的聯手，總之就這樣。不應該發生這種事的，照理說絕無可能。」

「他死了嗎？」

「進了醫院。」

「你打算就這麼饒了他們？」

「當然不，我會殺一儆百。這一行可是很重形象的，競爭非常激烈，品牌力就是一切，我要跟你五五對分。」

「分什麼？」

「不讓他們僥倖脫逃的代價。」

穿牛仔褲、頭髮有型的男子頓了一下，接著說：「你沒讓他們和麥肯說上話，這點我很感激，這算是功勞一件。不過恕我直言，我們的合作已經結束，你對李奇或張的任何不快都已經是你個人的事了。」

「海克特被銬在醫院病床上，他已經被警方羈押了。」

「他知道多少？」

「零零碎碎的，可是他們無法證明什麼，海克特身上沒有任何證據。李奇偷了他的手機，他的電腦也都放在車子裡。那是我們在芝加哥的朋友提供的，連同一台驅動器。所以他的硬體還在我們手上。我們的手機監控程式已經恢復，張又開始打電話，剛剛才打給《洛杉磯時報》那傢伙，是從鳳凰城這裡的一個郊區地點打的。」

「為何在那裡？因為你？他們是去找你的？」

「李奇用海克特的手機打給我，說他們會來找我。反正這也是預料中的事。可是如果聽了張打到《洛杉磯時報》的電話，可就不會這麼想了，他們完全是為了別的理由而來的。」

「什麼理由？」

「有些事你不知道。」

「會讓你樂於和我五五對分的那類事情。」

「說吧。」

「彼得・麥肯有個妹妹，麗迪亞・麥肯，原本是，現在是麗迪亞・萊爾，丈夫是醫生。她就住在鳳凰城這裡，一個郊區的地段。這對兄妹經常聊天，麥肯什麼都告訴她。根據張剛剛告訴魏斯伍德的，很可能和這位妹妹談話也就等同於和麥肯本人談話。」

「我們不能讓這種事發生。」

「我們？」

「好吧，五五對分，沒問題。」

「很高興我們的看法一致。」

「不過還有一件事。」

「什麼事？」

「告訴我麥肯是怎麼死的。」

「海克特給了他一槍。」

「說仔細點。」

「今天一大早海克特去找他，拿槍威脅他走到公寓外面，到了當地的公園，那裡沒有半個人。他用一把裝了滅音器的九毫米手槍，對著麥肯的後腦勺開槍。」

「現場很慘嗎？」

「我不在。」

「子彈是從臉部穿出，可是麥肯已經先腦死了，不再有心跳，沒有血壓，很有效，但是不好看，你準備對李奇和張採取同樣的手法？」

「只要有用的我都會去做，五五對分，這代價可能相當高，因為別的不說，我們也得加緊腳步才行，他們說不定已經在談話了。」

39

邁可・麥肯的失蹤，起因是他突然想去奧克拉荷馬看看。有一天邁可用他一貫緩慢、猶豫不決、充滿挫折的態度宣布這消息。他父親沒有落入圈套開始瞎操心，當時沒有，沒有馬上，因為他知道不可能，這種事極少會發生。可是接著邁可宣布他搜索了奧克拉荷馬的福利住宅政策，打工族負擔得起的那種，和伊利諾州的不太一樣，可能會比較持久。

彼得・麥肯的感受十分複雜，最明顯的當然是想到邁可孤零零在一個陌生環境中遊蕩的那股強大的恐懼，但在那底下又潛藏著一小株樂觀的幼芽。邁可花在電腦上的時間總算有了點建設性，搜索了其他州的住宅政策，甚至得出了一個結論：可能會比較持久。幾乎像在擬定一項計畫。不用說這表現出明確的自發性，也是上進心的證明，很久以前曾經有個心理醫師說這是病情有起色的初步跡象。

因此總地來說，彼得・麥肯沒有大驚小怪。

他妹妹說：「當時邁可宣稱他有個朋友住在奧克拉荷馬，這可是大事，因為他一向沒什麼朋友，甚至連朋友兩個字都很少說，我們猜可能是透過網路論壇認識的，非常令人擔憂，但邁可畢竟已經三十五歲了，他不是智能不足，他的IQ相當高，他知道自己在做什麼，他不過就是情緒低落罷了。所以彼得只問了一些問題，忍著不去管他。」

李奇說：「後來呢？」

「邁可去了奧克拉荷馬，陶沙附近的一個小地方。一開始還傳簡訊，後來次數少了，可是據我們了解，他還好。後來他傳來簡訊，說他不久就會回家，沒說究竟什麼時候，也沒說原因，之後就沒有他的消息了。」

「彼得是什麼時候報警的？」

「在那之後不久，而且到處打電話求助。」

「包括白宮？」

「我勸他別那麼做，可是他實在是求救無門了，全美有五十萬個智能發展遲緩的街友，沒人會想要混在他們當中去找人。怎麼找？幹嘛找？邁可又沒有攻擊性，也沒有正在接受藥物治療，一點都不具危險性。」

「難道他們沒有起碼查一下他那位朋友？」

「我想你也知道他們會怎麼做，你當過警察，突然間你手上就只有一個無關緊要的人名，和一個沒人找得到的不清不楚的地址。」

「這麼說來那位朋友的身分還不確定?」

「連那人是男是女都沒人曉得。」

「那他的福利住宅呢?」

「根本沒有,顯然邁可是和這位身分不明的朋友住在一起,說不定沒工作,連打工都沒有。」

「後來呢?」

「彼得不願放棄,他開始自己進行調查,首先是向電話公司尋求協助,他固執起來是很可怕的。他們追蹤邁可的手機,他們發現他最後一天是往西南移動,從一個基地台移往另一個基地台,以大約五十哩的平均時速從陶沙附近往奧克拉荷馬市移動。彼得認為是用巴士,他認為邁可是從陶沙搭巴士前往奧克拉荷馬市。」

「為什麼?」

「為了搭火車到芝加哥。」

李奇點頭,返鄉火車。

這是必然的。

張說:「從奧克拉荷馬市出發的火車也有往其他地方的。」

麥肯的妹妹說:「彼得認為邁可會回家,他非常有把握。確實也是,一開始手機往北移動,方向和速度都沒錯,可是後來就關機了。」

「因為火車走遠了。我們也有過同樣的情況,最後一座基地台是在奧克拉荷馬市以北大約九十分鐘車程的地方,再過去就收不到訊號了。」

「可是它一直沒恢復。」

「彼得告訴警方了嗎？」

「當然。」

「他們怎麼說？」

「他們說是因為手機努力搜尋訊號，電池耗光了，接著邁可還沒來得及充電，手機就在芝加哥被偷了，他沒去找他爹不表示他沒回到城裡……等等。也有可能手機在陶沙或奧克拉荷馬市就被偷了，某人帶著它上了巴士接著搭火車，可是他不知道解鎖密碼，試了半天，最後把它扔了。其實邁可還在奧克拉荷馬市，或者根本跑到別的地方去了，也許是舊金山。」

李奇說：「為什麼是舊金山？」

麥肯的妹妹說：「舊金山有很多街友，警方認為那具有吸引力，他們認為大家會自動往那邊聚集，好像現在還是一九六七年嬉皮大集合的年代。」

「彼得如何評估這個可能性？」

「就只是一種可能性。」

「所以接著他雇用了基佛？」

「他開始著手調查。」

「上網搜索？」

「一開始是。」

李奇說：「說一下他對網路的興趣。」

這時她女兒又進來，告訴她母親客人準備離開了，於是母女兩人一起出去送客。李奇聽見屋外喧譁聲的頻率轉變為長而緩慢的道別聲調，接著聽見車門砰砰關上、引擎發動和車子駛離的聲音。

五分鐘後，屋子一片寂靜。

沒人回到門窗緊閉的書房。李奇和張在昏暗中等待。又過了五分鐘，沒有任何動靜。他們打開房門，往外看。一條內部走廊，空蕩蕩的。牆上掛著許多銀框照片，家族的故事，依時間順序排列。一對夫妻，一對夫妻和一個嬰兒，一對夫妻和一個幼兒，一對夫妻和一個小孩，一對夫妻和一個青少年。同樣的三個人隨著一幀幀照片越來越老。

沒有動靜。

沒有人聲，沒有腳步聲。

他們離開書房進了走廊，他們覺得自己有權這麼做，或者可以，或者起碼不算不妥當。客人都走了，不需要再躲躲藏藏。他們轉向感覺像是屋子中心的地方，謹慎安靜地一步步走著。那些銀框照片又出現。一批新照片，在新的位置，但還是同樣的老故事，一對夫妻和一個大學生，一對夫妻和一個手舉獎盃、身穿足球制服、滿身泥巴的大學生，一對夫妻和一個大學畢業生。

沒有人聲，沒有腳步聲。

他們繼續往前，經過一個備有軟墊隔音牆和一台巨大螢幕，直立式揚聲器林立的房間。還有三張分隔開來的椅子，每張都有自己的仰躺裝置，和自己的杯座。家庭劇院，這是李奇第一次在住家內看見這東西。

沒有動靜。

他們來到一間通往起居室的拱形前廳，屋子的建築在這裡從泥磚屋轉為狩獵小屋的形式。天花板高懸在頭頂，用多節瘤的木板搭成倒V形的斜角尖頂，黑色鐵製枝形吊燈垂掛著，上頭綴著蠟燭狀的燈泡。廳內擺著幾張用厚實棕色皮革做成的沙發，又深又廣又龐大，椅背上披著方格毛毯來增添色彩。

車道上傳來車聲。

車門打開又關上的金屬碰撞聲。

石頭小河上的腳步聲。

大門打開。

踩在玄關上的沉重足音。

伊凡・萊爾醫生走進起居室。他看見李奇，看見張，停住，說：「嗨，你們好。」半歡迎、半質疑，友善、接納但又帶著些微不耐的態度，彷彿他真正想說的是：我以為客人都走光了。

他的女兒隨後進來，仍然穿著比基尼和罩衫。她一手放在他背後，說：「是為了邁可表哥的事，媽和他們聊了一下。」

接著她往前移動，朝他們走近，伸出手說：「我是艾蜜莉。」所有人握了手，互相介紹，寒暄恭喜了一番。

接著麥肯的妹妹走進來，一邊拂去雙手的粉屑，說：「抱歉耽擱了，我們拿了一片蛋糕和一杯茶去給警衛先生，他整個下午忙著招呼我們的客人，也該謝謝人家一下。」

李奇說：「你們事前有沒有把客人名單給他？」

「這是一定的。」

「那妳應該只給他半片蛋糕，他沒察看名單就讓我們進來了。」

伊凡問：「邁可還沒有下落？」

艾蜜莉說：「爹，你明知道的。」

「所以這會兒彼得開始找他了？是這樣嗎？」

「彼得舅舅已經找他找了好久了呢。」

「反正他不在這裡，他們父子倆都不在這裡。」

李奇說：「抱歉打擾了。」

「請坐。」艾蜜莉說。

最後他們以二對三的陣仗坐在面對面的沙發上。李奇和張窩在一張沙發的角落，一只舊輪船皮箱造型的咖啡桌上擺著兩只帶有杯墊的冰茶玻璃杯，它們對面的沙發上坐著萊爾一家，坐成一列，伊凡和麗迪亞坐在兩邊，修長健美、一身皮膚曬成金棕色的艾蜜莉在中間。

李奇說：「彼得對電話公司很有一套，這類資訊是很難取得的。」

彼得的妹妹說：「那裡是芝加哥，工會裡大家多少都能扯上點關係。」

「而且彼得是個十分嚴謹的人，他沒有馬上否決手機在搭火車之前或之後被偷的說法，不管是在陶沙、奧克拉荷馬市或芝加哥，沒有一下子就完全否決，他認為在途中出事的可能性也是同樣存在的。」

「在火車上？」艾蜜莉說。

「不一定。我們碰巧知道那班火車的路線，它在芝加哥之前還有一站，一個叫母之安息鎮的鄉下小地方。」

麥肯的妹妹沒有反應。

李奇說：「母之安息鎮的地點非常偏僻，那裡也是基佛最後一次現身的地方。我猜彼得認定邁可是在那裡下火車的，所以他的手機才一直沒恢復訊號，我猜他派了基佛去察看。」

「那很好啊，不是嗎？」伊凡說：「既然他在那裡，基佛一定會找到他的。」

李奇沒說話。

麥肯的妹妹說：「還沒有下文。彼得已經三天沒和我聯絡了，無聲無息。如果有好消息他早就通知我了。」這似乎讓她意識到時間，因為她拍拍手腕尋找手錶，接著瞇起眼睛望向廚房，看著微波爐的時鐘。

她說：「芝加哥現在剛過晚餐時間。」

她指了指李奇旁邊，說：「親愛的，把電話遞給我一下。」

手機放在輪船行李箱造型咖啡桌上，就在他的冰茶附近。它比某些電話大一點，彎一點，也重一點，較高級的塑膠。同樣是新型無線電話，不過是第一代機種，既然東西好好的，就別再東改西改了，它上面有一欄用來貼快速鍵標籤的透明窗格，頂端有個空格是用來寫自家號碼的。有人用優雅的鉛筆字體填上了，區號四八〇加上七位數號碼。他把電話遞過去，麥肯的妹妹接了然後聽著撥號音。

她說：「線路是暢通的。」

伊凡問：「母之安息鎮有多大？」

「非常小。」李奇說。

「為什麼取這名字？」

「沒人曉得。」

「搜索一個那麼小的地方需要花三天時間？」

「這得看你搜索得有多徹底。你也可以花上三星期到處打探，挨家挨戶尋訪，翻遍每個角落。我猜他們就是這麼做的，光想就覺得好辛苦，舊式的警察工作。還有透過工會的兄弟請電話公司幫忙追蹤，還有鐵路班表，他猜測兒子是待在火車上或者下了火車，親身到一個個現實中的地點去找人。時間和空間，鋼和鐵，皮鞋和深夜，聰明人會把這叫做情境模擬。」

「我想有時候這也是沒辦法的事。」

「可是我們聽說彼得對網路很執迷，他曾經打了十九通電話給一位洛杉磯的科學記者談這件事。是為了別的事？又怎麼會跟一個連手機訊號都收不到的地方扯上關係？」

麥肯的妹妹說：「那不是別的事，兩件事是平行的。他認為那或許是和邁可下落有關的線索，他認為邁可也許在一些秘密網站和同病相憐的人聊過，也許他為了某種原因而前往某個地方等等，他和那位記者可能有過不少討論。我們曾經對魏斯伍德先生抱有極大希望，或許他真的握有關鍵線索。可是彼得非常執著，而執著有時不見得是好事。就像你說的，十九通電話，當時我也勸過他。」

「他到底有沒有找到那些網站？」

麥肯的妹妹說：「我再去倒些茶。」

她起身，拿起輪船皮箱桌子上的水壺，水壺碰上電話機，把它撞得原地打轉，塑膠在皮革上滑溜地轉動。李奇看見那行整潔的鉛筆手寫字也跟著緩緩旋轉，就像靜止前的腳踏車輪輻。區域號碼四八〇，加上後七碼。

亞利桑那，鳳凰城。我們正要去那裡。

我們已經在路上了，開始準備保住自己的小命吧。

半片蛋糕。

他說：「伊凡，我可以請教一個私人問題嗎？」

萊爾醫生的反應和大部分面對這類要求的人一樣，愣了那麼一下子，然後佯裝無辜地聳聳肩說：「當然。」

「你家裡備有槍枝嗎？」

「這很重要嗎？」

「只是基於興趣問一下。」

「事實上，有的。」

「可以看一下嗎？」

「這要求很奇怪。」

他女兒艾蜜莉半側著臉，兩腿交叉斜坐著，看著兩人交談，像觀賞網球賽那樣來來回回掃視兩人的臉。

張也一樣。

李奇說：「槍在臥房？」

萊爾說：「沒錯，確實放在那裡。」

「放在走廊比較好，深夜闖空門的例子比較罕見，加上那時候你可能正睡眼惺忪，無法有效反應，你是慣用右手的？」

「沒錯，我是。」

「那麼距離門口六呎以內的右手邊會是比較理想的位置。放抽屜或櫃子裡，或者藏在裝飾花瓶裡，甚至是放桌上，我想這樣比較有用。」

「你們也是安全顧問？」

「我們的目標是提供多樣化的服務。」

艾蜜莉說：「他說得沒錯，爹，放臥房沒什麼用的。」

張說：「理論上，我們會建議在家裡每個主要的區域分別藏一把手槍。臥房當然要，但是還有廚房區，客廳區，前廳區，還有樓上，如果府上有的話，還有地下室，如果府上有的話，還有車庫。」

艾蜜莉說：「如果只有一把，藏哪裡最好呢？」

只有一把，李奇聽見。

「根據統計，」張說：「大部分問題都發生在大門口。」

「真的？」萊爾說：「我該把它換個地方？」

「最好問一下媽。」艾蜜莉說。

這時麥肯的妹妹回來，端著一壺新的熱茶和放在托盤上的蛋糕，說：「問我什麼？」

「爹是不是該把槍移到走廊。」

「他為什麼要這麼做呢？」

「根據一位頭腦清醒的女兒和兩位安全顧問的建議。」

「可是怎麼會提起這話題的呢？這很重要嗎？」

不能告訴她，還不是時候。

李奇說：「不重要，純粹是基於專業上的興趣，如此而已。」一分鐘後，這事已經像肥皂泡沫般消散，被忘得一乾二淨，除了張，她用眼神丟出問號。到底怎麼回事？

李奇若無其事用食指邊緣搔搔鼻子，手的其餘部分握成杯形，遮住打著唇語的嘴巴。把手機關掉。

麥肯的妹妹說：「你還好吧？」

李奇說：「說說邁可接觸過的網站吧。」

40

據他妹妹說，當麥肯開始察看兒子的電腦，他很快便了解到兩點。第一，軟體往往布滿地雷，因此開啟瀏覽紀錄和抹除瀏覽紀錄是一樣的意思。除非你能正確開啟，顯然他沒能辦到，因為他不懂方法。可是就像很多被下載的程式，它並不完美。它有一個小缺陷，第一個螢幕只出現大約半秒鐘，接著就不見了。一片黑，什麼都沒有。

他學到的第二點是半秒鐘真的很短，但又很長。快速球可以輕易在半秒內來回，而當中有一些可能會留存在觀眾記憶中。重點是信賴，而不是思考，就像某種古老的心智控制術、視網膜和視覺殘留。最好是別開眼睛，瞄一下它的邊緣就好。

問題是瞄了也看不出所以然，只是一長串的字元，就好像有人拿了顆球從鍵盤最上排的字鍵滾過去，亂無章法。

麥肯的妹妹說：「不愧是彼得，他用盡方法去了解他所面對的東西，結果發現那是『深網』。在這方面，能取得的有用訊息並不多。我們有過不少很嚇人的對話，我們以為我們壓得住對方，可是並非如此，那裡頭有一個我們一無所知的神秘世界，而且比我們的世界大上十倍，大家在那裡頭交談，做一些我們無法理解的事情，就像科幻電影的情節。」

李奇說：「魏斯伍德的協助有沒有針對特定事項，或者只是一般性的調查？」

「不，是非常特定的事。『深網』那些人普遍有一種感覺，他們認為政府必定正在建構一個能夠找到他們網站的搜索引擎。我們感覺魏斯伍德的文章似乎暗示這東西已經存在了，彼得要魏斯伍德確認或否認，如果有的話，希望能設法讓他使用看看。」

「可能嗎？」

「我個人覺得壓根就沒希望，可是總得窮盡一切手段啊。他兒子失蹤了，我的姪子。」

「彼得有沒有可能在和妳討論事情的時候有所保留？他的所有敘述是不是完全兜得起來？」

「這話是什麼意思？」

「例如，母之安息鎮妳就沒聽說過。」

「沒錯，我沒聽說過。」

「他可曾向妳提過兩百人死亡的事？」

艾蜜莉說：「兩百人什麼？」

她母親說：「沒有。」

李奇說：「這兩件事他都曾經和基佛談過，而基佛去了母之安息鎮，所以應該相當重要，然而他不曾向妳提起。」

「那裡發生了什麼事？」

「我們也不清楚。」

「彼得是我哥哥，我是他妹妹，這點他始終沒忘，而且也常提醒我，當然是在好的方面，在最好的方面。他對我有所保留只有一個原因，就是他不想引起我的不愉快。」

沒人說話。

張站了起來。

她說：「我想去一下盥洗室。」艾蜜莉指了指，她朝著那方向晃過去。

李奇說：「你們晚餐有什麼打算？」

麥肯的妹妹說：「我還沒想到呢。」

「我們可以出去吃。」

「誰？」

「我們所有人。」

「去哪裡？」

「隨你們高興。現在就去，我請客，我帶你們上餐館好好吃一頓。」

「為什麼？」

「看來你們似乎累了一整天。」

張出現在起居室邊緣，她迎上李奇的目光，說：「如果你也想去，男盥洗室就在這裡。」

「好的。」李奇說。

「我可以帶你去。」

「我相信必要時我會找得到的。」

艾蜜莉說：「她想和你私下說話。」

於是李奇起身，到客廳外的走廊去和她會合。她輕聲說：「你認為海克特的同夥就要來了？」

「我們用手機時應該小心點才對。他們說不定在全國各地都設有追蹤裝置。果真如此，他妹妹的位置已經曝光了。我們一字不漏全告訴了魏斯伍德。因此我們不能丟下他們不管，此時待在這裡太危險了。我們要不帶他們離開，要不就得照應他們一整晚，近身保護，服務項目多樣化。」

「我寧可帶他們離開。」

「我已經提議請他們吃晚餐了。」

「警衛室那傢伙很不可靠。」

「臥房在哪裡？」

「另一邊的翼房，必須通過起居室。」

「妳去邀他們看看，也許他們覺得由我提議很怪。」

「我們兩個誰提議都很怪，我們又不認識人家，而且這會兒他們正在籌備一場近在眉睫的婚禮，突然被兩個陌生人帶出去吃炸雞桶餐，不瘋掉才怪。」

「我說了餐館隨他們挑，又不是非吃肯德基不可。」

「一樣啦，去哪裡吃不重要。」

外面的車道傳來車聲。

車門打開又關上的金屬碰撞聲。

接著是踏在卵石小河上的腳步聲。

現代的汽車設計頂多在敞開的車門內設置四個座位。有些轎車可能有五個，有些小貨車是七人座，可是沒有一個打手會想要坐在傳動系統基座上，坐在小貨車後座又發揮不了戰鬥力。因此這會兒前來的最多四個，最少一個。較可能是二到三個。李奇立即轉身，穿越起居室，搶先幾步規劃著路線，盡可能筆直前進，一邊靈巧地繞過桌子四角和椅子扶手，像在參加分秒必爭的下坡障礙滑雪比賽。萊爾一家人排排坐在沙發上，僵在那裡，一頭霧水。麗迪亞、艾蜜莉、伊凡，亞麻連身裙、襯衫和比基尼，短褲和鮮豔的夏威夷衫，全都盯著看，因此李奇從他們前面經過時揮了下手，要他們待在原位，接著繼續匆匆往前走，從起居室另一端出去，進入一條陳列著更多銀框照片的短廊，照片上全是陌生臉孔，也許是親戚，包括一個瘦男人和一個憂鬱的小男孩，也許是彼得和邁可．麥肯父子；最後進入臥房。

他的後腦袋告訴他，女人通常會選擇靠近浴室那一側，於是他閃向一邊，繞過一張堆滿枕頭的特大雙人床，走向一只除了鬧鐘和一本闔上的書之外什麼都沒放的床頭桌。

他聽見他們踹開大門。

他拉開書本下方的抽屜，看見一副眼鏡、頭痛藥、一盒面紙和一把槍管有六吋長的柯爾特蟒蛇（Colt Python）左輪手槍，胡桃木的斜紋防滑槽漆得油亮，美妙的黑色金屬面板，轉輪彈倉中裝有碩大的點三五七麥格農子彈。絕佳的夜間自衛手槍，一方面是相當聰明的選擇，因為它不複雜，沒有保險裝置，不會卡彈。可是另一方面又很蠢，因為它重達三磅，睡眼惺忪的當兒很難把它舉起，而且它的後座力恐怕足以把疲軟的手臂轟得穿透床頭板。

李奇拿起手槍，檢查彈筒。填滿了，六發左輪槍，六顆子彈。

走廊傳來靴子聲。

大門內，靠右側移動六呎，兩個人，第三人可能正繞到屋後，如果有第三人的話。正沿著造景小徑，經過植栽，從太陽燈之間通過，進入後院柵門。

兩位請進。

抽屜裡沒有備用子彈。

六發左輪。

李奇退回臥房門口，走廊裡的靴子聲還在。他走出臥房，再次經過大批銀框照片，側著身子前進。手握著蟒蛇左輪槍，眼睛盯著遠方，清楚分明，其他一切都模模糊糊的。燈光柔和，門窗緊閉的屋內隔絕了陽光，暗影幢幢。

他在起居室入口駐足。他的左手邊是萊爾一家人，還坐在沙發上，可是開始不安躁動了。驚愕逐漸轉為恐懼，在艾蜜莉方面是憤怒。眼看她就要衝向前了，她的雙親則是向後退縮。在他右手邊是他和張坐過的沙發，再過去可以看見大門的一部分。

他看見某人的肩膀晃了一下，背著光的剪影。緊繃、亢奮，蓄勢待發。

在他左側，他看見拉門外的後院有個人。躲在大堆結婚禮物後面，接著跑了出來。黑色T恤，黑色長褲，拿著裝有滅音器長管的魯格P-85式手槍。輕鬆握著，垂在身側，槍身從膝蓋上方延伸到靴子頂端。靴子也是黑色，這些人全是一身刺客打扮。

張呢？

李奇不想在不清楚她去向的情況下開槍。麥格農子彈可不是鬧著玩的，萬一掃到她就糟了。太多模糊不清的陰影，太多讓人眼花撩亂的明暗對比，太多難以預測的結果。子彈很可能擊中骨頭然後轉向穿透牆壁，好幾道牆。說不定會穿透屋子的外牆，打破街坊鄰居的窗子。

她人呢？

艾蜜莉猛吸氣，準備開始尖叫吶喊，管她是不是穿著比基尼，在李奇看來，這是完全自然的原始反應，捍衛家人和地盤的本能。就她來說，還要加上些許正當的憤慨，畢竟她正在辦她的終身大事，這些人憑什麼跑來破壞？伊凡則相當冷靜，習慣於冷靜，素來接受科學與理性、實驗與證據、精確診斷的訓練，而且他是個聰明人，腦子裡的所有線路劈啪作響，但始終想不出個所以然來，因此他的身體依然靜止，等待最後的裁決。至於麗迪亞，妻子和母親，妹妹和姑姑，則是拚命擠進沙發角落，縮回自己的殼裡，李奇猜想，或者退回較早的那個她，也許是麥肯兄妹的真實生活版本，也許在某個碎裂門板和沉重腳步聲，意謂著壞事臨頭的地方一起成長。

接著後院的那人打開拉門，進了屋子，就在這時完整的棋局在李奇的後腦袋浮現，有如許多閃亮的霓虹箭頭，所有細部被放大展現得一清二楚：這一槍將向左旋轉，子彈射入後院那傢伙的胸膛肉裡。射擊這部位比較不像射腦袋那樣會穿透過去，這是好事，因為他背後是一片圍著木籬笆的鄰舍，但是這麼一來可能會讓萊爾一家人從背後被濃稠的粉紅色霧氣噴得一身，頭髮、全身都是。這不太好，因為會造成心理創傷，尤其在這喜事臨門的一週，但是再仔細一想，李奇認為從這一刻起，他們本週已注定是多災多難了，因為棋局顯示當下會有一個死人倒在他們家的地板上，在這同時，這把屋主所有的蟒蛇左輪槍可以朝剛才出現肩膀剪影的地方連開兩槍，這兩槍可能射中什麼，也可能什麼都沒射中，可是這將讓他有一秒鐘可以保護沙發上亂成一團的人，接著抓起死掉那傢伙的魯格槍，因此總共將耗掉三發子彈，得到十五發。

可是李奇沒有採取任何這些動作，因為這時他知道張在哪裡。她正被人從門口推出來，推向起居室，一邊掙扎扭動，兩個人架著她，將她的雙手擰在背後，一隻手掌緊壓著她的嘴巴，一把槍指著她的頭部。又是一把魯格，同樣裝了滅音器。以它的長度，用來執行目前的任務嫌太笨重又太不穩定了，但無疑是有效的。

李奇不動聲色把蟒蛇左輪放在他後方的地板上，靠著走廊踢腳板的暗處，就在最後一幀銀框照片的下方。

然後他走進起居室。

41

從院子進來的傢伙繞了個彎走向前，從大門過來的兩人也進來了，各就定位，三人排成一個間隔寬鬆的弧形陣仗。張猛地被推向前，東倒西歪地衝向萊爾一家所在的沙發，撲倒在上頭，但她立即穩住身體，翻轉過來，在沙發邊緣坐定了。李奇從容不迫地在扶手上坐著，想讓自己看起來少一些威脅性，看起來想安分地待在客廳的一角，因為他們會要站著的人坐下，而且往往會指定他坐在哪裡，然而坐著的人很少會需要移動。張身體前傾坐著，喘得厲害，麗迪亞則往後靠。坐三個人十分寬敞的沙發坐了五個人就嫌擠了。他們集結成一個大標靶，三把魯格對著他們，成扇形大大展開，好像舊時步兵手冊裡的射程圖解。

三支魯格，三個槍手，黑色勁裝，光頭，白皮膚。夠高大也夠分量，同時又相當瘦削。緊實的顴骨，體內帶有多災多難的基因。不算太久遠以前的事，也許是歐洲來的，多沼澤的東歐內地。一千年來，每個人都和自己的鄰居為敵。他們站在那裡，穩若磐石，先是評估一下狀況，核對一下交辦事項，接著努力思考著不知什麼新問題。正常情況下李奇會說他們看來像是知道自己在做什麼，但事實上他認為眼前這些人並不知道。沒有十足的把握，不再有把握了。他們打算臨機應變，或者正準備應變，或至少正在考慮。就好像他們的棋局正走到一個岔路，一些箭頭往左，一些箭頭往右。正面臨抉擇，選擇的自由總是充滿著危險。

他們沒有動作，也沒說話，或許帶著一絲笑意。接著中間那人說：「我們被告知會在這裡找到一男一女，還有另一個和他們說話的女人。」

英語不錯，很接近一般的美國口音，但是帶著點呆板的斯拉夫腔調。肯定是東歐人，烈性子，常遭人利用，一生波折重重的傢伙。

沒人回應。

那人說：「可是我們卻發現這裡有兩男三女，其中一個還是中國人，實在讓人傻眼。所以快告訴我，你們當中究竟是誰曾經和誰談過話？」

張說：「我是美國人，不是中國人。我們一直在談話，互相對談，每個人和其他人談，彼此輪流交談。現在請你告訴我們，你們是什麼人，到這裡來做什麼？」

那人說：「你們當中有一個是某人的妹妹。」

沒人回應。

那人說：「我們不清楚那個人是不是中國人，要是知道就好辦多了。」

沒人答腔。

「你們當中哪一個是某人的妹妹？」

「不是我。」李奇說。

「你有妹妹嗎，老油條？也許你該告訴我她住哪。」

「如果我有的話一定會告訴你的，省得我必須親手海扁你一頓。」

那人別開頭，轉向沙發的另一端，轉向坐在那裡的三個女人。

他說：「妳們到底哪一個是某人的妹妹？」

沒人回答。

「妳們當中哪一個是和那個妹妹談過話的？」

沒人回答。

那人回頭看著另一邊。

「你們當中，哪一個是和那個妹妹談過話的男人？」

沒人回應。

那人說：「有好幾種排列組合。就像數學訓練班的考試，我需要多少隻襪子才能保證湊成一雙？可是再駑鈍的學員也看得出來，在這情況下至少有個答案是確定的。我們可以把你們全部殺了，這樣的話就會有圓滿的結局，襪子的數量非常足夠。可是這麼一來，等於解決掉五個人卻只拿解決三個人的酬勞，而酬勞是事先談好的，找零請在離櫃前點清，離櫃後恕不負責，這是那個胖子訂的規矩。」

一片沉默。

那人看著伊凡說：「你是做什麼的？」

伊凡數度開口又閉口，到了第三次終於說了出來。「我是醫生。」

「你會免費看診嗎？」

「應該是不會。」

「這是個蠢問題，對吧？要醫生免費看診？」

「有些醫生會提供義務服務。」

「可是你不會，對吧？」

「是的，應該不會。」

「那你認為我應該免費辦事嗎？」

伊凡吸氣，吐氣，內心掙扎著。

那人說：「醫生，這是很簡單的問題，我沒有要你提供醫療建議。你從不免費看診，那你認為我應該免費辦事嗎？」

「我怎麼想重要嗎？」

「我希望大家都能服氣，希望大家有個共識。一個人做多少事就該拿多少酬勞，我需要你替我背書。」

「好吧，一個人應該得到酬勞。」

「因為什麼？」

「因為他做的工作。」

「講好了做三件事卻做了五件，他該不該多拿一點錢？」

「應該吧。」

「可是酬勞是事先談好的，他該向誰拿錢？那些人一個子都不會多給的。這對我們是壞消息，對你們卻是好消息。我們拿多少錢做多少事，沒有免費招待，你們還有活命機會。」

四成機率，如果是隨機開槍的話，李奇的後腦袋這麼告訴他，自動而且迅速。可是他們怎麼會隨機開槍呢？他們得到的指令是一男兩女。這樣的話伊凡的存活機率上升到了五成，而張則是下降，從四成降到三成三。

那人說：「當然，這個計畫的缺失是我們可能會錯放了兩個人，這是絕對不行的。相信你們也都有自己的職業準則，這問題總得找個法子解決。我們必須橫向思考，我們必須想個辦法來獲得酬勞，你們得幫我。」

伊凡說：「這屋子裡沒錢。」

「醫生，我不是要你支付自己的槍決費用，這樣就太超過了，我是要你橫向思考，在目前的情況下，有什麼東西能讓我和我的夥伴多少獲得一點補償？」

伊凡沒說話。

「發揮一點創意，醫生。輕鬆一下，來點不一樣的點子。如果不是金錢，還有什麼？」

沒有回答。

那人看著艾蜜莉，說：「妳叫什麼名字，小妞？」

伊凡說：「不行。」

那人看著張。

他說：「還有她。」

艾蜜莉把襯衫拉緊了裹住身體，弓起膝蓋，拚命往沙發裡縮。伊凡傾身護在她前面。站中間的男子狠狠盯著他，說：「要是你想當好人，我們就先斃了你。要是你不當好人，我們就饒你一命並且讓你旁觀。」

那三個人沿著四分之一圓的弧線，等距離站在那裡。類似滿壘的狀況，只是近得多。畢竟他們是在屋子裡，不是棒球場。屋子十分寬敞，但仍然有限。站在右側一壘的傢伙距離李奇大約七呎。在左邊過去的三壘，距離最遠的傢伙大約在十五呎外。站在二壘、負責談判的傢伙位在另外兩人中間，正好在李奇和大門口之間的直線上，約有十二呎距離。

三個人，馬里科帕郡的地方檢察官無疑會稱他們叫入侵者。例如：**一樁今晚發生在東北郊某個高級獨立社區的入侵民宅案不幸以悲劇收場，夜間新聞報導。**警察會叫他們犯罪嫌疑人，他們的律師會叫他們客戶，政客會叫他們人渣，犯罪學者會叫他們反社會型人格，社會學者會叫他們被誤解的一群。

一一〇特調組會叫他們活死人。

二壘上的傢伙說：「咱們開始動手吧。」

艾蜜莉死命往沙發裡鑽，擠壓著方格羊毛毯，膝蓋抬起，兩條手臂緊緊環抱著小腿。整個人一下子短了一大截。張同樣哪裡都沒去，待在原處不動，兩手平放在兩側的沙發上，兩腿向外伸直，一雙綁帶鞋子大剌剌攤在她跟前，鞋跟深深陷入地毯裡，好像在飛快衝刺中煞住雙腳的卡通嗶嗶鳥。

二壘的傢伙說：「我開始不耐煩了。」

嘴唇濕潤。

眼珠溜來溜去。

急了。

沒人回應。

接著李奇吐了口氣，舉起手掌做了個別開槍的安撫手勢，然後蹲站起來，緩慢、平靜而不具威脅性地，總之和唐突急躁正好相反。他保持側身對著那些槍手的姿勢，側身對著沙發上的幾個人說：「快點，艾蜜莉，咱們就速戰速決吧。反正他們遲早都會逮住妳的，妳乾脆自己送上吧。」

「什麼？」她說。

他越過伊凡，抓住那孩子的手腕，一把將她拉起來。伊凡見狀，立刻站起來抵抗他，張也一樣，還有麥肯的妹妹，所有人氣急敗壞、慌亂而且難以置信。突然間一夥人全部直立著，活躍又積極，在兩張沙發之間的地毯上簇擁著，不斷搖擺晃動，碰來撞去，無助地東張西望。

真相揭露的時刻。

三人沒有動作，到了這關頭，眼看整個情況急轉直下，這樁狡猾交易應該已開始潰敗，當場徹徹底底瓦解了。可是這時，他們已經一頭栽進他們自己設的局裡，戲已經開演，無法抽身了，前面有絕妙的肉體享樂在等著，可是提供這即將到來極樂的兩個元件，卻正被一夥人七手八腳地團團圍住。如果這時開槍，附帶損害肯定會發生，而他們可不希望她們受到損害。不急。他們希望她們能保持原狀，完整無缺，有知覺，能反應，光滑的棕色皮膚和比基尼，T恤和低腰牛仔褲。因此他們按兵不動，他們沒思考，總之沒用大腦思考。

到目前為止相當順利。

李奇將伊凡推到一旁，把張推到另一邊，一把將艾蜜莉從人群拖出來。他將她拉近，不理會她手腳亂踢亂舞，把她一個轉身然後用力推向前，推進掛著許多生面孔親戚銀框照片的走廊。

他說：「臥房在那裡。」

伊凡跌跌撞撞越過他，抓住女兒，麥肯的妹妹幾乎同時把他擠開，張也尾隨著她衝過去，三壘的傢伙在後面跟著，臉上乍然浮現對這場新爆發的混亂的擔憂，在他背後，那個負責談判的二壘傢伙也擠了進去，三壘的傢伙也殿後跑了過來。總共八個人，笨手笨腳，東倒西歪，幾乎是被迫排成一列縱隊，鑽進一條陰暗狹窄的走廊。

李奇在混亂中彎下身，抓起那把蟒蛇左輪槍，用兩隻手，以免它擦過光滑的木頭地板。他讓槍托抵住掌心，穩穩當當地，然後將手指伸入扳機護環，扣住扳機，結結實實地，然後他把足足有三磅重的槍舉起，左手放在麗迪亞的頭頂，迫使她彎曲膝蓋蹲下，接著他越過張的右肩瞄準了，對著一壘傢伙的臉部中央開槍。

影響一把手槍的精準或不精準的因素很多，子彈速度和槍管長度最為重要，加上空氣動力上的微妙差異，例如膛線所賦予的旋轉角度，這可能有效也可能無效，取決於子彈。製造的精密度非常關鍵，最好是用高品質金屬進行機械加工製造，而非用礦渣廢料壓鑄而成。倒不是說這會對七呎遠的射程造成什麼影響，往左偏一個毛孔或者往右偏一條皺紋其實都沒什麼差別。人的臉是相當大的目標，在近距離通常不會打不中，一壘那傢伙也不例外。

射程短加上麥格農子彈的威力，這一槍顯然完全穿透了。那人後方的牆面立時出現一個大酒杯尺寸的坑洞，可怕的是一轉眼，那人的腦殼已經飛來把它填滿，濕淋淋啪地黏住，又紅又灰又紫的。在這同時那傢伙整個人垂直下墜，就好像一腳踏進電梯豎井，李奇則是微微轉身，肩膀緊繃，尋找距離最遠的三壘那傢伙，因為他的後腦袋經過一番推算，告訴他那傢伙開槍回擊的機會較大，而且他不像二壘的傢伙那麼飢渴，對於即將到來的餘興節目或許也就沒那麼投入，因此比較可能動手掃射，即使有造成貨品損害之虞也無所謂。

李奇輕扣扳機，感覺機構——齒輪、凸輪和槓桿——毫不費力地轉動，接著手槍發射。在他腦子裡是深思熟慮的一擊，和第一槍有相當間隔，然而在現實中差不多是雙擊手機螢幕的速度，迅速的砰——扣——砰，一個運用天賦，冷靜從事分內工作的藝匠。無可避免地，又是完全穿透的一槍，從那人的上嘴唇射入，從頭骨底部穿出，把拉門玻璃擊碎，還轟爛了外面院子裡那堆放在桌上的結婚禮物，無數白色、銀色的碎紙片飄散在半空，像提早了好幾天的婚禮五彩碎紙。碎玻璃像水瀑那樣垂直落下，受了重力的支配，下墜的速度和三壘傢伙是一樣的，他同樣受了重力的支配。李奇只瞥了眼他們的同步下降，接著迅速抽身，往右邊去尋找二壘的傢伙。

這時候競賽才真正開始，而李奇眼看就要輸了。一個不算什麼，兩個也從來不是問題，可是三個就有點棘手了。兩名同夥砰砰接連倒下應該會讓那人回過神來，更糟的是會讓他有空檔把注意力拉回現實，作出反應，終於發覺對哦，**我手中有槍**，然後舉起槍枝，會比平常慢一點，因為多了粗大的滅音管，也因為槍身比他的肌肉記憶長了一倍，也因此較重而且較難操控，這些對李奇來說都是好事，因為那人需要穿越的距離比李奇短了許多。他差不多已經走近了，只差了幾吋，輸贏幾乎已成定局。可是李奇不斷移動，感覺像慢到不行的慢動作，像在寒冷的冬天硬是讓手背在糖漿裡滑過，左眼瞄著蟒蛇左輪槍口的前準星，右眼緊盯對手的滅音管末端的圓孔，準心此時還是橢圓形的，但只微微偏斜，只差一吋就對準了。

他的蟒蛇左輪只差一吋就對準了。

李奇突然把槍朝下，類似反手抽鞭，主要為了增加速度和力道，但因為那傢伙全身上下最寬的部位在肩膀，瞄準目標已是李奇擔不起的奢侈。這把蟒蛇左輪是雙動式手槍，意思是每次扣下扳機，都會帶動擊槌往後接著釋放，因此他提早動作，讓套筒在手槍移動的同時轉動，看著擊槌向前推，感覺凸輪和槓桿的轉動，等著，接著擊發。仰賴僅有毫秒的時機、動力、偏斜度和四度空間精算。

換句話說，全憑運氣。

但顯然成功了。

因為那傢伙沒有回擊，一團紅色從他的頸子飛出，大得足夠餵飽一家子。

三人出局。

沒有助力。

不朽的棒球紀錄。

在那人背後，子彈一路穿進一間女化妝室而後穿出，打碎走廊裡的一盞燈。他本人則是軟軟癱倒在地上，發出應該是重擊和金屬碰撞的聲音，可是李奇什麼都沒聽見，因為麥格農子彈有個壞處，就是會讓你耳聾，起碼一陣子，尤其在室內。在他周遭，所有人驚駭莫名，像是被照相機閃光燈或閃電嚇呆了，動彈不得。麥肯的妹妹跪在地上，嘴巴張得大大的，發出李奇聽不見的尖叫，艾蜜莉縮在走廊牆角，可以理解。在室內一發麥格農子彈的威力相當於一枚閃光手榴彈，更何況三發。

接著嘶嘶聲和轟鳴聲降低了點，大家開始活動。張走向艾蜜莉，伊凡將妻子扶起，然後擠過來察看起居室的狀況，隨即又轉身，將大家趕回臥房，一邊斷然搖著頭，說：「我們不能到那裡去。」反覆不停地說。不是因為他自己覺得不舒服，李奇想，那人是個醫生，什麼場面沒見過？他是不想讓家人目睹那景象，儘管他猜想他們都進過肉舖，也都撐過來了。雖說三個死人加起來是很大一堆肉，也可能他是擔心破壞了犯罪現場，電視看太多。

萊爾一家人坐在床上，不知怎地感覺好像變小了，眼睛除外。全都喘個不停，全都極力想保持鎮定。張來回踱步，李奇將那把大型舊柯爾特擦乾淨，放回伊凡・萊爾的床頭桌。

萊爾說：「我們應該報警，我們有法律義務。」

張說：「是的，先生，我也會這麼建議，你必須盡快處理。」

麥肯的妹妹說：「彼得死了，對嗎？」

沒有回應。

「他們對付了他，現在要來對付我，因為他們認為他把知道的，或者生前知道的，都告訴了我，大家都這麼認為，你們也一樣。」

張說：「關於彼得的事，我們並沒有證明或者第一手證據，我們沒有立場對妳說什麼。況且第一個接獲通知的應該會是邁可。」

「他八成也死了。」

「我們沒聽說。」

屋內一片沉寂。

接著伊凡說：「接下來該怎麼辦？」

李奇說：「哪方面？」

「我們家裡有死人。」

「抬出去時恐怕不會太好聞，他們會叫它正當防衛開槍，侵入民宅，消音槍械，性暴力威脅。我們不會因此去坐牢，甚至還會得到讚許，只是這種事我實在不怎麼在乎，只要不被提起我就滿足了。就當我不在場，這事的功勞就歸你，最好熟悉一下那把槍的手感，重新在上面留下指紋，他們會讓你免費加入鄉村俱樂部一年，你會有一批新病患，硬漢醫生。」

「你是說真的嗎？」

「我不在乎結果如何，他們永遠找不到我的，不過如果能搶先一步離開那就更好了。張小姐和我還有很多事要辦，希望你能幫我們，忍耐個三十分鐘再報警。故事情節隨你編，但是記得告訴他們你太過震驚，因此延遲報警。」

「三十分鐘。」伊凡說。

「人受驚需要這麼久才會恢復。」

「好吧。」

「不過關於事發經過，告訴他們壞蛋只帶了兩把槍。」

「為什麼？」

「因為我要帶走一把，有些條子算數還不錯。」

「好吧，三十分鐘，兩把槍，我盡量，我對穿制服的有點沒轍。」

李奇看著艾蜜莉，說：「小姐，非常遺憾妳的大事被破壞了。」

艾蜜莉說：「真是太感謝你了。」

「別放心上。」

他說著跟在張後面離開，她停下來擁抱麥肯的妹妹，來回應她無聲地質問。「非常遺憾妳失去親人。」

兩人把房門帶上，進了走廊，經過成排照片來到起居室。首先看見的是一壘的傢伙，他以怪異的角度倒在地上，他的滅音器浸在一攤從他殘破的頭部流出的血泊中，許多消音材料塞在腦子裡頭，或者該說是非常細小的消音綿，但無論如何都會讓血滴個不停。於是他們略過他，走到三壘傢伙那裡要繞一點路，因此張在二壘傢伙——就那個負責交涉談判的傢伙——旁邊蹲下，撿起他的魯格手槍，管她是不是上班族。

她突然停住。

她悄聲說：「李奇，這個還在呼吸。」

42

李奇在平躺的殺手旁邊蹲下，張跪在他身邊。這人仰躺著，兩腿張開，兩條手臂散亂擺放。他已失去意識，或者是嚴重休克，或者是陷入了昏迷，或者以上皆有。他的頸部一團糟，有一半不見了，全身散發著股髒衣服、汗水和血的鐵臭味，死亡的氣味。

可是仍有微弱的呼吸，和一絲脈搏。

「怎麼可能？」李奇悄聲說：「一塊和上等腰肉牛排差不多大小的頸子肉從他身上飛出去了。」

「顯然還不足以致命。」張悄聲回說。

「妳想怎麼做？」

「我也不知道。我們不能叫救護車，他們會帶警察一起過來，針對槍擊受害者他們一向都這麼做，這麼一來我們就不能先一步走得遠遠地。可是問題是這人看來傷得很重，他得接受外傷手術，越快越好。」

「伊凡是醫生。」

「哪一種？他會檢查一下然後叫救護車，親自叫，毫不遲疑。然後他會親自報警，同樣毫不遲疑，他本來就對等待三十分鐘有些猶豫。」

「我們可以直接走人不管他，誰會知道？」

「這可能會讓伊凡難堪，這傢伙說不定會活過三十分鐘，到時真相便瞞不住了。他會變成一個不顧傷者死活、自己跑到臥房涼快的醫生。」

李奇將兩根手指的指尖放在那人頸子上，傷口上方，皮膚完好的位置，按住左右兩端，就在耳朵後方，靠近下顎關節的部位。

他按著不放。

張說：「你在做什麼？」

「給供血到腦部的動脈施壓。」

「你不能這樣。」

「怎麼了？第一次殺他就ＯＫ，第二次就不行？」

「這樣不對。」

「第一次殺他就對，那時他是一個用槍威脅著要強暴妳的爛人。他變了嗎？他突然變成一個聖潔烈士之類的，所以我們應該把他緊急送醫？什麼時候改變的？」

「需要多久？」

「快了，他本來就很虛。」

「這樣真的很不對。」

「我們是在幫他解脫，就像處理斷了一條腿的馬，他的脖子沒人救得了的。」

她的手機響起。聲音又大又清晰，非常刺耳。她動作俐落地抽出手機，轉過身子去接聽。她聆聽著，輕聲說話，然後掛斷。

李奇說：「是誰？」

「魏斯伍德剛到達天港機場。」

「太好了。」

「我說我會回電給他。」

「最好是。」

「那家人肯定聽見電話鈴聲了，他們會知道我們還在這裡。」

「他們會以為是這些傢伙口袋裡的，他們不會在意。」

「那人死了沒？」

「差不多了，很安詳的，就像睡著一下。」

接著他坐直了，檢查了下脈搏，找不到。

他說：「咱們走吧。」

他們的車子停在一百碼外的路邊，那是他們初抵這裡時距離屋子最近的一個地點。當其他車子全開走，只剩它神氣又乾爽的，孤零零地停在那裡。張負責開車，她繞了個U形彎越過路面，沿著來時的路線往回走。整個新開發社區靜悄悄地，被熱浪沖昏了，空氣中到處閃著藍色、金色，液體般亮晃晃地。

警衛室把兩側路障都收起了，兩支紅色條紋桿子高高豎立著，像隻盛裝等著進烤箱的肥雞。整個社區徹底開放，無論進出一概通行無阻，玻璃窗內沒有警衛。

張停下車子。

她說：「下去看一下。」

李奇腳下的柏油路面非常燙，都可以在上面煎蛋了，他聽見六呎外傳來蒼蠅的嗡嗡聲，拉式窗戶敞開著。之前警衛就從那裡探身出來說：兩位下午愉快。空調賣力運轉著，努力對抗炎熱。

警衛躺在地上，整個人纏結在高腳椅椅腳的四周。短袖襯衫，斑斑點點的臂膀，眼睛張開。他的胸口和腦袋分別中了一槍，大群蒼蠅正恣意享用著他的血，藍色，虹彩斑斕，到處爬竄，已開始產卵了。

李奇走回車子。

他說：「那位老先生，不會再變老了。」

「這讓我這個殺人共犯心裡好過了點。」

「這讓我後悔剛才沒到廚房去拿把奶油刀，把他的腦袋切掉。」

張把車開出柵門，隨意地忽左忽右繞來繞去，他們沒聽見遠方有警笛聲，沒有騷動，只有連綿不斷的鳳凰城車流，三線道，有如一條悠緩的河，無止境地向前奔流。

「去哪？」張問。

「咱們去喝杯咖啡吧，妳還有一通電話要回呢。」

他們在天堂谷的一座商場停車，這裡有一家知名咖啡館，夾在一家販賣銀環扣皮帶的商店和一家賣新奇圖案瓷盤的店家之間。張點了冰咖啡，李奇點熱的，兩人在後排一張黏膩的桌子旁坐下。

李奇說：「叫魏斯伍德挑一家旅館，方便又符合他預算的，告訴他我們再過兩小時就去和他會合。」

「為什麼是兩小時？」

「你們公司在鳳凰城有沒有設辦公室？」

「當然有，鳳凰城有很多退休調查局探員。」

「我們需要本地情報。」

「關於萊爾家那些傢伙的？」

「關於他們老闆的，也是海克特的老闆。承攬保鑣業務的包商，無疑擁有非常多樣的客戶名冊，如假包換的服務經濟。在電話中聽起來，他似乎是個大塊頭，而且在萊爾家負責談判的那傢伙稱他胖子。妳聽見沒？當時他在抱怨拿不到酬勞，還說沒辦法在事後重新議價，他說這些都是胖子訂的規矩。因此我們需要知道名字，一個鳳凰城地區的東歐人犯罪集團頭子，主要在本地經營東歐人保鑣業務，也擴及像海克特這些其他地區的人，而且是可以稱得上胖的，也許他們只敢背著他說吧，要是能知道人在哪裡也不錯。」

「為什麼？」

「我想去拜訪他一下。」

「為什麼？」

「為了艾蜜莉，也為了麥肯的妹妹，還有社區大門那位警衛。還有我的背很痛，現在連頭也開始痛了，總之有些事就是不該讓它繼續下去。」

張點頭。「有些事也是有附帶好處。」

「沒錯。」

「母之安息鎮將門戶大開，一旦除掉保鑣集團的主腦，我們等於在回去之前，先廢止了它的保全合約。」

「妳的本地同事會有這類情報嗎？」

「如果有人向我打聽西雅圖的這類情報，我會有的。」

她拿出手機，先撥給魏斯伍德要他找旅館，接著翻找她的聯絡人名單，找到本地辦公室的號碼。一間備用臥房吧，大概。就在附近，在梅薩，或格蘭岱爾，或太陽城。備有成套的層架、櫃子和辦公桌，加上一只抽屜櫃。還有電腦、電視機、傳真機和影印機。創業的必要投資，到處都有我們的辦事處。

李奇起身，走向男盥洗室，對著鏡子檢查自己身上是否有血跡，不管是不是他的；或者其他犯下重傷害罪的跡象。小心點總沒錯，有一次他拘捕了一個傢伙，那人頭髮上卡著受害人的一顆牙齒，中間的大門牙，好像海灘美容院用來裝飾頭髮的那種淡黃色珠子，接著他用大量肥皂徹底清洗雙手、手腕和前臂，來去除槍擊的殘留。小心謹慎慣了，想逮他可沒那麼容易。

回到桌位，張說：「他是烏克蘭人，名叫馬琴科。」

李奇說：「他胖嗎？」

「顯然非常巨大。」

「知不知道他在哪裡營業？」

「他在機場南邊有一間私人俱樂部。」

「有保鑣？」

「不清楚。」

「我們可不可以進入俱樂部？」

「只限會員。」

「我們可以去應徵工作，我可以當看門保鑣。」

「那我呢？」

「要看那是哪一類俱樂部。」

「想也知道。」

「從審美的角度我可以接受，」李奇說：「我們應該去瞧瞧那地方，現在就去，最好趁著大白天看個清楚。」

機場南邊不全是荒地，可是這裡的地表比他們這一路看見的要淺淡、脆弱許多。馬琴科的俱樂部是一棟大約有洋基棒球場大小的金屬建築，不過是方形的，佔滿整個街區，兩側都有人行道。牆面漆成粉紅色，幾百只巨大的鋁箔氣球讓它的外觀變得柔和，氣球同樣是粉紅色，有些是心形，有些是唇形，全部以特定的方式固定在側牆上。在它們之前穿進穿出的是無數霓虹燈管，這時在陽光下是灰白色，但是到了晚上無疑會變成粉紅色。不然霓虹燈還會是什麼顏色？大門也是粉色，門的上方裝了粉色遮雨棚，店名就叫粉紅。

張說：「要不要冒險繞過街區？」

「時間還早，」李奇說：「應該相當安全。」

於是她從房子正面左轉，駛入右手邊的街側。同樣的巨大側牆，同樣的粉紅，同樣的唇形和心形氣球，很歡迎醉鬼的樣子，李奇心想。總比讓他們晃到大馬路上安全多了。

接著他們發現這棟建築並沒有佔滿整個街區。只有兩側，可是前後沒有。它突然中斷，街區後面的部分是一座卸貨場。這也難怪，像這麼大的俱樂部肯定需要各式各樣的消費品，就像一艘遠洋輪船，而且會產生各類垃圾和可回收資源，需要經常清運。這片場地設有圍籬，某種高級的龍捲風式鐵絲網，當中交錯設置了許多粉紅色隔板，因此無法透視內部。這道圍籬頂端架著鬆軟的鉤刺蛇籠，防止有人爬進去，但是有兩片十呎寬的鐵絲網做成可以折進去的鉸接式活動門，這也可以理解，因為會有許多卡車進進出出，運送食物、飲料和垃圾。

其中一片門是敞開的。

「停車。」李奇說。

張停下，接著小心地倒退，以便看個清楚。

她說：「真不敢相信。」

鐵絲網門裡面有一排成人高的垃圾收集箱，接著是廚房門外的一個區域，裡頭有鋪在水泥地上的人工草坪，一道象徵性的尖樁籬笆，一張白色金屬庭園長椅，和一支大型帆布遮陽傘，供廚師和服務生抽菸休息用。

長椅上坐著一個胖男人。

他正抽著一支粗厚的雪茄，一邊對一個西班牙人說話，那人穿著汗衫，包著頭巾，僵直地立正站著，眼睛茫然注視著胖男人頭頂上方的某一點。

可是這個胖子太小家子氣，且明顯不適用眼前的狀況，坐在長椅上的這名男子不是豐滿或體型大，也不是過胖或甚至癡肥。他是一座山，一個龐然大物，超過六呎，這是指寬度。相形之下，那張長椅簡直成了小椅凳。他穿著件長及腳踝的阿拉伯長衫，灰色，兩隻膝蓋被肚子擠到兩邊，張得開開地，整個人向後仰，臀部勉強撐在椅子最前面的邊緣，因為他的肚子不允許他身體向前，採取九十度正常坐姿。他身上沒有可以辨識的輪廓，整個人是一個等三角形的肉團，有著壘球大小的乳房，還有其他一些足足有特大號枕頭那麼大的腫塊和隆起。他的兩條手臂垂在椅背後面，肉呼呼的手肘的兩側垂下大片肥肉。

簡單地說他就是巨大，這正是張的聯絡人對他的形容。和身體比起來，他的頭非常小，一張臉曬得粉紅油亮，眼睛細小而且凹陷，部分因為他在陽光下瞇起了眼睛，同時也因為他的臉鼓脹得厲害，就好像有人拿自行車打氣筒塞進他的耳朵，狠狠灌了十次氣。至於髮型，他和麥肯妹妹家那三個人一樣剃了光頭。

張說：「這人也許是他的兄弟或堂兄弟，也許他們是胖子家族。」

「他很像這裡的老闆，」李奇說：「瞧他和那傢伙說話的樣子，分明是給人難堪。」

的確是，他不裝腔作勢，沒有大吼大叫，只是沉著地侃侃而談，話家常般說個不停，或許也正因為這樣，更顯得冷酷而且有效。戴頭巾那傢伙很不好受，這點可以確定。他僵在那裡，盯著前方發呆，苦撐著。

張說：「我們必須弄清楚。說不定馬琴科派了代表，說不定他們有二老闆，說不定這人是替他打理員工關係的兄弟或堂兄弟。」

李奇說：「妳的聯絡人有沒有提到家族成員？」

「她沒說。」

「妳可以問一下嗎？」

張撥打電話。李奇看著那名胖男子。他還不會走開，暫時不會，他還在說話。張提出問題，聆聽著答案，然後掛了電話。

她說：「我們不清楚他有任何家人。」

「他很像這裡的老闆，」李奇又說：「只是那裡頭沒有保鑣，沒有戴墨鏡和耳機的人。照理說大門口應該會有一個，這是最低限度，這人畢竟是犯罪集團頭目，整條街的人都看得到他，我們就坐在這裡，也沒人來趕我們。」

「自信吧，」張說：「或者過度自信。他以為我們應該已經死了，也許他沒別的事好擔心。也許他是這裡的地頭蛇，沒人敢招惹他。」

「如果真是他的話。」

「我們不該猜測。」

「真希望可以，我從這裡就能打中他。」

「真的？」

「只是比喻，不是用槍。為了保險起見，我想靠近一點。」

「進去裡頭？」

「最好是。」

「說不定大門後面站了保鑣。」

「也許吧，不過對這些人來說這是形象問題，他們喜歡被大家看見——或者看不見——因為正被人牆包圍。」

「既然如此，這人或許不是。」

「他實在很像是，他的確是個胖子，而且看來像是個訂規矩的人。」

「我們沒有十足把握。」

「不可能有十足把握，除非我向他要身分證件，他很可能沒帶在身上，我沒看見他的裙子上有口袋。」

「那叫卡夫坦長袍，或者穆穆袍。」

「什麼是穆穆袍？」

「就他現在穿的。」

「我們得查證一下，這可是難得機會，他就在那兒。」

「問題就在這裡，運氣好到讓人起疑。」

「就像妳說的，也許是自信，也許這是平常的狀況。也許他的保鑣在屋內，也許他們很習慣他跑到外面抽菸。畢竟現在還早，他們知道外面沒什麼人，也許他不喜歡他們跟前跟後，也可能他認為員工關係最好是私下處理。」

「他會在那裡待多久呢？」

「那是支大雪茄，不過他也可能每次只抽一點。」

「這機會實在難得。」

「而且馬上就會溜走。」

「可是我們必須確定。」

李奇沒說話。

胖男子繼續說話。似乎變得有點激動，隨著說話節奏不斷猛點頭，頸子上的肥肉跟著晃動，身體的其他部位卻執拗地保持靜止，做不出任何動作手勢。

李奇說：「他似乎在收尾了，我猜他已經有了結論。我們不能再耗下去，得有個決定才行。」

張沒說話。

接著她說：「等一下。」

她拿起手機，李奇看見螢幕上浮現一個畫面。人行道，粉紅色圍籬，敞開的柵門。角度偏斜，晃來晃去，是相機模式。接著是成排垃圾收集箱，人造花園，和胖男子。

她點了下螢幕，手機發出類似快門的聲音。接著她的手指又滑又點的，然後打字，接著又點，最後手機發出咻地一聲。

她說：「我要她進行視覺辨識。」

李奇說：「她最好快一點，時間不多了。」

胖男子繼續說話，搖頭晃腦，甩動著肥肉。戴頭巾的傢伙繼續苦撐，接著胖男子的手指開始摸索椅面的板條，大概是準備起身的一連串冗長又繁複的過程的開端吧。

李奇說：「他就要走了。」

胖男子將雪茄往地上一丟。

張的手機叮了一聲。

她察看螢幕。

「哎唷，拜託！」她說。

「怎麼？」

「她要我把照片放大，她要特寫。」

「幹嘛，最高法院啊？」

她又舉起手機，用手指做著某種動作，類似夾捏東西的相反，接著她把胖男子的畫面盡可能放大，將他固定在取景框中央，然後點了下畫面。李奇轉身，拿起後座地板上的魯格手槍。以防萬一。他又聽見她的手機咻一聲傳送簡訊，或電郵什麼的。他把槍放低，悄悄將它從座椅之間移動到他大腿上。一把可靠的槍械，不花稍，價格相當於一輛家用房車，就像他們現在坐的這輛雪佛蘭租車。它的滅音器是零件市場買來的，裝了客製化管腳，彈匣裡少了兩發子彈。警衛室那位老先生，胸口和頭部。兩位下午愉快。

李奇靜候著。

這時胖男子將他的臀部往前移動，這顯然需要特殊技巧，他就要把自己的身體豎直，像一塊厚木板，然後用雙手撐著站起，或者從後面把身體推起，希望能順勢搖擺著走開。兩種手法都不容易，但顯然都有可能，這人可不是一輩子都杵在同一個地點的。

李奇說：「沒時間了。」

可是這時那個西班牙人說話了。

也許是一句由衷的聲明，充滿歉意和悔恨，充滿痛改前非的允諾，語氣大概十分有禮，而且肯定很簡短，總之他的話當中有什麼讓胖男子想要駁斥或者進一步評論，因為他在一陣不協調的搖擺晃動中重新坐了下來，接著又開始說話。

張的手機叮了一聲。

她察看螢幕。

她說：「百分百確定那人就是馬琴科。」

43

她沿著街道將車子往前開了二十碼，然後做U形迴轉，從人行道到對面人行道，接著慢慢倒退，在半敞開的大門外一個再接近一點就會曝光的路邊位置緩緩停下。這麼一來李奇距離他的目標約有六十呎遠，距離入口二十呎，和場內有四十呎距離，右轉彎路線。他打開車門，下了車。要藏好一把裝有滅音器的手槍並不容易，因此他握著它垂在腿側，從大腿中央一直到小腿肚，又長又具威嚇性，一點都不加遮掩，不過消音效果應該值得，希望如此，尤其現在是上班時間，而這裡又很接近美國第六大城市的中心區。

六步走過人行道後，接著他轉入卸貨場，那排垃圾箱就在正前方，接著是花園，接著是胖男子，還在說話，沒看他，還沒有。那個西班牙人仍然站著，下巴抬高，眼睛平視，還在忍耐。李奇繼續往前走，輕快但不急切，槍仍然垂下，鞋跟喀喀踏在水泥地上，聲音大到胖男子早該轉頭盯著他看了，可是並沒有。他還在說話，這時已經聽得見了，和之前在電話中一樣的單調語氣，斥責，貶損，羞辱，腦袋在鬆垂的頸子肉上方搖來晃去。

接著他看見了，他轉過頭來——他的頭彷彿不受靜止不動的身體的支配——嘴巴張開。李奇跨過那道一呎高的象徵性尖樁籬笆，踏上人造草坪，舉起手槍，再往前跨出一步。

在大家圍著爐火常說的荒誕故事中，像這種時候照例會有一段簡潔有力的對話。因為壞蛋必須被告知他為什麼該死，就好像提起艾蜜莉．萊爾、彼得和麗迪亞．麥肯還有那名社區警衛的孫子們這些受害的一方，能夠召喚幽靈，撫慰他們，同時也因為必須讓壞蛋有機會或者懺悔，或者怒吼著進一步挑釁，其中總有一種可以讓故事成為傑作，端看接下來主角如何回應而定。

但故事只是故事，不是現實世界。

李奇什麼都沒說，朝胖男子頭部開槍，兩發，雙擊手機螢幕的速度，砰砰，然後看看廚房門。依然關著。

滅音器在室外的效果還不錯。

李奇轉身，跨出一呎高的籬笆。

在他背後，那個西班牙人說：「謝謝你，兄弟。」

李奇笑笑。對這人來說這幾乎就像從天而降的甘霖吧，大概正是他分分秒秒禱告的內容。不折不扣，一字不差。**親愛的天主，請馬上派人來，往這混蛋的腦袋轟上一槍**，奇蹟發生了，這個星期天他肯定會去望彌撒。

李奇穿過卸貨場走開，同樣的路線，同樣的速度，輕快但不急促。他邊走邊將手槍在襯衫上抹乾淨，順手把它丟進經過的第一只垃圾收集箱。接著他繼續往前走，出了大門，張一看見他便將車子緩緩開向前，他跳上車，她立刻駛離。

魏斯伍德在斯科茨代爾附近找到一家時髦的旅館，由於正值下午尖峰時段，車流十分緩慢，因此他們到達時已天黑了，他們在旅館酒吧找到他，還是老樣子，蓬亂的頭髮和糾結的鬍子，穿著綴滿拉鍊的輕薄衣服，腳邊一只超大的帆布包。他正在讀一本關於大麻的書，也許是繼小麥之後他的出書題材。

張坐穩之後，開始把現況逐一向他陳述，李奇則再一次去把手上的彈藥殘留清洗乾淨。當他回座，魏斯伍德問他：「你相不相信記者有職業倫理？」

李奇說：「因人而異吧。」

「你最好寄望我沒有，因為根據張小姐剛才告訴我的，我可以合理地把它解釋成，你在這一天之內殺了四個人。」

「其中一個殺了兩次。」李奇說。

「不好笑。」

「你想走人的話請便，出書版權歸你，不歸我。等事情結束後，自然會有別人來挖故事。」

「真的有故事？」

「我們只剩三個部分還無法確定。」

「哪三個部分？」

「開頭、中間和結束。」

魏斯伍德沉默好一陣子，接著他說：「我以前就聽說過馬琴科這名字，當時我正在寫關於『深網』的文章。他提供一系列服務，能擔保你的網站不被發現，萬一出了問題他會負責擺平，像是一種預約業務之類的。烏克蘭人很早就進入網路這個產業，當時我沒把他寫進書裡是因為沒有證據，法律不容許我這麼做。」

「馬琴科有多少客戶？」

「有人說十個，或者十個左右，算是小資經營。」

「這人絕不是小資經營，就算小資從後面跑上去咬他的胖腳踝一口，他也認不出那是小資。這人開了一家比道奇棒球場還要大的脫衣俱樂部，粉紅色而且堆滿了氣球。這人喜歡浮誇，喜歡氣派。」

「我聽說是十個。」

「那麼他的氣派一定是從收益來的，這十個客戶肯定賺了不少錢。」

「也許吧，」魏斯伍德說：「『深網』可能有表層網路的五百倍大，我想大概只有極少數真的賺錢，但是以那麼龐大的規模，總有極少數成功的，我是說總體上賺了錢。」

張說：「政府有沒有建造一個可以找到『深網』的搜索引擎？」

「沒有。」魏斯伍德說。

「據說麥肯打電話給你就是為了這個。」

「那他一定是問錯了問題，或者問題對了但是問法錯誤。來電的人一提起政府我就不予理會，就像決定性的常識測驗。我的意思是說，搜索引擎是怎麼來的？程式設計師，是他們打造的。編碼員。嚴謹的工程需要最優秀的編碼員，而這年頭最優秀的編碼員簡直成了搖滾巨星，他們有經紀人和經理人，酬勞豐厚，政府根本請不起他們，充其量只能請一群屁孩，還在挨餓的明日之星。可是政府也沒雇用他們，太不實際了，這些人全是怪胎。」

「怎麼樣才叫問對了問題，問法也對？」

「他應該考慮問矽谷，而不是政府。」

「矽谷有人打造能夠找到『深網』的搜索引擎？」

魏斯伍德說：「沒有。」

「麥肯覺得你的文章有這方面的暗示。」

「我只是質疑，像Google這些大公司這麼做的動機會是什麼，實在很不明確。對執法機關或許會有幫助，可是賺不了錢。照網路的特性，要是『深網』的人想要廣告和宣傳，他們可以隨時到表層網路來擷取，問題是他們擺明了不想要，他們根本拒絕成為客戶，而且將來也一樣。一個更好的搜索引擎只會把他們趕到更深的地方，就這麼簡單，這會變成一場武器競賽，完全無利可圖，誰會想這麼做？」

「麥肯打了十九通電話給你，你的暗示想必相當明確。」

「我告訴他會有別人這麼做，他大概以為我指的是政府，可是我沒那意思。像Google這類大公司並非一直是大公司，他們原本只是車庫或者學校宿舍裡的兩個小夥子，他們當中有些人一飛沖天成為億萬富豪，有些人卻沒那麼走運，有些人埋頭於解決某個有趣的難題，但說不準得要多年以後才會賺進大把鈔票，這關係到人的個性。重點是問題的解決，而不是問題本身。這是一股衝勁，天知道它會找上誰？」

「你是說，有某些個學校宿舍裡的孩子打造了可以找到『深網』的搜索引擎？」

「不全然是，」魏斯伍德說：「不是孩子，不是宿舍，也還不算打造成功。我說過，這是一股衝勁，他們也沒辦法解釋，可是遲早會有一個問題找上他們，而他們非把它解決不可。他們不會退卻，可是十個有九個無法把點子轉化成商品，於是他們只好找個正職，把它變成嗜好，可是他們會一次又一次回頭去研究，不斷修補改進。由於時間和經費的限制，永遠沒有完成的一天。不過就嗜好來說這不是問題，事實上嗜好就是這麼回事。」

張說：「誰？」

「他是帕羅奧圖（Palo Alto）公司的創辦人之一，已經是元老級人物了。二十九歲，目前在零售支付系統方面表現出色，他還在唸大學的時候有人告訴他，他不能搜索『深網』，那個女生就寫了這麼幾個字，就像逗弄鬥牛的紅布，某種智力上的激發。這賺不了錢，他也清楚，只能當作興趣，他承認這主要是出自一股傲氣。有些電腦癡就是這樣，他們非要勝過其他電腦癡不可。」

「他目前進展到哪裡了？」

「這個問題沒辦法回答，他怎麼知道呢？他可以看見一些，顯而易見，可是這是全部，或者只是一小部分？」

「我不懂你在文章裡為什麼沒提到這些，這是非常重要的部分，不是嗎？都已經有進展了。」

「那個人不答應，他害怕遭到『深網』那些人的報復，那類網站有些真的不想被找到，馬琴科的事就是他告訴我的，業餘的研究讓他成了易受攻擊的目標，他沒有工作團隊，他只有一個人，而根據你們的經驗，他的害怕是有道理的，當時我並不確定，不然文章一定很精采，那些人活在自己的世界裡。」

李奇說：「我們必須和這個人見面。」

「不容易。」

「目前我們知道的全都是二手傳聞，不過似乎有個共識，就是邁可・麥肯曾經使用『深網』，以及邁可・麥肯在一個名叫母之安息鎮的地方下了火車，我們必須弄清楚這兩件事是否有因果關係。他是因為網路下火車，還是他無論如何都會下火車？」

「你認為母之安息鎮透過『深網』吸引大家過去？」

「我們曾經看見兩個人搭火車到那裡，在汽車旅館住了一晚，第二天一早被一輛白色凱迪拉克接走。」

張說：「那裡連手機訊號都收不到，那裡不可能有網路發射站。」

魏斯伍德頓了一下，接著他說：「我們得找個隱密一點的地方。」

母之安息鎮南方二十哩處，穿燙過的牛仔褲、頭髮吹整有型的男子來回踱步，等著電話響起，忍著不過早行動。上次他比預定時間提早打電話，結果把自己搞得很窩囊。你就相信我們的事業，好嗎？倒不是說他們真的有多行，還不知道呢。

等不及了。

他拿起話筒。

撥了電話。

沒人接聽。

魏斯伍德事先打了電話訂房，不知情之下，他替李奇和張分別訂了一個房間。了解情況之後，他一點都沒有尷尬或者擔心花費過多，他只是選了wifi訊號比較強的那個房間，把它稱作辦公室，他從帆布包抽出他的金屬筆電，放在辦公桌上，李奇和張坐床上。

魏斯伍德說：「早在一開始的時候你們就提過母之安息鎮，你們說得沒錯，一個聰明的科學編輯應該先下手為強，於是我作了調查，那是一個穀物裝卸火車站和交易站，文字記錄中有一些技術性的東西，可是一個優秀的記者喜歡有至少兩種消息來源，因此我查了Google地圖，果然找到它的衛星照片，就在正確的位置上。看起來完全就像一個穀物裝卸火車站和交易站，可是它的地點太偏僻了，就好像洛杉磯郡只有一個交叉路口，剩下的全是大片的荒地。實在很有意思，因此我隨便看了一下。我把畫面拉遠，想看看它跟其他地方到底距離多遠，只是好玩。我發現它在南方大約二十哩的地方有個鄰居，唯一的鄰居，比它更加偏遠，不用說我馬上把畫面拉近，想看個究竟。」

他把筆電掉頭，對著床邊。

他說：「這就是我看見的。」

當然，他看見的是白天，即使外面已經天黑。衛星照片不必然是即時的，或者最新資料。可能有變化，也可能沒有，李奇猜想螢幕上的景致多年來一直沒變。他看見一座被大片麥田包圍的農場，這座農場包括一棟房舍和一些附屬建物。以畫面中垂直往下、陰影濃重的視角看來，房子建得相當牢固方正，多少算是自給自足的一個地方，裡頭有豬、雞和菜園，還有一間供應電力的機房。主屋本身看來十分堅固，一端有停車的場地，另一端有四座碟形衛星天線，還有像是水井的東西，還有電話線箱。

魏斯伍德說：「後來我才想起這些衛星天線，它們是做什麼用的？」

李奇說：「電視。」

「其中兩只是，另外兩只朝著不同方向。」

「國外電視。」

「也可能是衛星網路，人們樂意付費獲得的所有頻寬，非常快速，為了保險起見裝了兩只，還擁有自己的電力，看來正是一個標準的網路發射站。」

「能不能從那些小耳朵的裝設方式看出來？」

「我們必須知道Google拍攝這張照片的日期和時間，以便推算那些陰影的角度。」

「另外我們也得看看它的內部，我們需要搜索引擎，如果他們是從這裡發文的話，我們需要知道他們都說些什麼。」

「我最多只能發問。」

「告訴他馬琴科死了，說你痛打了他一頓，替所有的程式開發人員出氣，告訴他說他欠你一份人情。」

魏斯伍德沒說話。

李奇回頭看著螢幕。

「這地方究竟在哪裡？」他問。

魏斯伍德說：「母之安息鎮南方二十哩。」說著從螢幕後面靠過來，手指夾捏、滑動著讓房舍縮小，麥田放大，無疑是想持續這動作直到上方的母之安息鎮進入畫面，以便顯示兩地在地緣關係上的距離。可是在這之前，畫面下方被一條筆直的橫線切過。「那是什麼？」李奇問。

「鐵道。」魏斯伍德說。

「我看一下。」

魏斯伍德從螢幕後面繞過來，調整著照片。農場和鐵路以正確比例居中分布，兩者大約相距四分之三哩，在多數人眼中算是中等距離。

李奇說：「我記得這座農場，在我到達小鎮的那天，那是我搭了幾小時火車之後看見的第一棟房舍，從那裡繼續走二十哩就到了母之安息鎮，當時他們正在操作一台亮著很多燈光的機具，也許是曳引機，在半夜。」

「這算正常嗎？」

「我也不知道。」

張說：「當時我們推測那輛凱迪拉克開了二十哩路，記得嗎？來回各二十哩，現在總算知道它去了哪裡了。距離母之安息鎮二十哩，不可能是其他地方，所以這是下火車那兩個人去的地方，一男一女，拎著手提包，可是接著去了哪裡呢？」

沒人回答。

魏斯伍德說：「農夫會不會用『深網』？」

「顯然有某個人會，」李奇說：「我們需要搜索引擎。」

「那個人是不做白工的。」

「沒人喜歡做白工，這點我還懂。」

「他不可能到這兒來，我們必須跑一趟舊金山。」

「就像一九六七的嬉皮大集合？」

「什麼？」

李奇說：「沒事。」

十分鐘後，他和張單獨在房裡，wifi訊號最強的那間。

44

次晨他們在打開的窗簾和各自的心事中起了個大早，和前一天在芝加哥——僅僅二十四小時前——同樣的情形，李奇再度修正他的理論，對節節攀升的進展感到迷惑不已。真是大大出乎他的意料，或許也超乎他的理解，然而張一心只想著趕快出城去。她正在看鳳凰城地方電視台，一個搶烹飪和時尚節目而就犯罪新聞的晨間節目，一名播報員正在敘述一樁發生在市中心一家脫衣俱樂部後院的一名疑似犯罪組織人物遭到致命槍擊的案件，案子涉及諸多令人屏息的揣測，背景是一些無關緊要的照片——主要是粉紅色圍籬的緊閉入口的照片，底下一行字幕寫著：**從莫斯科來到鳳凰城**。李奇心想這一定會惹惱各地的烏克蘭人，因為俄國和烏克蘭已經各自獨立很久了而且引以為傲，至少有一方是如此。

另一名播報員報導了更重大的新聞。不再是：**今晚一樁入侵民宅事件以悲劇收場**，因為今晚已經成為昨天，而悲劇也已轉變為振奮人心。一位住在案發地點民宅的受人敬重的本地醫生使用一把家庭自衛手槍擊斃了三名入侵者，因而解救了他的家人免於遭受比死更可怕的凌辱。伊凡・萊爾出現在畫面中，遠遠地，搖晃不穩地拉近鏡頭被放到最大，揮舞著手拒絕回答問題。他的不願多談被看成是老派人物的剛強謙遜，隨著擔架沐浴在警車的紅色閃光中被抬出屋子的夜間新聞的粗糙畫面，他的傳奇正在締造，朝著硬漢醫生之路前進。也有艾蜜莉的現場遠鏡頭，這時已脫去罩衫和比基尼，換上牛仔褲和運動衫，還有麗迪亞，低頭望著地上。

接著第三名播報員突然插播，表示她聽警局的人說，這兩樁事件可能互有關聯，民宅內的三名死者據知是脫衣俱樂部死者的同夥，這時第四名播報員插入，說她掌握了來自地方檢察官的最新說法，民宅槍擊案可能會被認定為正當防衛，至於脫衣俱樂部事件，犯案槍枝已經在附近的一只垃圾收集箱中被起出，但是上面沒有指紋，因此目前沒有嫌疑人，而調查工作將會持續進行。

下一個節目：處理雞肉的十個小訣竅。

張說：「你還好吧？」

李奇說：「好得不得了，只是頭還是很痛。」

「沒反應？」

「對什麼事？」

她指了指電視螢幕。「那些。」

「我到現在還有點耳鳴。」

「我不是說那個。」

「別人不來惹我，我就不會去惹他，是他們自找的。」

「你不難過？」

「妳會嗎？」

「你看見半夜在農場活動的是什麼機具?」

「只是遠遠的一個小點,裝了一排聚光燈,就像汽車保險槓上的裝飾燈,不過它是裝在駕駛座頂端。四盞長方形的燈,非常亮。也許是一輛增高的貨卡車,比較可能是曳引機。正在拚命幹活,就著燈光可以看見它不斷排出廢氣。」

「會不會是挖土機?」

「為什麼?」

「基佛就是在那天失蹤的。」

李奇說:「有可能是挖土機。」

「所以我不難過,如果換個情況,受害的說不定是我。假設邁可是在西雅圖失蹤,麥肯就會打電話給我,接下來我可能會打電話向基佛請求支援,而這時你很可能正和他到處奔波,尋找我的下落。」

「別說了。」

「真的很有可能。」

「妳會處理得比他好。」

「基佛生前很機伶的。」

「生前?」

「我想我也該面對現實了。」

「機伶,但還不夠機伶。他犯了一個錯誤,妳或許會避開。」

「什麼錯誤?」

「這或許也是我即將犯下的錯誤,他低估了這些人。如果說他們真的用挖土機把他埋在農場裡，表示馬琴科並沒有參與，在這階段沒有。他們完全是獨力作業，沒有助力，也許他們比我們想像中厲害得多。」

「看起來不像。」

「作最好的期待，抱最壞的打算。」

當天早上，八個人在母之安息鎮乾貨店的櫃台前集合。一如往常，店主先在那兒等著，仍然穿著兩件襯衫，仍然蓬頭垢面，滿臉鬍碴。一如往常，頭一個到達的是灌溉系統零配件商店的老闆，接著是聯邦快遞商店那個開凱迪拉克的傢伙、汽車旅館的獨眼人、豬農、餐廳櫃台服務生，還有被踢中要害、槍被奪走的莫納罕。

五分鐘後第八個人抵達，穿著燙平的牛仔褲，頭髮吹整得很有型。另外七個人沒說話，只等著他先開口。

他說：「情況不太妙，我們的信任被人辜負了，菜單系統運作失靈，沒能發揮預期效果，因此現在我們只能靠自己了。」

眾人微微起了騷動，還不到憂慮的地步，而是憤慨。狀況好的時候都是他一個人的功勞，這會兒突然又變成我們、我們的、我們自己了？豬農說：「是不是早上ＣＮＮ報導的？那個俄國人？」

「他是烏克蘭人，而且不光是他，另外那三個也是他的人。」

「最早那個呢？叫海克特對吧？」

「目前在芝加哥的醫院裡，門口有警員看守。」

「這麼說他們沒有一個成功？」

「我說過了。」

「我們自己出面是很大的一步。」

「咱們不會損失什麼的，除了錢。那些人還在窮追不捨，可是那些人一直都在，他們離開，現在又回來了，我們會在這裡解決掉他們。」

「他們會帶警察過來。」

「應該不會，是他們讓海克特進醫院的，這點我敢肯定。很可能鳳凰城的事也是他們幹的，這表示他們不能找警察，無論哪個地方的警局都會馬上把他們逮捕的，做為預防措施，直到案情明朗，他們會單獨過來。」

另外七個人又騷動起來。

凱迪拉克的駕駛說：「他們什麼時候會到？」

穿牛仔褲、頭髮有型的男子說：「我想快了，可是各位都知道計畫內容，也都知道會有用。我們會等著他們來，我們會準備就緒。」

李奇和張下樓和魏斯伍德共進早餐。魏斯伍德說他已經打電話到帕羅奧圖市給那個人，並且安排好了到酒吧享受優惠服務，在門洛帕克市，只是他預期那傢伙會遲到，他就是這種人。另外他還訂好了從天港機場到舊金山國際機場（ＳＦＯ）的機票，三個商務艙座位，其他都賣光了。還有旅館，兩個房間，多少可以省下一點，他那個部門的預算每年都在刪減。李奇感覺他身上有種賭徒的興奮不安，栽得很深，但就要大贏一把了。

時間一到，他們便搭了計程車到機場，因為他們的機票等級，登機前可以到貴賓室休息。李奇又在這裡吃了早餐，反正是免費的。他們在隊伍最前面登上機艙，在飛機滑行起飛之前拿到一杯飲料。比後排座位好多了，甚至比靠近逃生出口那幾排好。

航程不長也不短，算是中程航行，不是一下子就到達的短途飛行，但也不是繞行大段地球圓周的旅程，比紐約飛芝加哥短一點。計程車一路上相當順暢，因為基本上是出城的路線，倒也不是說矽谷是一片寂靜的山谷，這裡是世界的中心，一路經過山景城，這裡的人開起車來也特別神氣，接下來的優惠服務必須到門洛帕克市一家書店附近的酒吧去享用，但他們第二次才得以進入，他們來早了，但又不夠早，沒辦法先回旅館再來，於是他們只好付了計程車錢然後下車。

這間酒吧一開始有點讓人心神不寧，因為它整個漆成紅色，而店名就叫「紅」。李奇的後腦袋開始閃過各種綺想，努力構思著魏斯伍德其實是警察或壞蛋，試圖用粉紅的幽靈來折磨他的種種情節，就像莎士比亞或者福爾摩斯偵探小說裡的東西。但接著他冷靜下來，猜想這地點大概是那個怪胎挑的，因此紅和粉紅的連結只是巧合，況且兩者也不盡相同，這裡充滿了反諷而不俗氣。它的紅漆帶著幽暗的中世紀氣氛，類似軍方的東西，牆上掛著許多髒污的白色模板印刷的榔頭和鐮刀畫，故意磨蝕、刮擦出陳舊感，還有一些裝框的《真理報》（Pravda）頭條標題，還有紅軍頭盔，全都老舊而且刮痕累累。門上的店名標誌寫著反向的Ｒ，讓它看來像俄文，來製造一點小小的驚恐，難道是暗指馬琴科？當然不是。魏斯伍德肯定知道俄羅斯和烏克蘭的區別，可是一個學究型的折磨者能找到烏克蘭主題酒吧嗎？還是說他不得不將就，選了俄羅斯酒吧？

不，是那怪胎選的地點。

張說：「你還好吧？」

李奇說：「想太多。壞習慣，跟什麼都不想一樣糟。」

「我們去書店等吧。」

李奇在路邊滑一跤。只是顛了一下，沒有跌倒。應該說是鞋子刮了一下，不能算滑跤，就好像路上有隆起或不平坦的地方。他回頭看，也許是，也許不是。

張說：「你還好吧？」

「很好。」他說。

魏斯伍德說他來過這家書店。簽書會，一本收錄了他作品的選集，科學新聞，一篇得過獎的文章，這書店怎麼看怎麼酷，從它的冷凍溫度到它的顧客，無一不酷。魏斯伍德晃到一邊，張晃到另一邊，李奇瀏覽著檯子上的書。只要有機會他會看書，主要是透過包括各種遺失、人家忘了帶走的書本的廣大全國性書庫，多半是破爛的平裝本，紙張翻捲、起毛的，在候車室或巴士上，或者在偏遠汽車旅館的門廊上發現的，津津有味地讀完，然後留在某個地方讓下一個人去發現。比起事實，他更喜歡小說，因為事實往往不是事實。和多數人一樣，他明確地知道一些事情，斬釘截鐵，然後發現書上寫錯了，所以說他比較喜歡虛構的故事，因為打一開始你就知道那是假的。至於小說類型，他倒是不計較。反正要不就有事，要不就沒事，就這樣。

張回來了，接著是魏斯伍德，三人晃回酒吧，開始等人。太早到達讓他們可以盡情挑桌位，他們選了一張靠窗的四人桌。李奇點了咖啡，另外兩人點汽水。

魏斯伍德說：「就算他找到了，情況恐怕也不樂觀。『深網』終究不是好玩的地方，他們是這麼告訴我的，當然我自己沒接觸過，不過你可能不會喜歡那裡頭的東西。」

李奇說：「這裡是自由國家，況且邁可是麥肯的兒子，不是我的，我才不在乎他捲進了什麼麻煩。」

牆上的時鐘滴答走到西里爾字母的十二。整點，伏特加開始半價供應。歡樂時光（happy hour）。第一個走進店門的新客人是一個二十來歲的年輕女人，一臉興奮，無疑剛學會某樣東西但十分在行。

第二個進來的正是從帕羅奧圖來的傢伙。完全準時，一點都沒遲到。這人身材矮小，臉色和床單一樣白，瘦得跟鬼一樣，就算沒動也好像一直在飄動。二十九歲的元老，一身黑衣，他看見魏斯伍德，走了過來。他點頭招呼了一圈然後坐下。他說：「矽谷喜歡反諷，不過你們得承認，在這蘇維埃的聖殿裡頭，『歡樂時光』實在是矛盾到了極點的一個字眼。說到前蘇聯，我的部落格提示告訴我，昨晚有個叫馬琴科的烏克蘭人被做掉了。令人開心的巧合，不過總會有人取而代之，市場機制會彌補他的空缺。所以我還是不能公開露面。」

魏斯伍德說：「我們也一樣，必須等到新聞熱度退了之後。到時候要遺忘的事情太多了，根本不會有人想起你。我保證，你絕不需要拋頭露面，我們只是要搜索一下，私下進行，追查一個失蹤的人和他的下落。」

「搜索哪裡？」

「主要是聊天室，也許是商業網站。」

「我不想成為公共人力資源。」

「我很樂意不付錢給你。」

「那就算是幫朋友的忙，這麼一來我的責任就更重大了。」

李奇說：「你辦得到嗎？假設你願意的話？」

那人說：「我從它還叫線上交談網路（undernet）的時候就開始研究了，還有隱形網路（invisible web）。它越厲害，我的功力就越強。」

「可是目的網站可能很難破解。」

「破解很容易，要找到才難。」

「所以你花一小時幫我們，能得到什麼？除了酬勞之外？」

「除了得到酬勞之外，你有其他動機？說真的，誰有？」

「事實上我沒拿酬勞。」

「那你為什麼要做？」

「因為有個傢伙自以為很聰明。」

「你比他聰明？而你必須證明？」

「我不必證明，但偶爾會想證明一下，基於對那些真正聰明的人的尊敬，凡事還是得有個標準。」

「你想引導我作出相同的結論，一場自尊心的戰鬥。我對抗他們，編碼設計師之戰。真有你的，你非常了解我，儘管我們才剛認識。可是我已經超越自己了，我很滿足於現狀。我比他們厲害，我知道，對這點我有十足把握，我不再有慾望去表現自己，連偶爾都沒有，連出於尊敬都沒有，並不是說我不尊重你的想法，那個舊的我或許會認同你。」

「那新的你會認同什麼呢？」

「告訴我那個失蹤者的事，他有趣嗎？」

「三十五歲男性，患有一種被醫生稱作快感缺乏症的毛病，他的姑姑形容他的快樂測量表卡在零。除此以外IQ普通，有時候也能正常工作。」

「獨居？」

李奇點頭。「福利住宅。」

「失蹤了？」

「是的。」

「失蹤前突然結交了新朋友？」

「是的。」

那人說：「三十二秒。」

「什麼東西？」

「我在三十二秒之內就可以在『深網』裡頭找到他，我知道上哪裡去找。」

「你什麼時候可以進行？」

「說一下他姑姑的事。」

「她嫁了金龜婿，醫生，有個漂亮女兒，不過她還是很疼愛她的姪兒，而且似乎很了解他。」

「我喜歡她那快樂測量表的比喻。」

「我的是四到九分。」

「我已經超越，我達到十分了，整天都很亢奮。」

「那是搖頭丸囈語。」

「什麼？」

「我在報上讀過。」

「我已經兩年沒碰搖頭丸了。」

「現在吃別的？」

「現在什麼別的都吃，壓力很大。」

「只要記住，太快會出人命。那是人家告訴我們的，很久以前。」

「我不會出面，你了解這意思？」

李奇點頭。「不會有審訊的。」

「做掉馬琴科的人是你？」

「這絕不能供出來，就算快死了也不能說，說不定你突然又好起來了。」

「只給一個晚上，」那人說：「但不能回來求證任何事情，我需要自己的空間。」

「什麼時候能開始？」

「可以的話，現在。」

「哪裡？」

「我的住處，大家一起過去吧。」

45

帕羅奧圖這傢伙的手機有個功能，可以在幾分鐘內把車子召到路邊。一輛車載四個人超過了載客量，因此他按了兩次，召來兩輛。他和魏斯伍德共乘一輛，以便敘敘舊，李奇和張兩人單獨搭一輛城市車在後面跟著。這人的房子是一棟在一九七〇年代改建為仿似一九三〇年代房子的一九五〇年代小屋。李奇猜想它本身就確確實實帶有一種三重反諷的意味，因此就算花掉他一輩子賺的錢，也是值得的吧。

它的內部十分乾淨，布置全是銀、黑兩色。李奇原本以為會見到大堆纏繞混亂的電腦器材，就像麥肯的芝加哥住處一樣，可是這小窩裡頭只有一張小玻璃桌和一組沒有品牌的桌上型電腦、一台直立式主機、一片螢幕、一個鍵盤、一顆軌跡球，完全互不搭嘎。總共只有五條線路，全部剪成適當的長度，沒有糾纏不清，全都收拾得整齊有序。

那人說：「我自己配置的，有不少技術障礙和數據不相容的地方得克服。就像到國外旅行，你必須學習他們的語言，更重要的是融入他們的風俗習慣，我以Tor作基礎寫了一些瀏覽器程式，因為那些人都用這種瀏覽器。諷刺的是，它是由美國海軍研究實驗室開發的，為了提供世界各地的政治異議分子和告密者一個安全的庇護所，等於踩住全世界的痛腳，帶來意外的不良後果也是必然的。Tor是洋蔥路由器（The Onion Router）的縮寫，這正是我們所面對的狀況，一層又一層網路，就像一層層的洋蔥，不只是『深網』本身，那當中無數各自獨立的網址內部也是如此。」

他坐下，打開電腦開關，螢幕上沒有花稍的東西，沒有外太空照片，沒有圖示，只有襯著黑色背景的一行行短短的綠色代碼。一板一眼，就像航空公司的報到櫃台，或者租車公司的櫃台。

那人說：「失蹤的人叫什麼名字？」

張說：「邁可・麥肯。」

「社會安全號碼？」

「不知道。」

「住家地址？」

「不知道。」

「不妙，」那人說：「有些預備步驟必須先完成，我需要這些東西，我稱他作網路指紋。這是我編寫的一個演算法，起始的資料必須精準才能正確執行。要簡明，應該這麼說。我們可以從簡單的開始，例如他的有線電視帳單，不過還有別的方法，我們知道他最近的親人嗎？」

「應該就是他的父親，彼得・麥肯，他母親很早就過世了。」

「我們知道彼得・麥肯的地址嗎？」

張把地址告訴他，位在不起眼街道上的一棟不起眼的褐石房子，芝加哥林肯公園，三十二號公寓。那人輸入指令，看來像網站入口的畫面出現，由這裡進入社會安全局的大型主機，堂堂政府機關。李奇看了張一眼，她點點頭，像是在說沒事，我也有。那人輸入彼得・麥肯的資料，馬上找到他的社會安全號碼，而且立刻連結到邁可的，因為他們彼此指定對方為自己的遺屬撫恤金受益人，近親。邁可的社會安全號碼可以導向他的地址，同樣是在芝加哥林肯公園。

接著那人離開社會安全檔案，進入一個複雜的資料庫。他輸入邁可的社會安全號碼和地址，畫面重整為一長串字母數字代碼。網路指紋，屬於邁可・麥肯一個人的。

他輸入新的指令，螢幕跳出一個標題頁，由單調的黑底和綠色代碼格式化而成的，可是運用製表鍵、空格鍵和置中配置，讓它看來有點像商品，或者一種原型。的確就是，李奇心想，有點像，應該沒錯。看來相當吸引人，有如天鵝絨上的明亮祖母綠，整頁最突出的字體是Bathyscaphe。

「懂了吧？」他說。

「深海潛水器，」張說：「可以一直潛到海床。」

「我本來叫它尼摩，以《海底兩萬里》裡的尼摩船長為名，他指揮一艘叫鸚鵡螺號的潛水艇。我喜歡他，因為nemo在拉丁文是無名小卒的意思，似乎相當貼切。可是後來他們用這名字拍了一部小丑魚的電影，把它毀了。」

他又輸入一個指令，出現一個搜索方塊。

他說：「好，大家注意了，我賭三十二秒。」

他在搜索方塊中貼上一大片東西，不是邁可的名字，而是從之前的資料庫調出來的一長串字母數字代碼。網路指紋，大概比名字更好用吧。

他按下開始鍵，李奇腦袋裡的時鐘開始滴答運轉。

五秒。

那人說：「有一天它會快得多，它的粗略搜索功能不錯，可是單頁搜索會莫名其妙連到一個舊文字處理程式的尋找取代功能。」

十二秒。

那人說：「可是別誤會了，以絕對值來看，它已經夠快了。但重點是，『深網』實在太大了，我又沒有Google的優勢，沒人會因為我關注他們而喝采，他們巴不得沒人理。可是我已經進去了，現在就混在他們當中，他們看不見我，可是我看得到他們。」

二十五秒。

那人沒說話。

接著搜索停止。

螢幕出現一張連結清單。

「找到他了，」他說：「二十六秒，比預定的三十二秒快了許多。」

「很不賴。」李奇說。

「我賭了一下，把搜索範圍縮小，我知道上哪裡去找他。」

「哪裡？」

「希望事前魏斯伍德先生向你們說明過我的事，我們會掉入什麼樣的神秘世界，有時是靠運氣，不見得是憑實力。」

李奇說：「重點是解決問題，不是問題本身。」

「搜索『深網』在技巧上相當有趣，但進去之後可能會很不舒服。裡頭可以說什麼都有，但總歸起來就像一把三腳凳。它的第三隻腳是一個廣大的犯罪交易市場，裡頭的所有東西都在等著出售，從你的信用卡號碼到殺人。有些拍賣網站還有爭著找雇主的打手，出價最低的得標。有些網站可以讓你指定自己的妻子要怎麼死掉，有的承包人還會提供客戶評價讓你參考。」

張說：「你在哪裡找到邁可・麥肯？」

那人說：「『深網』凳子的第二隻腳是最下流的色情市場，連我看到都覺得反胃，而我已經算是非主流的人了。」

「他在那裡頭？」

「不是，我是在第三隻腳找到他的。」

「是什麼？」

「很容易猜到，因為他有快感缺乏症，因為他的快樂指針卡在零。『深網』的第三隻腳是自殺。」

帕羅奧圖男說：「我不時會瀏覽他們的留言板，以人類學研究者的立場，希望是，不是偷窺狂，不是動物園遊客。我猜邁可・麥肯是非常嚴重的自殺典型，天生抑鬱，而且要是他母親很早就過世，應該是在他年輕的時候，等於雪上加霜。我認為他想要了斷一切，每天都在想。我們很難想像這些人到底有多堅決，這可不是暫時性的情緒起伏，這些人打從心底厭惡自己的人生，他們只想把它了結。他們想要搭上巴士，這是他們的用語：想要搭上出城的巴士。但這是很大一步，那些留言板有的是互相支援的，所以我才問他有沒有突然結交新朋友，他們稱那些人叫自殺夥伴，他們會一起行動，可說是手牽手一起跳下去。那些留言板把他們串聯起來，當中有不少關於協調包容的討論，邁可的同伴也失蹤了嗎？」

張說：「我們不清楚。我們連那人是男是女都不曉得，只能推測大概住在奧克拉荷馬州陶沙附近。」

魏斯伍德說：「其他留言板都聊些什麼？」

「聊方法，這話題沒完沒了，對他們來說這是個大難題。外界有很多資料數據，他們像研究經文那樣熱烈討論，一等一的好方法是往腦袋開一槍，瞬間解脫。據我們了解，成功率九成九，把手槍塞進嘴裡是九成七，拿獵槍指著胸口是九成六，換成手槍大約是八成九，和上吊差不多。自焚大約七成六，縱火燒房子大約七成三，比這低的大概就沒人會考慮了。不過，撞火車又回升到九成六，從屋頂跳下是九成三，開車衝到河中大約七成八，可是要確定你繫了安全帶，免得被拋出車外，沒繫安全帶的話大約七成。你必須確保引擎透過儀表板壓過來的時候你人在座位上。最後，但不是最差的一種，也是最受歡迎的，高居榜上第二，僅次於獵槍的，就是氰化物。成功率超過九成七，兩分鐘之內結束，不過那是極度痛苦折騰的兩分鐘，也是它的問題所在。所有最好的方法都很暴力，有些人無法接受，男人女人都一樣，況且有的人也沒那條件。如果你住在城市，你大概不會有藏在穀倉裡的伯父的狐鼠獵槍。如果你連走到浴室都提不起勁，又怎麼讓自己出門去找火車鐵軌？」

「那他們都怎麼做？」

「他們沒日沒夜討論，就像在找許願的聖杯。迅速，沒有痛苦，就像睡著了，再也不會醒過來，他們就在找這東西。他們有過一次經驗，或者他們的父母。一瓶安眠藥，一杯威士忌。或者把一條管子連到別克家庭房車的車窗內，你睡著了，再也不會醒來。可是現在不行了，現在的別克家庭房車裝有觸媒轉化器，沒有一氧化碳了，總之不夠多。你只會頭痛，出疹子，威士忌還是沒變，可是安眠藥不一樣，變得安全了。吃光一整瓶，你會睡個一天半，可是你不會長睡不醒。在美國人命是非常受到呵護的，這也讓那些傢伙很為難。這也是他們一開始會進入『深網』的原因。當然，一方面怕招來恥笑，但主要還是因為，在現實世界中，能夠解決他們問題的方法逐漸變成了灰色地帶，因為肯定會引起債務問題、社會責任和沒完沒了的法律問題。例如，你的別克房車已經不能用了，一氧化碳來源的新選擇是你在超市買的小燒烤爐，裝了煤炭的鋁箔烤盤，加上金屬網，全都用收縮膜包裝出售，方便得很。在臥房裡擺六個、八個，把它們放在層架高處，然後全部點燃，一氧化物便會像液體一樣源源流出，比空氣重，因此會沉在臥房地板上，水平面上升到床舖，把你湮滅。迅速，無痛，就像睡著了，再也不會醒來。只是可能會有一只爐子讓牆壁起火，把整棟房子燒了，提議這做法的人得面臨打不完的官司。」

張說：「他們還違反了什麼別的法律？」

「這要回到他們應付得了多少的問題，就連用管子引車子廢氣自殺對某些人來說都太困難了。車庫裡很冷，車子裡又很不舒服，而且整件事感覺很怪異，儘管一氧化碳會讓遺體有好氣色，櫻桃紅，很健康的樣子。殯儀師的工作會輕鬆很多。可是有些人想要死在家裡，在屋內，最好是死在床上，因此另一種新選擇是不同類型的氣體，加上一個有趣的醫學事實。我能不能問你們一個問題？假設你們必須憋氣非常久，是什麼讓你急著想要再度呼吸？」

「應該是氧氣吧。」

「這就是那個有趣的事實。其實並不是因為缺氧，而是因為二氧化碳的存在。似乎是同一件事，但卻不完全是。重點是，你可以吸入任何氣體，只要不是二氧化碳，你的腦子就會很快活。你也可以吸入滿腔的氮氣，根本不是氧氣，會讓你當場沒命的，可是你的肺會說，嘿，夥伴，咱們涼了，沒有二氧化碳了，不需要再打氣了，等它又出現的時候再說吧。等不到那時候，因為你再也無法呼吸了，因為你再也不需要呼吸，因為你沒有二氧化碳了等等。因此那些傢伙開始吸氮氣，可是你必須到焊接工坊去，而氮氣筒又太重了扛不回來，因此接著他們嘗試用氣球商店的氦氣，可是你需要面罩和管子，而且整件事看來還是十分荒唐可笑。所以到最後多數人還是寧可選擇一整瓶藥丸加一杯威士忌的老方法，和以前沒兩樣，問題是已經不可能一樣了。目前這種藥不是戊巴比妥（Nembutal）就是紅中（Seconal），可是目前這兩種藥被管制得非常嚴，沒辦法輕易取得，當然，除非是非法的，偷偷摸摸。是有些管道，但大部分自然都是騙局，來自中國的粉狀戊巴比妥之類的，可溶於水或果汁，每一致命劑量大約八、九百元。有些絕望的可憐人就帶著現金到速匯金窗口去匯款，然後焦急又煎熬地在家裡等待，始終沒看見粉狀戊巴比妥從中國寄來，因為本來就沒有。網頁照片裡的粉末是滑石粉，至於藥瓶則是完全不相干的東西。我感覺是一種新騙術，利用自殺族群的最後一絲希望進行掠奪。」

李奇說：「你這話也暗示確實有正當的供貨來源，你說大部分，不是全部。」

「紅中已經沒指望了，戊巴比妥是最後的希望，獨一無二的聖杯。在美國，戊巴比妥的唯一合法用途是大型動物的安樂死。有些被偷了，有些獸醫貪腐圖利。有何不可？人類的致死劑量是兩小瓶，太容易運送了，交給聯邦快遞就是了。九百元，交換殺死騾子的時候噴灑在地上的東西，任誰都會接受這交易。」

他看見許多仍然有人居住的房子，和一些改裝做為辦公室的房子，包括許多種子批發、農藥銷售商店和一家大型獸醫院。

李奇說：「讓我們看看邁可・麥肯都在哪裡張貼留言，我們想知道他究竟說了什麼。」

46

他們把椅子拉向玻璃桌，擠在桌邊讀著螢幕上的貼文。邁可・麥肯登入了兩個自殺留言板，兩個都是用小邁的名字發文。他寫得平淡又吃力，彷彿麻木了，彷彿被重擔壓得筋疲力竭。

他的拼字很正確，文法也很正式，不是很率性。李奇心想，就好像有人告訴他在公共領域中，一切都得照規矩來，類似公開演說，得穿套裝打領帶。

第一個是耦合留言板。邁可在這裡尋找一個能起共鳴的同伴，倒不是說他需要幫助，那只是偶爾，而是他感覺自己能提供協助，至少有些時候可以。幾個月當中他和兩個候選人短暫聊了幾次，接著似乎和第三個定了下來，這人的暱稱叫「退場」，兩人開始頻繁地互傳訊息。

在這同時，第二個留言板則是關於怎麼做，有時也會離題討論別的東西。邁可不時會貢獻一些意見，句句斟酌，總是不慍不火。他捍衛自己搭上巴士的權利，並且加入關於如何服用戊巴比妥的討論，他非常渴望得到指點。據說原始商品形式的它味道相當苦澀，最好用果汁調和一下，或者用威士忌消除那味道，再說威士忌也能增強它的效果。最好事先吃防嘔吐藥，類似暈船藥。沒人希望上車之後吐得唏哩嘩啦，肚子裡只剩不足以致死的劑量，沒人想要在二十小時以後醒來，然後又得重新來過。

邁可也參與了關於戊巴比妥供應者的可信度的討論，而且不只一次被踢出留言板。這市場是一座叢林，任何騙子只要有個好的網站就行了，沒人知道他是誰，泰國有個傢伙據說相當可靠。接著有人發文，說ＭＲ依約把東西寄來了，經過測試證實是真品。另一個人發文支持他的說法。ＭＲ是一群好人，他說，是玩真的。邁可發問：ＭＲ？第一個傢伙回到留言板，說：母之安息（Mother's Rest）。

過了一天，在耦合留言板上，邁可告訴「退場」，說他查過母之安息鎮網站，他覺得「退場」也應該看一下，因為有很多東西可以討論，尤其是在第五級。

沒有進一步對話。

李奇說：「第五級是什麼？」

帕羅奧圖男說：「就像洋蔥，一層又一層，越來越深入。網路，還有裡頭的每一個網站都是如此。登入頁通常是第二級，第四級通常是商品的首頁，因此第五級多半是特殊商品。」

留言板上，「退場」回覆說第五級很有意思。這已是他們這段對話的尾聲，兩人沒有進一步討論。緊接著邁可動身前往奧克拉荷馬，到陶沙附近，「退場」的住處，他的自殺夥伴，一起準備上路，李奇猜想後續的討論大概是面對面進行。

他說：「能不能看一下母之安息鎮網站？」

那人說：「必須先找到它才行。」

「你剛才找得很順手，還快了六秒。」

「剛才我知道上哪去找，這次恐怕得耗上好幾分鐘，如果運氣不錯的話。」

「多少分鐘？你賭多少？」

「二十。」那人說。

他輸入指令，載入搜索詞彙和關鍵字，然後按開始，李奇腦子裡的時鐘開始計時。大夥兒離開玻璃桌，舒活一下筋骨，開始等待。

魏斯伍德說：「所謂兩百人死指的也許是兩百個戊巴比妥顧客，我不知道該怎麼想，我是說從新聞的角度。這算醜聞嗎？這在華盛頓和奧勒岡都是合法的。」

「不能混為一談，」帕羅奧圖男說：「這種藥需要兩名醫生簽名同意，而且你必須是罹患重症的老傢伙，這些人根本不符資格，他們很不齒這種規定。」

「那就變成道德爭議了，我們是不是尊重個人的選擇，簡單明瞭，還是我們覺得有必要評斷他們的理性？」

「不是他的理性，」張說：「那樣干涉太多了，我覺得我們該評斷的是他的投入之深。一時的恐慌和長期的渴望是兩回事，也許投入證明了他的理性，如果必須面對重重關卡卻還是打死不退，表示它對你真的很重要。」

「這麼說目前這機制是好東西，就某方面來看，算是無心插柳。那裡頭多得是關卡，他們算是賺到了。」

李奇說：「可是母之安息鎮賺到了什麼？以每劑九百元售價寄送兩百份，總共不到二十萬。假設整個計畫就這些人數，還要扣掉批發成本和運費，只能算是一種嗜好。可是嗜好賺來的錢不可能請得起馬琴科這種人，這當中恐怕另有蹊蹺，一定是的，因為——」

他突然住口。

張說：「因為什麼？」

「我們認為那個人是被殺害的。」

「哪個人？」

「一開始，用挖土機。」

「基佛？」

「對，基佛，他們怎麼會為了嗜好殺掉基佛？肯定沒那麼單純。」

「第五級可能是特殊商品，價值可能高得多。」

李奇瞥了下螢幕，還在搜索，七分鐘過去。他說：「我在想是什麼樣的特殊商品，值錢到可以雇用馬琴科。」

帕羅奧圖男說：「我很同情這些人。」

李奇說：「我也是，用燒烤爐把整棟房子燒掉這點我不太認同，除此之外要怎麼做是他們的自由。他們又沒要求被生下來，這就像拿一件毛衣到店裡去退貨。」

張說：「只是它不能設得太容易或太難，而這似乎必須靠我們這些人來訂出標準，這對我們任何一個人公平嗎？」

魏斯伍德說：「這點正是我擔心的，這是道德爭議。我大可以窩在辦公室寫稿，用一個月的時間慢慢磨，根本不需要花機票錢東奔西跑，這下我不被老闆K死才怪。」

十二分鐘過去。

他們喝飲料，不是主人送上的，而是自己到廚房去拿，廚房很復古，有點像李奇小時候見過的一些地方。世界各地十幾個軍事基地內的家庭宿舍，窗外的天氣不斷變化，廚房裡的櫃子始終如一。有些主婦會在搬家的第一天早上立刻大費周章地用消毒水刷洗它們，可是李奇的母親是法國人，相信人有後天免疫力，一般而言的確有用，只是有一次他的哥哥生病了，可能是在餐廳感染的，當時他正開始約會。

張說：「你還好吧？」

「很好。」他說。

十八分鐘過去。

他們回到小房間，時鐘繼續滴答地走。十九分鐘過去。帕羅奧圖男說：「我們沒說賭金是多少，剛才的打賭。」

李奇說：「我們第一次說是多少？」

「我們沒說。」

過了二十分鐘。

李奇說：「我們不想耽擱你太久時間。」

那人說：「程式會找到的，我比那些電腦癡厲害。」

「你跑過最長的一次搜索是多久？」

「十九小時。」

「你找到了什麼？」

「一個刺客網站上的總統行程。」

「美國總統？」

「正是，我開始搜索的時候他的行程還在走。」

「你檢舉了嗎？」

「這是兩難，我不是公共人力資源，而且事實上我沒有進一步情報可以提供。一個花了我十九小時才找到的網站不知道有多少鏡像網站和誘餌網站，他們的伺服器不如乾脆設在金星或火星，可是情報局對我的話不可能照單全收，他們會把我的東西搬走，讓他們的人去研究。他們會糾纏我一整年，不斷找我談話、商量。所以沒有，我沒有檢舉。」

「結果沒事。」

「幸好。」

二十七分鐘過去。

還在搜索。

接著搜索停止。

螢幕上出現一份連結清單。

47

連結清單上有一行直接連結母之安息鎮網站的網址，以及四個子網頁，還有一個外部參考，帕羅奧圖男想先看這個，因為他說這很不尋常。他設法恢復了一個名叫「血」的發文者張貼在聊天室的一句閒話，它的內容是：**聽說母之安息鎮有好貨**。那是他沒見過的一個加密留言板。前後文不清楚，不過那不是自殺留言板，是屬於其他社群的，感覺像車迷網之類的愛好者網站。

沒有其他資料。

死胡同。

帕羅奧圖男說：「咱們直接登上母艦吧，這沒有雙關的意思。」

他沒用軌跡球，程序不太一樣，全部都是輸入指令，這人似乎很喜歡這種方式，老派。他是元老，速度奇快。只見他白色的手指嗒嗒地上下跳動，幾乎像是抹影子。

畫面重整為一個全彩的全方位服務網站。

上面有一張照片。

照片中有一條筆直地穿越大片麥田的道路，無止境地向前延伸，直到它變得針一樣細，隱入地平線上的金色迷霧。是那條舊馬車隊路徑，往西離開母之安息鎮的道路。

這顯然是一種比喻。網頁頂端寫著：**與我們一起上路**。底下寫著：**母之安息鎮，最終**。

第一個子網頁是關於我們的內容。他們是一個致力於提供最佳生命抉擇的社群，嚴肅地允諾最優質的商品、服務、看護和關照，保證可靠，絕對審慎周詳。

第二個子網頁是登入頁，供社群會員使用，帳號和密碼。也許很難破解，可是不需要，因為第三個連結把它們全部略過，直接導向第四級。

第一頁是商品。

他們供應的商品有四種。第一種是五十毫升瓶裝的未滅菌的戊巴比妥口服液，售價兩百元。第二種是一百毫升裝的戊巴比妥注射劑，三百八十七元。第三種是一百毫升瓶裝的無菌戊巴比妥口服液，四百五十元，據稱保證致死劑量是注射三十毫升或口服兩百毫升，進入深眠狀態的時間據稱少於一分鐘，進入死亡的時間少於二十分鐘。李奇猜想注射溶劑大概是強推商品。如果一個人想用針筒注射，他只要超量使用海洛因就成了，價格只要十分之一，他猜無菌口服液賣得最好，花九百元換取安詳的解脫。無菌聽起來很乾淨，像是聖杯。可是未滅菌比較划得來，只要八百元，風險是可能會在你死掉的第二天感染腸胃炎。

運費三十元，附有追蹤編號，總金額必須在商品寄送前透過西聯或速匯金完成匯款，不接受支票或匯票。戊巴比妥將會以普通包裹寄達，不可冷藏，但必須保持密封狀態並且存放在陰涼乾燥處。

接下來是一個按鈕，寫著：**立即訂購**。

張說：「李奇說得沒錯，這一頁請不起馬琴科。」

魏斯伍德說：「我們應該看一下第五級。」

進入的速度有點慢，就像以前的撥號連線。儘管李奇相信檯面下肯定廝殺得十分激烈，這人的編碼纏鬥著網站的防火牆，一個戰士對抗著一支遊牧部落，每秒有幾百萬次偽裝和滲透，不斷一層又一層往下挖掘、潛入。

網頁出現。

邁可的朋友「退場」形容它很有意思，的確是，李奇心想，不過得看一個人需要什麼而定。他們提供禮賓服務，邀請會員從芝加哥或奧克拉荷馬市搭火車到母之安息鎮旅遊，屆時會派專人到火車迎接，並且招待他們到豪華旅館住一晚，接著由豪華轎車接送前往母之安息鎮總部。到達後他們將住進一棟私人別館，內部的套房精心設計得仿似豪華飯店套房，擁有寧靜的臥房氣氛。他們可以在這裡放鬆心情，等他們準備好了，會有一名助理送上一杯戊巴比妥飲料並且隨即退下。或者，倘若不想吞服苦澀的藥劑，助理也會供應一顆普通安眠藥，然後按下按鈕，外面一具一九七〇年代的古早雪佛蘭小缸體V8引擎將會啟動，遠遠地聽不見，但是它那大量無味的廢氣將會輸送到房間內，執行它溫柔的任務。

他們歡迎會員詢問這項服務的費用。

肯定很昂貴，李奇心想。他回想那個身穿套裝和正式襯衫、拎著高級皮革手提袋下火車的男子，還有那位穿著一身有如要去參加蒙地卡羅花園宴會的白色裙裝的女人，兩個都是有錢人，或許也都病了，兩人都準備迎向有尊嚴的終點。他腦中浮現他們的模樣，不同的人，不同的日子，相同的姿態，在蒙塵的旅館窗口，展開雙臂站在那裡，兩手靜靜放窗簾上，望著窗外的晨光，彷彿充滿驚異。

人生的最後一個早晨。

張說：「邁可和他的朋友，他們也這麼做了嗎？」

魏斯伍德說：「這正是我要寫的東西，我要問這是否就是我們的未來。再過個一百年，很有可能。世局混亂，人口過剩，缺水，到時說不定每個街角都有一家這類商店，就像星巴克。不過我還是得親自去瞧瞧，反正機票錢都花了。」

「也許吧，」李奇說：「等我們察看過了再說。」

「有什麼好察看的？事實擺在眼前，獸醫院，用包裹寄送戊巴比妥，還有搭火車抵達的高端客戶，誰敢篤定地說這些有什麼不對？我可以質疑『深網』是否相當程度預告了未來的趨勢。

也許這是必然的，反應人類的慾望，就這麼簡單。不經篩選，不受規範，可說是天然有機。這本書應該歸在哲學類，因為事情就是這樣發展的，我們也都見過不少，一百年後這可能十分正常。」

「基佛不認為這正常，他或許只會聳聳肩，他或許會改名叫維根斯坦（Ludwig Wittgenstein），像這位哲學家那樣閃開讓別人繼續往前邁進，他肯定發現了哪裡不對勁。」

「妳呢？」

「我不確定，可是基佛很確定。」

「哪裡可能不對勁？」

「我看不出邁可和他朋友有能力負擔這種禮賓服務，除非他們存了一輩子的錢。所以，他們究竟在哪？」

帕羅奧圖男說：「可以了嗎？」

張說：「可以了，非常謝謝你。」

李奇說：「你太厲害了，你潛到底下，混在他們當中，他們看不見你，你卻看得到他們。」

魏斯伍德說：「把發票寄給我。」

那人說：「我替你們叫車。」一說著按下電話鍵。

大夥起身，李奇往門走近一步，又一步，接著左邊的地板忽然以誇張的角度往上砸過來，帶著強大的力道，一瞬間傾斜足足九十度，他心想地震，接著這股力道將他整個人翻轉，把他甩向門框，胸口和頸子撞個正著，像被二吋厚四吋寬的木棍擊中，緊接著他咔嗒倒向地板，同時急切地瞄著周遭尋找張，以及接下來的不明狀況。

不是地震。

他坐了起來。

其他人紛紛蹲下。

他說：「我沒事。」

張說：「你摔了一跤。」

「也許有塊地板鬆了。」

「地板沒問題。」

「也許哪裡翹起來了。」

「你頭疼嗎？」

「嗯。」

「你必須到急診室去。」

「胡扯。」

「剛才你忘了基佛的名字，說他是那個他們用挖土機對付的傢伙，這是典型的失語症。你忘了一個字眼，拚命兜圈子，不是好現象。在那之前你還在書店附近絆了一下，而且在書店裡晃來晃去，自言自語，好像夢遊。」

「有嘛？」

「好像逛到恍神了。」

「不然正常的逛法是怎樣？」

「你得去一趟急診室。」

「胡扯，我不需要。」

「為了我，李奇。」

「浪費時間，我們應該直接去旅館。」

「我相信你沒事，但為了我還是去一下。」

「我從來沒這麼做過。」

「凡事總有第一次，希望不只這一次。」

李奇沒說話。

「為了我，李奇。」

帕羅奧圖男說：「你就去一下急診室吧，兄弟。」

李奇看著魏斯伍德說：「替我解解圍吧。」

魏斯伍德說：「急診室。」

帕羅奧圖男說：「告訴他們你是編碼設計師，不必等，有些電腦公司時常捐款給醫院。」

他們照著做了，給李奇加上一個他現在沒有，以後也不太可能有的身分，那就跟他成為縫棉被師傅、剪貼達人或唱詩班男高音的機率一樣低。不過這招讓醫生九十秒內就來看他，再過九十秒他已經被送往電腦斷層掃描室。他直喊鬼扯、不需要、浪費時間，可是張很堅持，於是他們啟動機器，也沒什麼大不了，一陣電動嗡嗡聲，只是X光掃描。接著等醫生看檔案。李奇又說這是鬼扯，浪費時間，還是那些老話，張又勸他半天。最後一個人手上拿著檔案、帶著異樣的眼神現身，張和魏斯伍德留在房內。

李奇說：「CT掃描的CT是電腦斷層掃描的縮寫。」

拿著片子的傢伙說：「我知道。」

「我知道今天是星期幾，我知道總統是誰，我知道我今天早餐吃了什麼，兩次都記得，我是在證明我一點問題都沒有。」

「你有頭部損傷。」

「不可能。」

「你有頭，有頭就可能會受傷，你有腦挫傷，拉丁文contusio cerebri，事實上有兩處，兩個都包括直擊損傷和對沖性損傷，顯然是由於頭部右側受到鈍傷造成的。」

李奇說：「這算好消息還是壞消息？」

那人說：「假設你的臂膀挨這麼一拳，你知道你肯定會有嚴重瘀傷，這就是你現在的情況，只是從外表看不出來，那裡沒什麼肉，瘀傷在裡面，在你的腦部。頭頂骨兩側各一處，因為你的大腦在頭骨裡左右晃蕩，就像試管理的金魚，造成我們所謂的直擊性和對沖性損傷。」

李奇說。「症狀？」

「依損傷程度和個人因素而異，但一定程度上包括頭痛，混亂，嗜睡，暈眩，意識喪失，噁心，嘔吐，痙攣，以及協調性、動作、記憶、視覺、語言、聽覺、情緒管理和思考方面的障礙。」

「症狀真不少。」

「人腦很複雜。」

「那我的情形又如何？我會有什麼症況？」

「很難說。」

「你手上有我的資料，現成的影像。」

「沒辦法解釋清楚。」

「好了，到此結束，你只是憑空猜測。我的頭以前就挨過拳頭，這次也一樣，沒什麼大不了。」

「你有腦部損傷。」

「你沒新台詞可說了嗎？」

「我認為這次掃描結果顯示應該觀察一個晚上。」

「這是不可能的事。」

「應該要。」

「如果挨揍的是我的臂膀，你會告訴我過個幾天就會沒事，瘀傷會消退，你就會讓我回家。我的頭部也可以比照辦理。我是昨天受傷的，所以到了明天就算是過了幾天了，我會沒事的，如果情況真是你說的那樣，更何況你說不定把我的資料跟別人的搞混了。」

「腦部和臂膀是兩回事。」

「同意，臂膀沒有一層厚厚的骨頭保護。」

那人說：「你是成人，這裡不是心理治療機構，我不能強迫你留下，到櫃台去辦理出院吧。」

他說著轉身走出病房，準備看下一個病患。也許是編碼設計師，也許不是，房門隨後砰一聲關上。

李奇說：「只是瘀傷，已經好多了。」

張說：「謝謝你來接受檢查，咱們回旅館吧。」

「早就該直接過去。」

「李奇，你摔跤了。」

他一路小心翼翼地走向計程車招呼站。

48

有人說地圖上的舊金山就像一根從南往北伸出的大拇指，把舊金山灣和太平洋隔開，可是李奇覺得它彎曲的樣子比較像豎起的中指。儘管這個城市為什麼對海洋不爽，他也不清楚，也許是因為霧吧。但無論是哪一種，魏斯伍德挑的旅館都位在它的尖端，拇指甲或中指甲的位置，就在水岸邊。天色已黑，因此景致一片空茫，除了左側的金門大橋，亮晃晃的，以及右方遠遠地可以看見對岸索薩利托和提布隆小鎮的稀疏燈火。

他們登記住房，梳洗然後在餐廳會合準備晚餐。很漂亮的裝潢，有著大量乾淨潔白的亞麻織品。裡頭有兩人、四人共餐的，他們是唯一的三人組，各種幽會和交易在他們四周悄悄進行。魏斯伍德用手機上網然後說：「美國每年有四萬人自殺，每十三分鐘一個。依照統計，殺害自己似乎比自相殘殺更盛行，誰知道呢？」

張說：「如果他們當中每九天有五個人使用母之安息鎮的禮賓服務，那麼一年就有幾百個，很接近基佛字條裡的數字，我們已經見過兩個了。」

李奇問：「妳會花多少錢享受那種服務？」

「我不會，但願。」

「如果在自己家床上做得花九百元，那麼這種服務要多少才算合理？五倍？假定五千？」

「也許吧，為了那種滿足感，就像不自己在家修指甲，跑到SPA去做美甲。」

「這樣的話一年就有一百萬，還算不錯。」

「不過？」

「光是本週他們得處理的暗殺名單就包括基佛、麥肯、你、我還有萊爾一家，七個人。顯然這不成問題，因為他們把吃力的差事交給一個烏克蘭狠角色去做，為了幾百萬這似乎有點反應過度。」

「有人為了一塊錢被殺。」

「這是在一片慌亂的街頭之中，而不會是戰術性的指令。我覺得這當中牽涉的利益不只一百萬，問題是我想不出錢從哪裡來。大家不會願意付一、兩萬，甚至更多的。會嗎？那樣的話不如自己去買一九七〇年代的雪佛蘭。他們可以買一間花園棚屋，鑽個洞灌廢氣進去。」

「這種事未必是理性的抉擇，況且它的好處就在你不必自己買雪佛蘭，重點在這裡，全方位服務。」

「所以他們會付多少錢？」

「不知道，很難想像。假設你是一個有錢人，你不想活了，最後的奢華。背後有一群細心謹慎的人幫你把一切處理得穩穩當當。照護和關懷，有人握著你的手，顯然這是你的人生大事，你或許願意付出和愛車等值的錢，也許是賓士或ＢＭＷ，五萬左右，或八萬，甚至更多。我的意思是說，省什麼呢？錢又帶不走。」

魏斯伍德說：「我們什麼時候過去？」

李奇說：「先擬定計畫再說。這是一次戰術性的挑戰，就像橫越遼闊的大海向一座小島逼近。那裡平坦得像撞球台，全郡最高的東西就是幾座穀物儲存塔。我猜他們一定有各式各樣的扶梯和輕便棧道，維修用的。他們會部署崗哨，能遠遠看見我們從十分鐘車程之外接近。要是我們搭火車，他們會在月台上列隊等著。」

「我們可以在夜裡開車過去。」

「他們在一百哩外就能看見我們的車燈了。」

「我們可以把車燈熄掉。」

「這樣我們就看不到路了，那裡晚上黑漆漆的，鄉下地方。」

「那裡的道路非常直。」

「目前我們手無寸鐵。」

魏斯伍德沒說話。

餐後，魏斯伍德回房間，李奇和張到外面散步，沿著內河碼頭，靠近水岸。夜色寒涼，幾乎只有鳳凰城一半溫度。張只穿了T恤，她緊挨著他取暖，兩人走起路來有點彆扭，活像個三腳生物。

李奇說：「妳這是在攙扶我嗎？」

「你感覺如何？」她說。

「頭還有點痛。」

「等你好了我才回母之安息鎮。」

「別擔心，我好得很。」

「要不是為了基佛我根本不想回去，我憑什麼批判人家？他們只不過是滿足人性需求。也許魏斯伍德說得沒錯，再過一百年大家都會這麼做。」

李奇沒說話。

她說：「怎麼？」

「我想說，要是我的話會把錢省下，然後用獵槍解決。可是這樣收拾善後的人太辛苦了，一定慘不忍睹。手槍也一樣，上吊也是，或者從屋頂跳下，撞火車對工程人員太不公道，甚至在汽車旅館裡喝Kool-Aid輕生，都很對不起清潔阿姨。也許這就是為什麼會有人選擇禮賓服務，對那些替他們擦屁股的人寬容些，收取高額費用也是應該的，不過我還是不認為會高到可以聘用馬琴科。」

「我想不出我們該怎麼回去，感覺像是他們有一道十哩高的鉤刺鐵絲網保護，只不過是攤平在地上的。」

「我們應該從奧克拉荷馬市出發。」

「你想搭火車？」

「我想要有多點選擇，執行細則以後再擬定，先叫魏斯伍德訂機票。」

次晨，李奇起了個大早，張還在睡，他悄悄溜下床，把自己關進浴室。他已經放棄之前的理論了，徹底放棄，因為它已經明確無誤地被證明是錯的，一次又一次，沒有天花板，沒有上限。沒有理由不一直這麼持續下去。

他覺得很欣慰。

他站在鏡子前面，轉來轉去檢查全身上下，前晚的跌倒形成了新的瘀傷，背部挨了海克特拳頭的舊傷變成鮮黃色而且有餐盤的大小。可是他的身上沒流血，疼痛逐漸減輕，僵硬感也緩和不少。頭側仍然很脆弱，摸起來有點軟，但並沒有腫起來。就像醫生說的，那裡沒什麼肉。他的頭痛程度普通，沒有嗜睡，沒有暈眩。他用單腳站立，閉上眼睛，沒有搖晃。他意識很清楚，沒有噁心感，沒有嘔吐，沒有痙攣。他沿著一排地磚走，從浴缸走到馬桶，再閉上眼睛走回來，沒有偏移。他用指尖碰觸鼻子，然後同時搓揉肚子和輕拍頭頂。除了他天生無法根除的一丁點手腳笨拙之外，沒有協調性和動作方面的障礙。他又不是芭蕾舞者，靈巧輕盈、敏捷俐落這類形容詞從來就不屬於他。

他背後的門打開，張走進來。他在鏡子裡看見她，柔和又惺忪的表情。她打了個哈欠，說：「早。」

他說：「妳也早。」

「你在做什麼？」

「檢查我的症狀，醫生替我列了一長串。」

「檢查到哪裡了？」

「還有記憶、視覺、說話能力、聽覺、情緒管理和思考這幾項沒做。」

「情緒管理這一項你已經通過了，我相當佩服。一個大男人，而且還待過軍隊，很不簡單。現在告訴我奧克拉荷馬市的三個名人，既然我們正要去那兒。」

「不用說，米奇・曼托，還有強尼・班奇，吉姆・索普。免費奉送兩個，伍迪・蓋瑟瑞和拉爾夫・艾里森。」

「你的記憶力沒問題。」她退向浴缸，舉起兩根手指。「幾根？」

「兩根。」

「你的視力很好。」

「這測試不算很嚴格。」

「好吧，站著別動，告訴我這浴缸是誰製造的。」

他看了一下。浴缸防溢孔旁邊有幾個淺淡的字。

「美國標準公司。」他說，因為他已經知道了。

「你的視力很好。」她又說。

她非常小聲地說了什麼。

「上飛機？」他說：「一點問題都沒有。」

「你的聽覺很好，毫無疑問。蓋茨堡演說全文中最長的是哪一個字？」

「這是測試哪一項?」

「思考。」

他想了想。「有三個,都是十一個字母,主張(proposition)、戰場(battlefield)和神聖化(consecrated)。」

「背誦第一句,就當你是舞台上的演員。」

「當時林肯感染了天花,妳知道嗎?」

「不是這句。」

「我知道,我只是想搶攻一點記憶力的分數。」

「記憶力已經考過了,記得吧?現在考的是說話能力,第一句。」

「創建蓋提石油公司的人是當初蓋茨堡市以他為名的那個人的後裔。」

「也不是這句。」

「這是常識。」

「根本和症狀不相干。」

「跟記憶力有關。」

「記憶力八百年前就測試過了。」

他像演員那樣大聲說出:「八十七年前,先人在這大陸之上創建了新國家,本著對自由的信念,並奉行人人生而平等的主張。」

在浴室裡聽來效果不錯,因為大理石起了回音和共鳴。

他繼續說,更大聲了。「當前我們正經歷一場內戰,考驗著這個國家,一個秉持這般信念及主張的國家,能否永久留存。」

她說：「你頭痛好了嗎？」

他說：「差不多了。」

「意思是還沒完全好。」

「快好了，本來就不嚴重。」

「醫生認為很嚴重。」

「現在的醫生變得好膽小，慎重得不得了，一點冒險精神都沒有。昨晚我都熬過來了，根本不需要觀察。」

張說：「還好他很慎重。」

李奇沒說話。

接著魏斯伍德打內線電話來，說他在旅行業的朋友訂好了聯合航空的機票，當天唯一的直達班機。不過不急，上午九點左右出發就行了。於是他們點了客房服務的咖啡，要他們立刻送來，接著點了早餐，要他們整整一小時後送來。

舊金山的一大早，相當於母之安息鎮天黑後的幾小時。倒不是城市和鄉村的生活習慣差異，單純是因為時區，母之安息鎮就在前方，雜貨店還在營業，餐館裡還剩幾個殿後的客人，汽車旅館的女房務員正努力幹活，獨眼人在盥洗室裡，凱迪拉克駕駛在他店裡，西聯、速匯金和聯邦快遞業務正繁忙。

可是零配件商店已經關門了，灌溉系統零件、餐館櫃台的服務生也不見了。這兩人正在一座他們叫做三號儲糧塔的舊水泥高塔——也是鎮上最高的一座——的塔頂，帶著雙筒望遠鏡，和簡單的作業方式。進入小鎮的路有兩條，一條從東邊過來，一條從西邊，那是舊馬車隊路徑，幾乎就在他們正下方和鐵路交叉而過。從北邊和南邊都沒有道路過來，只有鐵路。他們的作業方式是兩人在偏重道路的原則下分擔風險，兩人分別坐在兩端，一個望著東邊，一個望著西邊，每隔五分鐘左右他們會轉過身來，察看北方和南方的鐵路，從容不迫地從近到遠掃過一遍，防止有人走路過來，或者開著某種古怪的自走式機具，就像老西部電影裡的那種。這成了一種儀式，順便伸個懶腰。

火車進站的時間除外，這時任務就吃重多了，火車可以說就在他們的正下方，因此他們可以看見較遠的那一側。差不多。當然他們可以看見是否有人在火車被遮住的那側推開車廂門然後跳下車，就像以前的間諜電影。可是在這同時他們必須把同等的注意力放在道路上，鬆懈不得。他們判斷開車闖入的可能性比較高。

也就是說，除了早晚各一次火車時間，雙筒望遠鏡始終瞄準遙遠的地平線——先穿過附近一帶無比細小、金黃的空氣中的粉塵，接著穿透遠方的薄霧——準備隨時發出警報。

能見度十五哩。

各位都清楚計畫內容。

各位也都知道它行得通。

他們到櫃台結帳，一位門僮替他們叫了計程車。他們上車，三個人擠在後車座，當中有人帶著點惋惜，但不是魏斯伍德，他看來有點心慌。他說：「這家旅館太詭異了，大概只有舊金山會有這種事吧。剛才我在洗澡的時候，一直聽見浴室通風管傳出有個傢伙朗誦蓋茨堡宣言的聲音。」

49

旅途十分順利，《洛杉磯時報》訂的奧克拉荷馬市旅館是一棟宏偉的舊式三螺旋形尖塔建築精品，建於一百年前，現在變得有點過時，不過由於大約十年前的一次翻新而重生，它在各方面都符合需求，更重要的是它保留了李奇要的服務方式。他對張說：「去和禮賓接待員聊聊，說妳這個人很喜歡到處走走看看來認識一個城市，然後很自然地告訴他，妳擔心安全問題，問他有沒有哪些地區是妳應該避開的。」

十分鐘後她回來，拿著一張旅遊地圖——他們印了上千張這種東西給那些來參加商務會議的傢伙——上面有招待員用原子筆畫的記號，市中心區的某些地帶被用粗粗的藍色線條圈了起來。危險地區，像早年東柏林的餐巾紙素描，其中有個四分之一圓的區域不但被圈起來，還特別強調地打了個×，畫線的力道大得幾乎要穿透紙張。

張說：「他告訴我不管白天或晚上都別去那裡。」

「正合我意。」李奇說。

「我和你一起去。」

「正有此意。」

兩人提早用餐，下午版的早午餐。菜色普通，但盤飾用心，咖啡不錯。之後他們待了一小時等太陽下山，在平原區的漫長的一天即將結束，街燈亮起，車頭燈閃動。酒吧噪音從下午的寧靜轉為夜晚的嗡嗡喧譁。

李奇說：「走吧。」

路途很長，因為這裡的地方官知道如何搞經濟，會議籌辦業務是需要維護的，野蠻地區的邊界就在前面幾個街區的地方。走著走著，街道生態起了變化，從少數幾個匆匆趕著回家的忙碌生意人，到一夥人聚在門口閒晃、無所事事的門口蹲。有些商店在停業後拉上了鐵門，有的看來似乎用木板封死好多年了，但也有一些還在做生意，食物、汽水、散裝香菸。

張說：「你還好吧？」

「很好。」李奇說。

他憑著直覺四處遊走，尋找適合一夥人聚集、車子可以暫時並排停靠的地方。路邊有車子，路上也有車子活動。有改裝過的日本轎跑車，低底盤車子，還有一些航空母艦級的舊型別克、普利茅斯和龐蒂克大轎車。有些經過客製化改裝，裝了鍍鎂輪轂，鍍鉻排氣管，還有底盤燈。路邊有一輛車低平到只有腰部高度，引擎從車蓋板上的一個洞突出來，像座迷你油井鑽塔那樣垂直豎立，有著超大的四腔化油器和幾乎與車頂等高的巨大鍍鉻空氣過濾器。

李奇停下腳步，看著那輛車。

他說：「我想再看看那些衛星天線的照片。」

張說：「為什麼？」

「有些地方不太對勁。」

「什麼？」

「不知道，在我後腦袋的東西。我沒事，這跟日常記憶力無關。」

「你確定？」

「問我問題吧。」

「西奧多・羅斯福的副手。」

「查爾斯・費爾班克斯。」

「我以為他是電影演員。」

「妳說的是道格拉斯・費爾班克斯。」

他們往前走，經過許多緊挨在一起的塌陷木屋，經過圍著鐵絲網的長滿雜草的前院，有些是空的，有些堆滿垃圾，有些有拴著鍊子的狗看守，有些散置著顏色鮮豔的單車、三輪單車和其他小孩玩具。他們發現一條斜向街道，它從兩條有點窄的街道的轉角切過，寬得足夠容納三線道，路邊卻停滿車子。長得足夠讓車子減速、停下接著加速離開。

李奇說：「這裡應該不錯。」

門前台階上有人活動，不過大部分在街道後半段，小孩子，十二歲左右，三五成群閒晃，左右掃視著閃躲來車。

李奇說：「好，就是這裡，我們要假裝得好像突然發現自己走錯地方，急忙往後退的樣子。」

他們掉頭，匆匆退回位在他們後方的有點窄的街道。他們右轉繞過街角，繼續往前走，差不多是剛才走過的同樣方向，就在他們看過的那條街的後方。到了他們推測大約和那夥看不見的十二歲孩子所在位置齊平的地方，他們停住，估計那些孩子在他們右側，散落在一長條土地上晃蕩活動。加上他們這一側的房子後院，加上房子的深度，再加上前院，和人行道，大約是四百碼的黑漆漆距離，李奇估計。

他說：「咱們去瞧瞧裡頭有什麼東西。」

50

他們挑中一棟院子門的鐵鍊已經斷裂的用木板封死的房子，迅速且篤定地走了進去，好像那是他們的房子，然後他們繞過房子側面，通過後院走向它的後圍籬，這道圍籬斜斜對著那條斜向街道上的一棟房子的後院，或許不是他們想找的房子，但勉強可以。李奇把它的圍籬邊框的鐵絲網扯下一片，兩人鑽了過去，毫無阻礙，除了他們的臉在昏黃的暗夜中閃著一抹白光。

他們穿過新的後院，察看這棟房子和它的左右鄰居之間的視野，少了一棟。所有的商業活動全集中在左側的區塊，有一道上了鐵鍊的圍籬把兩座院子隔開，可以輕易爬過去，只是得冒著發出鏗隆鏗隆金屬聲的風險。張身手矯健，比李奇好多了。他的體格適合用來排除障礙，不適合體操。

他們翻牆進入的後院沒怎麼維護，說得真確點，根本沒有維護，裡頭長滿大腿高的青草和雜草，屋子背後亮著一扇窗子。

李奇說：「盡量把右手放口袋裡，讓他們以為妳帶了槍。」

「有用嗎？」

「有時候。」

她說：「他們是毒販？」

他點頭。「就像免下車速食店，他們利用青少年送毒包到車子然後拿回現金，年紀還小不會被逮捕。只是這部分或許改變了，目前這已經成了神話，尤其在奧克拉荷馬，他們或許會被當成大人審判。」

亮著的那扇窗在右邊，也許是起居室之類的，左邊是一扇窗和一道門，都是暗的，大概是廚房吧。他們窸窸窣窣踩過一小片草地到了門口，李奇試著轉動門把，上鎖了。他退到旁邊，看著窗內。一片昏暗，高高堆著垃圾和髒盤子、披薩皮和空罐子、紅牛提神飲料和啤酒。

李奇再往旁邊退一步，緊貼著牆面，探看亮著燈的窗子，瞇著眼睛，斜斜瞄著。他看見兩個人，各自癱在沙發上，盯著手機，大拇指動個不停。正在玩遊戲，或者休息。兩人之間的矮桌上放著兩只旅行袋，黑色尼龍袋，很新不過是劣質品，像是在那種販賣十元照相機和二十元望遠鏡的商店花五塊錢買來的，其中一只袋子上面放著一袋辦公室用品店買來的大包裝橡皮筋。

另一只旅行袋上面是一支烏茲衝鋒槍。

李奇悄悄後退，回到廚房門口和張會合。

他小聲說：「我們得找顆石頭。」

「砸窗子用的？」

他點頭。

他循著她指的方向望過去，一個勉強算是露台的水泥檯子，裡頭擺著一個四角渾圓的方形物件，微微隆起，中央有個圓孔。某種粗糙材質做的，塑膠，或者乙烯基塑料，或者兩者混合，遮陽傘的底座。

他悄聲說：「妳扔得動嗎？」

她說：「當然。」

他笑笑。她果然不是弱女子。他說：「我踹門之後一秒鐘。」

她把它拿起。

他就預備位置。

他小聲說：「好了嗎？」

她點頭。

一步，兩步，三步，他抬起腳跟，一腳將門鎖踢穿，門應聲甩開。在他跌進屋內的同時，他聽見起居室窗玻璃碎裂的聲音，張把遮陽傘底座砸向地板。他搖擺著從廚房到了起居室，看見左邊的傢伙仍然拿著手機，右邊那人的手迅速移向烏茲衝鋒槍，可是撲了個空，因為他的肩膀忽然一聳並且縮起，那是他聽見背後巨大撞擊聲的反射動作，加上玻璃碎屑撒得他滿頭滿身，以及後院一團不知什麼東西飛過來阻擋他的視野。

阻擋他視野的是李奇的右靴子，結結實實命中他的臉側，把他像一件舊雨衣那樣拋向亮閃閃的地板。就在當下，勝負已定，因為這會兒李奇只消抓起烏茲衝鋒槍，把選擇開關撥到自動模式，壓下握把的保險按鈕，然後把槍口對準左手邊那傢伙的心臟。

他說：「別動。」那人照做了。

走廊裡沒有動靜。夏天，晚上很暖和，所有人都上街去了。

李奇說：「我們要拿走你們的槍和錢。」

那人說：「怎麼回事？」

那人瞄了眼那只壓著包橡皮筋的旅行袋。反射動作，不由自主。張從他們後面走上前，一隻拳頭放口袋裡。

李奇說：「給他們兩個搜身。」

她察看了，迅速而徹底，調查局訓練。兩人身上都沒發現什麼有趣的東西，只有一支車鑰匙和兩把手槍。車鑰匙是一輛奧迪的，兩把手槍分別是葛洛克17型和貝瑞塔92型，和那把烏茲一樣，都是九毫米口徑。不說別的，他們的彈藥後勤倒是相當乾淨俐落。

李奇說：「看一下那兩只袋子。」

她看了。上頭放著烏茲槍的那只袋子裝有幾千個玻璃紙包，全都是灰褐色粉末。大概是海洛因，磨得細細的，已經分裝完成，準備拿到市街販賣。

壓著橡皮筋那只裝了錢。

一大堆錢，發酸油膩的現金，有五元、十元和二十元，有零散、成疊和捆成捲的，有的破損了，有的縐巴巴，全部擠壓在一起。所以需要橡皮筋，李奇心想。他讀過一本書，說有個利益壟斷集團的會計為了捆紮現金，每個月光是買橡皮筋就要花掉五千元。

他說：「奧迪在哪裡？」

那人說：「就在門口，我不相信你開得走。」

「你跟我們一起出去，你得替我們拿袋子。」

「鬼扯。」

「想開一點，做生意本來就有賺有賠。我們不是警察，你還是能繼續做這一行，過個幾週就能賺回來了，快給我起來！」

那人兩手各提一只袋子，李奇將他推進走廊，一手抓著他的領子，另一手用烏茲抵住他的腰脊。張右手拿葛洛克，左手拿貝瑞塔。走廊又長又髒，前面街上傳來各種聲音，閒扯淡，狂笑，拖拉著腳步，車子來去，全都由於熱氣、距離和緊閉的大門而顯得空洞含糊。

「還有十秒，」李奇說：「想活命就識相點。」

他把那人拉到一旁，讓張閃到前方去開門。接著李奇將那人推出去，談笑聲戛然而止。外頭有十一個人，有的在院子裡，有的在人行道上，有的站在排水溝上，其中有個大約兩歲的小男孩，其中三個是二十歲不到的女人，兩個是三十歲左右的硬漢，剩下五個是年約十二歲的瘦巴巴的孩子，負責跑腿送貨的。有一輛車子緩緩駛來，只是做做樣子，重低音音響震得鈑金砰砰顫動。接著又開走了。李奇把那人推向前，他的人紛紛過來，準備戰鬥，可是那人說：「退下。」

張嗶一聲按下車鑰匙，一輛黑色轎車的車燈亮起。這車比城市車小，但並不擁擠。張打開後車門，李奇要那人將兩只袋子丟座椅上，接著他把那人轉身，推回屋裡去，一路將烏茲槍平舉著。張上了駕駛座，李奇回來坐進副駕駛座，張隨即驅車上路，李奇抓起後座的海洛因袋子，在她加速駛離的當中把它一股腦倒向車窗外。無數小玻璃紙袋到處飄散，亮閃閃的棕色，像一大群釀災的死蝗蟲，像一股飛旋的車尾氣流。一群人在路上狂奔，撿拾著那些東西，緊追在車子後方，努力想超前別人，不停亂抓亂撈，屋內那兩人也跑來跑去，試圖穩住場面，拚命想拿回自己的東西。而李奇也只看見這些了，因為張在斜向街道盡頭急速左轉，之後那群居民便消失了蹤影。

51

他們把奧迪停在距離旅館四個街區的一個會議中心周邊的車庫，車門沒鎖，鑰匙還插著，然後把槍枝全裝進錢袋，帶回魏斯伍德的房間。一開始他們賣弄了一下，像變魔術那樣一件件慢慢拿出來，像是從帽子變出兔子。先是貝瑞塔，接著葛洛克，接著烏茲，每一樣都得到熱烈歡迎，最後整只袋子被翻開，大批鈔票掉在床單上。

魏斯伍德說：「這本書大概不能歸在哲學類了。」

他和張開始清點鈔票，李奇檢查槍枝。所有槍都填滿了彈藥，加上槍膛裡的一發，總共六十七發子彈，全都可以互換使用。烏茲的狀態極佳，所有烏茲都一樣，機械構造簡易，專為了戰鬥而打造，而非追求完美，例如有人就比較喜歡AK步槍。至於手槍就不一樣了，有人喜歡貝瑞塔，準確度高，設計精良而且堅固無比，但多少還是得花點工夫作基本維護，而在李奇的經驗中，這點毒販通常做不到；他們的錢和一般人的錢一樣好用，可是他們的槍不時會失靈，這是不爭的事實。維護不周，或者根本沒有維護。這兩把手槍看來沒怎麼上油保養，而且摸起來沙沙的。機件牢固，幾乎可說沒問題，可是沒問題還不夠。就怕萬一遇上必須第一時間掏出槍來的狀況。這是個可以爭論不休的問題，也是禪問，一把你無法信賴的武器還算是武器嗎？

「李奇，過來看一下。」張說。

他看了。顯然，外表是會騙人的。那捆油膩的五元紙鈔、幾疊雜亂的十元和一捲捲鬆散的二十元鈔票都是真鈔，不過它們不是主戲，連重頭戲都談不上，它們是事後補上的，被倉卒丟進袋子裡，在主要貨物上面鋪上額外的薄薄一層。而主要貨物是一疊疊有著銀行正式封條的百元大鈔，全部是清新芳香、乾淨平整的新鈔，而且很厚一疊，每一疊有一百張。

一百張百元大鈔是一萬元。

光是一疊。

袋子裡有好多疊。

他說：「多少？」

她說：「超過二十三萬元。」

他沉默了好一陣子。

接著他說：「我能不能再看一下那個地方的衛星天線照片？」

魏斯伍德的電腦早已打開並且作業中，那些影像還在他的瀏覽紀錄裡，因此儘管他說這裡的wifi速度很慢，幾秒鐘不到那些照片還是已出現在螢幕上。

李奇看了一下。

和上次一樣，他看見一座被大片麥田圍繞的農場、籬笆、被踏平的泥地、豬、雞，和菜園。一棟房子和六間附屬建物、幾輛停靠的車子，和碟形衛星天線、一間發電機棚，有些建物之間隱約有一圈圈電線相連接的痕跡，還有好幾根電話線杆。還有井口裝置，和它的影子。比建築師的藍圖更好，因為那是已經建好、實際存在的東西，而不只是構想。

他照著他見過別人做的那樣，用兩根手指在觸控板上滑動來移動照片，然後分開指尖來將它放大。他從車子停靠的地方開始，想像其中一輛開始活動。他跟隨著它離開農場庭院，進入一條泥路的入口，往東朝向鐵路前進，接著在一片田地的一角轉向北邊。這片田野足足延伸超過十哩的範圍沒有中斷，接著那條泥路在田野遠端的一角轉向西邊，接著再度北轉，直驅母之安息鎮。進入小鎮之後，它變為那條通往儲糧塔的寬廣大街末端的一條細窄而不起眼的附屬道路。這基本上是一條私人車道，二十哩長，並未通往任何地方。

他回頭重新上了這段虛擬的旅程，開了二十哩的車子回到農場，停在原來的車位。他分開兩指的指尖，把農場放大到佔滿整個螢幕，上下左右塞滿了。最靠近鐵路的是豬舍，它有很大的頂棚，也許是木造的，前方有一片大約有豬舍六倍大的圍起來的土地，翻攪得稀巴爛，被踩踏得坑坑洞洞，泥濘不堪。另外還有一間比豬舍大一點的穀倉，這兩棟建物沒有電力。發電機棚很容易辨識，它的牆壁會有一條進氣通氣管穿過，屋頂也會有大禮帽造型的排氣孔。像那樣大小的場地必須用柴油發電機。安裝相當費事，會有許多拇指粗的電纜線像蛛網那樣爬出來，垂掛在屋簷和屋簷之間，連到主屋和另外三間建物。

李奇說：「姑且假設那棟最大的建築是住家，停放著車子，設有衛星天線的，可是哪一棟建物是自殺套房？」

另外兩人在他旁邊彎下腰，在他左右兩側，緊挨著肩膀。

魏斯伍德說：「自殺套房或許是第二大的那棟，因為得要有臥房、起居室、浴室等等。」

「要有電力，以便供應暖氣和空調，還有營造寧靜氣氛的昏暗燈光，或許還有輕音樂，所有能製造居家舒適感的設備。」李奇指著。「這棟？」

「八成錯不了。」

「那雪佛蘭小缸體V8引擎在哪？」

「在其他建物裡頭，遠一點而且有隔音設備。」

李奇點頭。「有一次我到西德克薩斯，看見他們用汽車引擎驅動灌溉幫浦，那時還是石油比水便宜的年代。普通車的引擎，大概是從廢棄汽車拆下來的吧。他們先澆注一塊水泥板，然後用螺栓把引擎固定在上面，就好像它還在車蓋底下的感覺。他們把它漆成鮮黃色，免得它被曳引機或犁具撞上。可是這東西在戶外很吵，所以沒錯，你會希望在水泥板四周搭幾面牆，還有屋頂，而且也要在牆內鋪一層東西，天花板也要，像吸音材料之類的。」

「而且也需要電力，」魏斯伍德說：「這東西不會整天運轉，只在需要的時候，萬一無法啟動可就尷尬了。因此你需要給那東西加裝電池充電器，永久性的，連著充電監控器。」

「所以是哪一棟？」

魏斯伍德說：「那棟或那棟。」

「可是排氣管在哪？」

沉默了一下。

魏斯伍德說：「也許有，只是我們看不見。」

「我們看得見電線，我們看得見電話線，勉強可以。輸電線大約有一吋粗，或許一吋不到。汽車排氣管至少有兩吋粗，或者三吋，你改天看一下車底。由於排氣很熱，因此得用金屬管，而且必須把好幾段焊接起來。可是在哪裡？沒看見有管子連到自殺套房，無論是從哪一棟建物。」

「也許埋在地底下。」

「那樣的話過個幾週就會因為濕氣而生鏽，廢氣會漏出來，他們恐怕得一天到晚跑排氣管專賣店。如果他們想把它藏起來，應該會把它裝設在牆壁膝蓋高的地方，通過花圃，並且種一些爬藤灌木，例如玫瑰，這就更容易看見了。可是沒有，連個影子都沒看見，他們的網站完全是個幌子。」

魏斯伍德湊過去，把照片放大，再放大，直到變得粗糙、模糊不清，而且可以看見一格格的像素，大到不能再大。他把它上下左右翻轉，謹慎緩慢地，仔細檢查七棟房子的所有牆面。沒有排氣管，沒有哪兩棟建物之間連接著比電纜線更粗的線路。

李奇說：「有二十三萬元可花用，這就像是再度替五角大廈效力的感覺，咱們大可擬個新計畫。」

新計畫擬定的過程十分緩慢、慎重，內容深入且周詳，花了當晚剩餘的時間、深夜的部分時間，加上次日一整個上午。電腦幫了大忙。計畫包括五個行動任務，所有行動都必須確實同步進行，每個行動都十分棘手，也都有生命危險。不過由於科技進步，以前得耗上好幾天的，如今只花幾小時就能完成。魏斯伍德和張都有筆電，就連李奇都參一腳，用張的手機連上wifi，點擊、捲動的技巧一點都不輸他們。當打電話找人的時間到來，魏斯伍德和張開始忙著打手機，他也用床頭桌上的固定電話幫忙，三人用比以前快十倍的速度把事情敲定。

計畫的剩餘部分是一張採購清單，首先需要一個本州的合法居民，當然，不是真買，只是租用一下。或者該說，在技術上買通他去採買清單上剩餘的所有東西。這些東西大部分都得要有奧克拉荷馬駕照才買得到。最後，旅館的禮賓招待員自告奮勇幫忙，他自認是調停能手，見過世面的人，無疑地他也受到報酬的吸引，他沒有一絲疑慮，現金是真鈔，他也沒犯法，憲法第二修正案保障了他持有和攜帶武器的權利。

當天下午他就把東西買齊了，到了這時其他事項也都辦妥了。他們忙著排演、腦力激盪，並且通盤檢討。他們一遍遍探究、質疑，有時重新來過。他們從壞蛋的角度進行演練，仔細檢視他們有哪些對策。他們考量一切可能的意外。萬一下雨？萬一颱風？最後只剩一件工作，就是李奇得審核所有買來的東西。

主要物品有三件，沒別的。一開始誘惑太多，他們像進了糖果店的小孩，毫無節制。接著理性讓他們一樣樣刪除，最後就像李奇堅持的，只買需要的，其餘免談。三件都是黑克勒・科赫產品。一支給魏斯伍德的P7手槍，類似海克特的備用槍，只要瞄準然後發射。九毫米口徑，比普通手槍小一點，附有腳踝槍袋，方便藏在他的登山靴裡。

另外兩件是一對，兩支同型的ＭＰ５Ｋ衝鋒槍，一支給李奇，一支給張。比一般手槍大，但大不了多少，有些左輪還比它長呢。槍柄式握把，加上同式的前握把，短小精悍。很有未來感的設計，極受特種部隊和各地反恐小組喜愛。有單發和全自動模式，全自動模式的連發射速可達到每分鐘九百發。

其餘的採購品都是彈藥，全部都是九毫米口徑子彈。帕拉貝倫，三支槍可以互換使用。不過目前只預先裝填了P7彈匣內的四發，和ＭＰ５彈匣的二十四發，太多會重得拿不動。

加上一小袋從五金商店買來的東西。

李奇將三支槍分開，接著又把它們湊在一起，接著逐一空槍發射，有時用小指，因為他覺得它對細微的機械差異更為敏銳。

三支都功能正常。

「一切都沒問題吧？」張問他。

「還好。」他說。

「你沒事吧？」

「還好。」他說。

「對計畫滿意嗎？」

「這計畫野心很大。」他說。

「可是？」

「就像以前我們在憲兵隊裡常說的，事前再怎麼計畫，都趕不上臨場的變化。」

魏斯伍德看一下手錶。很多指針，構造非常繁複的一只不鏽鋼錶。時間是下午五點。他說：「只剩七小時了，我們得吃點東西，餐廳應該還有營業。」

「你去吧，」李奇說：「我們叫客房服務。時間到了我們會去敲你的門。」

52

從舊水泥高塔頂端的金屬走道看出去，黎明是那麼遼闊、遙遠，而且出奇地緩慢。東方的地平線黑暗有如夜晚，而且毫無變化，直到終於出現一個努力睜開眼睛的人或許會說那是朦朧灰的顏色——有如最黝黑的木炭——它以極其悠緩的速度亮起，接著蔓延開來，從一邊朝另一邊，薄薄一層，逐漸往上，彷彿有手指觸探著大氣層的遙遠外層，無比遙遠，也許是平流層吧，就好像光在那裡行進得更快，或者更快到達那裡。

世界的邊緣一點點浮現眼前，至少在那雙努力睜開的眼睛看來是如此，在灰色之上描繪、勾勒著灰色，無止境地暗淡，無止境地幽微，幾乎不存在，部分是想像，部分是期待。接著淡金色的手指探測著那灰色，游動著，輕靈無比，彷彿作了決定。接著揮灑開來，點燃遠方的某個稀薄的氣層，一個接一個微粒，一個流明的光，緩緩將它點亮，讓它變得光亮通透，碗缽的玻璃，不再蒼白冰冷，而是染上了暖色。

那光依然沒有血色，但隨著時間的推移逐漸延伸開來，直到整個天空轉為金色，但依然淺淡，還不足以照亮什麼，微弱得拉不出一絲絲陰影。接著暖色的斑紋閃爍著，照亮了地平線，終於太陽升起，勢不可擋，有那麼會兒紅豔有如落日，接著轉為一團灼熱的黃色火球，半穿過地平線，瞬間給萬物拉出了影子，起初完全水平，接著縮為幾哩長。天空從淡金色被沖刷成淡藍色，往下滲入所有地層，因此前方的世界顯得前所未有地深邃，同時又無比地高闊寬廣。夜露讓塵埃沉澱了下來，在它變得乾燥之前，空氣將維持乾淨透明，每個方位的視野都清晰無比。

凱迪拉克的駕駛站在金屬走道上，旁邊是被踢中頭部、槍被奪走的莫納罕。他仍然很不舒服，但他必須照預定計畫行動，他頭上的夾板——用來固定顴骨的——換成了一頂舊式的皮革足球頭盔。凱迪拉克駕駛面朝西方，新升起的太陽軟弱地照著他的頸背。莫納罕瞇起眼睛望著東方的火光，監看著道路。昨晚他沒發現有車子，沒有車頭燈，只有一大片麥田，接著迎來地球曲面的推移。

西方也一樣。道路、麥田、遙遠的地平線。沒有夜間車輛，沒有車頭燈，沒有騷動。第三天了。正下方的廣場，一群早鳥趕著去吃早餐，有如蟻群，許多貨車停在那裡，好像玩具。砰砰的關門聲此起彼落，大夥兒互喊著早安。全是熟悉的聲音，但由於垂直距離的關係，顯得含混不清。

二十分鐘後，太陽已完全脫離地平線，以東方偏南的曲線行進，開始它上午的行程。黎明轉為白天，天空變得更亮更藍，而且清一色，沒有雲朵。新的暖意在空氣中翻攪，麥浪颯颯滾動、打著漩渦，彷彿剛剛甦醒。從三號儲糧塔頂端到地平線是十五哩距離，這是標高的問題，還有幾何，還有地表的水平線，也就是說走道上的人正好位在一個三十哩直徑圓形的中心，高高飄浮在它的上方，腳下的世界一覽無遺。一只金色圓盤，在廣闊的藍天底下，被南北向的鐵路劃為左右兩等分，被公路上下對分。從走道往下看，兩條路線都顯得十分細窄，而且被麥田簇擁著。用肉眼看就像用尺畫出來的細細的直線，兩條線在鐵路平交道交會，就在他們下方，圓的中心，世界的中心。

凱迪拉克駕駛弓起膝蓋坐著，以便穩住雙筒望遠鏡，他朝西遠遠望向公路的彼端。要是有什麼朝他們接近，他希望能盡早察覺。莫納罕高抬著右手遮蔽陽光，左手將望遠鏡舉在眼睛前面，有點搖晃。他戴著頭盔，有點礙事。他的方法是左右來回、從近到遠掃描，他要確保自己沒遺漏任何東西。

他們的無線電對講機嘶嘶響起。莫納罕放下望遠鏡，把它拿起。「說吧。」他說。

穿牛仔褲、頭髮有型的男子說：「我要你們待到早班火車抵達，接你們班的人遲了。」

莫納罕看了下凱迪拉克駕駛。那人聳聳肩。第三天了，恐慌已變成慣例。

莫納罕說：「好吧。」

他放下對講機。

他看了下手錶，說：「還有二十分鐘。」

他拿起望遠鏡，再度抬起右手來遮太陽。

他說：「有動靜了。」

凱迪拉克駕駛又朝空曠的西方看了一眼，然後轉過身來。他舉起右手來擋陽光，望遠鏡晃了一下。東邊的地平線十分明亮，太陽仍然偏低，使得大氣有點浮動，透過遠距鏡頭就更加看不清楚了。只見公路上有個小小的方形物體，有點左右搖晃，但是靜止不動，沒有明顯的前進動作。光學上的幻覺吧，因為是雙筒望遠鏡的關係。那是一輛卡車，時速約四十五哩。大體上是白色，直朝著他們而來。

凱迪拉克駕駛說：「繼續盯著，注意後面是否還有別的車子跟著。」

他轉回西方，弓起膝蓋。

他穩住望遠鏡。

他說：「該死，我這裡也有狀況。」

莫納罕說：「什麼？」

最合理的猜測，那是一輛紅色車子，只是遠遠的一個小點，擋風玻璃映出低垂太陽的閃光。和東邊那輛車子一樣，搖搖晃晃，沒有前進的跡象，幻覺。

他說：「你那裡如何了？」

「前進中。」

「後面沒東西？」

「難說，還看不出來，搞不好跟著大隊人馬。」

「我這裡也一樣。」

他們繼續監看。在一條筆直道路上的遠方車輛，迎面而來，影像被雙筒望遠鏡的鏡頭放大但淡化了。攪動的空氣，急遽來回搖晃，沒有前進動作，塵埃飛揚。

莫納罕拿起無線電對講機，按了通話鈕，一聽見對方回應，他說：「東西邊各有一輛車過來，速度普通，估計到達時間和早班火車差不多。」

穿牛仔褲、頭髮有型的男子說：「這就對了，想都不必想，他們想一次給我們出三個難題。」

凱迪拉克駕駛回頭，察看東邊，因為莫納罕忙著講無線電。卡車還在那裡，依然四四方方，依然搖搖晃晃，沒有明顯的前進跡象。主要是白色，但不只這樣，還閃著其他顏色。孰悉的紫色和橘色。

他說：「等等。」

莫納罕說：「老大，等一下。」

凱迪拉克駕駛說：「那是聯邦快遞車，找我的。」

莫納罕說：「東邊狀況解除，老大，是聯邦快遞，西邊的還不清楚。」

穿牛仔褲、頭髮有型的男子說：「繼續注意。」

「會的。」

莫納罕放下對講機。他匆匆察看了下那輛聯邦快遞車，又回頭看著西邊。也許兩顆腦袋果然強過一個，那輛車仍繼續接近中，距離仍然很遠，只看見太陽反光，閃亮的鍍鉻格柵，和隱約的紅色。它前方的柏油路面多了淡淡的熱氣流，後方是一小片滾動的塵埃，有可能是任何東西。

凱迪拉克駕駛轉身察看鐵路沿線。北方沒有動靜，沒有行人，沒有自走式機具，可是南邊的地平線閃著銀光。早班火車，還在十五哩外，從奧克拉荷馬市來的，這時只是空氣中一個針孔般細小的騷動。

他察看東邊。那輛聯邦快遞卡車還在那裡，在原地搖搖晃晃。

他說：「我突然想到，我被綁在這裡，沒辦法收件。」

莫納罕說：「可要等到明天才會回來了。」說著指了指西邊。「沒見過比這更慢的車子。」

「不是慢，他們在計算時間，他們想和火車同時到達，試圖分散我們的注意力。所以他們從西邊過來，他們不需要過平交道。」

「可是火車比較快。」

「那輛車比較近。」

「火車還有多遠？」

凱迪拉克駕駛沒說話。這就像他們在高中常聽到的蠢問題，假設一輛車在十二哩遠的地方，以四十八哩時速前進，一列火車在十五哩外，時速六十哩，何者會先到達？

同時到達，時間一樣，想都不用想。

車子繼續接近，火車也繼續接近。循著固定方向，相互牴觸的路線。底下廣場上的人正準備報到執行任務，像螞蟻般東奔西跑。兩個人從餐廳出來，跳上卡車，開始動身。明智之舉。他們將派出一隊人馬去堵它，形成路障，約在一哩外。問題還是在小鎮以外的地方解決比較好，除非那輛車是障眼法。也許他們在火車上，就像老西部片。兩側車廂門嘩地打開，一大群警長、治安官騎著馬衝出來。會有四個人在月台上等著他們，加上一個在看不見的那一側，以防萬一。這樣應該夠了。各位都清楚計畫內容，也都知道這計畫行得通。

這時火車比較清楚了。它的一側映著陽光，另一側在陰影中。和那兩輛車子一樣，它也左右搖晃著，沒有明確的前進跡象。它周圍的空氣滾動著，有如發亮的車側滑流。

那輛車還在繼續接近。兩輛貨卡車已在等著迎接它，約在鎮外一哩的地方，並排停在那裡，分別佔據左右線道，整齊列隊，充滿自豪，幾乎可以說隆重，有如官邸大門口的一對石獅子。

接著他們聽見噗噗噗的螺旋槳聲。

53

莫納罕和凱迪拉克駕駛瘋了似地亂舞亂跳，像遭到蜂群攻擊那樣地不停扭動、旋轉，抬頭在空中尋找直升機，結果在兩個不同的地方找到。

有兩架直升機。

它們鼻翼朝下逼近，速度快又壓得很低，一架從東北方，也就是右前方，一架從西北方，也就是左前方。噗噗噗！兩架看似都漆成黑色，駕駛艙是透明的，可是側窗是深色玻璃。它們下方的麥浪成一直線地激烈翻騰起伏，構成了一個巨大的字母V的兩個起點，而這個V的尖端就在他們所在的位置，三號儲糧塔的頂端。

車子繼續接近。火車也逐漸駛近。

他們的無線電對講機嘶嘶響起。穿牛仔褲、頭髮有型的男子說：「給我盯緊一點，我要知道下來的是什麼人，還有在哪裡下。」

說著結束通話。他們遠遠看見那個人在底下，由於垂直往下看的關係，身形顯得非常小而且短了一大截。他正大步踱來踱去，對講機舉在臉的前方。

噗噗噗！

車子仍在前進，火車也持續行進，兩者都越來越近，不必雙筒望遠鏡也看得到，已經不需要了。螺旋槳聲音越來越大，兩架不同步，渦輪發動機的尖嘯聲劈頭而來。

一切都在逼近中。

或許一分鐘不到。

太多事情同時發生。莫納罕和凱迪拉克駕駛轉來轉去，努力想看清楚，努力想緊緊盯著。

先是右手邊的直升機沿著寬廣的軌道朝東邊猛衝過去，從小鎮後方再度滑入，接著全速朝正南方飛去，速度快得嚇人。

朝農場飛去。

接著那輛車子接近路障並且停住，是一輛紅色轎車，國產，便宜但乾淨得不得了，因此是租車。兩個從餐館出來的人彎下身子，透過窗口和他們談話。

接著左手邊的直升機往西飛走，在原地盤旋了一陣，彷彿在等待什麼，接著又飛回來。就在廣場的上空，低低盤旋著，非常低，比舊水泥巨塔還要低。塔頂的兩人俯瞰著飛機，噪音和上升氣流拉扯著他們的衣服，吹得他們東倒西歪。上升氣流還把塵埃和垃圾掃得到處都是，有如沙塵暴，就在大街上。

接著那輛聯邦快遞卡車通過了鐵路平交道，大約在火車前方三十碼的地方。只差三十碼就會被千磅的重物從側面撞上。那司機甚至沒有加速，那是他平常的路線，他老神在在。

接著在南邊，那架右手邊的直升機在遠遠的地平線上降下。打算在農場落地吧，他們猜想。不然還會是哪裡？

接著，就在他們腳下，火車進站了，慢吞吞，熱滾滾，嘈雜又暴烈，伴隨著嘶嘶嗚嗚、鏗隆鏗隆、吱吱嘎嘎的噪音，卻前所未有地被螺旋槳的攪拌聲和噴射引擎的嘶吼給淹沒了。

從餐廳出來的兩人還在車窗前說話。

火車門打開。

噗噗噗。

沒人走出來。

看不見的那一側也沒有動靜。

噗噗噗。

火車門關上。

火車啟動離開，在他們腳下滑出月台，一節接一節車廂逐漸遠離。最後一節車廂遠離，越來越小，一路搖擺著，底下的疲累鐵軌在壓力下彎陷了一吋。

餐館的兩人還在跟人交談。

噴射引擎呼嘯著，直升機高高升起。

聯邦快遞卡車再度通過鐵路平交道，往回走。速度普通，使命必達。

直升機準備離去，傾斜著飛過，因此它的上升氣流掃向一邊，把他們推過走道，空降的灰塵和震耳的噪音轟得他們暈頭轉向。在南方，另一架直升機越過地平線，做著一模一樣的動作，升空、飛越接著離去。機鼻朝下，低低地迅速飛離，逐漸地越變越小，以新的V形隊伍飛行，新的尖端指著遙遠的彼方。

突然安靜下來。沒有一點聲音，除了麥浪，令人安心的聲音。

他們的無線電對講機響起。

莫納罕接聽，說：「直升機沒人下來，根本沒落地，也沒人下火車，看不見的那一邊也沒有動靜。」

公路上，從餐廳出來的那兩人將他們的貨卡車倒車讓開。那輛紅色轎車緩緩通過，朝小鎮開過來。

莫納罕說：「那是怎麼回事？」

穿牛仔褲、頭髮有型的男子說：「他自稱是客戶，帶了一大筆錢來。我們得瞧瞧。」

他們把他帶到餐館，但是在讓他進去之前，他們內部先就直升機的事討論了一番。所有人都在場，莫納罕的兄弟——被踢中卵蛋、槍被拿走的那個——除外。討論十分簡短，而且沒有共識。有兩派觀點，要不就是替未來某個日子的襲擊進行事前的偵察，這樣的話應該會使用攝影機、熱感應顯像儀和地面穿透雷達；再不然就是他們確實來搜索基佛了，這方面他們早就預期會包括空中的部分，果真如此也差不多會用到同樣的器材，可是由於豬隻的熱氣，他們什麼也找不到。

簡短討論。

沒有共識。

要不他們回來了，要不沒有。

沒有投票表決。

他們帶進來的那人看來很健康，像國家地理頻道節目裡的傢伙。蓬亂的灰頭髮，蓬亂的鬍子，四十五歲左右。穿著有一大堆拉鍊的怪衣服，綁帶像登山繩的靴子。

他說他叫托倫斯。

他說他已經把身分證件扔了。不單為了保險的問題，儘管他的保單上的確有一些相關的條款。但主要是因為他要讓他的家人猜測，他的用意就在這裡。讓他們沒辦法追蹤。他的所有書面紀錄早在前面七百哩的地方就停止了，在內華達一家汽車旅館的浴室水槽放了一小把火燒了。燒得精光。之後他只在夜裡開車趕路，以便把風險降到最低。他要讓他的家人摸不著頭緒，要他們絆手絆腳，得熬過漫長的七年，然後法院才能作出死亡宣告。

穿牛仔褲、頭髮有型的男人說：「請你原諒我們的小心謹慎，托倫斯先生。」

接著他看著頭部挨揍的莫納罕，說：「你兄弟跑哪去了？」

莫納罕說：「我也不知道。」

「這裡需要他。」

他們每次開會後的訊息傳遞原則是，最晚進來的第一個出去。莫納罕很晚才進來，他慢吞吞從水泥塔下來，因為他的頭受傷，動作不太穩。

他說：「好吧，我去找他。」

他說著走了出去。

穿牛仔褲、頭髮有型的男人回頭對魏斯伍德說：「托倫斯先生，我們要請教你的第一個問題是，你身上是否戴了竊聽器。」

魏斯伍德說：「沒有。」

「你那你應該會願意把襯衫解開。」

魏斯伍德照做了。結實的胸膛，肌肉豐滿，鬈曲的灰色毛髮，沒有麥克風。

穿牛仔褲、頭髮有型的男子說：「我們的第二個問題是，你是如何找到我們的。」

「上網找的，」魏斯伍德說：「透過留言板，一個叫『退場』的好友告訴我的。」

「那個女的我們以前見過。」

女性，以前。

魏斯伍德說：「她說她要和她朋友邁可一起來，邁可也是我朋友，他都用邁可這名字發文。」

「她確實來過，我們也見過邁可。」

「我想適合他們的應該也適合我。」

「我們的第三個問題是，你打算如何處置你那輛租車，租車紀錄可是很容易追蹤的。」

「我在想如果我多付一點錢，你們也許有人可以替我處理掉。你們可以把它丟到威奇塔或阿馬里洛之類的地方，很快就會被偷走了。」

「這事可以安排，而且萬一它在貧民窟或哪裡被發現，也只是增添幾分懸疑，或者讓人以為是謀殺。」

「我正是這麼想的。」

「你也知道，我們提供各種生命終結的選擇，而且完全就只是這樣。我們不會批判，我們不會要求客戶提出理由，我們也不會提供建議，而且我們也不會勸你打消念頭。不過你到來的方式相當不符合我們的常規，因此我們必須很例外地問一下為什麼。」

魏斯伍德說：「我受夠了。我又沒要求被生下來，老實說我從來不曾真正快活過。」

「具體地說？」

「我欠了很多錢，償還不了，我無法面對它的後果。」

「賭博？」

「更糟。」

「和政府有關？」

「我犯了一些錯。」

穿牛仔褲、頭髮有型的男人環顧著他的人馬。所有人都在，只差莫納罕兄弟。五個人。他們不安地躁動了一陣，接著體貼地緊蹙眉頭，含糊地點頭贊同。

那人回頭對魏斯伍德說：「我們可以協助你，托倫斯先生，不過你恐怕得付出你帶來的所有的錢。」

魏斯伍德說：「我要用汽油引擎，我想用這種方式。」

「這種方式很受歡迎。」

「是含鉛汽油嗎？」

「現在都用無鉛汽油了，特殊汽缸頭，照樣會有一氧化碳。移除一氧化碳靠的是催化劑，不是無鉛。而且氣味也比較好，裡頭的苯有一種甜味，很不錯的方式。」

「別人都怎麼選擇？」

「多半是兩種都用。確保結果沒問題是大家首要考慮的一點，因此各種統計數字他們都研究過。」

「我也應該兩種都用嗎？」

「沒那必要，汽油引擎的成功率是百分之百，你大可放心。」

那人說著看了下餐廳門口。

他說：「那對兄弟到底跑哪去了？」

最後進來，最先出去。

賣灌溉系統零配件的傢伙說：「我去找他們。」

說著走了出去。

穿牛仔褲、頭髮有型的男子回頭對魏斯伍德說：「這問題有點唐突，托倫斯先生，不過，你願意和我們一起吃早餐嗎？」

魏斯伍德想了一下，接著說好，於是櫃台服務生暫時擱置團體成員的角色，開始盡自己的專業，退到後面去煮了一壺咖啡。凱迪拉克駕駛說，他最好先回店裡去看一下包裹，馬上就回來。不過雜貨店老闆和豬農、汽車旅館的獨眼人全立刻坐了下來。女服務生過來幫他們點餐。咖啡倒了，餐點也都送來了。接著店老闆站起來，說他想回隔壁店裡去拿點東西，胃灼熱的藥吧，其他人這麼想，他也說他馬上就回來。

可是他沒有。

凱迪拉克駕駛也沒回來。

還有莫納罕兄弟，還有去找他們的那個人。

穿牛仔褲、頭髮有型的男子望著店門口。「這是怎麼回事？大夥兒不斷跑出去，卻沒人回來。」他說。

他起身，走到窗前。外頭空蕩蕩的，真的是，什麼都沒有，靜悄悄一片。沒有車輛，沒有路人，沒有一點動靜。只有酷熱的太陽，冷清的街道。

那人說：「我們遇上麻煩了，大家從後門離開，馬上。托倫斯先生，失陪了，我們等會兒再回來找你。」

他說著跑過廚房，後面跟著豬農、櫃台服務生和獨眼旅館職員，來到餐廳的後巷，櫃台服務生的雙廂貨卡車就停在這裡。他們擠上車然後駛離，繞回廣場上，往南到了廣場盡頭，進入那條窄小的泥路——幾乎是一條二十哩長的私人車道。

魏斯伍德單獨站在寂靜的餐廳內。直到店門打開，張走了進來，後面跟著李奇。

54

那筆錢的最大一部分用來租直升機，兩架空中豪華轎車，專供堪薩斯市商人出城談生意用，就像空中的林肯城市車。要他們降落是絕無可能的，除非是經過批准的地點，他們也不可能用繩梯把任何人送到地面，他們的保險政策不會允許。不過他們倒是很樂意飛到這裡再空機飛回去，也樂意增加一點戲劇效果，據說是為了拍攝影片。他們擁有直接來自Google的衛星導航座標。時機的掌握相當棘手，為了讓攝影機可以及時拍攝，不過他們的駕駛艙備有電腦，或許真的可行吧。

那筆錢的第二大部分交給魏斯伍德帶著，多得足夠讓他們見錢眼開了。他的駕駛艙電腦是一台福特租車的里程表，和他的腕錶。高中時代的，不是研究所的。**假設一輛車必須在十五分鐘內跑完十五哩，它應該以多少時速行駛？**當然，他必須配合火車的到站時間。他找到一個結合交通和氣象的調頻電台，會預報哪邊的鐵路開放或關閉，大概是按照火車時刻表吧，沒有比這更棒的功能了。

在這同時，李奇和張則是在聯邦快遞卡車上，他們打電話到奧克拉荷馬市的營業分處，說他們有一個超急件包裹，必須連夜送往一個叫母之安息鎮的地方。對方告訴他們可以遞送的最快時間，他們提早五分鐘到達那裡，看見夜班司機在巷子裡抽菸。他說母之安息鎮在他的固定路線上，他也同意帶有正式銀行封條的大疊百元真鈔的確是很美妙的東西。尤其他們用了一點心理戰，**想拿多少儘管拿，只要你覺得合理，我們只要求能在後車廂搭個便車**。還有要和火車同時抵達。那人說可以，沒問題。閉著眼睛都沒問題，那是他的固定路線，他們可以搭便車，要的話可以坐前面，等快抵達時再跳到後車廂。

然後再跳下去，最好能在直升機混亂、火車恐慌和魏斯伍德迷陣的當中，趁著沒人注意，在凱迪拉克駕駛的商店後門下車。如果時機抓得準的話，顯然抓得很準。情況實在太混亂了，這點可以確定。店裡根本沒人，就眼前來說是利多，但長期來看是負擔，只是麻煩又添一樁。

一開始是被李奇踢中卵蛋的那個莫納罕。他們看見他沿著條交叉路蹣跚走著，朝餐館或雜貨店的方向，也可能是汽車旅館過來。莫納罕輕易地就被拿下了，被他們用五個從五金商店買來的電線固定夾五花大綁，嘴裡塞了一塊同樣來源的碎布，丟在聯邦快遞商店隔壁那間廢棄的會計師事務所，那裡幾乎沒上鎖。

接著來了這傢伙的兄弟或堂兄弟或隨便什麼親人，戴著頂可笑的皮帽子，在找什麼東西。他同樣被輕易制伏了，五個電線固定夾，一塊碎布，在會計師事務所打地舖，就在他親戚旁邊。接著來了賣零配件的傢伙，灌溉系統的，想找前面那兩人。這次沒聊足球，只有固定夾，碎布，地板伺候。

普通鎮民紛紛閃避，都待在屋內了。大概是出於某種古老的本能，也許是因為那兩支衝鋒槍。它們看起來太古怪了，好像電影道具，除了躲起來沒別的辦法。打九一一報案專線和打不通是同樣的意思，那些警察距離太遠了，況且天氣這麼熱，還是待在冷氣房裡舒服。

凱迪拉克駕駛直接走了進來，他以為這裡仍然是他的店。結果遇上固定夾、碎布、地板。他們不得不進一步去找雜貨店老闆，結果逮到他從他店後門走出來，拿著一小瓶鹼式水楊酸鉍胃藥。結局依舊是固定夾、碎布、地板。

接著，隨著雙廂貨卡車從餐廳後面緊急駛離，人也消失了。

只留下魏斯伍德一個人。

他說：「他們同意用汽油引擎。」

李奇點頭。「他們會讓騙局一直撐到最後，不管最後有什麼。」

「我想他們到農舍去了。」

「不然還能去哪？」

「準備好了嗎？」

「該做的都做了。」

「我會把大家送到那裡。」

「我知道你會。」

「到時你們會把我甩掉，對吧？」

張說：「我們不會把你甩掉的，除非你想被甩掉。」

「我不想。」

李奇說：「真希望可以送你去打前鋒，接著我再去。你是大人了，我才不在乎你會怎樣，想一起行動也可以，但一定要緊跟著我們，記得待在我左手邊。」

「為什麼？」

「我慣用右手，得隨時保持靈活。」

「了解，咱們走吧。」

在一般的交易狀況下，這應該叫做試車：一台不熟悉的機具，由一個有意願的買家短暫、試驗性地駕駛一陣子。問題是李奇並不是有意願的買家，他很少買東西，要買也是買消耗品，當然絕不會是農業機具，業務員也知道。再者李奇也沒試車，因為他不會開，不知道該怎麼操作。他用衝鋒槍解決了第一個問題，用魏斯伍德解決了第二個。魏斯伍德曾經學過駕駛這類機具，因為科學編輯有時會熱中於一些科學研究的評估，而這往往牽涉到實際參與一些熱心鄰居的小發現，這時難免會需要動手挖掘一些有的沒的東西，而最好的方法當然就是動用機械了。

那是一台新的荷蘭製挖土機，從舊馬車隊路徑北邊的農具經銷商那裡拿來的。魏斯伍德嘎嘎駕著它回頭通過廣場，再往前經過汽車旅館。就算不是試車，也是禮貌性的借用，禮貌的部分就省了，但借用是真的。李奇沒有意思把它留著。它的後部有一支爪式長臂，還有非常窄、有著兩支尖牙的挖斗。一種挖掘工具，比較像推土機的推土刀，顯然是多功能的機具。可以裝上各式各樣的東西。全新的，烤漆亮眼，而且乾淨得不得了，有股新挖土機的味道。駕駛座剛好擠得下三個人，可是只有一個座位。魏斯伍德坐在上頭，因為他非坐那裡不可，那裡有各種操縱桿和踏板。張側著身子站在他左側，李奇側身擠在他右邊。引擎隆隆作響，這東西是設計用來做粗活，還有在坑洞、土堆之間短距離前後移動的，但也備有可以行駛道路的傳動裝置，他們離開廣場時，魏斯伍德把速度拉到大約每小時三十哩。

不是進入私人車道的入口。

而是進入麥田。

魏斯伍德讓前方的挖斗保持在距離地面幾呎的高度，它的底部向前突出，就像金屬下巴。它一路將小麥壓碎，像支鈍鐮刀，厚重的金色粉塵和碎屑瀰漫在空中，有如一路往前行進的線性爆炸。麥稈的碎片狂掃著底盤，而在犁溝的兩側，一波波麥浪刷過窗玻璃，往後歪倒。地表大致上是平的，可是橡膠輪胎接觸泥土的地方卻凹凸不平。挖土機像艘船那樣前後搖晃，輪胎不斷跳動。輪胎很軟，一遇上隆起的地方便劇烈地扭動掙扎，魏斯伍德在座椅上不停跳上跳下，李奇和張側著身體穩穩撐住，像逃命地鐵列車上的乘客。

金屬下巴持續向前掃蕩。

粉塵和碎屑在他們四周怒吼。

時速三十哩。

有二十哩路要走。

小學程度的問題。

四十分鐘。

但還是強過走那條私人車道，那裡說不定埋了地雷，或至少撒了釘子。而且這麼一來等於在十哩外就開始一路迎面逼近他們的直角位置，而任何腦袋清楚的防衛者都會在這裡架設五十毫米口徑的重機槍等著迎接。開車從那條泥路過去，和之前在汽車旅館，對手兩人一組爬上鐵梯是一樣的意思。我們可以像打松鼠那樣把你們擊潰，所以還是保有一些活動空間比較好。意思是一輛越野車，一台破牆錘，也就是前方的挖斗，它是防彈的，而且足足有單人床墊的大小。重金屬，以便撥動參差不齊的石塊，上方有一丁點能見度，這樣也就夠了，反正只有麥田。到目前為止還算順利，計畫效果不錯，只是有個結果小小的出乎意料外，主要是因為激烈震動的關係。

李奇又開始頭痛了。

多數時候農場都隱沒在麥浪後方，因此他們主要靠太陽分辨方向。不完全準確，但也十分接近。第一次看到是在他們距離目的地大約四分之一哩的地方，時間也剛好。一棟房子和六間附屬建物。籬笆和被踏平的泥地，幾根電話線杆，柴油發電機的大禮帽造型排氣口。

還有豬舍臭味。

有如化學武器。

魏斯伍德繞了一圈，接著又回來，停在大約兩百碼外，讓引擎怠速空轉，最後一陣麥子粉屑漸漸落回地面。

一片寂靜。

只有他們。

李奇感覺自己有如悄悄接近水坑的掠食猛獸。

接著對方開始掃射回擊。

三把槍械同時開火，一式的長槍，很有特色，平穩扎實的槍聲，以及子彈快速穿越空中的爆裂聲。李奇大膽猜測是M16系列步槍發射的北約會員國標準用彈。截至目前全都射偏了，但不奇怪，這只是虛晃一招。兩百碼距離，肉眼對肉眼，絕對是平的，但其實是弧線，因為地球曲面的關係，因此錯估了。

魏斯伍德說：「要不要撤退？」

「不。」李奇說，在腦袋裡計算著。「再前進五十碼，馬上，給對手施加壓力。他們也該換新彈匣了。」

「往前五十碼？」

「快。」

魏斯伍德開始前進。

走得坑坑疤疤，相當緩慢。這傢伙八成沒受過步兵訓練。接著又一陣亂射，全都沒命中。只有一發除外。

就在前方挖斗的正中央，穿過邊框的一處細小擦痕。子彈掉落，聲音隨後抵達，響亮的鏗一聲。

李奇說：「佩服。」

張說：「怎麼？」

「他們終於命中一個只比穀倉門小一點的目標，也因此證明了這挖斗果然防彈。因此我們也該行動了。」

魏斯伍德說：「現在？」

「現在最好。」

張說：「保重了，李奇。」

「妳也一樣，張。」

兩人打開車門，跳了下去，一個在左，一個在右。

55

魏斯伍德曾經引用他最近的研究說，老品種小麥可以長到約四呎高，可是它已經被培育成能產生更多種子的較強壯品種，只有兩呎高。這麼看來本地的農夫相當守舊，這裡的麥子起碼有四呎高，倒也不是說李奇需要它來掩護，面對一群連一個只比穀倉門小一點的目標都打不中的對手，根本不怎麼需要掩護。可是冷不防展開奇襲總是好的，因此他匍匐前進。會引起一點小騷動，可是非常輕微，從兩百碼外很難確實分辨他在什麼位置。夜露還沒被曬乾，他的膝蓋、手肘已沾上厚厚一層泥巴。他又要買新衣服了，這點可以確定，就算沒沾上泥巴，豬舍的氣味很難聞，在空氣中到處彌漫，必然會滲進布料裡。所以，明天就去買套新衣服。總之這是好主意，他想，畢竟和張在一起。

接著他想，這事今天就會結束。

明天張就不在了。

橫向爬了一百碼之後，他朝農場的方向急轉彎前進，試圖在沿著它的圓周繞行的同時一邊接近它。越近越好，能到一百呎以內的話他會很滿意。他非常喜愛MP5K衝鋒槍，它只比手槍稍微胖一點，功能方面卻是一支縮小版的步槍。設定在單發模式，它有可能命中距離九十呎的目標。或八十，或七十五。七十五算是免費奉送。

五分鐘後，他冒險抬頭察看對方在哪裡，位置相當不錯。他沿著逆時針方向移動，從十點的位置移到了八點以下，而且距離更近了。可以確定的是，防禦抗敵的一方對自己的槍法不太有把握，因而全部聚集在最接近主要威脅、同時又能確保安全的一個點。他們認為主要威脅是挖土機，而最接近它的一個掩體是靠近籬笆、和小車庫差不多大小的一棟附屬建物。三個人躲在它後面，側面剛好對著李奇，一清二楚。標準的側翼戰術，西點軍校應該會引以為榮。

餐館的櫃台服務生在那裡，還有汽車旅館的獨眼職員，還有豬農。之前他曾率領一群代表登上鐵梯。他擁有巨掌，闊肩，衣服上沾滿泥巴。

三人都拿著M16步槍。

李奇等著，頭很痛，兩邊都痛。

張從另一側爬過來，比他更早接近農場，因為她的任務不是從側面攻擊。她的任務是等挖土機移動，接著開啟能夠持續發射火力的第二條前線。這會迫使那夥人退向掩體，讓李奇可以從後方攻擊他們。

這是他的計策。她有點懷疑，可是到目前為止他的計策相當管用，他預估可以先抓到四個俘虜，結果逮住五個。他預估在農場他們會開火但只是虛驚一場，他也料中了。即使如此她還是追問他，這部分是否會成功。不，他說，不會成功。因為他們會退回房子去，風險控管性撤退。他們肯定事先準備好了一個陣地，非常堅固的，類似安全密室的地方。

當時她問，既然如此我們為何還要這麼做？

他說，也許因為我們運氣不錯。

她往前爬，想拉近一點。她知道彈藥樹木，一個三十發的彈匣兩秒鐘就用光了，她要好好利用兩個彈匣。她想碰碰運氣，如果她解決一個，他解決一個，那麼等會兒要對付的人就少了兩個，這是好事。

這是她遇見他之前從沒說過的話。

她又往前爬近一點，豬舍的氣味糟透了，她在腦子裡將自己放進農場的衛星地圖。她在十一點鐘的位置，豬舍在三點鐘，臭死了。這也讓她明白了兩件事，這裡絕不是什麼高雅的自殺勝地，絕無可能。有些人連走近都有困難，不窒息才怪。

還有基佛肯定被埋在那裡。她知道，就在豬舍裡。他們沒辦法在田裡挖掘，即使比剛才魏斯伍德的駕駛速度更慢，從空中也能看見。他們會擔心空中搜索的問題，因為他們看過基佛的皮夾，他們看過他的調查局名片，雖然和她的一樣已經失效，可是他們並不曉得。

她感覺離他很近。

她抬頭，看見一道籬笆和一間小車庫大小的附屬建物。挖土機獨自立在那裡，空轉著，隱沒在膝蓋高的麥浪中，在她右邊遠遠的地方。那棟附屬建物是他們唯一的掩護，他們當中至少會有一人探出頭來開槍，就在她前方。

她把兩個備用彈匣放在地上。並列著，隨時待命。

她等著走好運。

她把選擇開關撥到自動。

她瞄準了。

等著。

魏斯伍德發動引擎，把操縱桿往前拉，再將其他的桿子往後推，讓前方挖斗呈垂直狀態，接著把它向上升，直到擋風玻璃外除了它背部的烤漆表面之外，什麼都看不見。安全比能見度重要。從這一刻開始，他這部分的任務可說充滿變數。李奇叮囑他把方向盤握正，慢慢往前開，盲目駕駛，一直前進就對了。必要時越過籬笆。別擔心，別停下，除非有別的事情先發生。

新聞業的未來，網際網路改變了一切，如今新聞變成個人的事，記者必須參與新聞，現身說法，記者必須是新聞本身。

充滿變數。

部落格，電影，演講，出書。

他踩下離合器，拉動排檔桿。

向前出發。

李奇聽見挖土機出動，他的頭很暈。他蹲跪著，可是覺得有點搖晃。他抬頭看，兩道籬笆、兩棟附屬建物、六個人，他出現複視。用手掌根拍拍額頭後，他再抬頭看。

好了點。

挖土機在他左方隆隆前進。鬆弛的大輪子凹陷、扭曲著。那三人背部緊貼著小棚屋的後牆站在那裡，手持步槍。接著櫃台服務生繞過屋角，沿著前面一點點移動。他到達下一個屋角，謹慎瞄了一眼，舉起步槍。

李奇瞄準了。這支黑克勒－科赫衝鋒槍基本上是一截前後兩端各有一個槍柄式握把的十二吋長管子。

金屬準星，非常精確。

櫃台服務生瞄準挖土機，等著。在他背後，獨眼人悄悄溜向另一側屋角。

挖土機轟轟駛來。輪胎吱吱嘎嘎滾動，麥浪掃過挖斗的底部又彈回來。

李奇頭很痛，兩邊都痛。腦挫傷，事實上有兩處，兩處都包括直擊性損傷和對沖性損傷。

兩個傷口之間劈哩啪啦響，就像電流。

接著張開槍。

全自動模式，一分鐘九百發，快到嚇人。突來一陣模糊的聲音，有如狂躁的縫紉機。兩秒。一整個彈匣。泥土垂直地往上噴濺，碎木屑從小棚屋飛出。

獨眼人向後閃。

櫃台服務生在屋角把頭探遠一點，尋找新的危險來源。李奇的槍緊跟著他移動。前準星，後準星，鎖定目標。

李奇開槍。單發。射程八十呎。九毫米帕拉貝倫子彈，每顆重一二四格令，全金屬包覆彈。出膛速度，每小時八百哩以上。接近目標時間，低於十五分之一秒。幾乎是瞬間。

子彈命中他的上背部，正中要害，在頸子的根部。射中脊椎。走運。李奇原本瞄準他的軀幹中心，目標物最寬的部分。這樣最穩當，還有一些附加的好處。中心意思就是中心，它的周邊還有東西，兩側，尤其是上下。兩腿和頭部。萬一射偏了還有地方可去。那人倒下，緩緩往前撲向小棚屋的轉角，被它猛地甩開接著摜在地上。

豬農趴倒在地，躲進麥田，沒了人影，聰明。可是獨眼人跨出一步，舉起手槍，開火。子彈啪一聲飛出，掃過李奇右方約三十呎的麥叢。

張再補一槍。

第二只彈匣。好樣的，堅定而果斷。同樣的狂躁呼嚕嚕聲。泥渣揚起，木屑飛濺。

接著靜下來。

獨眼人退回轉角，探身出來，瞄準槍聲的來源。

挖土機更近了。

李奇心中有一小部分不想朝獨眼人開槍，他只是個可憐的殘障老人。開槍打他似乎不太厚道。只不過此時的他是一個用致命武器瞄準了張的可憐殘障老人。於是李奇瞄準了，大約九十呎遠，他把焦點放在前準星，圓環內的一根針柱。他凝視著它的烤漆，它的每一個細微的凹痕和細部，銳利如刀。後準星一團模糊，目標物一團模糊，最大精準度。這是他受的訓練，前準星是重點，最後會融為一體，模糊、準星柱、模糊。現在正是如此。三者合而為一，成一直線，穩若磐石。

他開槍。

一樣。子彈順著拋物線上揚。這次的射程是九十呎，不是八十。子彈在空中多停留百分之十二的時間，上揚了百分之十二。子彈擊中獨眼人的頭骨基部，擊中了延腦，初探智慧的小小隆起。一億年前演化成的一個幼芽，爬蟲腦，大約一吋厚。子彈在千分之一秒的瞬間將它穿透，全金屬包覆彈，靜水壓力讓它爆裂開來。那人早在槍聲穿過籬笆之前就死了，就像甩門那樣砰地一聲倒下。

挖土機繼續接近。

豬農開始奔跑。

李奇把槍設為全自動，站直了然後射擊，像噴油漆那樣將槍口對著那人狂掃。彈匣裡剩下的二十八發子彈，他的鏗鏗鏗縫紉機聲。可是全部沒打中。全都射偏了。立足點不穩，失去平衡，頭暈，暫時的。他搖搖腦袋，又好了。

挖土機更近了。

這時李奇跑了起來，縱身衝進麥田，把麥稈攪得七零八落，大步跋涉著，一路踉蹌掙扎，邊摸索著朝挖土機的路線前進。魏斯伍德從側窗看見他，停了下來。張從另一側跑過來，不停地跑。她繞了一大圈跑向李奇，緊緊抱住他。

她說：「你沒事吧？」

他說：「在那裡撐著。」

「你拿下了兩個。」

「還剩兩個。那輛雙廂貨卡坐了四個人。」

「要怎麼做？」

「先要找到他們。」

「你提過安全密室。」

他們回到駕駛艙，一左一右站在魏斯伍德兩側，斜著身子。前方視線被遮住。魏斯伍德說：「他們會在哪裡建造安全密室？」

「不需要建造，」李奇說：「他們早就有了。相信州內每一座農場都有，堅固得足以抵擋巨大衝擊。」

張說：「颶風避難室。」

「沒錯，就在房子底下，在別處設有另一個出口，以防房子倒塌，壓住了活板門。所有地下室都設有這種出口，相信這些人也一樣。他們需要保持機動靈活，說不定還設有地道通往另一個地點，附有隱藏式逃生門。我們得先找到這東西，以便把卡車停在上面。」

魏斯伍德再度發動引擎，扳動相同的幾支操縱桿，但順序倒過來。只見前方挖斗向後傾斜，開始下降，直到前方的視野透過它的頂端露出了一點，一條細縫，不再百分百安全，但至少是一種適度的折衷。

他等著。

李奇說：「現在最好。」

挖土機猛地傾斜，開始以普通速度前進。在笨重的輪胎上搖搖顫顫。還有一百五十碼、一百碼。朝籬笆前進，越來越近，接著輾了過去，欄杆被推向左右兩邊，山核桃木屑噴濺到空中。接著繼續往前，繞過它左邊的第一間附屬建物，經過死掉的獨眼人，進入被踏平的欄內場地。他們在這裡減速，停下，等著。不再是水坑旁的掠食猛獸，而是競技場內的鬥士。

沒人朝他們開槍。

沒有回應。

實際情形和Google衛星影像大致相同，只差是平視，而不是俯視。正前方是房舍，近一點的右邊是自殺套房。左邊是發電機棚，和一間小建物，大小和剛才那三人當作掩體的棚屋相同。房舍過去的東邊是豬舍和穀倉，各自獨立。車道在他們前方延伸出去，兩側立著電話線杆。

沒有排氣管。

沒有動靜。

魏斯伍德拿出藏在靴子裡的槍。

李奇說：「接下來，參不參加全看個人意願。」

「我知道。」

「別分散了，從房舍開始。」

三人下了駕駛艙。

沒人朝他們開槍。

沒有回應。

除了豬舍的臭味之外什麼都沒有。

他們通過被踏平的泥地，朝屋子走去，三人排成一列，張在左，魏斯伍德居中，李奇在右，他的頭痛得像有人拿冰鑿刺入他的耳朵。

56

李奇在前門廊站崗，讓張和魏斯伍德進屋子去搜索。他嚴密監視著，第二個出口可能在任何地方，突來的意外可能從任何方向出現。可是沒有，沒有任何動靜。兩分鐘後，張走出來，說：「我們找到地下室入口了，魏斯伍德在看守著，裡頭簡直像動物園。」

她接替他在門口的崗位，他進屋去，在一條臥房走廊裡找到魏斯伍德。他正看守著一只原本可能是床單櫃裡頭的東西，這櫃子的內部設有一道傾斜四十五度角，夾在後牆和地板之間的活門裝置。傾斜四十五度大概是因為它是一段階梯的頂端，無疑通向一間地下室。這道門關著，可是和所有防風門一樣，它可以往外打開來，因此絕不會被風吹落到底下。

李奇衡量著距離，走廊寬度加上從床單櫃到傾斜活門中點的深度，接著他去找起居室，在這裡看見張口中的像動物園的東西。和彼得•麥肯的芝加哥寓所差不多，可是比那複雜十倍。這裡擺滿了螢幕，起碼有二十台，和幾十個鍵盤，和直立式機箱，和好幾只陳列著嗚嗚作響的組件的高架子，還有大量的驅動器、風扇、連接器、延長線和閃爍的燈具，但最主要的是電線，成堆成堆的，有的紮成一捆，有的纏繞成一團，有的盤成一捲。

都不是李奇想找的東西。

他往前走，發現一個起居空間，對著一張沙發沉思起來。很大的一張舊沙發，坐上三人沒問題，加上浮誇的彎曲造型扶手，夠長。他半拉半抬地把它搬往他來的方向，移到走廊裡。他把它豎起，向前移動幾步，接著又把它側著放下，堵在那道活門和對面牆壁之間。封閉了一個出口。

接著他們站在門廊上，用推算、手指比畫和視覺解釋，猜測著另一個地下室出口會在哪裡。這棟房子和多數房子一樣是長方形，表示避難室也是同樣的方位。肯定是這樣，一個建築送分題。而依照人的心理，如果主要入口是在房子的一端，那麼逃生出口必然在另一端，讓地下通道依著房子的走向，和山牆成垂直，一路往外延伸到圍欄泥地底下，通往發電機棚或者它旁邊那棟較小的附屬建物。

發電機棚比較合理，因為它有水泥澆注地基，設計完善，方便和通道出口融合在一起。地面空間屬於作業環境，經常需要檢查，乾淨、有效率而安全，又沒有垃圾堆積，依照常理來看，可說是完美的逃生出口。

可是依照非常理來看，他們會選擇那棟小建物。他們想戰勝的不單是環境，在最糟情況下，還有人，從一個合情合理的地點爬出來根本毫無意義。

較小的建物有雙扇門，就像舊式車庫。門鎖鬆開而且生鏽了，李奇感覺這點增加了這棚子是逃生出口的可能性。不設門鎖是最保險的，因為鑰匙可能會遺失。沒道理讓自己千辛萬苦逃了出來，卻整晚被鎖在一間穀倉裡。

他們把門拉開，看見一堆亂糟糟的雜物。大部分是廢金屬，和一些舊油漆罐。一條噴了油漆的家具罩布被扔在地上。不是作業環境，沒有經常檢查，不是乾淨有效率又安全的地方，不像是合適的地點。

只是……

那堆雜物似乎是亂中有序，裡頭有個空缺，不像是自然形成的。還有另外幾個空缺，彼此像是串連起來的，就好像可以讓人一個接一個推擠著通過，迅速逃出來。

主要的空缺就在那條家具罩布的一個微微隆起處的上方。

李奇把布塊拉到一邊，發現一個和屋裡那個相同的活門。不過不是傾斜的，而是直接設在地板上，四周用水泥接合。

關上了。

「好極了。」李奇說。

張出去找鑰匙還在的卡車，李奇和魏斯伍德忙著把那些廢金屬丟到一邊，好讓她找到卡車時可以開進來，她駕著之前他們看見從餐廳後門火速駛離的那輛雙廂貨卡車回來。她把它開進來，來來回回調整，直到車子的左前輪正好壓在活門上。

第二個出口封閉。

張下了卡車，看著那堆金屬，說：「這是什麼鬼東西？」

問得好。

那些金屬全都是低碳鋼，有些是有著方形截面的管子，有些是實心的鐵杆，有些是敲成怪異彎曲形狀的八分之一吋厚鐵板，全都鏽蝕了，大部分都沾了像是油漆或污漬的黑色痕跡。大部分的鐵管和鐵杆都焊接在看來像是用螺栓鎖在一起的小段欄杆上。有的約四乘二呎，有的約四乘四呎，也有大約六乘三呎的。全都被歪七扭八地堆在那裡。

這實在說不通，之前他們用挖土機壓過的籬笆是木頭做的立柱和橫木，上面釘了刺鐵絲網。這片土地上沒看見有金屬圍籬，就李奇的了解，整個郡、甚至整個州恐怕也都沒有。而且這些小段欄杆彼此也不合，尺寸並不相同，沒有合理的方式可以把它們組裝在一起。一道圍籬總不會有一小段是三呎高，一段是六呎高，接著還有四呎高。況且有些螺栓孔的方向也不對，有的呈垂直對齊，有的水平。

有些小段欄杆還附了鉸鏈。

不是圍籬。

張說：「老天，是籠子。」

那些八分之一吋厚鐵板被切割成條狀，而後捲曲、敲打、焊接成各種形狀。和其他東西一樣生鏽了而且有黑色污痕。有一些周長約三吋，帶有鉸鏈的鐵環，上面焊接著U形小扣環。手銬。

還有一些周長約六吋的附有鉸鏈的鐵環，上面焊接了長長的尖釘。奴隸頸圈。

還有一些粗糙的面罩，還有鉗子和鐵釘。

黑色污痕。張說：「我想是血跡。」

他們退出雙扇門，站在陽光下，涼颼颼的。他們回頭看著主房舍，以及它旁邊的自殺套房。

李奇說：「接下來的行動也是自由參加。」

他說著往前走。張跟著他，魏斯伍德頓了一下，匆匆趕了上去。

自殺套房是一棟約有主屋一半大小的附屬建物。它有水泥基地，約有膝蓋高，被下雨時水窪噴濺出的泥漿染成橘色，接著是用厚重焦油木板搭成的側牆，木瓦屋頂，傳統結構，方正扎實，肯定十分經久耐用，一條足足有李奇手指粗的電線垂掛在屋簷底下。沒有窗戶。

門鎖上了。

李奇說：「準備好了？」

「還沒。」張說，聲音又小又氣餒。他想起她在凱迪拉克駕駛店裡緊挨著他，在電話簿上尋找M開頭的馬洛尼名字。他想起成堆的快遞包裹，其中兩個是由國外廠商直接寄送的，用消毒不鏽鋼製造的德國醫療器材，和日本寄來的高解析度攝影機。他想起帕羅奧圖那個人苦苦推敲著聊天室裡一個叫「血」的傢伙的一句零星留言：聽說母之安息鎮有好貨。來自帕羅奧圖男沒看過的一個留言板。其他的社群，感覺上是某種愛好者的網站，在「深網」的底層。

李奇後退，接著大步向前，用腳跟將門鎖啪地踢穿。門板向內撲倒，撞上牆壁又彈回來，他張開手掌將它擋住，走了進去。

前廳。一股氣味撲鼻而來，比豬臭更難聞。前方是小廚房，擺了些馬克杯和瓶裝水。還有電線、纜線、插頭和連接器，全部堆得亂七八糟，使用過後被棄置在那裡。一個工作場所，左邊是一間右側和盡頭各有一道門的小接待室，右側的門是浴室，不算乾淨也不算髒，實用的公用空間。較遠的那道牆上有外套掛鉤，一排四個，掛著東西，但不是外套。

是橡膠圍裙。

上面有黑黑褐褐的污痕。

李奇試著打開接待室盡頭的門。

沒鎖。

他頭好痛。

他說：「準備好了？」

「還沒。」張又說。

細小的聲音，充滿氣餒。

他開了門，裡頭一片漆黑。一股惡臭，很冷，迴盪著大空間的空曠音響，許多堅硬的表面，有一些障礙物，他摸索著牆壁尋找開關。

找到一個。

他開了燈。

他看見一個穿白衣的女人。

她不是趕赴蒙地卡羅的花園宴會，不是趕著去市政廳辦她的第五次結婚登記，不是前往一個有著寧靜氣氛，讓她可以放鬆心情然後喝一杯戊巴比妥，或者躺在床上享受一台舊V8引擎的溫柔服務的私人別館。

沒有這些東西。

她的兩隻手腕被人用鐵鍊拴在白色瓷磚牆上。

癱坐在那裡，頭垂得低低的。

血濺得到處都是。

斷氣已久。

李奇不是驗屍專家，不過他推測她是被人用球棒活活打死的。地板上有一支，上頭結著厚厚一層血跡，都發黑了，就像那些廢金屬的狀況。她身上有多處青灰色瘀傷和骨折，頭骨已經變形，頭髮蓬亂，她的白色連身裙裝被血和嘔吐物染得污穢不堪。

有一排攝影機對著她，三架裝在穩固三腳架上的電視攝影機，還有好幾盞裝有柔光布罩的攝影燈架。地上爬滿了各式電線。白色瓷磚充當舞台，範圍包括兩側牆壁的後面三分之一，遠端牆面的全部，以及地板的後面三分之一。一座競技場，他們會打亮燈光，高清晰度，銳利無比。

白色瓷磚，抹得粉紅斑爛。

舞台上方裝了麥克風。

兩支。

立體聲。

一個攝影腳架上夾了張紙條。一封列印出來的電郵，信中說：我想看一個潑婦挨球棒揍，企業總裁型的，拖得越久越好，腿先打。你們必須叫她說對不起羅傑，對不起羅傑，一次又一次地說，我願意付十萬元。

其他的社群，愛好者網站。

這個愛好者網站叫「母之安息」，和誘餌網站同名。回到主屋，魏斯伍德和張設法打開電腦並且進入網站。全部都是視頻，依觀看次數計費，相當昂貴。最便宜的相當於一輛車。餓死最昂貴。大概因為最花時間吧，工作時數很長。懷孕並且被刺刀刺居次。內臟挨槍也很貴。有罪熱門清單，近期觀賞清單。有形形色色的類別，男性受害者、女性受害者、雙人、年輕人、老人、黑人、白人、切割、戳刺、毆打、機械工具、極端插入、醫療實驗、電流、溺水、槍擊。

還有一種客製化業務，第五級。他們歡迎社群會員寫下他們的要求，無論多麼詳細都可以，甚至可以寫整支腳本，他們將竭力滿足會員的需求，這完全得看合適的演員何時會出現，在敲定臉孔和價格之前不須付費。

張捲動網頁到一個目錄頁的最後。「瞧瞧這個。」她說。

充滿氣餒的細小聲音。

李奇看了，母之安息視頻庫最近新增的片子是火熱、全新的，而且可供立即觀賞。影片主題是瘦男肋骨全斷。

下火車的男子，身穿套裝和正式襯衫，拎著皮革手提袋。

他是瘦男人。

李奇又頭痛。

張往上捲動，從全新到近期，停在一對很有事的悲哀情侶。

她說：「這一定是邁可・麥肯和他朋友『退場』，對吧？」

李奇沒說話。

魏斯伍德說：「瞧這個。」他正在根目錄之類的頁面。他指著一行行數字，說：「姑且稱它們電影吧，因為的確就是，它們是兇殺片。有些非常長，最短的也有兩小時。最舊的是五年前的，最新的昨天才貼出來。」

他的手指在螢幕上往下滑動，停在接近底部的位置。他說：「猜猜看他們在麥肯第一次打電話給我之前製作了多少片子。」

李奇說：「兩百部。」

「現在到兩百零九部了。」

李奇沒說話。

魏斯伍德說：「要不要看殺千刀之死？」

「不要。」

「不知道他們會如何替我的片子命名。」

「也許是文人式攻擊，被一堆筆刺死。」

「騙局持續了多久？這些人是什麼時候發現真相的？等到走進那房間才察覺？」

張說：「我猜他們應該是在凱迪拉克司機打開車門，他們聞到豬舍味道的時候就知道了。我猜手槍就在這時候上場。」

「我們應該問問，」李奇說：「我們知道這些騙徒在哪裡。」

他們回到臥房走廊，回到曾經是床單櫃的箱子前，回到那張橫著堵在活門和對面牆壁之間的沙發前。

李奇說：「移動卡車比較簡單。」

張說：「你還好吧？」

他點頭。「在這情況下還算不錯。」

他們出了大門，沿著他們認為的通道走向，來到那棟雙扇門的小棚屋。張爬上那輛雙廂貨卡車，把它往前開，然後下車，讓它空轉。她看著活門說：「你打算如何進行？」

李奇說：「我懷疑這時候他們還會窩在那裡頭。不過，抱最壞打算。魏斯伍德掀開蓋子然後後退，我們直接瞄準洞口底下，好嗎？」

她點頭，魏斯伍德點頭。李奇就位，用衝鋒槍對著中間偏右的位置。新彈匣，全自動模式。張有樣學樣，瞄準中間偏左。

魏斯伍德彎腰，抓住把手。

他拉開活門蓋然後迅速跳開。

沒有洞穴。

57

這組活門是從店裡買回來，然後黏合在平坦的水泥地上的，沒有地下洞穴，沒有階梯口，沒有一點孔隙，堅固完整的一塊。活門左邊，還有活門右邊，活門底下，都是同樣的卵石花紋表面。

像一隻盲眼。

假門。

誘餌。

李奇說：「是我的錯，沒想清楚。」

魏斯伍德說：「過了就算了，不過我們得找出密室到底在哪？」

「不，」張說：「我們得知道他們是否真的進了密室。」

這問題立刻得到了回應，一陣超音速的劈啪聲穿越空中，還有嗚嗚的步槍悲鳴，還有北約會員國標準用彈在他們頭頂一碼的地方穿透牆板的粗糙撞擊聲。緊跟著是步槍本身的爆裂聲。聲波的速度比子彈慢，可是這時卻相差無幾。這表示步槍距離很近，一百呎吧，李奇心想。近得不能再近，就算槍法再差，也幾乎是近距離平射的射程了。

他們匆匆回到棚屋內，又一發子彈穿過牆板，留下一個透光的明亮小孔。接著又一發，八呎外。穿牆戰術。看不見內部，只是隨機掃射。這是精英部隊，李奇心想，這些傢伙能擊中穀倉的側牆。他越過雜亂的廢金屬，走到較遠的角落。從外面看不見，可說相當安全，雖沒有實體的遮蔽物，但是被盲目掃射的機率保護著，牆壁不堪一擊，但統計數字不會騙人。

他踢掉外牆木板，靠近地板的較低位置。牆上出現一個兩呎高、四呎長的大洞，接著撞開更多木板，變成五呎，大得足夠讓人爬出去。魏斯伍德先，接著張。又一發子彈穿過。接著李奇。三人迅速後退，和棚屋、對手保持一直線。他們背後除了麥田空無一物，右後方是那棟靠近破碎籬笆的建物，躺著死掉槍手的。挖土機就停在他們右邊，大約二十碼距離。右前方是製片棚和主屋，左前方是發電機棚，有不少躲避地點。

可是很不巧地，它們全部位在危險的空曠地帶，最少也有二十碼，二十步，距離很遠，但並非不可行。完全得看對方。他們會如何瞄準，他們受的是什麼訓練，如果他們受過訓練的話。一個中了前準星魔咒的人可能會努力瞄準，忽略了外圍視線，就像現在。很可能一個人就這樣走開也不會被發現，就算一個人穿著猩猩道具服說不定也可以順利逃走。這得要看聚焦度，如果只有一個人或許可以安然逃走。

但是三個就沒辦法了。

李奇小聲說：「待在這裡，別動，我會回來找你們。」

張說：「從哪裡回來？」

「我要回小屋去。」

「瘋了。」

「不見得。這要看他們的槍法如何，這是數學問題，和或然率有關，往他們瞄準的地方跑過去不見得不安全。」

「神經。」

「那道牆很大，命中率能有多高？我跑過去的途中心臟突然出狀況的可能性還比較大一點。」

「我跟你一起去。」

「好，不過魏斯伍德得留在這裡，戰地記者都是跟著第二波軍隊一起移動的。」

魏斯伍德說：「我成了戰地記者了？」

「不是，我只是想讓你好過點；你在想你的出書版權。」

「不全然是。」

「留下就是了。」

李奇和張走回小棚屋，從後面爬進去。那些透光的小孔形成了大星系，位置大都相當高。李奇的高個子哥哥可能會避不掉，可是李奇沒問題，張當然更不用擔心。又一發子彈飛來，砰一聲穿牆而過，又一個透光小孔，在左邊偏高的位置，又浪費了一顆彈藥。

李奇說：「如果真的是隨機射擊，那麼所有位置的機率都一樣，包括之前打過的地方。」

他把眼睛對著一個透光小孔，瞇眼看著外面。

他說，嘴有點歪扭，因為他的臉頰緊壓著牆板。「我們得看見他們的槍口閃光才行，這樣才能把他們趕開，我要他們開始跑。」

又一顆子彈過來，砰一聲鑿穿，光孔。高度正好，可是在右前方，超出十呎之遠。

「我看見一個了。」李奇說。

灰塵揚起，他貼著牆板眨了下眼睛。

他們等著。

又一發子彈，砰地穿透，光孔在左側，很高。

李奇離開牆面。他說：「我看見兩個了，在同樣的位置，製片棚左後方的屋角，大約一百一十呎距離。兩人輪番上陣，在屋角滾來滾去，一次次拿起槍來，就像一部海軍陸戰隊電影。其中一個是豬農，另一個頭髮很像在電視上播報氣象的傢伙。」

「從這裡打得中嗎？」

「我們可以浪費一個彈匣，暫時嚇阻他們，然後一路衝到製片棚的前面屋角。」

「然後呢？偷偷繞到另一個屋角？從前面到後面？距離太遠了，那是一棟長方形建築，就跟多數房子一樣。」

「海軍陸戰隊會一路殺進房子裡，從房子另一頭的牆壁衝出來，反坦克武器的用處就在這裡。」

「我們會怎麼做呢？」

「我們會賭一下運氣，等他們換彈匣的空檔。」

張說：「這計畫不夠好。」

「夠好的妳不會喜歡的。」

「你是在拐彎抹角問我嗎？」

「沒錯。」

「夠好的計策是什麼？」

他又頭痛了。

他說：「這是魔鬼交易。能擔保一個人的安全，但只有一個，另一個必須跑步，不但要跑，而且會很不舒服。」

李奇先開槍，因為張跑得比較快。他退到兩扇敞開的門之間，瞄準製片棚左後方的屋角，大約往上三分之二的高度。他看見一些木屑濺起，不到兩秒鐘的空檔，但暫時把他們壓下了。張接手開槍，一整個彈匣三十發，全自動，整整兩秒鐘。李奇開跑，到了製片棚較近的前面屋角，然後裝填彈藥，朝屋子後方開火，從一個屋角繞到下一個屋角，又用掉一整個彈匣，在這同時張跑過來和他會合，從後面緊挨著他，急喘著。

「準備好了？」他說。

她沒吭聲。

他們溜進了製片棚門內。門廳有股怪味，裡頭是擺著馬克杯和瓶裝水的小廚房。

他們等著。

他們聽見一個聲音，一個人繞過屋角，就像那部描寫海軍陸戰隊的電影。

他們等著。

他們聽見槍響，朝著這時已經空下而且相當遠的小棚屋發射。也許會中，如果他們還在那裡，也許不會。無論如何，李奇探身到製片棚門外，朝後方發射了半個彈匣的子彈。不抱希望，沒空耍技巧，但有足夠時間傳遞一個訊息。

你們的對手已經登堂入室。

就在你們的工作地點。

李奇和張回到屋內，退回到浴室，退回到橡膠圍裙，退回到屋子盡頭的房門內。燈仍然亮著，穿白衣的女人也還在那裡，不曾動過。他們別開頭站著，有如轉頭回答問題的攝影師。

他們等著。

這下狩獵者成了被獵的對象，他們的獵物正引誘他們進入一個瓶頸。他們非得現身不可，在亮著燈的狹窄走廊裡一前一後前進，就像兩人一組爬上旅館樓梯。聰明的賭徒會說別進去，絕對不要。可是他們會進來的，他們非進來不可，這是他們的地盤，將來也還要靠它。李奇見過的所有人，不管是詐欺犯、偷竊犯、謀殺犯或叛國者，這些人一直到最後都仍然相信自己還有機會脫身，因此可能的話總是多少要搶救一些東西回來，沒人會想要兩手空空從頭開始。這些人或許可以救回他們的大部分存貨，還有器材，李奇猜高解析度攝影機應該十分昂貴。

因此他們當中有一個會走進來，但只有一個，意外的結局只能上演一次。

他們等著。

人性。

豬農出現了。一雙巨掌，闊肩，衣服沾滿泥巴。從轉角伸出頭來窺探，極為謹慎，只是想迅速瞄一眼，沒有要賣命的意思。身體緊貼著牆面，什麼都沒露出來，一邊肩膀吧，也許，或者鼻子。再瞄一眼，繞過轉角，稍微遠了點，身體探出一吋。

李奇朝他的額頭開槍。輕柔無比地觸動扳機，幾乎感覺不到，一進一出，呼嚕一下就結束。輸贏已定。最後那個人當然也聽見了，因此這時最後那人必然正狂奔著。他落單了，突然間成了原始恐懼的俘虜，突然間可以任意依著它們行事，再也沒人看見。

在軍界，積極性的追擊總是受人欽佩，而任何可以離開這房間的理由都算是好理由，因此李奇也追了起來，張緊跟在後面。

58

他們從豬農身上跨過，衝出製片棚大門，跑向左前方，接著繞過屋子後方朝車道入口過去。因為車道是他的目標。一定是的，這是人性，他正逃跑，這是唯一的脫身路徑，除此就只有大片麥田。

他們看見他在前方六十呎的地方，沒命地跑，邊回頭看，一手拿著M16步槍，另一手是空的。他是個矮胖男人，臉色潮紅，大波浪的頭髮緊貼著腦袋。他穿著像是漿燙過的藍色牛仔褲。

他接近車道入口，回頭掃視著。他們悄悄潛近房子。那人孤零零立在大片景致之中。豬舍在他後方，再過去就只有大片麥田，一路延伸到密蘇里。車道在他右邊，距離母之安息鎮二十哩。

那人站著不動。

張說：「你從這裡打得中他嗎？」

李奇沒說話。

她說：「你沒事吧？」

他說：「九成沒事。」

他確實是這麼想的。他身上沒有任何問題，沒有大問題。沒有骨折，沒有流血的傷口，但總覺得渾身不對勁，有點不順，腦子和手臂是不一樣的。

張說：「我們該怎麼做？」

李奇在腦子裡數著之前朝小棚屋發射的子彈數目。砰一聲穿透，總共幾發？記憶。

他跨出一步。

穿牛仔褲、頭髮有型的男子舉起步槍。

距離六十呎的M16步槍。理論上是個大問題。任何厲害的步槍手都能輕易在六十呎距離擊中目標。就M16來說，不到四十個槍管的長度，更是絲毫不費工夫。可是這人並非厲害的步槍手，這點在小棚屋的時候就證明過了。而且他正試圖逃跑，喘得厲害，胸口劇烈起伏，心臟怦怦跳個不停。

李奇站著不動。

那人開槍。

沒打中，高度和寬度各偏了一呎。李奇聽見子彈嘶一聲凌空飛過，接著在他背後遠遠的地方擊中一棟建物。也許是靠近破碎籬笆的那棟小房子，躺著死掉槍手的。

他退回隱蔽處。

他說：「他的彈藥遲早會用光。」

張說：「他會重新裝彈。」

「可是不夠快。」

「這就是你的計畫？」

「我需要妳留在這裡，以防萬一。」

「什麼萬一？」

「兩個腦袋強過一個，尤其是現在。」

「你還好嗎？」

「不太好。不過話說回來，我到底得要多好呢？」

「我去對付他。」

「我不能讓妳去。」

「不是女人該做的？」

李奇笑笑，想起以前他認識的女人。

「只是個人想法，」他說：「主要是習慣。」

「我們要怎麼做？」

「我會誘使他開槍，他每次都會失手，我保證。等他只剩空槍，我就把他拿下。在這同時妳跑過去，萬一我失手，妳再補一槍。」

張說：「不，我們一起誘他開槍，這事我們要一起做。」

「不太划算。」

「我不管，咱們就這麼做。」

他們走了出去。那人還在那裡，孤零零站在一片曠野之中。牛仔褲，頭髮，M16步槍，距離六十呎。張瞄準槍枝，單眼閉著。李奇靜靜站著，雙臂張開，仰望著天空，他的槍倒掛在他扣扳機的手指上，有種就試試看。那人果然試了，他舉起步槍，穩住，瞄準然後射擊。

沒有命中。

兩個都沒擊中。

張回擊。單發。空彈殼劃過空中。沒打中，可是那人退開了，笨拙地向後退了五步，接著十步。

張再開一槍。又一個空彈殼在半空閃過。還是沒中。一波波麥浪滾動著，沉重、緩慢而安靜。

那人舉起步槍。

可是他沒開槍。

張說：「他沒有彈藥了？」

李奇頭很痛。

他說：「他自己也不清楚，他糊塗了，我也是。」

接著他笑了。

他說：「運氣來了？」

他舉起槍枝，兩支把手，輕鬆握著，介於平穩和輕柔之間。前準星，再過去模糊一片。他眨了下眼睛。他聚焦了，但不是非常精準，加上他的臂膀有那麼點顫抖，接著流過他全身。會有協調性、動作、記憶、視覺、語言、聽覺、情緒管理和思考方面的障礙。

他把槍放下。

他說：「我們該靠近點。」

他們將那人剛才後退的距離補上。緩慢、從容、心跳平緩、呼吸正常。那人又退了十步，牛仔褲、頭髮往後朝著豬舍移動。

李奇和張走得更近。

氣味很難聞。

但還是比製片棚好。

那人又後退十步。

身體緊挨著豬舍柵欄。

李奇和張止步。

那人舉起步槍。

又把它放下。他靠著柵欄站在那裡，一個人，橫木抵著他的背部，在一片空無之中顯得那麼渺小可笑。太陽高懸在南方。遠遠地在他背後，他的豬群從棚子裡出來，肥滿光滑，身上的爛泥閃閃發光，每隻都足足有一輛福斯車那麼大。

李奇走向前，張和他並列著前進。

那人丟掉步槍，舉起雙手。

李奇走向前。張跟著。

五十呎、四十、三十。

二十呎。

那人兩手舉在半空。

在那些誇張荒誕的爐邊故事中，像這種時候照例會有一段簡短的對話，因為壞蛋必須被告知他們為何該死。

李奇什麼都沒說。

故事是故事，和現實不一樣。

可是那人先開口了。

他說：「他們的命已經喪失了，這點你們應該也了解，他們自己捨棄了生命，他們已經作了決定，他們算是已經死了，所以他們歸我運用，況且到最後也是一死，他們也得到他們要的了。」

李奇說：「我不認為他們得到他們要的，那不是他們的聖杯。」

「只有結束時的一、兩小時。對他們來說，重要的是在結束以後，他們早就作了決定。」

「被你活活餓死的那個人熬了幾小時？或者是女人？」

那人沒回答。

李奇說：「問一個實際的問題。」

那人抬頭。

「屍體在哪裡？」

那人沒說話，但是他回頭瞄了一眼。反射動作，不由自主。

他瞄了眼豬群。

李奇說：「那你為什麼把基佛埋了？」

那人說：「那天豬已經吃過了。」

李奇沒說話。

那人說：「那是來自日本的一個客製化訂單，絕佳的巧合。我只是在滿足一種需求，不能因為別人的癖好而責怪我。」

李奇沒說話。

那人的雙手放低一吋，想要讓自己的肩膀能自由活動，還有頸子，還有頭部，以便能運用肢體語言，做手勢，哄騙，解釋。以便討價還價，還有談條件。李奇見過的那些傢伙，一直到最後，他們都仍然相信自己有機會安然脫身。

張舉起槍來，李奇看著她，一頭黑髮鬆垂著，靈活的深色眼睛，一隻閉上，一隻緊盯著前準星，圓環內的細小針柱。

她說：「為基佛討回公道。」

她說：「原本也可能是我。」

壞蛋必須被告知。

她觸動扳機。二十呎，瞬間的事。她擊中他的喉嚨。全金屬包覆彈，整個穿透。子彈會落在遠遠的麥田泥地裡，永遠不會被發現。它會被犁進土中，從此消失、被人遺忘，而且將會回歸它的構成元素，鉛和銅，地球的一部分，回到它的起點。

那人咕噥著，結核病般的一聲乾咳，非常響亮，血湧上來，從傷口噴灑而出。有那麼會兒他還直立著，只是倚在欄杆上的一個人，接著一下子整個垮了，流體般落下，倒在一個蔓延的水窪裡，雙手雙腳、牛仔褲和頭髮。

李奇說：「妳瞄準哪裡？」

張說：「軀幹中心。」

李奇笑笑。

「瞄準軀幹中心準沒錯。」他說。

他走了二十呎，抓住那人的衣領，和他的後腰帶，將他整個人抬起，越過柵欄丟了進去。

豬群跑了過來。

59

他們不想開那輛雙廂貨卡車回鎮上，因為他們不想坐那些人坐過的地方，因此他們和之前一樣開著挖土機回去。魏斯伍德駕駛，李奇和張在他頭頂面對面站著，不過這次是在泥路上。相當緩慢，但舒服多了。他們停在經銷商停車場，業務員跑出來，給挖土機作了檢查。上面沾了一點小麥碎屑，兩側有少許刮痕，車身卡了一點泥巴，前挖斗有個小凹痕，被子彈打的。已經不是全新狀態，不能算是了，李奇從剩下的錢當中拿出五千元來給他。來得容易，去得快。

接著他們往南走過廣場，陽光很暖和，一個孩子對著屋子外牆丟球，然後用棍子打擊彈回來的球。他們之前見過的那個孩子。他們到了汽車旅館，魏斯伍德在這裡預訂了一大堆房間，給他自己，他的幾個攝影師，還有一大群助理和實習生。新來的櫃台職員是個十幾歲的女孩，也許正準備上大學，她的動作迅速又有效率，雀躍又開朗。

李奇問她：「這裡為何叫母之安息鎮？」

她說：「我不能告訴你。」

「為什麼？」

「農夫們會不高興，他們想盡辦法不讓人知道。」

「我不會對他們說是妳告訴我的。」

「這是以前阿拉帕霍族印第安人取的舊鎮名的訛傳，只有一個字，但聽起來像兩個。意思是長出不良作物的地方。」

魏斯伍德把他的租車鑰匙交給張，然後道別。李奇陪她走到餐館，那輛紅色福特就停在這裡。

她說：「你打算到芝加哥去。」

他說：「是的，沒錯。」

「你想在天氣轉涼之前趕去那裡。」

「去芝加哥要趁著天氣暖和比較好。」

「你可以搭晚上七點的火車，在餐館吃午餐，在太陽底下睡一整個下午，坐涼椅。頭一天我就看你這麼做過。」

「妳看見我？」

「我剛好路過。」

「我告訴過妳，我在軍隊裡待過，哪裡都能睡。」

「我要開車到奧克拉荷馬市，我會把車子留在機場，我想魏斯伍德的實習生會替他另外租一輛，我可以從那裡搭機回家。」

他沒說話。

她說：「你還好吧？」

他說：「之前我們才去過芝加哥，也許我該去別的地方。」

她笑笑。「去密爾瓦基看看吧，足足有三十六個街區那麼大。」

他頓了一下。

她說：「你還好吧？」

「想不想和我一起去？」

「去密爾瓦基？」

「只去個幾天，類似度假，我們掙來的，我們可以像別人一樣玩樂。」

她沉默好一陣子，五、六秒，直到氣氛幾乎要變得彆扭了，然後她說：「我不想在這裡回答這問題，不想在母之安息鎮，上車吧。」

他上了車，她也上了車，她發動引擎，拉動排檔桿，轉動輪子。車子離開餐館，和乾貨店，上了舊馬車隊路徑，在這裡左轉接著往西行駛。前方的道路筆直地穿過麥田，無止無盡，直到消失在遙遠地平線上的金色霧靄之中，變得像針一般細窄。

國家圖書館出版品預行編目資料

千萬別惹我 / 李查德 Lee Child 著；王瑞徽
譯. -- 初版. -- 臺北市：皇冠, 2017 .10[民106].
面; 公分. --(皇冠叢書; 第4656種) (李查德作
品；20)
譯自：Make Me
ISBN 978-957-33-3334-0(平裝)

873.57　　　　　　　　106015698

皇冠叢書第4656種
李查德作品20

千萬別惹我

Make Me

作　　者—李查德
譯　　者—王瑞徽
發 行 人—平雲
出版發行—皇冠文化出版有限公司
台北市敦化北路120巷50號
電話◎02-27168888
郵撥帳號◎15261516號
皇冠出版社(香港)有限公司
香港上環文咸東街50號寶恒商業中心
23樓2301-3室
電話◎2529-1778　傳真◎2527-0904
總 編 輯—龔橞甄
責任主編—許婷婷
責任編輯—平　靜
美術設計—王瓊瑤
著作完成日期—2015年
初版一刷日期—2017年10月

法律顧問—王惠光律師

讀者服務傳真專線◎02-27150507
電腦編號◎509020
ISBN◎978-957-33-3334-0
Printed in Taiwan
本書定價◎新台幣380元/港幣127元